F-16
エース・パイロット 戦いの実録

VIPER PILOT: A MEMOIR OF AIR COMBAT by DAN HAMPTON

ダン・ハンプトン　上野元美＝訳

柏書房

VIPER PILOT: A MEMOIR OF AIR COMBAT
by DAN HAMPTON

Japanese translation rights arranged with
HarperCollins Publishers through
Japan UNI Agency, Inc., Tokyo

1991年、イラク北部で地対空ミサイル（SAM）捜索中に自ら撮影。

F-16 CJのコクピット。

1987年、大学生パイロット訓練（UPT）修了。晴れてアメリカ空軍の一員に。

Lt. Hampton earns F-16 Topgun honors

Lt. Dan Hampton of Rockwall was recently named F-16 Topgun in the 23rd Tactical Fighter Squadron's air to air dogfighting competition. The competition encompasses every ACT (Air Combat Training) flight during the previous six months. Each pilot's missle and gun shots as well as tactical ability is evaluated and rated.

Each fighter pilot must meet certain qualifications every six months to remain in combat ready status. This includes all air to air and air to ground attack events. The fighter pilot who scores the highest in each category is named his squadron's Topgun. Each squadron Topgun then competes against other squadron's winners to become the fighter wing Topgun.

In September, in addition to winning the Topgun trophy, Lt. Hampton was promoted to the rank of Captain, USAF. He is currently stationed in Germany and is the son of Mr. and Mrs. Dan Hampton of Rockwall.

Lt. Dan Hampton

どこの航空団も、こうした競技会を開催している。私が初勝利したときの“トップガン”の切り抜き。

砂漠の嵐作戦で、初めてのバグダッド昼間攻撃から帰投した際に。

1992年、エジプトのベニスエフ基地にて。エジプト空軍第242戦術戦闘航空団との交換要員として駐在。（第4章）

第一次湾岸戦争時、離陸準備をととのえた第23戦術戦闘飛行隊“ファイティングホークス”のハンターキラー部隊。（第3章）

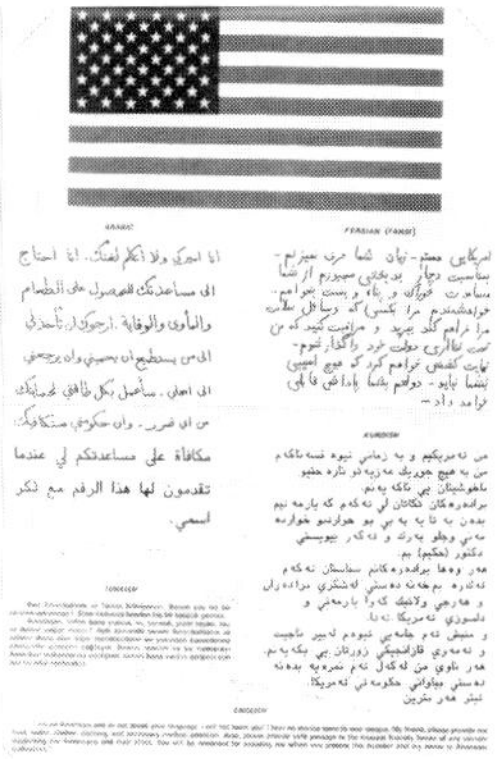

◀血書。敵地で撃墜されたとき、自分を助けてくれた者に報酬をあたえる旨を記した証明書。

イラク軍は、フランス人の手で建造された“破壊不能な”掩蔽壕を使用していたが、アメリカ空軍によって破壊された。

戦闘機戦闘作戦に空中給油は不可欠である。F-16の燃料の減りはひどく早い。

2003年、イラク攻撃後、4機編隊を率いる。兵器を使用済みのため、翼下パイロンがあいている。空中給油機に搭乗していた同僚が撮影。

2003年、編隊長としてイラク侵入作戦に参加。私の部隊がイラクの自由作戦で最初に国境を越えた。(第7章)

1991年、砂漠の嵐作戦開始時、パトリオット地対空ミサイルによって撃墜されたスカッドミサイル。

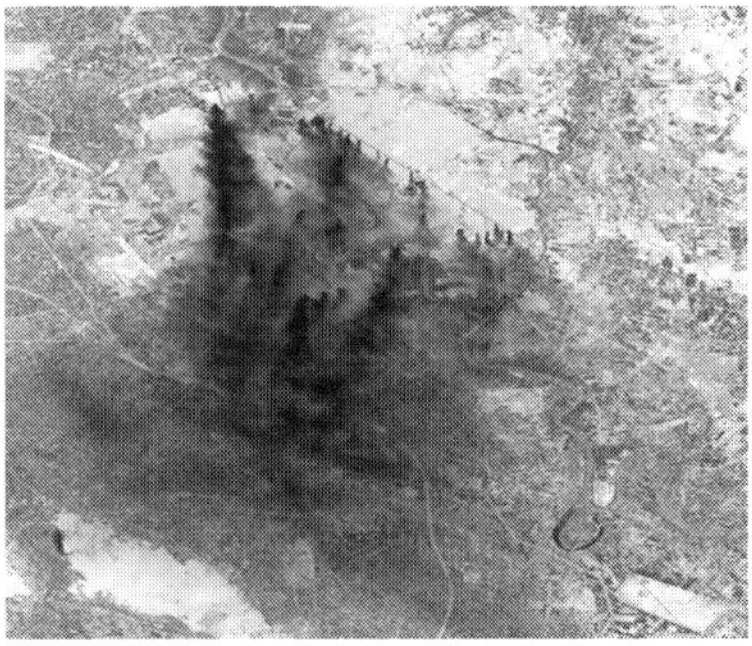

2003年、衝撃と畏怖作戦にゆれるバグダッド。

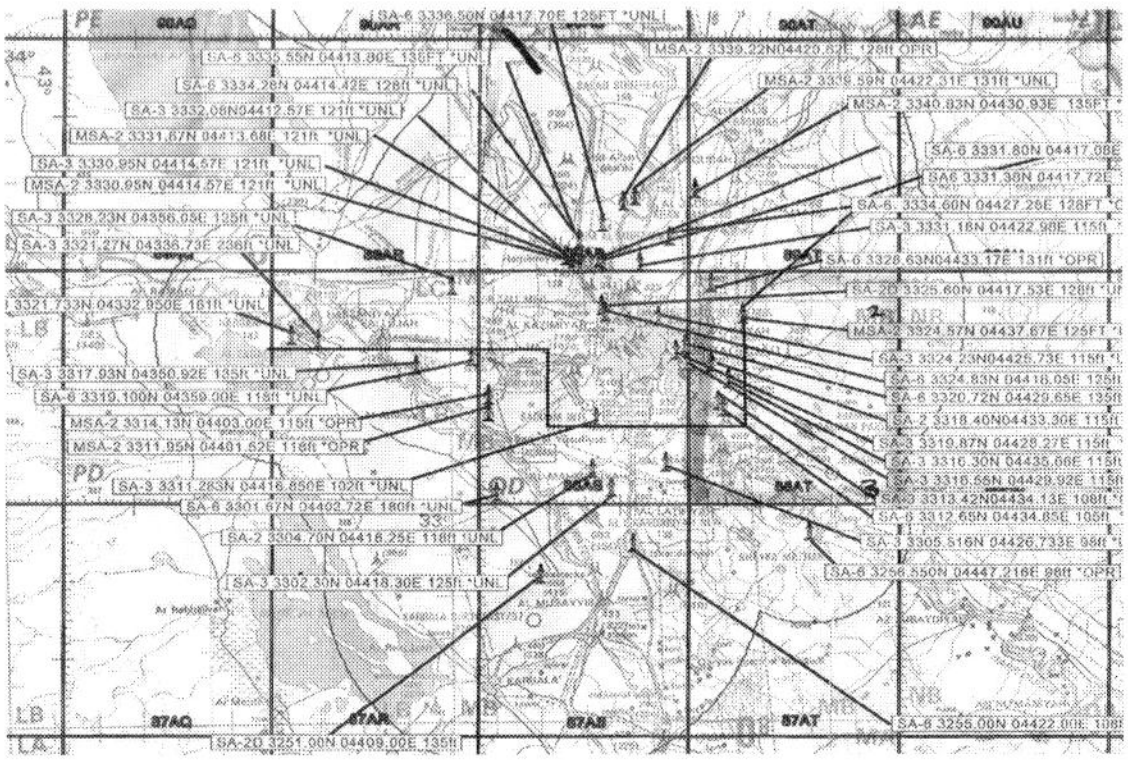

第二次イラク戦争初期、バグダッド周辺のSAM陣地の地図。「位置不明」の陣地も数多く存在していた。とにかくそのすべてを破壊するのが、私たちの任務だった。

SAM破壊用兵器——クラスター爆弾。妻と娘の名前が書いてある。これで対空砲陣地を破壊した。

バグダッドでのSAMおびきだし任務のあとで。いくどか機銃掃射したせいで、私の頭上の20ミリ機関砲の砲口付近が黒ずんでいる。(第10章)

ナシリヤ任務後、クウェートの基地にて。分断された海兵隊部隊を救うために、イラク軍装甲車両隊を機銃掃射した。大砂嵐のせいで、うしろの空がかすんでいる。（プロローグおよび第8章）

第77戦闘飛行隊「ギャンブラーズ」。2003年、サウジアラビアのプリンス・サルタン空軍基地にて。この次の日に帰国した。写真の左上は、ギャンブラーズのパッチ。“エースのみ、ジョーカーなし”。第一次湾岸戦争時に私が所属した第23戦闘飛行隊“ファイティングホークス”と並んで、アメリカ空軍最高の戦闘飛行隊だ。

2003年4月7日、バグダッドで、サダム・フセインのヘリコプター脱出を阻止した作戦後、スコット“ジング”マニング中佐――イーライ33――と。（第11章）

妻のベスとともに。

元海兵隊A-4スカイホーク攻撃機パイロットの父、ダン・ハンプトンと。

F-16 エース・パイロット 戦いの実録

目次

イラク地図

トルコ
モスル
シリア
キルクーク
イラン
サマラ
バクーバ
バクダッド
イラク
クート
ナジャフ
ナシリヤ
バスラ
サウジアラビア
クウェート
0 50 100 150 200 250 300km

F-16CJ 図解

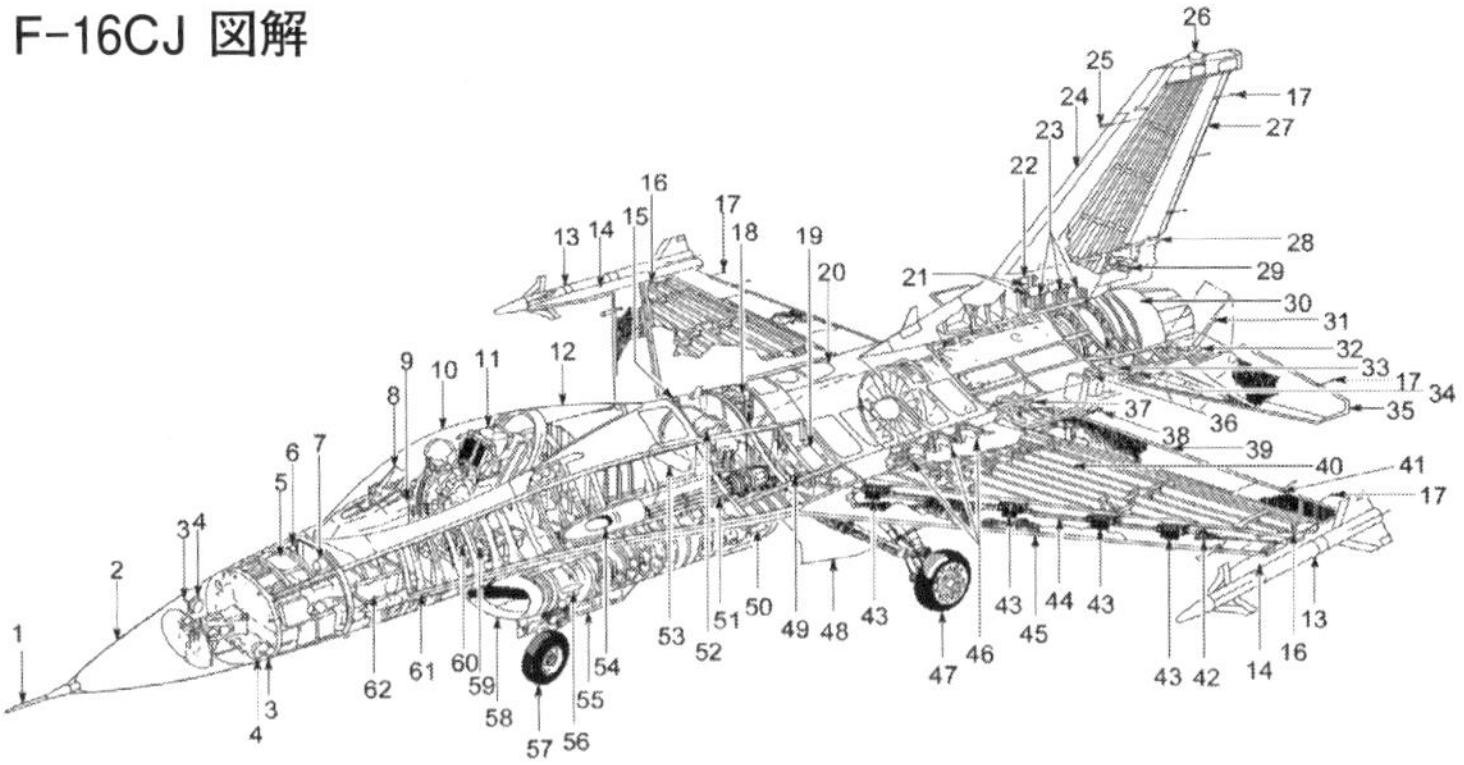

1. 空気データ（ピトー管）プローブ
2. レードーム
3. AOAプローブ
4. AOAトランスミッター
5. 前部電子機器室
6. コクピット圧力調整器
7. コクピット圧力安全弁
8. ヘッドアップディスプレイ（HUD）
9. 計器パネル
10. キャノピー（可動部分）
11. 射出座席
12. キャノピー（固定部分）
13. AIM—9ミサイル
14. ミサイル発射機
15. 空中給油（AR）／編隊灯
16. 位置／編隊灯
17. 静電気放電索
18. 前縁フラップ駆動装置
19. 油圧液タンク
20. AR差しこみ口
21. FLCSアキュムレーター
22. 衝突防止灯用電源
23. 垂直尾翼取付装置
24. 垂直尾翼
25. 垂直尾翼照明灯
26. 衝突防止灯
27. ラダー
28. 位置灯
29. ラダー ISA
30. ターボファンエンジン
31. スピードブレーキ
32. スピードブレーキアクチュエーター
33. チャフ／フレア発射装置
34. 水平尾翼ISA
35. 水平尾翼
36. 編隊灯
37. フラッペロンISA
38. フック
39. フラッペロン
40. 主翼ボックス
41. 固定後縁パネル
42. 非対称性ブレーキ
43. 前縁フラップアクチュエーター
44. 前縁フラップトルクシャフト
45. 前縁フラップ
46. 主翼取付装置
47. 主脚
48. 主脚収納庫扉
49. 前縁フラップ角調整ギアボックス
50. 空調装置
51. M61A1 20ミリ機関砲
52. 弾薬ドラム
53. 非常動力装置用窒素ボトル
54. 機関砲口
55. 前脚収納庫扉
56. 位置灯
57. 前脚
58. エンジン空気取り入れ口
59. 左側コンソール
60. スロットル
61. ストレーク
62. 下部機器区画

同志である戦闘機パイロットへ――
そして、ゾウを見たすべての人々へ。

私の仕事のせいで、家族はたえず心配し、
眠れない夜を過ごしてきた。
いまとなっては、どんなことをしても、
それを償うことはできない。
だから私は、家族全員に感謝の意をささげる。
とくに両親と妻のベスの忍耐と慎みに。

F－16 エース・パイロット 戦いの実録

飛行機には二種類しかない――戦闘機か標的か。
――アメリカ海兵隊　ドイル・〝ワフー〟・ニコルソン

プロローグ　死の天使

二〇〇三年三月二四日
イラク、ナシリヤ

「たのむ……こんどこそ……」私は歯をくいしばった。こわばって痛む顎を意識的にゆるめながら、スロットルをさらに戻し、F－16バイパーの機首を数度さげた。眼下に広がる汚らしい茶色のもやにバイパーが飲みこまれたとき、いつにない不安のうずきが、腹の奥でうごめいた。

「全機、全参加機に告ぐ……こちらはルーガー、国際緊急周波数《ガード・チャンネル》で緊急近接航空支援《CAS》を要請する。CAS可能な飛行編隊は、インディゴ・セブンでルーガーまで通知せよ……くりかえす——CAS可能な編隊は、インディゴ・セブンでルーガーへ知らせてくれ。緊急CASが進行中。ルーガー交信終了」

私は、膝にのせた任務資料のたばをにらみつけた。インディゴ・セブンというのは初耳だが、ここにある通信カードには、今回の任務で使用する周波数が残らず記入されているはずなのだ。

くそったれめ。

おれの知らない周波数をまた使っていやがる。私は、戦争の半年もまえに任務計画をたてたアホどもをののしった。連中はどっかり腰をおろして、コーヒーを飲み、けたはずれの量の資料をこしらえた。九割がた使いものにならない資料を。

そのうちの数人を知っている。利口な男たちだが、自分たちは正しいと頭から信じこんでいるから、だれの意見にも耳を貸さなかった。結果はこのざまだ。イラクの大縮尺のまともな地図すらなく、近接航空支援（CAS）任務の準備はまったくなされていない。私はワイルド・ウィーズル、つまり対空火器制圧機だ――CASは第一任務ではない。だが、第一次湾岸戦争かコソボ紛争を経験したものは、そんなことを言っていられないとわかっている。地上部隊が支援を必要としたときには、求めに応じられる戦闘機はすべて、現場に駆けつけることになる――すみやかに。

〈燃料〉……〈燃料〉……ヘッドアップディスプレイ（HUD）の中央で、緑色の表示が光った。トグルをひねってそれを消してから、計算しなおした最少燃料量の数字をすばやく打ちこむ。ずっと小さい数字を。こうしておけば警告灯にわずらわされずにすむが、だからといって、燃料タンクのJP－8ジェット燃料が一ポンドでも増えるわけではない。それに、これは大きくまちがった行為でもある。任務の途中でも燃料が足りなくなったら、基地に戻る。簡単な話だ。

が、そうもいかない。

第二次湾岸戦争がはじまって五日めだった。イラク南部のナシリヤで、第二海兵連隊第三歩兵大隊のある部隊が、退路を断たれて孤立してしまい、緊急近接航空支援を求めた。そうなると、要請に対応可能な戦闘機はすべて、執行中の任務を中断し、現場に急行する。まさに、生死がかかっているからだ。

ローマン75というコールサインで出撃した私の四機編隊は、即座に方向転換し、海兵隊の救出に向かった。運の悪いことに、近年まれにみる大砂嵐が接近していたため、そのまえに戦闘機の二個の編隊がこころみたものの、砂嵐のなかを降下して、歩兵部隊を見つけだすことはできなかった。だから、私は楽観していなかった。

しかし、これは戦争だ。自分に課せられた使命を果たすのみ。

「ローマン……ローマン……こちらはチーフタン……という……」チーフタンとは、近接航空支援を要請した海兵隊部隊だ。パリパリと音をたてる無線から、まぎれもない自動小銃の銃声がほとばしった。

私はごくりと唾をのみこんだ。相手の言いたいことはわかっている。〝いまどこにいる？　なんでこんなに時間がかかるんだ？　早く来てくれないと、こっちは全滅だ〟

唇をなめると、八時間近く水分をとっていない干からびた皮膚のざらつきが舌に感じられた。「チーフタン……チーフタン……ローマン75は南から攻撃する……六〇秒後」

イラク南部はいまわしい場所だ。疑いの余地はない。広大なメソポタミアの平原をじっと眺めながら、こぎれいな土地で戦争をしないのはなぜだろうかと、またもや疑問に思った。リヒテンシュタインとかアイルランドとか。バミューダとか。

きょうは、茶色一色だった。ぎざぎざの傷跡のような青緑色のユーフラテス川は、茶色の薄布でおおったかのようにかすんで見える。川の東岸からイランとの国境にかけて広がっている肥沃な大地は、いつもなら青々としているのだが、いまは、泥のような色合いにしか見えない。地平線に目をやって、私は不安をおぼえた。南西方向から押し寄せる薄汚れた茶色の壁が、イラクに不吉な影を落としていた。その奥の西方の空は、高さ五万フィートまでどす黒くなっている。太陽は、砂のカーテンにさえぎられて、ぼんやりとしたオレンジ色のしみにしか見えなかった。

私は、コクピットをもう一度見まわした。計器をひとつ調整し、べつのを確認する。右側コンソールのうしろのほうに、靴箱大の帆布のバッグが置いてある。データのカートリッジと機密テープがはいっていた袋だ。データをロードしたあとは、水筒、予備の小便袋、食料入れとして使っている。袋のファスナーをあけた。こうしておけば、数時間後に片手を突っこめる。いつも、おやつの時間が楽しみだった。生き残ったことへのささやかなご褒美だ。

私のF－16は降下し、高度七〇〇〇フィートを通過した。周囲の不気味な空に、再度ちらりと目をやる。砂嵐はすぐそこまで来ている。最前部が、あらゆるものを茶色のもやで包み隠していた。飛行編隊の三番機と四番機とはすでに分かれて行動をべつにしているし、僚機には、目標地域上空を旋回させている。私たち二機とも、下へおりる必要はない。

「ローマン……ロー……」

前方航空統制官の声にあわてふためいた雰囲気を嗅ぎとった私は、機首を思いきりさげて、戦闘現場に急降下したいという強い衝動をこらえた。私が死ねば、部隊が助かるわけではないのだ。地上が見えるなら、なにか手を打てたかもしれないが、砂塵のせいで、いますぐ攻撃にかかるのはむりだった。

マイクのスイッチをいれ、感情をまじえずにはっきりと話しかけた。自信あふれる落ち着いた声で、彼らを安心させるよう心がけた。たとえ、自分の心理状態がそれとは大きく異なっていたとしても。戦闘機パイロットは名優でもある。

「チーフタン……道路上に味方部隊がいないか確認してくれ。くりかえす……道路上に味方部隊がいないことを確認」

「いる！　いるぞ……道路の……道路の西側は……味方部隊だらけ……」

私は、了解したというしるしに、マイクをかちかち鳴らした。戦闘機が砂ぼこりに飲みこまれる。

空対地兵装ディスプレイを呼びだし、翼の下にぶらさげている二基のＡＧＭ－65Ｇマーベリック赤外線誘導ミサイルのうちの一基を選択した。

それは、重量約六〇〇ポンドの大型ミサイルで、目標周辺の赤外線の温度差、または温熱の欠如を追尾し、精確に目標に到達する。

「ちくしょうめ……」

私は、ディスプレイを見つめていた。そこに、マーベリックの目がとらえている光景が映しだされている。というか、なにも映っていない。テレビ放送終了後のスノーノイズの茶色版だ。

高度四〇〇〇フィート……目標まで五マイル。あまり時間はない。

もう一基のマーベリックにすばやく切り替えた。状況はおなじだ。「くそったれ……」

砂嵐はたしかに厄介だが、それにしてもダメージが大きすぎる。そのとき敗北感を感じて、グレアシールドを叩きつけた。対応に追われていたため、日没のことを忘れていたのだ。赤外線《ＩＲ》ミサイルは、夜間は完璧に機能する。ミサイルが追尾するのは、基本的に、視覚映像ではなく差異《コントラスト》だからだ。しかし、日没および日の出の前後二、三時間は、内部に熱源を有するもの以外、すべてがおなじ温度になる。昼夜の境には、ほぼつねに赤外線画像は役にたたなくなる。だから、その不可避の時間帯には、ほかの兵器を使用する。となると、いまの私に使えるのは機関砲だけだ。つまり、そうとうの低空へおりて、かなり接近しなければならない。

　だが、部隊は危機に瀕している。仲間たちが。

　私は、射出座席のハーネスにもたれかかるようにして、降下をつづけた。

　高度三〇〇〇フィート。速度四八〇ノットで降下中。私は、レーダー高度計から目を離さなかった。その高度計に、地面からのじっさいの高さがデジタル表示される。夜間や悪天候時の命綱だ。いまのように。

　もっと高度がさがれば、砂塵は薄まるかもしれない。私は息を吸い、心臓の鼓動を意識から締めだした。文字通り、心臓が胸をハンマーのように激しく叩いていた。ほんとうだ。

「ローマン……ローマン……ラグらが道路を渡ってきた……やつらが……やつらが……待《スタンバイ》て！」

〝ラグ〟とは、ターバン頭《ラグヘッド》という政治的に妥当でない表現を省略したものだ。この場合は、イラク兵をさす。私は、ここでまた唇をなめようとしたがあきらめた。高度二〇〇〇フィートを通過したとき、スロットルをさらに戻し、スピードブレーキを立てて、F-16の速度を落とした。

　見えた！

　何度かまばたきして、幻覚でないことを確認する。濃い茶色。岩と、イラクでよく見かけるぶかっこうな寸詰まりの低木林。地面だ！

　即座にHUDごしに前方を見ながら、知らされた唯一の位置へ向けて、ステアリングキューを調整した。

三・三マイル。

レーダー警告受信機をちらりと見やった。うれしいことに、レーダー誘導ミサイルや高射砲の電波は皆無だ。むろん、その受信機は、赤外線ミサイルや、地上の数百丁のＡＫ－47を感知するわけではないが、できるだけ明るい情報を採用したい。

高度一〇〇〇フィートで機体を水平にし、スピードブレーキを戻し、四〇〇ノットを維持する程度にスロットルを押した。その速度なら、残り少ない燃料をむだ使いせずに飛びまわれる。

「ローマン……彼らは……道路と丘のあいだ……位置について……」無線の音がゆがみ、雑音がまじった。

丘？　どの丘だ？

音声のとぎれがひどい。接近する砂嵐の影響がここにも出ている。

「……道路上のものはすべて……くりかえす……道路上のものは全部破壊しろ！」

「ローマン75了解」こうして、道路上に味方部隊はいなくなり、私は殺しのライセンスを手にした。

行くぞ。

曲がりくねった灰色のリボンが南北にのびている。端がふぞろいで、大部分が砂塵におおわれたリボンを見ながら、南東から角度をつけて突入する。Ｆ－16を旋回させ、ステアリングラインを目標とまっすぐあわせた。自分の左膝の上からディスプレイを見おろして、マーベリック・ミサイルが見ているものを私も見た。

なにも見えなかった。まったくなにも。

視線をあげたとき、砂の幕から、イラク軍の縦隊がいきなり現われた。ただちに〈空中戦〉スイッチをはじいて、機関砲のアイコンを呼びだし、思いきって機首をさげた。

が、間にあわなかった。

その一瞬、敵の車両、数台の装甲兵員輸送車（APC）、走る人影が多数見えた。彼らに私がどう見えたかは想像がつかないが、三秒ほどのあいだに、あたり一帯は私の背後に消え去った。

HUDの下にあるキーボード上の〈マーク〉ボタンを押し、大きく翼を傾けて西へ旋回する。

「チーフタン……チーフタン……ローマン75は西へ離れる……九〇秒後に……北から再攻撃する」

応答はなかった。

ゆっくりとよどみなく毒づきながら、目標を背にして、真西へ向う。視界はひどく悪かったが、丸く小高い土地となんらかの動きを見たように思った。海兵隊にちがいない。

踏んばれよ……

〈マーク〉のポイントは決まった。ボタンを押したとき、F‐16のコンピューターが、真下の地面の一点に、魔法のようにしるしをつけた。地図にピンを刺すように。そうすることで、その後上空を通過する特定の地点までの、航法用の緯度と経度と距離が判明する。いまのような状況を想定して作られた機能だ。こうして私は、イラク軍部隊の居場所と――彼らをどう攻撃すればよいかを正確に把握していた。

目標から四マイルの地点で、高度二〇〇〇フィートに上昇し、機首を北に向けた。さっき道路が見えた地点まで弓なりに飛び、縦隊の後尾に機関砲弾を浴びせてやる。私がどこから飛んできたのか、彼らにはわからないはずだ。

「ローマン・ツー……こちらVHF無線《ビクター》のワン」私はスロットルを戻し、小さくなってゆく燃料計の数字を見た。

「どうぞ、ワン」ありがたいことに、わが僚機は、まだこの上のどこかを飛んでいる。

「ルーガーに、給油機をできるだけ北で待機させるよう伝えてくれ。きみは給油機と合流し、そこで待機」ルーガーとは、旋回中の空中警戒管制機（AWACS）だ。理論的には、ルーガーは、ある時刻に飛行中の戦闘機と給油機全機の位置を把握しているはずだった。理論的には。

「ツー了解」いいやつだ。質問もよけいなおしゃべりもなし。ただこうつけくわえた。「上を飛んでいても、くそおもしろくもない」

「ワン了解……これから再攻撃する。給油機へ向かえ。解散」

これで私は完全にひとりになった。だが、僚機が搭載しているのは、この状況ではまったく役にたたない対レーダーミサイルだから、給油しにいったほうがましだろう。給油機が国境を越えてイラク領空に飛んできてくれるとは思えないが、言っても損にはならない。私は、汗で濡れたマスクをはずして頬のあたりにぶらさげ、外をちらりと見た。水が飲みたい。

「ローマン、ローマン、こちらチーフタン……」無線がまた息を吹き返した。「……車両……道路を……移動中。APCとトラック……大隊規模の……」

彼は息を切らせている。声がとぎれたとき、重火器の銃声が聞こえた。わが軍のものだといいが。

四・二マイル。

目標はいま、私の左肩後方にあり、砂塵でまったく見えない。おまけに、砂嵐の最前線の暴風に巻きこまれ、機体が少し揺れている。そのうち、ふたたび地上が見えなくなった。

上等じゃないか。

ともあれ、こうなったらぐずぐずしてはいられない。機体を傾けて、すばやく五G旋回をし、南東を向いた。道路上空で方向転換することになるが、イラク軍が私に気づいたら、二、三分は海兵隊そっちのけだろう。

翼を水平にしつつ、機関砲の表示を呼びだして、酸素マスクをまた留めた。

「チーフタン……ローマンは三〇秒後に……北から攻撃する」

「ローマン……たの……急い……」

また無線が切れた。〝たのむから急いでくれ〟

助けにいくぞ……待ってろ。

身体の奥から怒りがこみあげ、疲れが吹きとんだ。地上で、命をかけて戦っているのはアメリカ海兵隊だ。私が住んでいるのとおなじような町からやってきた、私とおなじような男たち。母親や恋人や子どもがいる男たち。

ちくしょう。

私はスロットルと機首を前に押しだした。

天候はさらに悪化し、高度一〇〇〇フィートでも、まだ地上は見えなかった。機体をわずかに左へ動かして、高度五〇〇フィートで、速度を四〇〇ノットに落とした。コクピットのそばを飛んでゆく茶色のゴミが、機体のでこぼこした部分にへばりついている。氷みたいに。乾いた茶色の氷。なんて風変わりな場所だろう。

二・七マイルとなったとき、塔やケーブルにぶつからないことを祈りながら、二〇〇フィートまで高度をさげた。機関砲を用意し……見えたぞ！

道路だ。

針路を維持し、左右に首を伸ばしてHUDを透かし見て、道路の一直線上にF‐16を並べた。

「ローマン……ローマン……北から……ほかにもトラックが……攻めこまれる」彼がすぐそばにいるように感じられた。恐怖が伝わってくる。

「さあ……たのむぞ……」私はつぶやき、目を凝らした。

不意に、視野の端に、箱型のものが飛びこんできた……そして、もう一つ。トラックだ！　大型軍用トラックだった。二〇台ほどが一列に並び、海兵隊のいる南へ進んでいる。その上空に、復讐天使のごとく、もやのなかから飛びだした私。

HUDをにらみながら、マスターアーム・スイッチに左手で触れた。そのあとは、深くしみついた習慣に身をゆだねる。隊列の最遠の端から一直線上の位置についた。もっとも近いトラックとの距離は、一マイル半を切っている。

機首をさげ、点《ドット》のついた照準円を、HUDの下辺あたりでうろつかせた。高度がさがるにつれて、照準円、つまりは機関砲の照星《ピパー》が目標に向かってあがってくる。対気速度と照準を厳密に調整し、目標に充分に近づいてピパーをあわせなければ、目標を破壊できない。また、秒速八〇〇フィートで地面に激突しないように気をつけなければならない。

高度一〇〇フィートを通過したときには、ピパーはまだトラックのかなり手前だったので、ほんの少しスピードをゆるめ、機首を――すなわち、機関砲を――上向けた。緑色の小さなピパーが、大きなテールゲートと重なった瞬間、私は右手の人差し指で引き金を引いた。

〝バルルルルル……〟

機関砲が二〇ミリ砲弾数百発を吐きだすあいだ、機体は左右に揺れつづけた。機首を一瞬あげ、こんどは車列の中央をねらって、機首を押しさげる。

〝バルルルルル〟

機体を傾けて右へ離れ、片翼をあげたまま、車列沿いに飛ぶ。黒い小さな影が道路の両側に散り、低木の茂みのうしろや溝に飛びこんだ。車両のドアに描かれた小さなイラクの国旗が見えるほど、高度は低かった。

そのあと、いくつかのことが同時におきた。

兵士がいっせいにふりむいた。彼らが武器を肩にのせたのがはっきりと見えた。数秒後、私に向かって発砲しはじめた――私は楽に弾の届く高度を飛んでいる。

〝ビンゴ……ビンゴ……ビンゴ……〟音声警報装置、通称かわいいベティも、燃料が残り少ないぞとわめきはじめた。

そのとき、車列後部にいた二台のトラックが爆発した。かろうじて一〇〇フィートで道路沿いを飛びながら、方向舵《ラダー》ペダルを踏みつけて再度方向転換し、約三〇〇フィートへあがる。

「チーフタン……ローマン75は南へ、そして西へ離脱する……トラックは炎上。車列は止まった」

「ローマン……もう一度攻撃……攻撃……ラグは……」そして彼の声はまた、ぱりぱりという雑音で消された。

さっきやったように、攻撃手順をやりなおせるほどの燃料は残っていないのはわかっていたから、車列の最前部が左翼の下を通りすぎたとき、ふりむいて、それを目で追う。強くにらみすぎたせいで涙がこみあげた。それが吹き荒れる黒っぽい砂にかき消されはじめたとき、私はスロットルを前に叩きつけて急上昇し、ほとんど背面になりながら右へ横転した。さっき上昇した二〇〇フィートの高さを利用して、地面へ、そして先頭車両へと突き進む。ロシア製の装甲兵員輸送車だった。

そして、むこうも私を見た。

スロットルを戻し、目標と正対するために横滑りしていたときに、発砲がはじまった。私の左側で弧を描いていた緑色の曳光弾の二本線だが、銃手が私を目視し、照準が修正されはじめた。

私はそれには目もくれずに、翼を水平にし、ピパーを目標に近づけていった。銃手がヘルメットをかぶっておらず、口髭をはやしていることがわかるほど近かった。ピパーが、そのAPCの前部バンパーに到達したとき、もう一度引き金を引いた。

〝バルルル〟

車両は、突如出現した土煙と火花の雲に隠れた。機首をあげ、その後ふたたび降下しながら、砲弾残数カウンター、つづいてレーダー高度計に目を走らせた。残りは一〇〇発をきっていたし、地面から一四〇フィートも離れていなかった。

細かく調整する時間はなかったので、とにかくピパーを先頭車両にあわせて、最後の射撃を行なった。

〝バルル〟そして、五〇フィートを通過したところで、機関砲は身を震わせて止まった。

エンジンをふかして西へ離れ、ラダーを踏んでだれかの照準をはずし、操縦桿を引いて、右肩ごしにふりむいた。ちょうどそのとき、トラックが爆発して数千発の弾薬をまき散らしたため、私は反射的に身を引いた。機関砲弾の一発が、となりのトラックにも命中したらしく、そのトラックも爆発した。地面が茶色の雲にかき消される瞬間、道路から溝に滑り落ちるトラックやAPCが見えた。

せりあがってきた唾を飲みこみながら、ツイッチ給油軌道への針路を選択し、一定の割合で上昇をはじめた。

「チーフタン……ローマン75は西へ離脱する……ビンゴ……ウィンチェスターでRTB」

燃料と弾薬が切れたため、目標地域を離れ、基地に帰投することを手短に伝えた。だが、それは問題ではなかった。応答はなかったし、私にはほかに心配事があったからだ。

燃料一七〇〇ポンド。

安全に帰投できる燃料よりはるかに少ない。クウェートの前方代替着陸基地はおろか、国境に到達できるかどうかもわからなかった。冷たい汗が乾いていくのを感じながら、機関砲を収納し、エンジンの計器をにらんで、流れ弾を受けていないことを確認する。

南西の国境に針路をとり、高度八〇〇〇フィートに達したとき、雲を抜けた。あのときの淡い青空以上に美しいと思えたものは、人生でそう多くはない。酸素マスクをまたはずして、無精髭の生えた頬の汗をぬぐい、目をこすった。

「ローマン・ツー……ビクターのワン」マイクのスイッチを切って、私は待った。

応答なし。周波数を変えて、ＡＷＡＣＳを呼んだ。「ルーガー……こちらローマン75」

またも応答はなかった。

こうして決断をせまられた。最後の決断になるかもしれない。給油機は、機首方向にざっと一二〇マイルの距離にいるはずだが、そこに給油機がいる保証はない。いたとしても、給油分の燃料が残っていないかもしれない。そうなれば、私は終わりだ。

いっぽう、左翼方向のおなじ距離にクウェートがある。そこには、たぶんたどりつけそうな基地がいくつかある。だが、ＡＷＡＣＳと連絡がつかなければ、どの基地が閉鎖されておらず、着陸できる状況にあるかを知ることができない。そのときも、やっぱり私は終わりだ。

最低の一日だ。

もう八時間以上も戦闘機のコクピットにしばりつけられている。五回も給油した。通常の六時間任務のつもりだったから、食料も水も持ってきていない。尻は痛いし、目はひりつく。汗で濡れた飛行服が冷えて寒いので、コクピット内の温度をあげた。

私は、この戦争がはじまるまでに、一〇〇以上の戦闘任務に出撃した経験があるので、戦闘に不慣れではなかった。名誉負傷章《パープル・ハート》を含めて、いくつも勲章を受章し、リボンやメダルはたくさん持っている。退役するまでに、武勲による空軍殊勲十字章を四度受章した——第一次湾岸戦争で一度、イラクで二度目の戦争で三度。だが、このときから見れば、それらはすべて過去、あるいは未来のできごとだ。このとき、そう遠くない西方から、大自然の最大の悪夢が急速に迫っていた。ハムシンと呼ばれる不気味な砂嵐が、見えるかぎり南北に広がって地平線をおおっていた。砂嵐のうえに空はなかった。

ぞっとする光景だった。

私が感じていたつかのまの安堵感が、体内から流れでていった。この地方の飛行機を一機残らず足止めさせる規模の嵐だ。だから、だれとも連絡がつかないのかもしれない。そう考えたら、胸が悪くなった。またも唾をごくりと飲みこんだとき、高度一万五〇〇〇フィートを通過した。目のまえに広がる茶色のじゅうたんを見渡す。二万五〇〇〇フィートから三万フィートへあがれば、国境まで滑空していって、少なくとも味方の領空で射出できるだろう。

さっきも言ったように、最低の一日だった。

しかも、まだ終わっちゃいない。

1　YGBSM

「冗談きついぜ」これが、ワイルド・ウィーズルの喊声《かんせい》だ。地対空ミサイル（SAM）退治屋。交戦地帯へ最初に送りこまれるパイロットたち。地上に設置された敵ミサイルや高射砲を挑発し、発射を誘う——そして、その位置を特定し、SAM陣地を破壊し、後続の航空機やヘリコプターが安心して飛べるようにする。私は、その一員であることを誇りにしていた。F-16戦闘機のパイロットはみなそうであるように、私も、パイロット人生でさまざまな種類の任務をこなすことになるが、つねにウィーズルに戻ってきた。その理由？　そこが戦闘の現場だからだ。SAM退治は、現代の戦闘機パイロットが取り組むうちで最も危険な任務だろう。敵機を撃墜する以上に、冒険的で厄介な作業である。一五一回の戦闘任務に出撃し、二一カ所のSAM陣地を確実に破壊し、一一機の（あいにく地上にいた）航空機にくわえて多数の戦車やトラックや大砲を破壊し、重要な目標を攻撃し、その他多様な作戦に参加した私は、アメリカ空軍最強のF-16CJワイルド・ウィーズルと呼ばれていた。

私がしてきたこと、そこに至った軌跡をありのままに知ってもらうには、任務そのものを理解してもらう必要がある。だから、話を進めるまえに、歴史を少し復習してみよう。

人類が、空を飛ぶことと戦争とを最初に合体させて以来、だれかしら飛行士を撃ち落とそうと試みてきた。さかのぼることアメリカの南北戦争。北軍が、敵部隊の動きを見きわめるために有人気球を飛ばすとすぐさま、南軍の銃の名手たちが、それをねらって射撃を開始した。その五年後の普仏戦争でプロイセン軍は、フランス軍の気球に穴をあけるために、荷馬車に小型の大砲を搭載した。

第一次世界大戦で航空戦法が発達し、それに伴って、対空能力が向上した。一九一四年一二月、イギリス空軍は、三七ミリ自動機関砲《ポンポン》を有するドイツ軍爆撃機が、ロンドンに来襲するのではないかと不安をいだいていた。一九一七年六月、彼らの不安は的中し、ドイツ軍の合板を貼ったゴータV爆撃機一四機が、ロンドン上空を八〇ノットで飛びながら、爆弾を投下していった。死者一六二名のうち四六名は、爆撃で破壊された幼稚園にいた子どもだった。それから一年とたたないうちに、この〝大型〟爆撃機の二八機は撃墜され、空襲はやんだ。現代の水準に照らしあわせれば小規模ではあるものの、この空爆作戦は、防空の時代の到来を告げる、戦略空軍力がじっさいに使用されたはじめての例となった。

航空機の改良が進むにつれて、それを撃墜するためのシステムも強力になっていった。速度八〇ノットでまっすぐ飛ぶ木造爆撃機を撃ち落とすことのできた兵器も、第二次世界大戦で登場した、ずっと高速で機動性にすぐれた飛行機に対しては無力だった。こうして、攻撃能力の高い飛行機に対処できる、もっと精確な照準システムが必要となった。やがて、イギリス軍は、ケリソン照準算定装置なるものを開発した。戦闘機相手では効果はなかったが（もとは爆撃機を追跡するためのもの）、まさに世界初の自動火器管制システムだった。

兵器も改良された。皮肉なことに、高射砲（ＡＡＡまたはトリプルＡとも呼ぶ）の最高峰とされる二つの砲は、中立国で開発された。スウェーデンのボフォース社が製作した四〇ミリ砲によって、軽量の速射砲が、戦術的にふさわしいことが立証された。また、ボフォース社は、枢軸国と連合国の双方に兵器を販売し、〝商売の中立〟という概念を例示してみせた。ちなみに、製鉄専門だったボフォース社を兵器製造業に転業させたのは、ダイナマイトの発明者であるアルフレッド・ノーベルである。そして、ノーベル賞も創設した——平和のために。

スイスのエリコン社製二〇ミリ機関砲は、アメリカ海軍およびイギリス海軍によって短射程対空兵器として使用され、大きな成功をおさめた。興味深いことに、この機関砲をもとにして作られた兵器が、第二次世界大戦時に枢軸国軍の最高峰の二種類の戦闘機に標準装備された。日本の三菱重工業製零式とドイツ空軍のメッサーシュミット109である。

ドイツ軍は、異論はあるものの世界初といわれる地対空ミサイル、フリーゲルファウストも開発した。それは、二〇ミリ砲弾を手動で発射する、ガトリング砲に似た携帯式砲だ。

ヴァッサーファルは、イギリスの都市や工場に向けて発射された大型Ｖ－２ロケットから派生した兵器である。照準線手動管制式と呼ばれる無線誘導システムを採用していた。つまり、操作員が手動で目標を追尾し、かつ、ミサイルを操縦して衝突させなければならない。圧倒的多数のアメリカ軍爆撃機という戦略的脅威に対抗するために製作されたその兵器は、失敗に終わった。

朝鮮戦争末期からベトナム戦争初期にかけて、航空機と兵器の両分野に関連する技術が、めざましく進歩した。それが、近接航空支援および高高度精密爆撃をはじめとする空中戦闘任務の発展につながった。また、高射砲の射程または戦闘機の飛行限界高度以上で活動できるU－2偵察機もまれた。その能力があれば、地対空ミサイルの射程外をも飛行できるはずだ。

それを証明したと思われるのは、一九六〇年四月九日、ボブ・エリクソンというアメリカ人パイロットが、パミール高原を越えてソ連領空に侵入した事実だ。ミグ戦闘機、高射砲、そして大勢のロシア人の呪いは、ソ連の最高機密の施設四カ所の上空を涼しい顔で通過するエリクソンを撃ち落としそこねたのだった。四カ所のなかに、サリシャガンにある地対空ミサイル試験センターが含まれていたことに、いくぶん皮肉めいたものを感じる。

しかし、約一カ月後の五月一日に飛行したU－2のパイロットは、エリクソンほど幸運ではなかった。フランシス・ゲイリー・パワーズという名が、突如としてお茶の間でおなじみとなった。空軍およびCIAが仰天したことに、パワーズが操縦するU－2が、地対空ミサイルで撃ち落とされた。ソ連がS－75と呼んでいたミサイルだ。（NATOは、みなを混乱させる目的で、それをSA－2ガイドラインと名づけた。SA－1という砲は実在し、米軍のB－52爆撃機対策としてモスクワ周辺に配置されていた）。

長さ三五フィート、直径二フィート強のSA－2は、マッハ三（音速の三倍、つまり時速約二六〇〇マイル）を超える速度で、八万フィートもの高度に到達できる。この重量五〇〇〇ポンドの空飛ぶ電柱が衝突したら、飛行機はひとたまりもないだろう。

ゲイリー・パワーズにとって幸運だったのは、レーダー誘導システムは、新型ではなかったが、完璧にはほど遠いものだったことだ。当時は、マイクロチップもスーパーコンピューターもなく、真空管と計算尺の時代だったので、地上七マイルの高度を飛ぶジェット機の照準の計算は、簡単ではなかった。ただ、爆撃機やU－2のような偵察機は、戦闘機とちがって、直線コースを几帳面に飛ぶため、コースの予測が可能だった。そして至近距離で三基のミサイルを爆発させ、パワーズのU－2を撃ち落としたのだ――運よく、機体もしくはパワーズ本人を消失させることなく。パワーズは捕えられ、誇りを傷つけられたものの、のちに帰国した。

もう一人のU－2パイロット、ルドルフ・アンダーソン少佐はそこまでついていなかった。一九六二年一〇月、サウスカロライナ州出身の少佐がキューバ上空を飛行中、やはりSA－2で撃墜された。二年のあいだに、ミサイルの追跡システムは大きく進歩し、キューバ人によって発射されたミサイルは、アンダーソン少佐のU－2を粉砕したのだった。

これらの事件により、国防総省《ペンタゴン》は、電子対策を真剣に考慮せざるをえなくなった。たとえば、ミサイルなどの目標に設定されたことをパイロットに知らせるレーダー警戒受信機。敵レーダーを混乱させるため、アルミの小片などを放出するチャフ／フレア発射機。敵レーダーを使わせないように、またはレーダーを無効にする攻撃的妨害ポッド。まだ新しい分野なので、これら三種類とも稚拙または未開発だった。U－2二機を失ったにもかかわらず、これらの技術向上のための時間はあるとペンタゴンは考えた。

一九六〇年代初頭、ベトナムは、どんなアメリカ人の〝関心〟リストにものっていなかった。

一九六三年には、ジョン・F・ケネディ大統領が、東南アジアからの撤退を公式発表した。残念なことに、ベトナムから撤退する前に、ケネディ大統領はこの世を去り、一九六四年八月、トンキン湾内で、二隻のアメリカ海軍駆逐艦――《マドックス》と《ターナー・ジョイ》――が〝攻撃〟を受けた。これによって、リンドン・ジョンソン大統領は、開戦の口実を手にいれた。そして、その後議会でトンキン湾決議が可決され、議会が宣戦布告しなくとも、戦闘作戦の実施が可能になった。アメリカ海軍の二隻の駆逐艦が、北ベトナムの川船群団並みの海軍に攻撃されたという見解は相当ばかげていたものの、これで大統領は、自分の望む相手と戦争ができるようになった。

そして、ジョンソン大統領は、そのとおりに実行した。

いつものように、アメリカは、最初に空軍と海軍を投入した。フレイミングダート作戦、ローリングサンダー作戦、アークライト作戦は、米軍地上部隊の損失をふせぎ、北ベトナム軍の戦闘能力を削ぐために考えられた航空作戦だった。とはいえ、一九六五年三月には、三千人の海兵隊員がベトナムに配置され、一二月、その数は二十万に達した。

これに対抗するため、北ベトナムは、ソ連から兵器を大量に輸入しはじめた。最新の地対空ミサイル発射機や高射砲もだ。ベトナム人は、地上戦争なら勝つ自信があった。一九五〇年代にフランス人相手にやったように、アメリカ人を疲弊させると同時に、自分たちの政治的意志を持続させればいい。だが、アメリカ軍はちがっていた。フランス人にはなかった高度な空軍力を有しており、それをどう止めるかが、大きな戦術的課題だった。北ベトナムが必要としていたのは近代的防空技術だったため、ふたたびソ連に助けを求めた。もちろんソ連は、自国の兵器を試験し、同時に、アメリカ人を殺したかったので、喜んで願いをかなえてやった。

攻撃任務に従事していた米軍パイロットの前に、安全を脅かす予期せぬ防空兵器が、突如として出現した。一九六五年の夏の日、敵の破壊的能力をまざまざと見せつける、ある悲惨なできごとが起きた――そして、それがワイルド・ウィーズル誕生のきっかけとなった。

ロス・フォベア大尉の五五度めにして、帰国前最後の戦闘任務だった。第四五戦術戦闘飛行隊のF-4Cファントムのパイロットであるフォベアにとって、境界線を越える飛行は、ほとんど機械的にできる日課のようなものだった。二九歳の大尉は、前夜に荷作りを終え、午後の任務から戻りしだい、ベトナムを出発する予定だった。アメリカ本国行きの輸送機フリーダム・バードは、その日の夜に離陸することになっていた。フォベアはカリフォルニアへ帰り、当然の権利である休暇をとり、妻のアニタ、妹のベティ、若い甥のブルースと再会するはずだった。一九六五年七月二四日のことだ。

それが、ロス・フォベアの最後の日となった。

フォベアのファントムの前部座席には、リチャード・〝ポップス〟・ケーン大尉が搭乗していた。(ケーンは再召集兵で、ベトナムに来て五度めの任務だった。第二次世界大戦で爆撃機のパイロットだった彼は、ドイツ上空で撃墜され、第三帝国のはからいで、スタラグ・ルフト第一と呼ばれた捕虜収容所で九カ月間過ごした)。比較的簡単な、MiGCAP《ミグキャップ》と呼ばれる戦闘空中哨戒(CAP)任務だった。目的は、偶然に遭遇する北ベトナム軍の戦闘機から、F-105サンダーチーフ攻撃部隊を守ることである。そのときのF-105――サッズとも呼ばれる――部隊の攻撃目標は、ハノイの西方四〇マイルほどにあるカンチーの軍需工場だった。当時、ミグCAPは、戦闘機パイロットの生きがいだった——基本的に、けんかの種をさがしながら空を飛びまわるのだ。ファントムが現われれば、ミグはそれを相手にせざるをえなくなり、そのあいだにサッズの部隊は爆弾を落としに行ける。こうして、F-105は目標を攻撃し、F-4は空中戦にとりかかる。

完璧な一日だ。

しかし、そううまくはいかなかった。ハノイの北東四〇マイルの、ビンフー省上空で、分厚い雲を突きぬけて飛んできた地対空ミサイル（SAM）が、ファントムに命中したのだ。回避する時間はなかった。また、そのF-4Cは、後代の戦闘機には標準装備されることになる脅威探知機を搭載していなかった。ケーンとフォベアにとって不運だったのは、その以前に撃墜されたなかに複数の偵察機が含まれていたため、CIAも空軍も、彼らに役だちそうな最新の対敵情報をつかんでいなかったことだ。この新型兵器のことはなにもわかっておらず、ゆえに、パイロットはそれを制圧する訓練を受けていなかった。ミサイルは、ゲイリー・パワーズやアンダーソン少佐を撃墜したものとおなじ、レーダー誘導SA-2だった。つまり、小さなミスが命取りになる。

不快な衝撃が背骨を揺らすとほぼ同時に、ファントムは操縦不能におちいった。前部座席のポップス・ケーンは、点滅する警告灯や音声警報や、コクピットに充満した鼻をつく煙から状況を判断しようと躍起だった。増えるばかりのGにあらがってふりむくと、鼻から血を流してぐったりしているロス・フォベアが見えた。F-4がきりもみ降下しながら雲に突っこんだとき、ケーンは射出し、生涯二度めの捕虜《POW》となり、その後の七年半を悪名高いハノイ・ヒルトンで費やすことになる。

しかし、ロス・フォベアの消息は不明だった。それから三二年がたって、ベトナムを訪れた甥のブルース・ギフィンは、叔父の最期を知った。海抜四〇〇〇フィートの山の山腹にある辺鄙な村の近くで発見されたロス・フォベアの遺体は、長い年月ののちに帰国し、軍人として正式な葬儀がとりおこなわれた。

一人の死が、なにかに影響をおよぼすことはめったにない。また、とくに現代の戦争において、その意味を見出すのはむずかしい。だが、この戦死には、こんにちまで残る遺産がある。フォベアの死は、ワイルド・ウィーズル誕生にいたる最後のきっかけとなったのだ。アメリカ空軍が、ＳＡＭ陣地の捜索と破壊に、多数の人員と装置を投入したおかげで、その後、多くの命が奪われずにすんだ。ロス・フォベアの死に意味があるとすれば、おそらくそれだろう。

フォベアとケーンが撃墜されて二週間とたたないうちに、空軍幹部は秘密会議をひらき、新たに出現した脅威の解決法について話しあった。海軍および海兵隊機もＳＡＭの被害に遭っていたため、空軍だけでなく、米軍全体が、その兵器を破壊する航空機を必要としていた。獰猛《どうもう》で容赦のない野イタチ《ワイルド・ウィーズル》のごとく、獲物を苦しめ、追いかけ、隠れ場所に封じこめるために。

こうして、ウィーズル計画、またの名をワイルド・ウィーズル・ワンが誕生した。

だが、問題はいくつもあった。まず、ＳＡＭ陣地をどうやって見つけるのか？　ことに、ジャングルに巧妙に隠された兵器を？　そして、アプライド・テクノロジーズ社が、ＡＮ／ＡＰＲ－25レーダー追跡警告システム（ＲＨＡＷ）を開発した。ＳＡ－２のレーダーが放射する電波を利用して、その位置を特定するのだ。このシステムが機能するには、ファンソンという敵レーダーが作動中でなければならない。RHAWは、敵レーダーの電波を探知して、ミサイル陣地のだいたいの方位を割りだし、攻撃機に示すシステムだ。いちおう理論的には。

仕組みはつぎのとおりである。目標に接近したミサイルは、さらに精確な追跡情報をレーダーに要求する。AN／APR－26は、誘導電波のその変化を感知し、コクピットの赤い警告灯を点滅させて、ミサイルが接近していることをパイロットに知らせる。後席の電子戦士官（EWO）は、IR－133というべつの受信機を使用して信号を解析し、危険なミサイルを特定する。SAMの種類が増えるにつれて、その手順が重要になってきた。なぜなら、種類ごとに、破壊の手段が異なるからだ。なにに追跡されているのかわかれば、それを撃ち落とす方法がわかる――やはり理論的には。これらの装置のどれも、実戦に耐えるものではなかった。それに、研究者から搭乗員にいたる全員が手さぐりでやっていた。とはいえ、毎日アメリカ人が死んでいるのだから、重圧はかかっていた。

もうひとつの問題は、ミサイルに追跡されていることを、どうやって知るかだった。それまでずっと、ミサイルを肉眼で見つけてから反応していたが、フォベアとケーンのF－4の撃墜を機に、それが変わった。彼らは、飛んでくるミサイルを見ることもなく、また、自分たちがねらわれていることも警告されなかった。たとえ彼らがミサイルを見つけたとしても、どうすればその種のミサイルを打破できるか、だれも知らなかった。もっと高度な解決策が必要なのは明らかだった。SAMの脅威に対応して身を守ると同時に、それを破壊する兵器装置を、機内に搭載するしかない。空軍が出した答えは、AN／APR－26警報システムを改良し、戦闘機に搭載することだった。

が、どの戦闘機にする？　パイロットまたは搭乗員の生存の可能性を確保できるような、高速かつ機動性にすぐれたジェット機でなくてはならない。爆撃機と偵察機なら、電波妨害や回避手段をとれるが、すぐうえを飛びまわる戦闘機には、それらは役にたたない。とくに、これみよがしに飛びまわる戦闘機を、SAMは自身の位置を明かす危険を冒しても攻撃してくるだろう。

解決策をせまられた空軍は、F－100Fスーパーセイバーを選び、パイロットとEWOを乗せることにした。ウィーズル計画がもちあがったとき、ノースアメリカン社製スーパーセイバーは、運用開始から約一〇年がたっていた。当初は訓練機だったスーパーセイバーには、二〇ミリ機関砲二基しか装備されていなかった。いま考えると、理想的な選択ではなかったが、ウィーズル計画は、ベトナムで増大する損失を抑えるために、死にものぐるいの努力をしていたのだ。しかも、時間はひどく限られていた。

残る最後の問題は、だれがそれを飛ばすかだった。戦闘機パイロットというのは、接したことのある人ならわかるように、独特の人種である。よく知らなければ、また、ねたましく思っているものからすれば、尊大に見えるかもしれないが、じつはそうでは<u>ない</u>。自分の強さと攻撃性と技量に絶対の自信があるので、そう見えるのだ。この気迫があるからこそ、正気の人間なら決して近づかないような、ジェット機を撃ち落とすための高性能爆薬を満載した、超音速で飛ぶ危険な箱のそばを飛ぼうとするのだろう。

戦闘機パイロットは、戦闘を、一種のやりがいのある冒険とみなしているので、ウィーズル計画に、F－100Fの優秀なパイロットを選ぶだけでよかった――が、EWOは別問題だった。それまで、ＥＷＯを戦闘機に搭乗させたことがなかった空軍は、Ｂ－52爆撃機のレーダー専門家に目をつけた。ロス・フォベア機の撃墜から三カ月とたたない一九六五年一〇月に、フロリダ州エグリン空軍基地で訓練が開始された。

　訓練内容は、ＳＡ－２対策だった。慎重に考案された防御戦術をはじめとして、当時判明していた事実や予測される事態すべてが教えこまれた。模擬ＳＡＭ陣地が作られ、実戦訓練が行なわれた。やがて、ＥＷＯの一人が、訓練の目的は何かというもっともな質問を投げかけた。

目的は、攻撃部隊を率いて北ベトナムに進入し、ＳＡＭをさがしだして破壊することだと、彼らは知らされた。そのとき、困惑したあるパイロットが、限られた装備と不確定な情報しかないうえ、ジャングルは濃密なのに、どうやってそんなことができるのかと尋ねた。いかにしてＳＡＭ陣地を見つけるのか？　ＳＡＭ陣地にミサイルを発射させる以外、確実に位置を知る方法はない——ウィーズルがミサイル攻撃をかわして生きのびれば、陣地の位置がわかる。ウィーズルが生きのびれば。

　生きのびれば。

　ＥＷＯのジャック・ドノバン大尉の言葉が後世に受け継がれて残っている。「自分は無敵だと思いこんでいる、頭のいかれた戦闘機パイロットのうしろに座って、ちっぽけなジェット機で北ベトナムのＳＡＭ陣地に向かって飛び、そいつに撃たれるまえにそれを撃てというのか？　冗談きついぜ！」

　冗談きついぜ《YGBSM》。その瞬間から永遠に、それがワイルド・ウィーズル任務を端的に物語るセリフとなった。それはいまでも続いている。

一九六五年一一月、ワイルド・ウィーズル用の最初のスーパーセイバー五機が、タイのコラート航空基地に到着した。任務開始まえから、SAMを抑えこむには、それを破壊するしかないことが、担当者にはわかっていた。対レーダーミサイルを発射すれば、一時的にレーダーを制圧できるが、問題は解決しない。翌日には、また攻撃してくるだろう。となると、爆弾か機関砲でミサイル陣地を破壊するしかない。こうして、F－105D――サンダーチーフの愛称で知られる超音速爆撃機――とチームを組んで、任務にあたることになった。

アイアンハンドと呼ばれる任務では、SAMの陣地を突きとめるために、SAMの交戦可能区域、つまりは射程の限界付近を飛ぶ。これで、ウィーズル機は格好のまとになる。SA－2目標捕捉レーダーが作動し、スーパーセイバーをロックオンしようとする。レーダー電波が放射され、ウィーズル機を追跡しはじめたら、それを逆にたどって、位置を特定する。電波の発生源をたどるか、または、SAMが発射されれば、たなびく煙が見えるかもしれない。そして、スーパーセイバーとサンダーチーフは爆弾を投下し、機銃掃射してSAM陣地を破壊する。

長い時間を経ても、この戦術の基本要素は変わらない。第一に、ウィーズルが逆探知できるだけの時間、SAMのレーダーから電波が放射されていなければならない。第二に、ウィーズルは、陣地の位置を特定し、攻撃に成功するまで生存していなくてはならない。最後に、陣地の攻撃の失敗は許されない。失敗すれば、SAM――くわえて、その周囲のすべての高射砲――がこっちを殺しにかかってくる。

簡単そうに聞こえるだろ？

まあ、そういうことだ。

ロス・フォベアの死から五カ月とたたない、クリスマスを三日後にひかえたその日、アル・ラム大尉とジャック・ドノバン大尉が北ベトナムで交戦し、SA－2一基を破壊した。ワイルド・ウィーズルはその価値を証明し、戦争が終わるまでベトナムにとどまることになる。

しかし、F－100Fスーパーセイバーはちがった。

九基のSAMの破壊が確定したとき、ウィーズルの損失率がじつに五〇パーセントにのぼることが判明し、方針の変更が喫緊の問題として浮上した。つぎの候補となる機種は、明らかだった。F－105サンダーチーフ——着陸時にたてる音にちなんで〝サッド《どすん》〟と呼ばれる——は、当初から捜索破壊任務に従事し、破壊者の役をになってきた。いっそのこと、この恐るべき単座戦闘爆撃機の複座型を作り、ウィーズルとして飛ばしてはどうか？　そうすれば、ウィーズル自身で破壊できる。

サッドはまぎれもなく一人乗りの戦闘機であったし、あらゆる点でスーパーセイバーより優れていた。スピードははるかに速く——高高度では音速の二倍——機体は二〇フィート長く、重量は二万ポンドほど重い。そうだとしても、F－105は、F－100Fの二倍ほど敵領域の奥へはいりこめる。もっとも重要なのは、サッドは、機内に八〇〇〇ポンドの爆弾を搭載可能なうえ、翼下に、重量六〇〇〇ポンドの兵器を取りつけられるハードポイントが五カ所ある点だ。SAMを消滅させるための選択肢は豊富だった。

アメリカ空軍は、リパブリック・アビエーション社に、東南アジアで学んだ教訓をいかして、F－105Fを改造させた。縦に二席並ぶコクピットに、APR－25RHAWとEWOをのせる。レーダー高度計、改良型の射出座席、装甲、最新の兵器投下システムも装備された。

ロス・フォベアの撃墜から一周年を目前にひかえた一九六六年六月には、ワイルド・ウィーズル第三計画が、東南アジアで始動した。あわせて八六機のF－105Fがウィーズル機として改造された。空軍が真剣に取り組んでいたことの証しである。その翌月、前世代のF－100Fが、最後の戦闘任務を終えた。いっぽう、ローリングサンダー作戦は、首尾よく大木を粉砕しつづけていた。戦争は長引いた。

北ベトナムにかける圧力をゆっくりと増やしていき、ホー・チ・ミンに、世界最強の軍部に抵抗するのはまったくの無駄だとわからせるのが、ロバート・マクナマラ国防長官の方針だった。どういうわけか戦争の運営をまかされたワシントンのコンサルタントらが思いついたその概念は、〝段階的拡大〟と呼ばれた。

そして、うまくいかなかった。

生粋の政治家であるマクナマラは、軍事力の使用法を理解していなかったうえ、敵を正確に評価していなかった。ローリングサンダーは、アメリカ軍部隊を少しずつ投入するだけの作戦だったため、北ベトナム軍に、損害を穴埋めし、資産を移動し、米軍の装備や戦術を研究する時間をあたえた。ワシントンの素人たちは、時間は、北ベトナムに味方していることをまったくわかっていなかった。戦争が北へと拡大するなか、ジョンソン政権は、改良型のソ連製SAMを使用してアメリカの空軍力を撃退する方法を学ぶ機会を、みすみす敵にあたえてしまったのだ。

最初に任務についたF－105F一一機のうち、一九六六年八月末までに五機を失い、ふたたび、ウィーズル計画に手をくわえる必要があることが明白になった。こうして現われたのが、F－105Gだ。G型は、SAMをさがして破壊する目的のためだけに作られた、純粋なウィーズルだった。APR－25／26レーダー追跡警告システムは、最新のAPR－35／37シリーズに交換された。精度および感度が向上したことで、照準がめざましく精確になり、ひいては、搭乗員の生存率の向上が期待された。

G型は、機体下部の一対のドーム内に、ウェスティングハウス社製AN／ALQ－105電子妨害ポッドも搭載していた。これによって、以前とくらべてはるかに強力な対応策がとれ、しかも、翼下のハードポイントの二カ所があいて、兵器を追加搭載できるようになった。翼端のデザインさえ変えて、周囲の空域の広い範囲を警戒するセンサーを設置し、さらに性能のよいALR－31システムを搭載した。

こういった改良はすべて、にがい経験をとおして――多くの場合、生命が失われたことで得られた教訓のたまものだった。SAMレーダーを発見するためのAPR－35／37受動探知システム、ミサイル発射を警告するALR－31、敵レーダーを混乱させるALQ－105電子妨害ポッドがそろい、F－105Gの戦闘準備はととのった。

そして、戦った。

一九六七年の後半から、急増するSAMを発見し破壊するべく、ウィーズルはタイ空軍基地から出撃した。F－105の出撃総数は、二万回を超えた。戦闘で失われたF－105は三〇〇機以上にのぼった。一九六六年だけでも、全機がウィーズルでないとしても、一二六機を数えた。そのうち一〇三機は、SAMと高射砲で撃ち落とされた。けたはずれに危険で、損害の大きい任務だった。

一九六八年のテト攻勢は、北ベトナム軍がまったく打撃を受けておらず、ロバート・マクナマラが素人くさい口だしをして決定された作戦が完全に失敗したことを示していた。マクナマラのローリングサンダー作戦によって、航空機数百機と、一〇〇〇人を超えるきわめて優秀な飛行士が失われた。マクナマラ自身は、一九六七年末に長官職を辞任し、世界銀行総裁におさまった。自分の失策を償いもせず、自己中心的性格を弁明もしなかった。これまた人間的にも政治的にも用済みとなったリンドン・ジョンソン大統領は、一九六八年三月、二期めの大統領選に出馬しないことを表明した。ジョンソンは、一九七三年一月、自身が所有する牧場で他界する。マクナマラは、二〇〇九年まで生きながらえた。その二人によって早死にさせられた五万八一七八人のアメリカ人の幽霊が、彼岸で二人を待ちかまえていたのではないか。

ジョンソンとマクナマラがいなくなると、北ベトナムの航空戦は立ち消えた。ローリングサンダー作戦は、一九六八年の大統領選挙直前の一一月に、正式かつ都合よく終結した。一九七〇年には、F－105の製造は終了していたが、いまだ増えつづける損失が、ワイルド・ウィーズル計画の見直しを必要としていた。

F－4ファントムⅡの登場だ。

マクドネル・ダグラス社製のファントムが、アメリカ海軍の戦闘攻撃機として軍用機のキャリアを歩みだしたのは、一九六一年五月のことだった。一九六二年、空軍版のF－4Cが承認され、一九六三年五月に初飛行した。サッドよりもずんぐりした姿で、重量があるものの、改良された火器管制システムを搭載していた。その後、照準の精度、操縦性、航続距離が向上したF－4DおよびEが続いた。三六機のF－4Cが、EF－4Cという名称に変更され、第四ワイルド・ウィーズル計画を担当した。しかし、それは、ますます悪化するベトナムの状況と進化をつづけるSAMに対する応急措置でしかなかった。

一九七一年のはじめ、ベトナムの小康状態は崩壊した。北ベトナム上空の航空活動が増えだし、一九七二年五月に、新たな敵の攻撃がはじまる。敵を追い返し、戦争に勝利するために、ハノイに焦点をあわせたラインバッカー作戦が開始された。四月中旬には、北ベトナムのほぼあらゆるものが攻撃目標となる。戦争終結という公約実現に向けて動いていたニクソン大統領は、アメリカ空軍の拘束を解いた。

ウィーズルはふたたび渦中に巻きこまれ、鉄道操車場、飛行場、倉庫をめざす攻撃部隊とともに、ときには一日に四度も出撃した。過去七年にわたって敵の活動をささえてきた基本施設が、ついに目標リストにくわえられ、壊滅状態となった。この作戦の成功が、パリ和平協定へとつながり、一九七二年一〇月二三日、北緯二〇度線より北の航空作戦は、一時的に停止した。一二月一八日、最後の猛攻となるラインバッカー第二作戦がはじまった。ウィーズルが開拓した道をやってきたB－52爆撃機の大部隊によって、とうとうハノイは屈服した。ところが、アメリカの政治手法にかかると、血の代価を支払って手にしたものはなんであれ、政府によって見捨てられるのがつねである。案の定、一九七三年のはじめ、アメリカ政府は部隊を撤退させはじめた。一九七五年一月には、北ベトナム軍は、サイゴンからわずか八〇マイルにあるフォクロン省を攻略し、四月三〇日、南ベトナム共和国は消失した。

　そして、ウィーズルは帰国した。帰れなかったものもいたが。二六機のファントムが撃墜され、さらに四二人の士官が死亡または行方不明、あるいは捕虜になった。レオ・ソーズネスとマーリン・デスレフセンという二人のウィーズルが、名誉勲章を受章した。

　地対空ミサイルの進歩によって、革新的な戦争形態がうまれた。それはやがて、航空機をおびやかす空恐ろしいテクノロジーである、統合防空システムへと発展する。それにともなって、対抗戦術がウィーズルⅠからウィーズルⅣへと進歩した。これらの技術は、ときにはベトナム戦争で学んだ基本を忘れ、ときには思いだしながら、進化しつづけるだろう。装備や兵器が考案され、改善され、あるいは廃棄されたが、これから見ていくように、ある一点は変わらなかった。ワイルド・ウィーズルなしでは、アメリカ空軍による攻撃は成功しないということだ。

2　冷戦と熱い時代

「木だちが大きくなってきたら、ブルーが見えるまで引く」

これは、父から受けた飛行訓練の最初の、そして忘れられない指示だ。このすぐあとのセリフは、

「いますぐ機首をあげないと、おれたちは死ぬぞ」

私が生まれたときにはすでに、父は実業家であり、高度な技術を身につけたエンジニアだった。NASAの宇宙船の操縦室の計器を設計し、アラスカ・パイプラインの流量計の改良にたずさわった。また、海兵隊戦闘攻撃機の退役パイロットでもあった。個性豊かな家族の一員として、私は、空を飛ぶことに幼いころから親しんでいた。私の家は、将軍が何人も輩出した家系で、先祖の一人は、南軍の騎兵隊隊長だった。曾祖父の一人は、セオドア・ルーズベルトとともにキューバのサンファンヒルの突撃に参加したし、もう一人は、口うるさい妻から逃げだしてフランスに渡り、第一次世界大戦を戦った。

そんな家系にもかかわらず、父は、スパルタ親父ではなかった。軍に入隊しろと強制されたことはない。じつのところ、私は、建築家になりたくて大学に進んだ。飛行機を飛ばすのは、家族の行事みたいなものだった。飛行機に乗って地面から浮きあがり、自在に曲芸飛行し、たくみに飛行機

をあやつって無事に地上に戻るのは、すばらしく楽しかった。人間は、空を飛べるようにはできていないし、大半の人間は、飛行機の操縦を教わる機会がない。だから私は、空を飛ぶという宝物のような自由を愛した――いまでも愛している。戦闘機パイロットはふつう、コクピット内でやることが多すぎて、空を飛ぶという驚異の瞬間を味わっているひまがないが、それはつねにそこにある。そして、私は最初からそのとりこだった。

あとになって、それが、若い女性をデートに誘うときにとても役だつとわかった。たとえば、あなたが女性だとして、一人の男から、映画を見にいってから食事をしないかと誘われたとしよう。興味を惹かれているところへ、二人めの男がやってきて「ねえ……食事のまえに、ぼくと一緒に空を飛ばないか?」と言う。

ずばり、まちがいなし。

大学二年生のとき、私のなかでなにかがぴたりとはまり、プロのパイロットになることに興味がわいた。過去二度の夏休みに建築家のもとで働き、仕事ぶりを見てきた私は、建物を設計するという創造性に富んだ作業の楽しさを知っていた。こうして、私は決断をせまられた。もしも軍のパイロットになるために士官の地位をめざすなら、一年半ものつらい訓練課程をすぐに開始しなければならないからだ。ネクタイをしめて、四〇年間も事務所でデスクに向かうか――それとも、生死を運にまかせて、高速ジェット機を飛ばすか。

じつは、すぐに決まった。

五年分の大学の単位を四年間で取得することができた私は、一九八六年の春の士官の任命にまにあい、大学生パイロット訓練（UPT）の〝ポスト〟を手放さずにすんだ。その訓練を行なう空軍基礎飛行学校は、肉体的にも精神的にも相当なレベルまでふるいわけられた士官のみが入学を許される。一九八〇年代末期、将来のパイロットをよりわけることを専門とする空軍基地は五カ所あった。私に、ある選択が提示された。九カ月後に、アリゾナ州の陽光あふれる、風景の美しいウィリアムズ空軍基地へはいるか、五カ月後にオクラホマ州のバンス空軍基地へ行くか。若さゆえの無知と意気ごみだけで、私はバンスを選んだ。行ってみて、だれもが言う、人里離れた〝どこでもない〟場所はほんとうにあるのだと知った。基地のそばにある町のオクラホマ州イーニッドは、映画『フットルース』から抜けだしてきたような小さな町だ。なんと、この町でダンスが合法化されたのは一九八七年だ。

UPTにやってくるのは、だいたいが私のような人間だった。大学か空軍士官学校か士官候補生学校を出たばかりの新人少尉である。多数の委員会が、私たちのそれまでの人生を細かく調査して選別する。生い立ち、成績評価平均点《GPA》、スポーツ、推薦状、ばかばかしい課外活動、そしてたぶん髪型も。健康診断や眼科検査、心理検査、面接、それに、総合選抜試験がある。士官に任命されるだけのために、これが必要なのだ。七万人いる空軍士官の大多数がこうして審査され、人事や整備や補給といった専門分野の一つにふりわけられる。このあと、パイロット志望者の揚げ足をとり、自分をつまらない人間と思わせ、そして、とくに飛行士としての適性を見る試験がずらりと続く。七万人の士官のうち、パイロットになるのはわずか一万人ほどで、現役の戦闘機パイロットに必要な素質を持つのは、そのうちの三千人以下だ。

試験すべてに高得点で合格したとしても、ただ門をくぐって、打席についたにすぎない。その努力は、空軍パイロットのあかしである銀の航空徽章《ウィングマーク》を身につける資格を得たという以外、なにものも保証しない。一般に信じられているのとはちがい、出自や父親のコネ、出身大学などはいっさい関係ない。空軍パイロット訓練は、機会均等に夢と希望をぶちこわすふるいなのだ。私の目のまえで、あらゆるタイプの人間が失格していった。士官学校卒、ＧＰＡ四・〇の秀才エンジニア・タイプ、民間機で千時間も飛行していながら、編隊飛行ができず、ジェット機を着陸させられなかった男たち。

適性があるかないかなのだ。

そのあとはこうなる。

最初の二週間は、飛行関係以外のあらゆる雑用をして過ごす。人事課や航空医官や空軍憲兵隊の登録手続きなどだ。はいりたての少尉は、ふつうは二、三度やりそこなってから、ようやく完了する。また、すぐに学科も始まった。アメリカ空軍《USAF》は、技術教育や形式的な訓練課程が大好きで、めざすものが降下救難員《パラジャンパー》であろうがパイロットであろうが、訓練要旨が用意されている。そして、士官任命はもちろんのこと、入隊するためだけでも、主要四部門の選抜試験で高得点をとらなければならない。とんでもなく複雑な現代のジェット機、とくに戦闘機のことを考えると、それも当然かもしれない。私たちは大学を卒業したばかりだったので、勉強量にさほど違和感がなく、そして、ようやく〝飛行列線《フライトライン》〟に出られて喜んだ。

どこのUSAF飛行基地のフライトラインにも、複数の飛行隊司令部と整備施設、そして航空機を飛ばすためのすべてのものがそろっている。滑走路と誘導路のすぐそばに位置するフライトラインは、あるパイロットが佐官級士官に昇進し、どこかの参謀となって書類の神様をたたえる日が来るまで、そのパイロットの家でありつづける。むろん、私たちはまだパイロットではなかった。〝スタッズ〟と呼ばれる訓練生だ。(当然ながら、士官クラブを訪れる女性たちに、そんなことは説明しない)。その時点では価値のない役たたずの人間が、自分の夢をかなえるために、成績第一の苦難の場所で一年間の修行を行なうと考えてもらえればいいだろう。

そして、はじめての甘美な瞬間がやってきた。独身士官宿舎《BOQ》の自室で、新品のごわごわした飛行服に袖を通したときだ。いいにおいがした(ノーメックス耐火性繊維のにおいだろう)。名札と少尉の線章がついたそれを着た私は、ものすごくいかす。

そう思った。

私たち全員がそう思った。

不満が一つだけあった。ウイングマークがないことだ。このつらい事実は、教官と、士官クラブに出入りする女性たちから、少なくとも一分に一度のわりあいで指摘された。それは、あつらえの素敵なスーツを着ていながら、靴をはいていないようなものだ。なんとも格好がつかない。現実に直面してはじめて自分の卑小さを思い知った。だから、訓練を修了した連中とおなじく、なにがあろうと、価値ある銀色のウイングマークを手にしてやると心に決めた。

ＵＰＴの前半は、最悪のＴ－37訓練機を使用しての飛行訓練だった。その訓練機は、騒々しく、不快で、エンジンは馬力不足だし、地上にいるときはコクピットが低いため、機付長から見おろされることになる。空軍が、訓練機をＴ－６テキサンに切り換えたのは、愛称を〝ツイート〟というＴ－37よりも優れていたからにちがいない。いずれにしろ、〝コンタクト〟と呼ばれる訓練の第一段階は教官が訓練生をふるい落とす最初の機会となった。その段階で、あらゆる基礎飛行訓練が行なわれる――地上での作業、離着陸、きりもみ降下《スピン》、曲芸飛行、そして忘れてはならない緊急時の手順。

教官は、さまざまな分野から集められていた。最優秀は、実戦任務を経験したのち、本人の意志に反して訓練部に配属された人々だ。ほかに、給油機や輸送機や爆撃機のパイロットや、うれしいことに、戦闘機のパイロットも数人いた。戦闘機パイロットは、例外なく、訓練機を飛ばすのをいやがっていた。最前線の戦闘飛行隊で戦闘機を飛ばすという、空軍で得られる最高の仕事から、こんな青臭い訓練部に戻されるのは、彼らにとっては転落なのだ。さいわいなことに、三年の勤務期間を終えたら、また実世界に戻れる。そして、ありがたいことに、実戦経験のあるパイロットたちがそこにいるのは、ほかの連中の口封じのためだった。

ほかの連中とは、初任教官パイロット、略してＦＡＩＰ。おしなべて不愉快な連中だった。ＵＰＴを修了後、航空教育訓練部以外の任務についたことがなく、教官として残るしかなかったパイロットたちだ。テキサス州サンアントニオで数カ月間、訓練生の教育法を学んできてはいる。だが、つまりはこういうことだ。彼らの軍用機の飛行経験は、ＵＰＴとサンアントニオだけしかない。二年に満たない飛行訓練経験しかない男が、訓練生に教えることになる。それ以上に重要なのは、その男に、空軍パイロットとしての実力の評価をゆだねることだ。私の意見では、非常に優秀な教官も数人はいたが、大半は、恨みがましい挫折者だった。最前線のパイロットが訓練部に呼びもどされる理由はまさにそこにある――ＦＡＩＰに好き勝手させないように、また、訓練課程を現実的な目で監視するためだ。でないと、狭い世界でしか通用しない、どうでもいいことばかりを気にする空軍ができてしまう。

　私の第一担当教官は、〝ダディ・ラビット〟という不似合いなコールサインを持つ、ぶっきらぼうで不遜な元Ｂ－52パイロットだった。彼についた私たち訓練生六人は幸運だった。ジェット機は、ペットのようなものだ。ペットと飼い主のように、ジェット機とそれを飛ばす人間がだんだん似てくる。Ｂ－52は、〝でかくて不細工なデブ野郎《BUFF》〟と知られる爆撃機だ。ダディ・ラビットは太っていなかったが、大柄で不細工だった――そして、超一流のパイロットだった。彼は、訓練生たちに〝全体像〟をしみこませること、すなわち、ささいな点にとらわれるのではなく、自分の周囲で起きていることすべてに意識を向けろと教えこんだ。また、ＦＡＩＰとちがって、ダディ・ラビットは落ち着いていた。

「若造《パンク》」オクラホマ州の大地が風防ガラス一面を占めているというのに、もたもたして、スピンから姿勢を立てなおさない私に向かって、彼は穏やかに言った。「いま、きちんとそれをやれば、おれたちは生きて帰って、今夜はクラブで飲めるぞ」また、彼は訓練部に反感をいだき、ほとんどのＦＡＩＰを忌み嫌っていた。ダディ・ラビット、もしもこれを読んでくれているなら、いろいろ世話になったな、礼をいうよ。

一週間とたたないうちに、空酔いがなおらないとか、緊急時の手順をおぼえられない、あるいは、飛行機を飛ばしながら他のことを考えられないなど、基本的能力に欠ける男たちが落第していった。ある飛行訓練に落第したら、再度おなじ訓練を受ける。それは〝X〟飛行《フライト》と呼ばれる。それに落第したら、FAIPではない、もっと経験豊かな飛行隊士官とともに〝ダブルX〟フライトを飛ぶ。それにも落ちたら、飛行検査官による習熟度検査を受け、それに合格しなければ、そこで終わりだ。月曜日に完全入隊し、契約をすませながら、金曜日までに姿を消した訓練生がいた。

ツイート訓練が、編隊飛行や基礎計器手順へと進んでいくあいだ、訓練生はまさにハエのように落ちつづけた。このあいだもいつもと変わらず、学科の授業はとめどなく続いた。航空力学、航空機システム、気象、計器飛行手順――パイロットには欠かせない基礎知識だ。緊急時の訓練は、絶え間なく行なわれた。さらに学科教育、シミュレーター訓練、そして、毎日の〝起立《スタンダップ》〟と呼ばれる朝礼。

それは、毎朝、飛行訓練と学科授業のまえに、広い状況説明室《ブリーフィング》で行なわれる一斉説明会だ。教官一名と、ふつうは四、五人の訓練生が、一つのテーブルにつく（開始時）。このときに、天候、飛行予定、その他連絡事項が発表される。そのあと、教官のだれかが、一件の困難な飛行状況を含む想定を三〇秒で述べ、訓練生のだれかにあとをまかせる。その訓練生は〝起立〟し、どれほど過酷な事態であろうと、それに続く飛行状況を想定して発表する。教官や同期の訓練生全員が見守るなか、論理的な結論をくだし、できれば、飛行機を地上に着陸させなければならない。危機に直面したときには、外部の圧力を無視し、一瞬で決断するという基本を若いパイロットに教えこむには、とても効果的な手法だった。

半年がたち、二度の検査飛行を終えた私たちは、UPTのつぎの訓練段階に進み、T－38へ移行した。この時点で、同期生の四〇パーセントは消え、残っているものはだいぶ慣れてきた。もちろん、ウイングマークにはまだ手は届かず、大勢の仲間が脱落するのを見てきたから、うぬぼれてはいなかった。とはいえ、ここに来るときに持ってきた見当ちがいの自信を、少しだけ取り戻していた。

T－38側の受けいれ態勢は、まえとはちがっていた。教官が訓練生をふるい落とすことに変わりはないが、半年間の訓練を生き残ってここに達したことが能力の証明であると、彼らはみなしていた。空軍はすでにかなりの費用もつぎこんでいるから、将来のパイロットを一人でも多く確保するためにさらに力を入れるだろう。

私はすごく気にいった。不機嫌な機械を力ずくでコントロールするようなツイートの操縦とは反対に、T－38の操縦は、緻密さが求められた。戦闘機（少なくとも一九七〇年代の）ように飛んだ。空軍は、AT－38とF－5タイガーⅡの両方の機種で、複数の型を有していた。駐機しているときのコクピットは高い位置にあり、縦に並ぶ二つの座席は大きな魅力だった。教官が自分の真横に座るツイートより、こっちのほうがずっといい。

そこから半年たつと、ジェット機を飛ばすことに違和感がなくなってきた。中くらいの成績でツイートを卒業した私だが、両手と脳みそは、T－38の感覚に追いついた。その機はアフターバーナーをそなえていたので、曲技飛行時のGを軽減するため、Gスーツを着用する。機動性の高い戦闘機とくらべると、T－38は、あつかいにくい飛行機ではなかった。そして、ガラスのドアに映る、ヘルメットをかぶってGスーツを着た自分を見たとき、ついにここまで来たのだと思った――死に立ちむかう戦闘機パイロットに。それが役だつかもしれない。役だたないかもしれない。でも、この見た目が好きだった。

訓練開始から約一一カ月後、教官および指揮官全員が、長い週末をとおして協議を行なった。そこで、私たちのすべてが吟味された。一つ一つの試験の得点、シミュレーター訓練、そして飛行訓練が採点され、成績がつけられた。眠らない夜と汗ばんだてのひらを総合して、客観的な得点がつけられた。同点のときは、本人の人間性が評価の対象にされた。態度、積極性、風采、〝軍人らしいふるまい〟など。

教官らの会議が終わったときには、訓練生の生き残り組に順位がつけられている。私のクラスは、一位から二二位まで。総得点上位二〇パーセントで線が引かれ、その線より上のものは、戦闘機《F》、攻撃機《A》、偵察機《R》（FAR）の有資格者となり、その線より下だと、給油機《T》、輸送機《T》、爆撃機《B》（TTB）へ進むことになる。私のクラスは、境界線より上に五人いた――その数は、空軍の必要に応じて、増えたり減ったりする。

ブール方程式と黒魔術をもちい、作戦上の必要性を公正に予測したうえで、各機種が数機ずつ、訓練修了予定者のいるクラスに割りあてられる。私のクラスには戦闘機三機が割りあてられたので、上位三名がそれに任命される。ＦＡＲ有資格者のうち、上位三位にはいれなかったかわいそうな二人は、どこにも行けず、ＦＡＩＰになることが決まった。全員が、希望の機種と所属を記入した希望配置届を提出してあった。そして、成績順位と訓練生の希望が、空軍が配分する機種と機数に突きあわせられる。その結果は、決断の夜《ドロップナイト》に発表される。

　この発表式は、金曜日の夜に士官クラブで行なわれた。その晩、開店直後にクラブにはいる――無料のバー、音楽、そして女性マニアのグループが腰を落ちつけるまえに。新人パイロットの名が呼ばれ、ほどよく粉飾された訓練時のエピソードが披露されてから、彼が乗る機種の写真がスクリーンに映される。ときには、彼の反応を見るためだけに、わざとべつの機種が映しだされることがある。冗談にしても趣味が悪すぎる。戦闘機を希望しているのに、鈍重なＣ－130や訓練機に乗ることになると知ったら、喉をかき切って死にたいと思うだろう。とにかく、この夜は、大学の四年間とＵＰＴの一年間を耐えてきた男にとって、一生の夢の頂点といっていい。私の番になって、最初にＴ－38が見せられたとき、恥ずかしいことに肉体からたましいが抜けたようになり、よろめかないように椅子をつかんだのをおぼえている。そのあと、高笑いや野次や歓声があがるなか、優雅なＦ－16の写真にかわった。最後に、ぼうっとしたパイロットはそれぞれ、大勢から背中を叩かれながら前方に歩いていって、握手をし、正式命令を受けとる。受けるに値するものを手にするのだ――私にとって、すばらしい夜になった。

　その年が終わると、かなり体重は減ったものの、念願の銀のウイングマークを胸につけて、私はバンス基地をあとにした。訓練課程を終えても、じつは自分はなにもやり終えていないのだとすぐに気づく。というのは、いつでもつぎの訓練か学校があるからだ。なにかをやり遂げるのは、つぎのドアをあけること。実戦配備の飛行隊に所属したいと望む、向上心のあるパイロットは、さらに一年間のさまざまな訓練を受けることになる。

　まずは、ニューメキシコ州ホロマン空軍基地での三カ月間の戦闘機導入訓練（ＬＩＦＴ）だった。使用機種はＡＴ－38機で、教官全員が戦闘機パイロットだった。この訓練の主眼、そして真の価値は、未熟な若造に、戦闘機パイロットになる方法を伝授することにある。つまり、爆弾投下、機銃掃射、空中戦といった飛行技術のほかに、ぜったい必要なことを教えてくれた――バーでの飲みくらべ大会、〝ちっちゃなサミー〟や〝ママ、息子は死んだ〟などの歌を。航空訓練軍団のワッペン《パッチ》はすべてはがされ、戦術航空軍団（ＴＡＣ）の名札とパッチが支給された。ＴＡＣの盾のマークと、ＴＦＳ――戦術戦闘飛行隊――というイニシャルのついた飛行隊のパッチをつけて、どこかの士官クラブへはいっていくときが、ちがいがはっきりわかる瞬間だった。

　また、遠心力発生装置の訓練もあった。室内に、時速四〇〇マイルで回転する椅子がある。映画『ライトスタッフ』や『スパイ・ライク・アス』にも出てきた機械だ。つまり私たちは、高Ｇ機動の戦闘機時代の第一世代のパイロットだった。だが、その長期的影響については、だれもわかっていなかった。高Ｇ機動時に頭に血が流れなくなると、脳は働きを止める。どう考えても、秒速九〇〇フィートでジェット戦闘機を飛ばしているときにこれが起きたら、まずいことになるし、じっさいに大勢のパイロットが命を落としている。Ｔ－38やそれ以前の戦闘機は、一瞬なら七Ｇも可能だが、エンジンと機体はそう長くは耐えられない。必然的にＧは、非常に操縦しやすい四、五Ｇに〝減って〟しまう。F－16の場合、機体が八ないし九Gに長く耐えられるため、そのあいだにパイロットが意識を失うかもしれない。生理学者や航空医官や事務官ら全員が、この件を重要課題として取りあげた。そして、持続する高Gにパイロットを慣れさせるために、遠心力訓練が行なわれることになった。パイロットを縛りつけた椅子を、彼が意識を失うまで回転させるのだ。私はべつに気にしていなかった。もともと危険な仕事なのだから、危険がもう一つ増えたからといってどうということはない。

じつは、LIFTの最大の危険は、〝ホロマン・ウィドー〟だった。一般的には、下士官兵と離婚し、元夫の転勤後も、その町に残った女性たちのことだ。彼女たちは、失敗をくりかえさないために、上官と結婚しようと決心していた。映画『愛と青春の旅だち』に出てくるヒロインよりやや年上で、一人か二人の子持ちの女性を想像してほしい。私は、結婚とは縁遠かったし、妻や家族をすぐに欲しいとはまったく思っていなかったので、伝染病患者なみに彼女たちを避けた。

一年間過ごしたバンス基地とくらべれば、ホロマン基地は楽園だった。ニューメキシコ州アラモゴードは大都市ではないが、イーニッドとはちがって、バプテスト派教会が八〇もあることを自慢せず、厳格な法律もなかった。それに、サングレ・デ・クリスト山脈があった。車でほんの数時間走ればアルバカーキへ行けたし、ルイドソに手ごろなスキー場があった。オクラホマ州にくらべれば、いうまでもなく都会的だった。

LIFTを修了したのち、ワシントン州のフェアチャイルド空軍基地で上級救難訓練を受けた。二月に、課程の一部である脱出逃走訓練を行なった。射出時の緊急装備だけで山頂におりたったという想定だ。たいした装備ではない。

適当な間を――一時間ほど――置いてから、荒れ地で士官を追いかけるしかこの世に楽しみはないという勢いで、武装した兵士らが私たちを追跡しはじめた。ソ連および東欧圏諸国を強敵とみなしていた時代だったため、兵士たちはそれになりきっていた。ロシア語かドイツ語でしか話さず、制服も武器も態度も本物そっくりだった。東ベルリンで行なわれているメソッドを研究したのだろう。

この荒れ地のことをよく知る、狂気のサディストに追われながら、雪山でかんじきなしで逃げようとしても無理だと悟った。いわゆる出来レースなのだ。

でも、やるしかないじゃないか？　私は、流れが速すぎて凍結していない小川のなかを水音をたてて進んでから、三流のウェスタン映画で見たように、うしろ向きで木まで歩いた。ブーツでつけた足跡をくずさないように、身体をまわしながら、なんとか枝のうえに身体を引っぱりあげた。

これでよし。最高の作戦ではないかもしれないが、そのときはそれしか思いつかなかったし、深さ四フィートの雪のなかをやみくもに走って逃げるよりはましだ。しかも、その手は成功した。少なくとも、私が自分の能力をまた過信しはじめるまで。

彼らは、私が隠れている木を通りすぎて岸で立ちどまった。ハンスとフリッツとユーリ（たぶんそんな名前だろう）が、しばらく途方に暮れたような顔をしていたので、私はしごく満足だった。それどころか、彼らはイバラを突きまわして私をさがしはじめた。三人のうちの一人が、私の足跡に気づいて、しげしげと見つめた。彼はいずれそのトリックを見破っただろうと思うが、そのとき犬が走ってきて、彼を押し倒した。それを見ておもしろがったのは私だけだった。作戦は失敗に終わった。

捕まった私は、ほかのみんなと一緒に、にせの捕虜収容所にほうりこまれた。〝にせ〟というのは、私たちを殴って気絶させたり、睾丸に電気を流したり、殺したりはできないという意味である。裸で身体検査され、さんざんわめいたり小突いたりされたあと、ロッカーくらいの広さの〝独房〟に投げこまれた。腰をおろすことができず、片側の壁にもたれて休むのがせいぜいだった。この姿勢だと、うとうとできるのは七、八秒だろう。楽しくはなかったが、本物ならこの程度ですまないことははっきりしていた。とはいえ、大学の学位、任官、ウイングマーク、そして戦闘機の任命を取得するために、それまで数年間を費やしてきた若い士官にとって、バケツの冷たい水を顔に浴びせられたようなものだった。私は、自分が思っていたような重要人物とはほど遠い人間だった。そういう、けちでうろたえきった思いに浸りはじめた。彼らがやっている心理操作も、全然おもしろくなかった。音楽や雑音がくりかえし再生された。いくどとなく。むろん、リラクゼーションのための、流れる水音つきの肩の凝らないクラシック音楽のメドレーではない。

最初に、ビートルズの〝ハッピーバースディ〟の歌詞の冒頭が、魔女の高笑いと、私のお気に入り——赤ん坊の泣き声とともに流れてくる。何度も何度も。そのせいで、子どもを持つのがゆうに一五年は遅れたと思う。

また、心理ゲームや肉体的虐待もあったが、それは〝ストレス負荷〟と呼ばれていたと思う。しかし、テキサスA&M大学士官候補生団に四年間在籍していたおかげで、そういう歌詞や騒音にいらだつことはなかった。彼らがやる気を失うまで、私の頭のなかではパバロッティの歌声が流れていた。

捕虜収容所の模擬体験のほかに、生存方法や、質問をはぐらかしたり言いのがれたりする技術、暗号、その他厳しい試練をくぐり抜けて生き延びる可能性を大きくするために考えだされた多様な方法など、さまざまな有益な訓練を受けた。悪運が重なって、こうした状況におちいってもおかしくないと考えた私は、じっと耳を傾けた。これらの訓練は、気の毒な男たちがベトナムでの苦い経験から得た教訓の集大成なのだ。

運悪く、軍の多数の訓練というかたちで、私たちは最後の戦争を戦っていたのだ。この場合、けっしてはじまることのなかったソ連との戦争を。それでも、ソ連と戦うために訓練されたのなら、アラブ諸国相手でも対応できるだろうと、あとになって私は結論づけた。

この楽しい余興のあと、まずはF‐16補充訓練部隊（RTU）にはいった。うれしいことに、この部隊は、日光がさんさんとふりそそぐアリゾナ州フェニックスに置かれていた。オクラホマ州では文化に飢え、ワシントン州では寒さに震えたことを考えると、ルーク空軍基地はまさに天国だった。青いスティングレイにありったけの荷物を詰めこみ（持ち物はあまりなかった）、ふたたび自信満々で、ルーク基地の正面ゲートまえに乗りつけた。うぬぼれはすぐに抑えつけたが。

当時、F‐16は、導入されてまだ九年しかたっていない、米軍で最新最強の戦闘機だった。ちなみに、〝ファイティング・ファルコン〟という愛称で呼ぶのはしろうとだけだ。ほかはみな〝クサリヘビ《バイパー》〟と呼ぶ。というのは、正面から見た形がヘビのようだから、もしくは、テレビ番組の『宇宙空母ギャラクティカ』に出てくる戦闘機に似ているからといわれている。あるいは、その両方——どちらでもお好きに。

軽量の昼間飛行用として一九七九年に実戦配備されたバイパーは、想像よりもはるかに優れた性能を見せつけた。これはおもに、技術や兵器の進歩にあわせて性能を向上させることが可能な、コンピューター化したモジュラー方式を採用しているためだ。破壊的能力を持つF-16戦闘機は、コンピューターで空力的不安定性を補正しながらしか飛ぶことができない。この意図的な不安定性は、ほぼ完璧な最初の一発で殴りあいの喧嘩をはじめるようなものだ。バイパーのエンジンはすばらしく強力だが、それに比して機体が小さいため、重量をはるかにうわまわる推力が生まれる。この推力のおかげで、F-16は九G飛行を維持することができ、つまりは、世界じゅうのあらゆる脅威に機動性でまさる。また、F-16の操縦装置は、従来のケーブルではなく、電気信号で動くようにできている。フライバイワイア方式というこのシステムは、不安定性を補うと同時に、継続するGに耐えて操縦するパイロットの肉体的負担を減らしてくれる。まえに述べたように、高Gは脳に血液が流れなくなり、軟骨が折れ、筋肉が引き裂かれるという、パイロットの命取りとなる危険性をつねにはらんでいる。

その後八カ月間は、時速五〇〇マイルで飛ぶジェット機を相手に、空中戦の訓練をした。地球の重力の八ないし九倍の力を受ける苦痛が、毎日くりかえされた。二機一組および二機二組で飛ぶ訓練をした。F-16が搭載する兵器の使用法を、時間をかけて一種類ずつ習得した。殺傷破壊用爆弾、空対地ミサイル、空対空ミサイル、機関砲。

F−16に起きうると想定されるあらゆる緊急事態の対応を教授され、シミュレーターで何度も訓練して、それを私の意識の先端に永遠に刻みつけた。ジェット機の各構成部分がどう機能するかを私たちが理解するまで、飛行機のあらゆるシステムを細かく解剖した講義と解説が行なわれた。生きた人間を一人乗せて時速五〇〇マイルで飛ぶ、一機につきざっと四千万ドルのジェット戦闘機は、貴重な財産だ。世界じゅうで通用する、悪天候用の計器飛行証明と、空中給油資格を取得した。

多様な脅威についての基本事項も学習した。敵戦闘機、高射砲、地対空ミサイルの強みと弱点を学んだ。機搭載の対抗策と防御システムを、これらに命を救われる日がいつか来るだろうと思いながら、完全に理解したと納得するまで勉強した。いずれ前線の飛行隊に配属されてから、ずっと詳細な再訓練を受けることになる。この手順は、戦闘機パイロットでいるあいだは、ひんぱんに改訂され、更新され、反復される。

ルーク基地で、私たちパイロットは兵器であるという根本的な認識を得るにいたった。戦闘機飛行作戦の運用と成否は、パイロットにかかっている。これは、戦闘機パイロットと、他の軍用機のパイロットとの多くのちがいの一つである。戦闘機は、私たちが戦闘に行くための馬であるが、戦闘そのものは私たちにかかっている。

RTUの後期になって、つぎに所属する戦闘航空団が決まった。配属は、大まかには私たちの希望に沿うものだが、第一義的には、補充を必要とする部署へ送られる。とはいえ、UPTとはちがって、私たちは能力をすでに証明し、ウイングマークを獲得しているので、希望もいくらかは斟酌してもらえる。いつものように、訓練修了式には家族が顔をそろえ、祖母までやってきた。私のジェット機に案内したとき、対気速度を測るピトー管の長さはいかほどかと祖母から尋ねられて、私は驚いた。数年後、祖母の葬儀が終わったあと、祖母の小さく几帳面な字で、F－16のデータがびっしり書かれた紙を見つけてはじめて、そのわけを知ったのだった。パスポートをとるにもひどく手間のかかる、合衆国に併合されるまえのインディアン特別保護区生まれの祖母だった。

UPTの私のクラスには、パイロット訓練生が四一人いた。そのうち二二人が卒業し、私を含めて三人が戦闘機部門に配属になった。RTUの私のクラスには一三人のパイロットがいたが、卒業したのは一一人だった。その約半数が既婚者だったので、だいたいはアメリカ本国の基地へ配属を希望していた。これは、第一次湾岸戦争の、そして、軍の組織が大幅に改変されるまえのことだ。当時の軍は、紛争地に長期の展開をしていなかった。基地の飛行隊員としての生活は、訓練と社交活動が主で、だいたいの予測はついた。私は独身だったから、肉親のほかに、私をアメリカに縛る人間はだれもいなかった。私は海外へ出て、広い世界を見たかった。

ドイツがよさそうだと思い、F－16を配備している三カ所の基地を希望した。第一と第二希望のハーン航空基地とラムシュタイン航空基地には、私の任務周期中に欠員がなかったので、自然と第三希望に決まった。第五二戦術戦闘航空団の本拠地であるスパンダーレム航空基地という名は聞いたことがなかったが、関係なかった。ドイツにある基地なら問題ない。

冷戦の真っ最中だったため、ヨーロッパが主要な作戦地域だった。極東にも基地はあったが、その地域に興味はなかった。

実戦配備（訓練部ではない）の航空軍は、多数の部門に分かれていた。爆撃機や輸送機、空中給油機などの戦略航空機部門。爆撃機が配備されているのは、敵（ソ連）領空深くへ侵入し、ソ連の都市に核爆弾を投下するためだ。輸送機と給油機は、物資と燃料を補給する。

そして、戦闘機や前線航空管制機、偵察機などが属する戦術航空機部門。少なくともヨーロッパでは、戦闘機は、基本的にスピード抑制帯役《バンプ》をになうことになっていた。ソ連軍の戦車の進行をくいとめる。ヨーロッパ大陸を横断しドーバー海峡にいたるソ連の大軍事攻撃では、東西ドイツの国境にあるフルダ・ギャップがソ連の進軍路になると予想されていた。ハーツ山脈中の狭い峠道であるフルダ・ギャップが、第三次世界大戦の幕開けとなる戦車戦の中心地と目されていた。当然ながら、その周辺に、アメリカ陸軍とNATO軍部隊が配備され、上空の空域は、碁盤の目のように分割され、制限作戦区域として管理されていた。地図が作製され、時間だけはたっぷりとある士官が心血をそそいで、色分けされた行動指示書を作りあげ、そして三世代にわたる時間をかけて、あらゆるものが計画され、まとめあげられた。ところが、一つ問題があった。

あまりに非現実的だったことだ。

ためらいもなく西ヨーロッパを蹂躙する敵の勢力は、われらの一〇倍だった。核兵器を保有していたから、全面戦争になれば、すぐさまそれを使ってくるだろう。むろん、こちらも核兵器を使わざるをえなくなる。そうして、美しい都市や河川、芸術や美味なワインをはぐくんできたヨーロッパは、その後数世代に渡って、広大な光る駐車場と化してしまう。この戦争が起きれば、以前の紛争などすべて、リトルリーグの試合に思えるだろう。

くりかえすが、あまりに非現実的だった。

いまにいたるまで、どうやってその結末を避けてきたのか、いまだによくわからない。じつのところ、あの当時の私は、地政学的な見解にあまり興味がなかった。大多数の若い兵士同様、単なるコマの一つにすぎなかった。銀色の肩章のついた制服を着て、胸にウイングマークをつけ、しびれるほどいかす戦闘機を飛ばすコマ。自分が戦うことになる相手に、私はほとんど興味がなかった。それに、戦闘の現場に出るものとして、敵機のコクピットに座る男よりも自分のほうが、どうもうで危険だと信じるしかない。

そして、私たちは最高に優秀だった。

イギリス空軍やＮＡＴＯ軍のパイロットは、その意見に異議をとなえるかもしれないが、彼らは、米軍の装備を使用し、米軍の訓練を受けてきたのだ。米軍には、それまでの二〇年間に東南アジアで戦闘を経験した世代のパイロットもいた。しぶとく生き残り、いまも空軍にとどまるパイロットは、がいして第一級の腕の持ち主だった。戦闘をくぐりぬけてきた戦術と技術だけでなく、教科書では学べない教訓を、さらに、考えかたの道筋を私に教えてくれた。あくまで戦術面だが。

私が着任したとき、第五二戦術戦闘航空団は、第四八〇、第八一、第二三という三個の戦術戦闘飛行隊で構成されていた。敵の防空システムをさがしだして破壊する、ワイルド・ウィーズル専門の航空団だった。私は、第二三戦術戦闘飛行隊——かの有名なファイティング・ホークス——の所属となった。この飛行隊には、ほかと異なる特徴があった。二種類の戦闘機を保有していたのだ。ベトナム戦争から残る旧型のＦ－４Ｇと、アメリカ空軍の戦争をまだ戦ったことのないＦ－16Ｃである。私が、第五二航空団にはいれた大きな理由は、ここに来たがるＦ－16のパイロットが非常に少ないからだった。なぜ二種類の機種があったかというと、空軍は、年代物のF－4Gを退役させることを決定していたものの、その後継機を決めかねていたからだ。

航空団には、世代間の断絶《ジェネレーションギャップ》があった。しかも、パイロット同士のギャップと、戦闘機のギャップの二つがあった。F－4のほとんどのパイロットは人間的にすぐれており、F－4とうまがあうのか、その飛行機が大好きだという理由で、F－4を離れようとしなかった。それ以外は、退役が数年後にせまっているため、新しい技術を学びたくない、もしくは、新機種に移行するとなると、訓練期間の分だけ退役が遅れてしまうので移行したくないという理由からだった。

こうして私は、新しい世界にくわわった。本物の現実世界。そこから飛行時間にして一〇分弱のところに、フルダ・ギャップがあり、ウォッカをあおるロシア人の大群がいる。ここでは、ブーツをぴかぴかに磨いていないとか、後方の補給部隊がどうだのと気にするものは一人もいなかった。万一戦争がはじまれば、私たちの平均余命はおよそ九〇秒――そう聞かされたら、人生観は大きく変わるはずだ。

また、珍種の人間にも出会った。EWOと呼ばれる人種だ。それは電子戦士官の略称だが、本物に会ったのははじめてだった。コクピットの後席に座り、自分の運命を前席のパイロットに完全にゆだねようという人間がほんとうにいたことを知って、私は唖然として言葉も出なかった。映画『トップガン』で、後席のグースが死ぬシーンを見たことがあったから、そういう飛行機が、海軍にあることは漠然と知っていた。けれども、じっさいに会ったことはなかった。

しかし、一九八八年には、米軍は、まだこの種の飛行機を保有していた。アメリカ空軍には、F

ー4G、F－15E、F－111があり、海軍には、F－14とEA－6があった。自分本位なF－16のパイロットである私は、そういった機種に見向きもしなかった。あとになってわかったのは、F－16のパイロット訓練計画は、そういう心理のパイロットを意図的に育成していたことだ。時代は、単座の多目的戦闘機へと流れていた。一人の人間が、いくつもの任務をこなせる飛行機を操縦するのだ。

もちろん、F－16のまえにも、単座の戦闘機は多数存在した。F－86、F－104、F－105などだが、国防総省《ペンタゴン》は、さらに進んだ技術について考えていた。以前は専門の搭乗員一名を必要とした作業を、パイロットが一人ですべてこなせるような機能をそなえたコクピットと表示装置を可能にする技術。この思想は、訓練当初から私たちの頭に叩きこまれてきた。

単発単座機。

すばらしい方針だ。

要するに、頼りになるのは自分だけ。自分が動かなければ、なにも進まない。教えこまれ、糧としてあたえられ、酒に混ぜられてきたこの方針は、いまや私たちの体質の一部となっていた。だから、私を含めてF－16の新人は、パイロットでない人間が、自分たちの飛行世界に割りこんでくることなど、みじんも予想していなかった。さらに悪いことに、EWOの多くは、パイロット訓練の脱落者か、そもそも訓練に参加できなかったものたちだった。〝後席手〟になれば、可能なかぎり戦闘現場に近づける。おなじ飛行服を着て、おなじパッチをつけているが、ウイングマークの種類がちがうという事実は、あまり重要でないようだった。F－16が登場したとき、彼らに、限りある前途が見えたはずだが、だからといって彼らの姿勢やこちらの理解が改まったわけではなかった。出発点についたばかりの若い単座戦闘機パイロットの一団が到着してもだ。

パイロットは、新しい基地に着任するたびに訓練を受ける。そのパイロットの地位や階級がどうあろうと、なんらかの訓練を受けることになる。もちろん、パイロットの経験や所有資格にあわせた訓練だ。私のように経験の浅いパイロットの場合は、かなりややこしかった。過去二年間ずっと訓練を行なってきたにもかかわらず、私は依然としてぺいぺいの新人（Fucking New Guy FNG）だった。任務待機資格（MR）もなかった。それは、前線の戦闘部隊のために特別に設けられていた資格である。晴天のアリゾナの基地でくつろぐ教官によって訓練されたパイロットの能力など、ドイツ駐留の飛行隊はけっして信頼しない。くわえて、各地の基地はそれぞれ、専門に担当する任務が決められていた。ある基地は空対地攻撃を担当し、べつの基地は核攻撃や夜間攻撃を担当する。第五二戦術戦闘航空団の任務は、正式には敵対防空制圧（SEAD）だった。ワイルド・ウィーズルである。

最初に行なわれたのは、現地適応訓練（LAO）だ。その基地のやりかたになじませ、手順やその土地ならではの陸地の目標などを学ぶ。つねに教官パイロット（IP）と一緒に飛行し、訓練飛行の例に漏れず、成績を評価される。異機種混成部隊であることから、隊長機はF－4Gだったので、私には、教官パイロットと教官EWOがついた。またもや、はじめて見る職種だ。

訓練飛行計画は、遅くとも前日には作成される。典型的な第一級FNGだった私は、第一印象をよくしたかった。だから、訓練飛行の数日まえから、地図をじっくりとながめ、ほかのパイロットの話を聞き、それ以外にもFNGのすべきことをすべてやった。どこの精鋭部隊にも落とし穴はたくさんあるものだが、戦闘飛行隊もまちがいなくおなじだった。新入りは、能力を証明するまで、一線を画して扱われる。だから私は早く証明したかった。

ほかの飛行隊から異動してきた年上のパイロットたちは、私のような新人よりは障害が少ない。とはいえ、成績表どおりの能力を示すまで、だれにも好機は訪れない。そうであって当然だろう。多くの命と、非常識なほど高額の装備が危険にさらされるのだ。隊員たちはじゅうぶんに親切だが、どこか距離を置いている。FNGに痛い目に遭わせられるかもしれないからだ。

計画と要旨説明《ブリーフィング》が終わり、複雑な手順で戦闘機を作動させてから点検し、滑走路へ出て、ようやく空へあがった。わくわくして飛びながら、一つのミスもしないようにしようと決心した。

ドイツの大地は緑色だった。モーゼル渓谷のうねるように続く丘陵のあちこちに、赤い屋根のメルヘンチックな小さな町が点在していた。編隊飛行を練習し、低高度を飛びながら、その地域になじんでいった。私は僚機を務めていたので、ほぼつねに隊長機の後方を飛んでいる。私が負う責任は、隊長機を見失わないこと、隊長機に衝突しないこと、地面に激突しないことだ。訓練飛行なので、最初の無線交信から着陸までのあらゆることが採点され、評価され、議論の対象となる。

九〇分後、帰投して着陸し、任務後報告《デブリーフ》のためにさっきと同じ部屋に集合した。私は汗をかき、やる気満々で、かなり自分に満足していた。訓練飛行の大部分は、速度四五〇ノットで行なわれた。私は時間の大半を、自分の位置を維持するために、隊長機のファントムをにらみつけて過ごした。

どこの上空を飛んでいたのかよくわからなかったが、隊長機を見失わなかったし、ばかなこともしでかさなかった。戦闘機を飛ばすという究極に非情な世界で、はじめての任務を飛行した新米パイロットにしては、上出来だった。少なくとも、自分ではそう思った。

だから、パイロットではなく、教官ＥＷＯがテーブルに身を乗りだして、人差し指を私に突きつけ、お決まりの違反を列挙しはじめたとき、私はどうすればいいかまったくわからなかった。なぜなら、それは、私に飛行の指示をあたえる隊長機を飛ばすことのできない男なのだ。どういうふうに始まったかは思いだせないが、数分後、話しあいはこうして終わった。

「きみの戦術編隊は、少し広がりすぎだ……それに、翼の延長線からかなり後方だった。その線上を維持しなければならない」

「なぜです？」

「なぜだと？」驚いたような顔をした彼のひたいの血管が脈打っていることに、私は気づいた。「なぜなら、おれから、その位置にいるきみが見えるはずだからだ。そこにいないから、さがさなくてはならなかった。貴重な時間を取られるし、むかつく」

「私が見えるかどうかが、なぜ関係あるんですか？」

「どういう意味だ？」彼の目がどこか鋭くなり、唇がしっかり結ばれた。Ｆ－４の教官パイロットが成績表を書く手を止めて、顔をあげるのを、私は目の端でとらえた。

「つまり……あなたはパイロットではないのに、私が見えるかどうかをどうして問題にするんですか？」ＥＷＯの唇から色が消え、つぎに、顔色がどす黒く変わったのをはっきり憶えている。顔のあらゆる血管が切れたみたいに。「というか、後席の作業で手一杯なのでは？」時計のネジを巻くとか？　心のなかでそう思っただけで、口には出さなかった。

悪気はなかった。けんかを売ったのではないが、議論する権利は獲得しなければならない。私はよくわからなかっただけだ。しかしＥＷＯは、のどが詰まったような音を出しながら、私の発言の意味を理解しようと苦心していた。彼の口が、グッピーみたいにぱくぱく動いた。そして、しまりのない唖然とした表情を浮かべて座っていた。Ｆ－４の連中の多くが、一九七〇年代の名残りの安っぽい口髭を生やしていた。このＥＷＯの髭は、怒りと憤慨でぴんととがっていた。彼から見れば、私は使い走りだった。ぺいぺいの新入りだ。そして、彼の世界において、彼は、私のようなつまらない人間に知識をさずけてやる小さな神だった。彼がパイロットであれば、私は、質問も意見もはさまずに話に耳を傾けただろう。ところが、彼はパイロットではなかった。それならば、私の世界では、私のやり方に口出しする権利はない。

Ｆ－４の教官パイロットが、二、三度まばたきし、ようやく気がついて咳ばらいしたので、私は全身を耳にしたが、その状況をおさめるには手遅れだった。ブリーフィング室から引っぱりだされる私に、天井から突きだしたＥＷＯのブーツがたしかに見えた。途方に暮れた彼のたましいは、屋根にあがってしまったようだ。

厳しいスタートとなった。

Ｆ－４の搭乗員は、かならず〝搭乗員同士の連携を大切に〟と言って飛行前のブリーフィングをしめくくり、そのあと、パイロットとＥＷＯが個別に話しあう。ＥＷＯ激怒事件の数日後、飛行隊長が、四機編隊飛行のブリーフィングをそのセリフでしめくくった。F－16のとても茶目っけのあるパイロットの中尉が、なんともまずいタイミングで、自分の手に話しかけた。たしかに、指も搭乗員にちがいない。F－4連中は全然おもしろがっていなかったが、私は救われたような気分だった。私だけではなかったのだ。

　EWOの数人は、いずれは消える運命にある仕事にしがみついている、恨みがましい落伍者だった。そのうちの少数は、若い戦闘機パイロットをくさすのを生きがいとしていた。なぜなら、私たちは、彼らに手の届かなかったものを、つねに思いださせる存在だからだ。だが、多くのEWOはじつに有能だったから、私はわりとすぐにその真価を認めた。彼らは、脅威警告受信機の音響信号を二、三秒聞いただけで、どのタイプの敵レーダーが噛みつこうとしているかを即座に言いあてることができた。優秀なEWOは、いずれ対決することになる敵システムのあらゆることを知っていた。個々のレーダー特有の音を聞きわけることのできるEWOさえ数人いて、その離れわざの秘訣を惜しみなく教えてくれた。私みたいな若い士官にしてみれば、それは心底驚嘆すべきことだった。だから、私はそれを吸収した。というのは、テクノロジーが追いつくまで、EWOは、ワイルド・ウィーズルの心髄だったからだ。

　初代のSA－2地対空ミサイルおよびファンソン・レーダーは、爆撃機ならびに偵察機を撃墜するための兵器だった。それに対する妨害装置や対抗策、脅威警戒システムは、ある程度使える水準に達していたものの、もっとも効果的な対策は、低高度を飛行することだった。

どんなレーダーにも、探知範囲内に〝ノッチ〟と呼ばれる盲点がある。ファンソンの盲点は、目標から反射して戻ってきたエコーと、それよりもはるかに大きな地球のエコーとを区別できないことだ。かなりの低高度で飛べば、地上〝干渉エコー《クラッター》〟に身を隠せるので、レーダーで捕捉されない――黒いTシャツを着ていれば、暗がりで見分けがつかないように。レーダーに捕捉されなければ、追跡も撃墜もされない。ミサイルがすでに発射され、陣地の位置がわかっているのなら、急降下して低空を飛行し、敵システムを破壊すればよい。こういった飛行戦術は、大半の大型機には不可能だが、戦闘機にはうってつけだ。

飛行戦術の父といえるアインシュタインは、あらゆる行為には、それと正反対の作用がつきものであると述べている。ベトナム戦争後、だれもが低空を飛ぶようになると、こんどはそれに対抗するために、ソ連およびアメリカのエンジニアは、航空機の速度を追跡することによりクラッターが発生しないミサイル・システムを開発した。このミサイルは、攻撃目標を映すテレビ映像を見ながら発射する。低高度を飛ぶ戦闘機は、高度二万フィートを飛ぶ飛行機よりもよく見えるからだ。

新型レーダーは、より速く、より精確をめざして設計された。数分ではなく数秒で目標を捕捉し、追跡し、発射するためである。また、移動式だった。SA－2のような固定式の大型SAM陣地は、攻撃する側にとっては見つけやすいし、つまりは、破壊しなければならない重要施設の周囲に配備されていないかぎり、回避しやすい。そのことに気づいたソ連軍は、ことに陰険な移動式SAMシリーズを開発し、同時に、高射砲を大きく改良した。この二つのシステムによって、距離と高度双方で探知範囲内の死角が消えた。そして、より大規模な戦略的施設の周辺に、探知範囲が重複するように配置された。機動性の高いそれらの兵器は、地上部隊に帯同し、防空を担当した。そして大量に製造され、どんな場所でも使用された。

一九六〇年代末期に、ＳＡ－６という次世代モデルが実戦配備された。無限軌道車両に搭載されたＳＡＭは、ストレートフラッシュというレーダーを使用し、各砲台は約二四基のミサイルを収容できた。ＮＡＴＯ軍はそれを〝ゲインフル〟と名づけたが、ソ連軍は、〝三乗《キューブ》〟を意味するロシア語の〝クブ〟と呼んでいた。発射機一機につきミサイル三基が用意されていたからだ。発射されたあとの誘導指令《コマンド》の大半は、ストレートフラッシュから直接送信される。しかし、最終段階になると、ミサイルは、目標からの反射信号を〝感知〟し、自身で針路を決めて飛ぶ。これは、セミアクティブ・レーダー・ホーミング（ＳＡＲＨ）と呼ばれ、反応時間がひどく短いので、コマンド誘導よりはるかに恐ろしい。

ソ連製ＳＡ－６は諸国に売却された。一九七三年の第四次中東戦争でイスラエル空軍が失ったＦ－４ファントムとＡ－４スカイホークの大半は、エジプトに渡ったＳＡ－６によるものだった。また、シリア軍が、このミサイルをベカー高原に配備したものの、成果はあまりなかった。ＳＡ－６によって、第一次湾岸戦争で米軍のＦ－16が少なくとも一機、コソボ紛争でもう一機が撃ち落とされている。

さらに、ＳＡ－８ゲッコーがある。牽引車つきのキャンピングカーのような見かけに反して、中身はすごかった。機動性がきわめて高いＳＡ－８ランドロール目標追随レーダーは、作動したのち、目標を見つけ、そのデータをミサイルへ送信し、発射するまでを数秒で行なう。近距離システムでもあるため、対応できる時間はあまりない。それどころか、ＳＡ－８に目をつけられた瞬間に行動しなければ、命はないだろう。

　ほかにもある。もっとも危険なシステムの一つが、ローランドというミサイルだ。親切なフランス人は、資金があるならだれにでも、それを売りつけた。ナポレオンが死んで以降のフランス軍の戦いぶりはお粗末だが、彼らが作る兵器は高性能だ。一人で持ち運べるそのシステム、略してＭＡＮＰＡＤＳは、さらに改良され、大量に生産された。それは、低高度を飛行する戦闘機にとっては、ことに大きな脅威となった。なぜなら、赤外線（ＩＲ）追尾式のローランドは熱源を追跡するので、ミサイル発射を目撃しないかぎり、それが飛んでくることを知る方法はないからだ。目撃したなら、ふつうは赤外線欺瞞装置《フレア》を発射して対応する。だが、つねに一基以上のミサイルが発射されるから、すべてを見つけるのはほぼ不可能だ。簡単で安価なＩＲ・ＳＡＭは、第三世界には願ってもない兵器である。

　米軍はこれまでずっと、レーダー誘導ＳＡＭに悩まされてきた。それらはたしかに、より精確で、長距離を飛び、撃墜するのはかなり困難なのだが、その対策を考えるときの問題点は、どこの軍も、わが軍とおなじくハイテク装備であると考えてしまうことだった。当時、米軍の戦闘機は、いかなる類のＩＲ警戒装置も装備していなかった。あるとすれば、その陰険なミサイルがキャノピーを飛びこしたとき、または、戦闘機のエンジンが爆発したときが、唯一の警告だった。

　新入りパイロットは、多大な時間を費やして、敵の装備の特性と弱点を頭に叩きこむ。そのうえ、現地の飛行手順を学び、計器飛行資格を更新し、飛行技術の向上に努めなくてはならない。くわえて、ひんぱんにテストがある。筆記試験、検査飛行、ぬきうち検査、そして、アップグレードと呼ばれる地位向上のための正式訓練プログラム。はてしなく続き、容赦なく厳しい。
けれども、私は、その一瞬一瞬が楽しくてしかたなかった。

　戦闘飛行隊の一員となるために義務づけられている最初の二年が過ぎると、パイロットは、編隊僚機《ウイングマン》の操縦士となる。任務待機資格者《MR》リスト入りするには、さらに三、四カ月の訓練を受けて、所属する飛行隊が担当するさまざまな任務に習熟しなければならない。それでもまだウイングマンだから、つねに〝編隊長〟について飛行する。

〝二機編隊〟と〝四機編隊〟の編隊長がいる。つまり、最小飛行単位である戦闘機二機の編隊を指揮するパイロットと、二組の二機編隊を率いるパイロットだ。二機編隊は〝エレメント〟とも呼ばれる基本編隊である。ふつうは、任務に応じて、四機編隊、六機編隊、それ以上の大編隊を組む。

　飛行隊にいくつも存在する階層をあがっていくことを、〝アップグレード〟という。ウイングマンはみな、編隊長になりたいと望んでいる。その最初の重要なアップグレードは、純粋に飛行技術と能力で決まる。空中でも地上にいても、命がかかっている。一個編隊が離陸するたびに、数千万ドルが危険にさらされるので、軽々しく扱える問題ではない。若いパイロットは、ウイングマンとして一、二年飛んだあと、飛行隊の教官パイロットとの週に一度の面談のときに、編隊長候補者として名乗りでる。すると、そのパイロットの記録が検討される。検討されるのは、検査飛行、試験の得点、任務資格習熟飛行での成績などすべてだ。態度や心構え、そしてなにより、成熟度も。このとき重視されるのは、パイロットとしての成熟度と、操縦に関する意思決定だ。士官クラブにおける人間性を判断されるなら、みなウイングマンのままだろう。

この最初のアップグレードには大きな意味がある。それまでの三ないし四年間、他者にしたがい、勉強し、切り捨てられないように努力をしてきた。単座機のパイロットにはかなりの自由裁量権があるものの、そばには、計画をたて、指導し、大半の決定をくだす、自分よりも熟練したパイロットがつねにいた。指揮される側から指揮する側へ。この意識の変化が、最初の大きな飛躍となる。

訓練計画には無駄がなかった。どのアップグレードや訓練計画もそうだが、効率的に組みたてられている。各訓練飛行のあらゆる局面で必要な最低条件を示した概要があり、合格に必要な習熟レベルが決められている。すべてに成績がつけられる。

将来の編隊長にとって、もっとも大きな難関の一つが、ブリーフィングを手際よく進行することだ。ブリーフィングは、少なくとも一時間半はかかる。ずいぶん長い時間のように聞こえるが、けっして長すぎはしない。ごくまれな場合をのぞき、前日に、任務に参加するパイロット全員で計画をたてる。平時のブリーフィングは、飛行隊本部の〝ボールト〟と呼ばれる部屋で行なわれる。そこは、銀行の金庫室のような分厚い金属のドアがある部屋で、飛行隊の種々の任務に必要な秘密情報がすべて収められている。パイロットと情報部関係者以外は立ち入り禁止だ。縦一〇フィート横一五フィートほどの室内には、四機編隊のブリーフィングができる設備がととのっている。中央のテーブルにパイロットたちが着席し、編隊長はまえに立って話をする。詳細図や戦術の想定を描くためのホワイトボードが置かれている。前方の壁に設置されているスライド式パネルには、大半の任務に〝共通〟する事項が書いてある。武器使用法を規定した交戦規則、代替着陸飛行場のデータ、地上作業内容など。

ブリーフィングの構成と〝流れ〟は編隊長にまかされている。最初にやるのはタイム・ハック——腕時計をあわせることだ。そして予定される任務の〝概略〟が説明される。これは〝母体〟と呼ばれ、離陸、基地の行き帰り、着陸といった非戦術面にかぎられる。離陸時のとりきめ（アフターバーナーを使うかどうか）、編隊集合、ルート、通信規則、予定される帰投の手順などすべてを確認する。この内容は、パイロットの経験水準、訓練の目的、天候によって、大きく左右される。各段階のブリーフィングの大部分を占めるのは、偶発的事態が発生したときの対応策だ。一機が離脱した場合にほか三機はどう行動するか。編隊長機になにかあったとき、だれが編隊長を務めるか。空中給油、夜間飛行手順、その他多数の〝不測の事態〟について。条件の組みあわせは無数にある。緊急時対策も、四〇〇ノットで飛びながら対応できるように、手早く簡潔に確認される。いつも、ある一つの緊急手順（ＥＰ）が課題にとりあげられ、原因と徴候と解決策が話しあわれる。

標準的なブリーフィングでは、二〇分ほどかけて、こうした議題についての話しあいや確認をしたのち、任務の主眼にとりかかる。残りの時間のすべてが、〝核心《ミート》〟と呼ばれるそれに費やされる。たとえば、ワイルド・ウィーズル任務の目的は、攻撃部隊が爆撃する予定の目標施設を防御するＳＡ‐６陣地を見つけだし、破壊することだ。ミートの最初に、〝全体像〟が示される。攻撃部隊の構成、その部隊の目標地域までのルート、コールサイン、無線周波数、時間調整。最新情報も確認される——主要目標物の位置、ＳＡＭと高射砲の設置場所、攻撃を受けたあとに予想される敵の反応。目標地域への〝進入〟について、作戦実行時の編隊形、敵戦闘機およびＳＡＭの反応、交信方法をふくめて説明される。優秀な編隊長なら、対抗策の使用法、対抗戦術、編隊機が撃墜された場合の戦闘中の捜索救出活動などの追加情報をそこにまじえる。

　攻撃方法が、ことこまかに説明される。結局のところ、それがすべてなのだ。兵器のさまざまな設定について話しあわれる。話しあいのおもなポイントは、いつものように、飛行中に発砲されたときに発生する問題と、五〇〇ノットで飛行しながらそれにどう対処するかだ。当然ながら、発生しうるあらゆるトラブルを挙げることは不可能だから、窮地におちいったときに応用できる効果的な対策を練っておく。例として、戦闘中にＳＡＭのレーダーでロックオンされた、または、ミグが出現したとしよう。それにどう対処するか？　そして、そのあとその目標をどう攻撃するか？　目標地域上空の気象条件が悪すぎて、第一の攻撃方法をとれないときはどうするか？　このように、さまざまな条件を考える。

　冷戦が終結するころには、基地からの出動は、ほぼ訓練飛行にかぎられていた。長時間におよぶ飛行はなく、ふつうは好天の地域が選ばれた。ヨーロッパでは、サルディニア島上空で空対空訓練をし、空対地訓練はおもに、イギリスかスペインで行なわれた。必要資格――〝カレンシー〟と呼ぶ――は、飛行士の世界では無限にある。パイロットは、多数の爆弾を投下し、ミサイルを発射し、多数の夜間着陸をしなければならない……一ヵ月間で多数をこなし、それを毎月つづけないと、任務資格をなくしてしまう。任務資格を保持するには、決められた数の爆弾を、さまざまな条件に応じた精度の範囲内で投下しなければならない。ドイツの天気が悪いとき（一年のうち半年ほど）は、ほかの場所へ出向いて行なう。

戦闘機パイロットになって初めての、スペインのサラゴサ空軍基地への出張訓練は、飛行隊小規模配備に参加するいい機会となった。自分の訓練になるし、仲間とともに、晴れわたる空を三〇日間も飛べるのだから。ドイツの冬にくらべればずっとましだ。サラゴサ――私たちはザブと呼んでいた――という都市の起源は、古代ローマ帝国の退役軍人のための入植地として開発された二千年以上まえにさかのぼる。私たちが行くはるか以前に、ゴート人、アラブ人、異端宗教の弾圧者、そしてナポレオンがこの地を苦しめた。あざやかに咲く花が、薄茶色の中世の要塞の印象をやわらげていた。ムーア式建築がいまも君臨する美しい街だ。

私たちはだいたい、少なくとも一日に一度は飛行した。スペインの沿岸部を低高度で、または、山地を抜けてバルデナス爆撃演習場まで。ウイングマンはいっそうすぐれたウイングマンとなり、編隊長はいっそうすぐれた編隊長となり、ふさわしい人間がアップグレード訓練を受けた。夜は、士官クラブで名物の甘いサングリアを飲み、歌を歌い、野外のばかでかい焼き網でバーベキューをして過ごした。スイカズラと炭の燃えるにおい、新鮮なくだものの香りは、いまも記憶に焼きついている。スペイン。

ほんとうに楽しかった……

飛行予定に余裕があるときは、二、三日おきに、食事や観光のためにタクシーで繁華街へ出かける。ザブを初めて訪れた世間知らずのアメリカ人パイロットのための儀式の一つが、ありもしないグリーンビーン・ツアーだった。それはこういうものだ。新顔は、〝教官〟役のあとについて、サラゴサ中心部にある大聖堂の裏手にある、狭くて暗い横丁へはいっていく。チューブと呼ばれるその地区には、屋台や露店、みすぼらしい軽食屋がずらりと並んでいた。軽食というのは、物理的に食べられるものという意味だ。

じつは、それはいたずらだった。新顔は、教官から食べろと命じられたら、どんなものでも食べなくてはならない。その間、ティントと呼ばれる地元の赤ワインを、ボタという革袋から飲まなくてはならない。飛行隊のほかの連中も一緒にきて、いたずらを手伝う。

つまり、地元料理の食べ歩きとティント攻めを、吐かずにしのぐ大会だ。私の知るかぎり、それに成功したものはだれもいない。チューブの端にある、石畳の小さな広場で、飛行隊の隊長やもっと上の階級の士官たちが待っている。数年まえから何度かこれを見てきた彼らはどちらかというと、静かに酒を飲みながら、アメリカ人の善意を地元民に宣伝してまわる私たちを待つ。善意はともかく、地元民は、私たちが差しだす現金が大好きだった。

私は、おおかたはうまくやった。なんとか吐かずに終われそうだと思った。私はティントをうまく利用して、食べ物を流しこんだり、ヘビ肉の糖蜜煮や煎ったイナゴや、顔の前に突きだされたその他六種類ほどのスペインのごちそうを消毒したりした。あと少しで終点というとき、〝教官〟が、ボタにワインをまた満たし、串に刺したものを手渡してきた。

「ぜひともこれを試さないとな」

人ごみからくすくす笑いが聞こえた。

「これはなんすか？」私はげっぷをしながら訊いた。

「スペイン風……コーンドッグみたいなもんさ。ああ……アメリカンドッグだよ」

また笑い声。

あたりは暗かったし、口にいれようとしているものをじっと見ないほうがいいと思った。それに、これが最後の店だったから、試練をくぐりぬけたも同然だと思った。悦にいりながら、ティントをいくらか飲んで、生き残る最後の味蕾をしびれさせ、目を閉じて、ぱりっとした歯ごたえのものに嚙みついた。

そのときの満足感を憶えている。なにを食べたかは知らないが、そう不味くはなかったし、じきに食べ終わる。ほか二人の中尉はすでに四つ這いになって、千年前に作られた溝に顔を突っこんでいた。まわりのみんなが笑っているのは、過去にこれを経験しているからだ。

「味はどうだ？」だれかが言った。

いまや、スペインのおやつにすっかりくわしくなった私はうなずき、自信満々で答えた。「うまいよ。もう一本いくか？」

さらに笑い声があがった。

そのとき、歯のあいだになにかがはさまったので、嚙むのをやめて、それを引っぱりだした。またげっぷをしてから、ほのかな光にそれをかざすという過ちを犯してしまった。

ティント漬けになった脳がデータを処理するあいだ、私はむかつきながら長々とそれを見つめた。

「なんだった？」だれかが、なにくわぬ調子で訊いてきた。

足だった。

というか、小さな爪のついた湾曲した鳥の脚だった。このとき、小道がぐるぐるまわり、星空がぼやけた。腹のなかでティントがどっと沸きたつのを感じた直後、食べたばかりのハチドリの糖蜜煮が、鼻と口と耳から勢いよくあふれ出た。そして、二人の中尉と並んで手をついたとき、みんなが満足げに声をあげた。

チューブからは、だれも無傷で出られない。

この特別な儀式は、〝命名《ネーミング》〟とだけ知られる祝典で幕を閉じる。そのときに、映画などで耳にする、すごくいかす愛称、いわゆるコールサインをつけてもらえるのだ。〝マブリック〟や〝アイスマン〟や〝ゾー〟になりたくないパイロットがいるか?

いない。

現実は、やや異なる。むろん、力強くて、勇ましいコールサインもある。〝スラッシュ（一撃）〟、〝マジック（魔力）〟、〝クラッシャー（痛烈な一撃）〟、〝ブルーザー（乱暴者）〟、〝ストーミン（すばぬけた力）〟を知っている。〝ゴースト（幽霊）〟、〝スプーク（亡霊）〟、〝ツィング（弾丸の飛ぶひゅーんという音）〟もそう悪くない。ふつう、コールサインは、あるパイロットの注目すべき行動にちなんでつけられるが、かならずしもよい行動とはかぎらない。ただのひねくれものとか——〝ジェイレイ〟〝バーニー〟〝モーゼス〟は、そのいい例だ。

〝スライダー〟は、ふつうは着陸装置《ランディングギア》を収納したままの状態をいい、〝スクラッチ〟は、低高度で飛行機の胴体をこすったり、滑走路にスピードブレーキをぶつけることをさす。〝ブーマー〟は、音速をうっかり超えてしまい、半径五マイル以内のすべての窓ガラスを破ることだ。候補は無数にある。

〝トト〟――うっかりエンジンを切ってしまうこと（スロット《t》ル・オ《o》ン、スロット《t》ル・オ《o》フから）。大西洋上で射出したから、〝バブルス（泡）〟と呼ばれていた男がいた。人間的な特質や肉体的特徴は、格好のまとになる。〝オーパイズ〟や〝ウーキーズ〟や〝ディードング〟（〝ドンキー・ドング〟の短縮形）さえあった。母親は誇らしく思うにちがいない。

　命名には決まりごとがいくつかある。第一に、そしてもっとも重要なのは、あるコールサインで実戦に出たら、二度と改名できないこと――一生そのままだ。第二に、おなじコールサインで、異なる三つの戦域（ヨーロッパ、極東など）で飛行すれば、その名を維持できる。第三に、そしてもっとも一般的なのは、自分のコールサインが大嫌いなら、たぶん一生それを使うことになる。

　私はツードッグズと名づけられた。アメリカ・インディアンの子の名づけかたに関する古いジョークをにおわせる名だ。（「どうしてそんなことを訊く、ツードッグズ・ファッキング・インザナイト？」）じつをいうと私は、赤銅色に日焼けしていて鉤鼻なのだ。うだるようなスペインのあの夜、ティントの飲みすぎで呆けた頭を溝に突っこみながら、ある程度は納得がいった。たしかに、それよりもっといやなコールサインはある。ホーマーとかクラーケンとかモウトー（〝みえすいたやつ〟の頭文字）のように。そして、そのまま残った。正直いって、あの夜、シンディと名づけられたとしても気にしなかっただろう。すこしでも早く士官宿舎へ、そして自室のトイレへ連れ戻してもらえるなら。

出張訓練中に少なくとも一度は、スペインのリビエラと称されるコスタブラーバへ大移動する。派手なロングショーツのアメリカ人と、極小のスピード水着のヨーロッパ人が、トップレス可の海水浴場でいりまじり、日光浴をし、女をながめる。ビーチは、ペントハウス誌のグラビアモデルなみの若い女たちだらけと言いたいところだが、じつはちがう。たるんだ肉体をさらす中年のドイツ人主婦ほど、撮った写真を台なしにするものはない。やはり、完璧なものなど存在しないのか。

また、少なくとも二日間は、スペイン北部のバルデナス演習場へ出張することになっていた。資格を有する戦闘機パイロットのうち、少尉か中尉、もしくは若手の大尉が、演習管制士官（RCO）を務めなければならない。RCOの役目は、爆弾の投下および機関砲を掃射する許可をだすことだ。また、飛行機の非常事態への対応と、各パイロットが投下した爆弾を正式に記録することも任務のうちだった。これが重要なのは、任務資格は、戦闘飛行隊の生き血にひとしいからだ。くわえて、ジェレマイアウィード・ウイスキーも。

空軍は、標的や採点装置や施設を管理する分遣隊を、演習場に常駐させていた。隊員全員がヒスパニックであるらしく、母語を話せる場所にいられることを喜んでいた。曹長は、ビックという男だった。彼の名字は知らなかったが、とにかく〝ビックに張りついていろ〟といつも言いあっていた。ビックは、私たちを車にのせて、食事に連れていってくれたり、標的の観測装置を見せてくれたりした。それに、私の短いキャリアで一、二をあらそう無謀な行為にも協力してくれた。パンプローナで牛と一緒に走ることだ。

五〇〇年まえ、ナバラ王国の商人が、パンプローナの市場で牛を売っていた。町中の狭い通りを歩かせて囲いへ入れ、競売を待つ。その移動の能率をあげるため、牛を〝走らせる〟ことにした。やがて、きっとティントでも飲んで気が大きくなった、命知らずの親玉タイプの若者が、牛より速く走れるかどうか試すことにした。時をへて、これが移動の儀式となり、伝統となった。こうして、一週間以上にわたって行なわれるサンフェルミンの祭りで、毎朝、牛が走らされる。パーティには いい口実だろ？

厳密にいうと、私たちは参加を禁じられていた。毎年数百人が負傷し、ときには死者がでるからだ。だが、してはいけないと命じられれば、かえって奮いたつのが戦闘機パイロットである。打ちあげられる花火、無数の赤いバンダナ、あちこちではためく旗が、いまも目に浮かぶ。素足で走る地元民は、白一色のだぶだぶの農民服を着ていたが、あれは、飛びちる血をめだたせるためだろう。私は、大勢（全員が男で、無茶が許される若者）と一緒に、でこぼこの細い通りを全速力で走った。聞いていたほど怖くないぞと思ったとき、目の横をなにかが通りすぎた。角だ。私はそばの壁ぎわへ走り、必死でよじ登った。向かいの、とてもきれいだがとげだらけのバラの茂みから、何本も手がでてきて、助けあげてくれた。

勤め口と命はいうまでもなく、目と玉を危険にさらしてまで、なぜ、激怒した牛と駆けっこするかって？　決まっている。そこにあるからだ。大学時代に『日はまた昇る』を読んだことがある。アーネスト・ヘミングウェイが走ったのなら、私も走らなくてはならない。高等教育で読んだ文学の影響なんてその程度のものだ。

全般的に、すばらしい時代だった。高速ジェット機、ヨーロッパ旅行、絶え間なくつづく試練。

結婚や子どもや戦争といったう、人生を変えるできごとは、まだ先の話だった。多忙だったものの、一流の教官たちやある若い飛行隊長が、私の将来に興味を持ってくれたという強みもあった。中尉だった私は、アップグレードして四機編隊の編隊長となり、一九九〇年秋に教官パイロット訓練の開始が承認された。

その年の八月、サダム・フセインという、それまで聞いたこともない名前の独裁者がクウェートに侵攻したせいで、すべてがあっというまに変わった。私が地図を見てイラクをさがしているあいだに、休暇は取り消され、すべてのアップグレード訓練が停止された。私を含めてフランス語を話す数人が、イラク人パイロットを訓練したパイロットの話を聞くために、フランスへ送られた。私たちはチーズのにおいをぷんぷんさせながら、安堵して帰国した。というか、フランス人に訓練されたアラブ人だって？　たかが知れている。ネリス空軍基地から戦術分析書が発表され、バージニア州の田園地帯からＣＩＡ国別研究書が出現したとき、将来が現在へと急速に変わって、私たち全員が忙しくなった。

ワイルド・ウィーズルが、戦争に復帰することになった。

3　ゾウ

一九九一年一月一九日
イラク北部、モスル

「トーチ……フェンス開始」

私の両手がコクピットを動きまわり、フェンスと呼ばれる兵器と装備の戦闘前点検を行なった。チャフ・フレアの調整値をにらみつけ、レーダー警戒受信機の音量をあげ、座席のストラップをしっかりと締め、搭載兵器をざっと確認する。マスターアーム・スイッチをゆうに一秒ほど見つめてから、そこに親指を置いた。さっと見まわして、すべてがあるべき位置にあるのを確認すると、スイッチをそっと〈アーム〉へ動かした――これで、搭載している種々の兵器は〝いつでも作動可能《ホット》〟となった。へまをすることを心から恐れつつ、爆弾を投下するためのピクルボタンを注意深く避け、指を引き金に近づけないようにした。

小さく溜息をついて、私の左一・五マイル離れて飛行するF‐4Gをながめた。その機の後方一マイルを、ファントムとF‐16のペアが飛んでいる。こうして広がって飛ぶことを、流動的四機編隊《フルイド・フォー》と呼ぶ。これが理想的な戦闘編隊といわれる理由は、各機の間隔が広いので、自由に機動飛行できるうえ、敵からは編隊全体が見渡せないからだ。視程数百マイルはあると思われる、雲一つない澄みきったパウダーブルーの空だった。私たちの後方で、大型のKC‐135空中給油機が、トルコ東部の雪をいただいた山脈上空をゆうゆうと左旋回で戻っていく。いまは、私たち四機だけだった。

前方には、ザグロス山脈のぎざぎざの山頂が横たわっている。ザホ峠を越えたそのすぐ奥は、敵地――イラクだ。去年の八月まで、私たちの大多数が、興味もなく、少しも意識したことのない国。サダム・フセインが歴史的な判断ミスを犯してクウェートに侵攻し、サウジアラビアのガワール油田に迫った。私はまったく無関心だった。戦地におもむこうとしていたのに、経験が浅く、無知だった私に見えていたのは、壮大な冒険だけだった。

胸がわくわくしていたことは否めない。四年間の大学生活と、三年近い上級飛行訓練を終えてようやく、私は最前線に来たのだ。北部戦線からイラクに向かう最初の戦闘攻撃部隊の最前列にいた。絶好のタイミングで、望みどおりの場所で、ふさわしいジェット機に乗っていた。鼻高々だったわりに、翼下で山脈がとぎれ、目のまえにイラク北部の大平原が広がったときには、呼吸数と鼓動が同時にはねあがった。護衛機のF－15編隊が飛行機雲を描きつつ、急上昇して三万フィートへあがり、ミグがいつ現われても対処できるように南方へ向かった。

「チェインソー、こちらレイザー・ワン。絵を……見せてくれ」

レイザー・ワンは、任務指揮官だ。旋回中のAWACSに、私たちの南側の絵、すなわち状況がどうなっているのか尋ねている。訓練でも、こういった無線交信がつねに行なわれていた。聞き慣れているから、安心できる。そのつぎに聞こえてきたことは、そうではなかった。

「レイザー……絵は……三つのグループ、ブルズアイの一五〇で四五、高度《エンジェル》は中程度……北行き。バンディット」

どこの戦術地域にも、ブルズアイと呼ばれる地上基準点が設けられている。たいていは、山頂などの地理的に目だつ場所か、飛行場のように戦術的に重要な場所が多い。その参照点からのコンパス方位と距離を報告すれば、それを耳にする全員が、それぞれの位置を的確につかめる。きょうのブルズアイは、モスル市だった。

敵はこのことを知らない。私たちはたいてい、敵は聞くことのできないHAVE《ハブ》 QUICK《クイック》という特殊通信を行なっている。ハブクイック周波数は毎日変更され、コンピューターに適切に読みこめば、解読不能な暗号通信を行なえる。もし聞こえたとしても、断片的な単語しか聞きとれないだろう。バンディットと呼ばれる、未知の敵機の三つのグループがモスルの南東にいて、北に向かって飛んでいるという情報を脳がはじきだしたとき、私は一瞬凍りついた。

私たちに向かってくる。

任務指揮官が落ち着いて応答した。任務指揮官を務めているのは、トレホン空軍基地のF−16飛行隊長だ。F−15イーグルの編隊長の受領通知が聞こえたのち、彼らがアフターバーナーに点火して、ミグを迎え撃つために南へ急行した証拠に、いくすじもの飛行機雲がさらに長く伸びた。

「運のいいやつらだ……」私はぼそりと言った。しかし、あと数分でモスル周辺に配備された地対空ミサイル《SAM》の射程にはいれば、私たちも戦うことになる。

三〇秒ほど、無線は静かだった。イラク空軍戦闘機のどのグループにだれが対処するか、イーグルが仲間うちで話しあうのを、ほかの全員が聞いていた。そして、攻撃部隊がSAMの交戦地帯に突入したとき、すべてが支離滅裂になった。

「コナン・ワン……南からスパイク」Ｆ－15の編隊長が、敵機のレーダーに捕捉されたことを報告した。

「レイザー・スリー……マッド……ＳＡ－２……南西！」前方にいるＦ－16の一機が、彼の南のどこかのＳＡ－２のレーダーで捕捉された。

「トロン……ミュージック・オン！」どこかにいるＥＦ－111が、電波妨害システムを作動させた。

「コナン・フォー！　ミサイルが飛んでくる……モスル」

それがＳＡＭなのか、それとも、敵機が発射した空対空ミサイルの航跡雲を見つけたのかはわからなかった。

「ＳＡＭ発射……ミサイルが飛んでくる……モスルから……おれは……」だれかは知らないが、モスル周辺のＳＡ－２陣地から発射されるミサイルを見たのだ。

「トーチ・ワン……マグナムＳＡ－２！」

おれたちだ！　さっと左を向くと、編隊長機の翼下から噴出する火が見えた。大型の空対地高《H》速《A》対レーダー《R》ミサイル《M》が一瞬のうちに頭から落ち、そのあと水平姿勢になって加速した。私は魅了されて、太い白煙を引きずって急上昇するミサイルから目が離せなかった。じっさいの発射を見たのは初めてだった。ようやくのことで自分の前方に目を向けた私は、三本か四本の灰色の尾が、手から離れた指のように地上から伸びてくるのを見て仰天した。

ＳＡＭだ！

数えると四基あった。見ているあいだに、それらは弧を描いて私たちに向かってきた。レーダー《R》

警戒受信機《WR》をちらりと見ると、スコープの中央に、たがいに重なるようにして大きな〝3〟の数字がいくつも見えた。ひやりとした鋭い切っ先が、腹からあがってきて胸をつらぬいた。飲みこもうとしてもできなかった。私は、はじめてゾウを見たのだ。

カルタゴのハンニバル将軍がアルプス越えをして以来、戦闘の象徴とされてきた〝ゾウを見る〟ということばは、死神の顔をまともに見るという意味だ。自分自身の避けがたい死を、はじめて実感する瞬間。

その現実に直面するまで、それがどういうものかよくわかっていなかった。真っ青な空の遠くに見えるいくつもの黒いしみは、人間が乗っている飛行機だった。私に向かって伸びてくる煙の尾は、本物のSAMだ。高性能爆薬を詰めた弾頭が、音速の三倍のスピードで、私めがけて飛んでくる……

肌がちくちくし、時間の進行が遅くなり、私の感覚は鋭さを増した。コクピットの、濡れた犬のようなにおいに気づいた――射出座席にかけてある羊の毛皮のカバーが湿って、カビが生えているのだ。床から伝わってきたエンジンの震動で、かかとが震えるのを感じた。一匹のハエがHUD上を這っている。私はついさっきゾウを見た。どれだけ訓練を積んでも、だれかが本気で自分を殺そうとしていることを最初に認識するときのそなえはできない。できることなら、身をすくめずにいたい。理想をいえば、身体が勝手にするといい。

私は反応した。

「トーチ・ツー……SA－3……南……」

ミサイルが打ちあげられて、白い縁どりのある茶色の土煙が地面に広がった。

私の編隊長は、オーカという大柄でぶっきらぼうなパイロットだった。彼は冷静にマイクをかちかち鳴らして、私の報告を聞いたことを知らせてから、飛んでくるミサイルが左翼側に見えるように、機体を横にずらした。この機動により、ミサイルの追跡レーダーは混乱したはずだが、ミサイルはそのまま飛びつづけた。編隊長のF－4の後方で、レーダーを惑わすための金属片であるチャフが、花のように広がったとき、私は、チャフ発射スイッチを手さぐりした。ファントムが翼をひるがえして、イラクの大地へと降下した。私はあとを追った。敵領空の高度二万フィートで背面飛行しているときに撃たれるのは、生まれて初めての経験だった。私の下で地球が回転した。ファントムが機体を水平にしようとしたので、それにならって私もF－16を急横転させた。

南を向いた私に見えたのは、一本の飛行機雲だけだった。RWRは、いまだ数字の〝3〟だらけだったし、ヘルメットからは警告音が鳴りひびいている。だが、オーカは機首をあげて、土壇場でよくやる機動にはいった。両翼端から白い蒸気の尾を引く彼について、私は地平線のうえにあがり、さらに太陽をめざした。そして二機はほぼ同時に、ミサイルが飛んでくる方向へと旋回した。オーカは後方でチャフの花をまた咲かせてから、二機は急上昇し、ふたたび背面になるまで翼を傾けた。

彼は、背面のまま地平線の下へ向くまで機首をさげてから、ゆっくりと水平飛行に戻った。私は、自分がファントムとSAMのあいだに位置していると知って、即座に連続横転《バレルロール》し、隊長機の後方約一マイルにさがった。顔に汗をかき、息を切らしていたものの、その機動とチャフが効いたことにふと気づいた。私たちをねらって少なくとも三基のSAMが発射されたが、私たちは切り抜けた。そして、その三基は、攻撃部隊に向けて発射されたものではない。

「ツードッグズ……方位二〇五のSA－2にスラップショット……」

戦闘中の喧騒と混乱に、私のコールサインが割りこんできた。コールサインを使うのは、まさにこのためだ。〝スラップショット〟とは、指定の方位に、すばやくHARMを発射せよという意味である。発射すれば、SAMはレーダーを消すしかないが、電波を放射したままなら、理論的にはHARMが喉元めがけて飛んでいくことになる。

ほとんど自動的に両手が動いて、F－16を方位二〇五へ向け、HUDを見つめた。機首方位の表示のうえで、HARMの頭部を示す大きな十字線がただよっている。HUDの下部をちらりと見て、兵器類の安全装置がはずしてあるか、再度確認した。一度ごくりと喉を鳴らしてから、赤いピクルボタンをさげ、そのまま押さえた。ゆうに半秒たっても、なにも起きなかった。が、左翼をうかがったとき、機体が激しく震え、HARMがレールから躍りでた。

「やった……」ほんとに発射したぜ。

「トーチ・ツー、マグナムSA－2！」

私はミサイル発射を報告するやいなや機首をあげ、発射位置から離れた。低高度ではかならずこうする。なぜなら、HARMの航跡はかなり目だつため、私たちがしたのと同じことを、敵もできるからだ。つまり、煙の発生源までたどり、撃ち落とす。

そのとき、無線交信は混迷状態におちいった。F－15は、複数のミグを撃墜したこと、さらに多くのSAMが発射されたこと、私たちの前方にいる多数の攻撃機が、彼らの後方に迫る敵機に対応するため、爆弾を投棄したことなどを報告している。

彼らの後方?!

私の頭が、キャスターのうえにのっているみたいにぐるりと回った。教わったとおり、空を分割して順序だてて調べようとしたものの、目玉をあちこち動かしただけに終わった。攻撃部隊の先頭集団の後方にミグがいるとすれば……ここにいるはずだ。

そのとき、ことのしだいに気づいた。イーグルのパイロットは、私たちが発射したHARMを、空対空ミサイルと勘違いしたのだ！　思わず笑ってしまったが、それも無理はない。平時にあれが発射されるのを見たことがないから、わからなかったのだろう。

私は、対空レーダーを見るのをやめた。

「レイザー・ワン……北から突入しろ……レイザー・スリー、突入にそなえて南東へ旋回」

任務指揮官の冷静な声が、明瞭に聞こえた——正真正銘のプロだ。その編隊が受領通知した。前方にさっと目をやった私に、機体を反転させ、地面へ向かって急降下するF-16の集団が見えた。

彼らが行なっている地上攻撃は、わりと単純なものだ。目標地域に向かうルートが一本あり、そのルート上で、ふつうは四〇〇〇フィートおきに飛行高度が指定されている。こうしておけば、おなじ目標を攻撃するべつの飛行編隊と衝突することはない。理論的には。入口にあたる進入点（IP）がある。そこにやってきたときに、再度システムを点検し、敵機がいないか対空レーダーで捜索し、対抗策を作動させる。IPを通過後、特定の針路で特定の距離を飛ぶ。そして〝戦闘〟あるいは〝攻撃突入〟点に到達すると、兵器の投下か発射か起爆に必要な条件を満たす位置に戦闘機をつける。すべては前もって決められており、比較的予測がつく。

　ワイルド・ウィーズルの攻撃がそう簡単でないのは、防空陣地の場所が予測できないからだ。可動式SAMは、文字どおり——移動する。固定の目標がなければ、具体的な攻撃計画は作成できない。ゆえに、私たちには、敵の脅威に〝飛びながら〟対応しなければならない。

「トーチ・スリー……南のSA－3の回避機動！」

　トーチ・スリーは、私の属する四機編隊のもう一機のF－4Gだ。私から彼は見えなかったが、さらに二基のSAMが発射されたのがわかった。このときには、モスルにかなり近づいていたので、街がよく見えた。ユーフラテス川は、早朝の光を反射してターコイズブルーに似た色に光っている。川にかかる四カ所の橋を、車が走っていく。街の中心部に、大きな公園らしき緑色の部分がある。南西をのぞく全方向に、郊外の灰色の住宅地が広がっている。南西方向の川の西岸に、飛行場がある。ユーフラテス川と平行に走る黄褐色の長細いコンクリートこそが、ミグと高射砲とSAMに守られた巨大軍事基地だった。それが私たちの攻撃目標だ。きょう、格納庫と滑走路を破壊すれば、もっと南のバグダッド方面の作戦時に、モスルを離陸する敵機の心配をしなくてすむ。ワイルド・ウィーズルの任務は、攻撃部隊が飛行場に爆弾を落とせるように、SAM陣地の活動を阻止または陣地を破壊することだった。

　オーカは応答しなかったが、彼のF－4は、エンジン全開で飛行場とSAMに向かって飛んでいった。こんどは彼の翼下からHARMが落ち、曲がりくねる煙の尾へとまっすぐ降下していった。離脱しようとして旋回した彼が、私の進路を横切ったので、私は機首をあげ、彼のうえで反対側へバレルロールした。どこもかしこも戦闘機だらけだった。私のはるか下では、群がる灰色のユスリカのように、攻撃部隊のF－16数機が、両翼端から一対の蒸気の尾をたなびかせて、目標から離れていく。私は機体を水平にして、身をのりだし、基地を見おろした。二〇〇〇ポンドのマーク84爆弾数十基の爆発で、砂ぼこりと煙の巨大な雲が噴きあがり、飛行場をおおい隠していた。

そのとき、閃光が見えて、私はたじろいだ。前方の淡青色の空に、灰色と黒色の丸い煙がたくさん浮かんでいる。高射砲だ。トリプルAとも呼ぶ。私はマイクのスイッチを手さぐりした。

「トリプルA、一〇時……やや高め」なんとかそれだけ伝えたら、さいわいなことに、編隊長が私の声に気づいてくれた。位置も自分のコールサインも言い忘れたから、まるで無意味な無線交信だ。

大きく機首をあげたF－4に、私もつづいた。高度を変えて、高射砲の銃手を混乱させれば、つぎの連続射撃を避けられるだろう。

「レイザー・スリーは再攻撃する……三〇秒後」その声を聞きながら、私は燃料計を確認することをようやく思いだした。まだ爆弾を投下していない攻撃機が、ふたたび突入しようとしている。

「トーチ了解」オーカが即座に応答した。「東から援護する」

顔をあげ、空を縦横に走る無数の飛行機雲を見て、私は目を丸くした。細い一対は戦闘機にちがいないし、それより太いのはミサイルの航跡だろう。

「レイザー・スリー、突入する！」

「ツードッグズ……モスルの……SA－3にスラップショット」オーカが怒鳴った。

こんどは、さっきよりずっと慎重に旋回し、照準をさだめ、最後のHARMを発射した。機首を引き、F－4のほうへ宙返りすると、なんとオーカはいまだに、わずか六マイルに迫ったモスルに機首を向けている。

「トーチ……マグナム……マグナム……」

私はマスクの奥で顔をしかめた。いったいどういうつもりだ？　私たち二機ともミサイルを使いきったのに、彼はまだSAMを威圧している。

「マグナム……モスルのSA－3にマグナム」

そのとき私は、新たな戦闘法を学んだ。イラク軍は、私たちのミサイル切れを知らない。だが、彼らがこの無線交信を聞いていることはわかっている。オーカの嘘の報告によって、SAMは沈黙を余儀なくされるかもしれない。オーカは、基地を攻撃するF－16部隊の最後の二機編隊を掩護していた。みずからの姿をさらし、攻撃部隊ではなく、私たちをねらわせようとしている——敵《ウィーズル》をあざむいているのだ。私は、オーカと地面を見失わないように、後方やや上の位置を保った。五〇〇〇フィート下に、目標地域を離れようとするF－16の翼端から流れでる蒸気の筋が見えた。

「レイザーは目標から……北へ離脱する」

「トーチは、それを目視している。〇三〇へ離れる」

オーカの動きを見守っていると、彼はファントムの機首をあげ、飛行場上空で大きくバレルロールした。そばを飛んでいったオレンジ色の多数の小さな玉が、ポップコーンのようにはぜた。とはいえ、一〇分ほどまえから、さほどの心配材料ではなくなってきたようだ。

ゆるやかに上昇して北へ向かいながら、私たちが国境へと戻ってゆく最後の飛行小隊かもしれないと思った。ウィーズルには、もう一つモットーがある——最初にはいり最後に出る、だ。私たち、はまさにそれを実践していた。私はふりむいて、飛行場の上空にじょうご状に広がった雲をながめた。SAMのかぼそくなった灰色の航跡が、いまも空中をただよっている。

共通の攻撃周波数から、上空にいるF－15二機が、イラク軍戦闘機を何機か撃墜した自慢話が聞こえてきた。私もミグをやっつけたかった。高度二万フィートへ上昇し、トルコをめざして北上する。すばらしい眺めだった。もやは晴れ、国境をなす深緑色の山並みが、青空に突きだしている。西方は、見渡すかぎりどこまでも、薄茶色のシリアの平原が広がっていた。私の右手、ザグロス山脈の向こう側の青緑色は、もうイランの領土だ。はるか北に、白く雪をいただく巨峰、アララト山がぼんやり見えている。その向こうは、ソビエト連邦だ。

私は意気揚々としていた。マスクをはずして、顔の汗をぬぐい、水筒を持ってこなかったことを後悔した。食べるものも。あしたは忘れないようにしようと自分に言いきかせ、あっというまに注意書きでいっぱいになってしまった予定表に書きたした。〝一直線で飛ばない。でたらめに高度を変える。できれば、太陽を背にして攻撃する〟

第一次世界大戦のときから、注意事項の中身は変わっていない。教わったことばかりだが、戦闘という命を守る行動パターンにおいて、それが古びることはない。

突然、F－4と私のちょうど真ん中に、細い棒のようなものが飛んできた。一瞬のことで、私は意表をつかれて反応できなかった。が、オーカは即座に西へ回避し、尾部から、光るフレアの一群を放出した。

「くそっ……」反対側へ回避しながら、私もフレアを発射した。左翼をあげて、下を見おろしてみて納得がいった。イラク軍は、一人で持ち運び可能な肩掛けミサイル発射機ＭＡＮＰＡＤＳを、標高一万二〇〇〇フィートの山頂に運びあげ、そこから私たちの航跡をねらって発射したのだ。

オーカもそれに気づいたらしい。機首をさげて、飛行機雲を残さない高度まで降下したのだ。その後、山を越えてトルコにはいった。また教訓を得た。機影を見られたくなければ、航跡雲ができる高度を飛んではならないし、敵の領空内で気をゆるめてはならない。

私は溜息をついて首をふりながら、空中給油機が旋回しているバン湖上空に向かった。なんという朝だ。とはいえ、比較的安全なトルコに戻ってきて――

「コナン・ワン……脅威出現……国籍不明機……機首から一五……下方」

コナンというのは、私たちのうえを飛んでいるＦ－15飛行編隊だ。

なんだと？

「トーチ隊……ブラケット……ブラケット！」オーカは鋭く命じると、すぐさま西に急旋回した。私は反射的に東へ旋回し、基本的な挟撃機動を開始した。二機にはさみ撃ちされれば、敵機はどちらかを選ばざるをえなくなる。そして、彼が攻撃しないほうの一機に背中を向け――死ぬことになる。

「コナン……こちらはチェインソー……もう一度言ってくれるか？」ＡＷＡＣＳの管制官は確信が持てないようだ。

たしかに、ここはトルコだ。ミグはいったいどうやって、うしろから忍びよってきたのか？

まごまごとマスクをつけ、頭を働かせてみて、はっと気づいた。給油機だ。ミグは、給油機を攻撃しにきたにちがいない！　レーダー探査をする時間はなかったので、左手の親指でボタンを押し、ただちに〝旋回空中戦機動〟モードを呼びだした。一種の急動モードであるそれは、一〇マイル以内にいる敵機にレーダーを照射し、発見したものを自動的にロックする。目をあげると、航跡をたなびかせて飛ぶイーグルが見えた。そして、敵機がいるにちがいないあたりをにらみつけた。HUDの照準用十字線を左下へ横滑りさせてから、その場所で維持し、二機のF－15が攻撃を開始するのを待った。二機は、その機を〝敵　機《バンディット》〟ではなく〝国籍不明機《ボギー》〟と呼んでいた。つまり、敵機だとはまだ断定できないのだ。F－16とF－15両方の多様な電子システムがあれば、敵か味方かを識別することができるのだが、その時間はなかった。その飛行機は、肉眼で識別されるか、私たちにミサイルを発射するなどの敵対行動に出るまで〝国籍不明機〟と類別される。

〝ロック……ロック……〟

驚いたことに、なんとレーダーがその機を捕捉した。五〇〇ノットを超える速度で〝鼻先〟――私たちのあいだ――をまっすぐ向かってくる黒い斑点を、私は目を丸くして見つめた。距離は八マイル、下方から突進してくる。

私は、マスターアーム・スイッチを〈アーム〉に切り換え、ストラップをせいいっぱい伸ばして前のめりになり、F－16の機首から外をのぞいた。国籍不明機が、私たちに向かって突進してくるいっぽうで、目標指定（TD）ボックスが、山頂あたりをするすると動いていく。

「コナン・ワンは……ボギーを……視認……一〇時下方！」

「コナン……こちらチェインソー……もう一度たのむ」

ＡＷＡＣＳは、いつものようにすばらしい仕事ぶりだ。私は視野の端で、なにかに反射した日光をとらえつつ、前方約四マイルを飛ぶイーグル二機が、北から旋回しながら降下してくるのを眺めていた。オーカと私はおよそ五マイル離れていたが、これから突入を開始する。この国籍不明機は、三次元ではさまれた。文句なしの迎撃だ。

そいつがだれかは知らないが、もう死んだも同然だ。あとは、だれが最初に彼を仕留めるかだけ。私はにやりとして、ＡＩＭ－９サイドワインダー空対空ミサイルを起動した。これによって、ミサイルの赤外線追尾装置が、私が捕捉した目標の追跡を開始する。だが、まだ無理だと不平を鳴らしたため、もっと接近することにした。およそ一五秒で、射程まで八マイルに近づくから、現在の速度で問題はない。

あそこだ！　国籍不明機をＴＤボックス内におさめることができた。その機は小さく、排気が煙の尾となって残っている。ファントムはべつとして、米軍機は排気煙を出さない。そしてその機はファントムではない。さっきから何度やっても、サイドワインダーは目標をロックしようとしなかった。

ちくしょうめ。

目のまえでイーグルにこのミグを撃墜されたら、おれは一生自分を許せないだろう。たぶん、有り金全部を精神療法につぎこむことになる。

オーカと分かれたときに二、三〇〇〇フィート降下したから、そう簡単に下からは撃たれないだろう。それに、推力《パワー》をしぼって滑空しながらおりたから、エンジンは冷えている。私をねらって発射された赤外線ミサイルは、目標捕捉に苦労するだろう。先手を打ってフレア放出することも考えたが、もしも彼が私に気づいていない場合、フレア放出によって、私の存在を明かすことになるのでやめておいた。ただし、これは危険と紙一重だった。というのは、万一彼がミサイルを発射したなら、フレア放出までの時間の余裕は一、二秒しかない。最初から守り第一で考えたくなかった。

行くぞ。スロットルを押して、アフターバーナーを使用しない最大推力であるミリタリーパワーにいれて機首をあげて近づいてくるジェット機に向かった。

彼は、前方約四マイル、やや上方を飛んでいる。サイドワインダーの追尾装置のロックを解除すると、異存なしを知らせる安定した電子音が鳴りひびいた。ミサイルは目標をロックしたうえ、敵機を肉眼でとらえているから、完璧に近い射撃だ。私は、照りつける日光と、身体にかかるGに顔をしかめた。その飛行機が茶色に塗装されていること以外、はっきりしたことはまだわからない。私は不満のうなりを漏らし、右の親指をピクルボタンのすぐうえへともっていった。ほとんど決まりだ。わが軍に茶色の飛行機は一機もない。

ゆっくり二つ数えて、私は待った。煙をたなびかせるジェット機を待った。イーグルが識別するのを待った。

「コナン・ワン……友軍機と判明！　くりかえす……友軍機だ」イーグルのパイロットは、あてがはずれたような口ぶりだ。

いったいどういうことだ……

私は、熱さを感じたかのように、ピクルボタンから親指を離した。それでも、問題のジェット機の背後についた二機のF－15を慎重に避けながら、その機に近づいていった。一マイルもない間隔で三機が通りすぎた一瞬、信じられないほど幅の広い翼と茶色の胴体がちらりと見えた。

ミグ－21だ！と、私の脳みそがわめいた。

「やっぱりミグ－21じゃねえか」私はマスクのなかで大声を発し、親指をピクルボタンに戻した。はじめは、イーグルのパイロットが重大な誤りをおかしたのだと思い、ショックを受けた。イラク空軍はミグ－21を保有している。それを目撃するとすれば、まさにいまのような場所だろう。基地に近く、山陰に隠れて。

そのとき、赤地に白い三日月と星の旗が尾翼に見え、私の親指は、ピクルボタンから、ふたたびすばやく離れた。

信じられない。心底からびっくりだ。

トゥルク・ハバ・クベットレリ。トルコ空軍。ふと合点がいき、そのジェット機に見覚えがある理由を思いだした。むかし、どこかの博物館で見たことのあるアメリカ製F－104スターファイターだ。飛び去るその飛行機を見ながら、私は首をふり、細心の注意をはらってマスターアーム・スイッチを〈安全〉へと戻した。武器を搭載した戦闘機がうようよ空を飛んでいるきょうを選んで国境付近をうろつくのは、どこの馬鹿野郎だ？　座席のストラップで締めつけられたまま、私は肩をすくめて、深々と息をした。トルコ人のアホめ。そのまま北へ向かいながら、F－104に付き添うF－15が、いまなお事態を把握できていないAWACSに、おなじ感想を漏らしていた。

空中給油は、いつもやりがいがある。毎回異なる状況で給油を成功させるには、絶対の正確さが求められる。平時、通常の空域で行なわれる航空機間の給油には厳しい制約があり、長ったらしくて退屈だ。だが、戦闘時の給油は、もっと簡単だった。ふつうは、KC－10かKC－135が三機一組となり、前後におよそ三マイルの距離を保って、異なる高度で旋回している。三機は、〝高い〟給油機、〝真ん中〟の給油機、〝低い〟給油機という、独創的な名前で呼ばれる。通常は、低い給油機が隊長機を務める。こうして軌道飛行する理由はいくつかある。空対空レーダーを持たない他二機の給油機は、空が晴れていれば、日中でも夜間でも肉眼で確認しながら、その機と距離をおいて飛ぶことができる。雲が出て視界が悪くても、飛行高度が異なるため、衝突はしない。そして、隊長機である低い給油機のかなり強いジェット後流が、後方の飛行機に影響することはない。ジェット燃料を満載した給油機と、長さ二〇フィートの給油パイプ《ブーム》でつながれながら、目に見えない乱気流のなかを飛ぶのは、あまり楽しいことではない。

空対空レーダーで給油機を見つけだし、その機に呼びかける。その機がどこにいようと、立体的にレーダー・スキャンし、他の給油機や多数の戦闘機の動きに注意する。空中給油の経験が何度あろうと関係ない。大型機の後方からそろそろと近づいていって、ブームが伸びてくるのを見ると、いつもわくわくする。夜間または悪天候か、燃料切れでないかぎり――そのときには、悪夢を見たかのように汗びっしょりになる。

しかし、今朝はちがった。空は明るく澄みわたり、人生初の戦闘任務から生きて戻った私の目に、エキゾチックな一帯はいっそう美しく見えた。給油がすむと、後方下に離れてから南西へ向かった。私たちの基地は、そこからおよそ二〇〇マイルのイスケンデルン湾沿いにある。

半時間後、インシルリック空軍基地上空に達した。ふつうは、上空通過パターンや悪天候時の計器進入といった、基地を出入りするときの手順が定められている。また、〝最少危険〟手順もある。それは、地上砲火にさらすことなく、できるだけ多くの戦闘機を離陸または着陸させるための手順だ。考えてみると、携帯式SAMや小火器の発砲などを心配する必要はなかったかもしれない。この日は開戦第一日めだったから、なにがどうなるか、だれにもわからなかった。ただ、正気の側が勝つまで、私たちが望むことはなんでもできた。それに、五〇〇ノットで滑走路を離陸することや、〝スタック〟するのはじつに楽しい。

スタックとは、基本的に最低巡航推力《アイドル・パワー》で、高度二万フィートから、滑空しながら着陸パターンまで降下することである。眼下のあらゆるものが見えるし、エンジンを冷やせるから、敵の赤外線追尾装置の裏をかける。そのうえ、さっきも言ったように、楽しい。オーカと私は、降下開始を待つ戦闘機群のほぼ最後尾についた。私たちのあとからイラクを出てきたF－15二機が、後方のどこかにおり、KC－135給油機二機が、全戦闘機が着陸するまで、高度二万五〇〇〇フィートを旋回している。

「トーチ・ワン……ハイ・スタック」

オーカが告げ、急旋回して降下にはいった。私は待機し、彼の〝ミッド・スタック〟という送信を聞いてから、降下を開始する。私はまたマスクをはずし、座席のストラップをゆるめて、顔の汗をぬぐい、少しだけ緊張を解いた。いいじゃないか？　これ以上、なにか起きるはずがない。

通常でも、それは危険な考えかただ。いまのような状況では、とんでもなく思いあがった考えかただ。愚かでもある。

数機のジェット機がらせん降下し、滑走路上空へ進入するのを眺めていたとき、なんとも信じがたいことに、基地の北側から白煙が立ちのぼった。私の口があんぐりとあいた。ほんとうだ。

SAM。

まさかそんなことが……私は、どう報告しようか考えながら、マイクのボタンをさぐった。

SAMだ！

ところが、ひどく興奮した声に先を越された。

「ミ……ミサイル……ミサイル発射！　目標は……エクソン21！」

エクソンとは、軌道旋回中の給油機の一機である。パイロットは、浣腸されている最中のような声で告げた。

突然、驚くほどの高速でミサイルが飛んできて、多数の戦闘機が渦巻いて飛んでいるその真ん中で爆発した。しばし静まりかえっていた無線が、管制塔の周波数で大騒ぎになった。

「管制塔《タワー》……」

「リック・タワー……こちらターザン・スリー……基地からミサイルが発射された」

「いったいあれは……」

「……基地の北側……爆発したのは……」

「……約七〇〇〇フィート」

「ツー……大丈夫か……」

あとになって、基地のパトリオット・ミサイル防御システムが自動モードになっていたことが判明した。さまざまな機能を持つシステムだが、このモードのときには、妨害電波を探知したら、その電波源にロックし、ミサイルを発射する。妨害ポッド、無線機、電子装置をそなえた一〇〇機近い戦闘機が押し寄せたとき、パトリオットがどう反応するか、だれも見越していなかった。パトリオットは、その全部を探知し、すべてを敵とみなし、最大の飛行機にロックして発射した。かわいそうな給油機のパイロットはさぞかしびびっただろうが、だれが彼を責められる？

ようやくのことで全員が落ち着き、交信状態は通常に戻った。無事に着陸した私は、滑走路《EOR》の外側で〝デアームド〟しながら、私を待っていてくれたオーカを見つけた。デアームドというのは、爆弾やミサイルや対抗策を投下する点火剤を不活性化し、地上ではずれないように固定することである。私は、三〇フィートほどの距離から彼を見つけて、いくどか力強く拳を突きあげた。彼はうなずいて、笑みを浮かべた。EWOは、キャノピーのレールに両腕をのせ、ぐっすり眠っているかのように頭をうしろにもたせかけている。が、そのとき、帽子のひさしが私のほうに向き、彼が親指を立ててみせた。

一時間後、エンジンを切り、戦闘機の不具合について整備部に報告し、即応態勢部に立ち寄って装備類を返却し、書類を提出し、飛行隊本部へ戻った。そこは、冷戦時代に建てられた細長い低層の建物で、キューバのミサイル危機以来ずっと使われていなかったようなにおいがした。ありもしない核攻撃に耐えられるように、厚さ六フィートの壁で補強されている。任務から帰投したパイロットらが、当直デスクに書類を置いてから、またべつのデブリーフのためにボールトへとぶらぶら歩いていく。その窓のない密閉された情報保管室には、秘密のコンピューターが多数置かれ、部隊の戦闘機や兵器や任務に関する機密情報のすべてが収められている。壁に地図が貼ってあり、ミグとSAMについての最新かつ最大のデータが記入されている。その部屋で、私たちは、各自の敵との遭遇体験を述べ、目標地域について話しあった。

これらのことを終えてから最後に、あいたブリーフィング室へ集まり、飛行任務の詳細について話しあった。任務の各段階ごとに話を進め、よかった点と悪かった点を挙げ、できれば、それを改善する結論を出す。ビデオテープを細かく見て、投下または発射された一つ一つの兵器を検討する。これと情報報告をもとにして、予備の戦闘損害評価を出す。その書類は、任務計画チームへまわされ、そこで、集められた情報を総合して、つぎの任務が計画される。

訓練中の飛行任務でも、かならずこの過程をくりかえしてきたので、珍しくもなんともなかった。しかし、きょうは、もっぱら戦闘とわが軍の兵器の有効性について集中的に話しあった。戦闘以外の議題は、一〇〇機におよぶ航空機に、基地と敵領空とをスムーズに行き来させる方法にしぼられた。たとえば、トルコ空軍に、私たち相手の迎撃演習をやめさせるとか、あしたはパトリオット・システムを自動で発射させないようにするなど、細かいことだ。

着陸して三時間後、きょうの任務についての話しあいを終え、あすの計画を作成した。きょうとおなじ編制で、守りのかたいキルクークという都市を攻撃する。SA－2とSA－3はもちろんのこと、おそらくはSA－6と高射砲が多数配備されているだろう。F－15の部隊はイラク軍機一二機を撃墜し、こちらの損失はゼロだった。が、あすは、きょう以上に多くの戦闘が予想される。

きょうの話しあいの結論はすべて、あすの望ましい結果と対比してまとめられた。このあとは、合同航空団参謀本部付の戦闘機パイロットの少人数に、すべてがまかされる。ふつう少佐や中佐からなるこのグループは、大きな不満をかかえ、ひどくいらついている。というのは、戦争の計画をたてるだけで、戦わせてもらえないからだ。とはいっても、こうしたあらゆる情報に、連合軍司令部やペンタゴン、ホワイトハウス、いくさの神などから提供された全体的な方針をプラスして、〝プラン〟を作成する。そして、航空任務指令（ATO）、または〝フラッグ〟と呼ばれる分厚い一冊にまとめられ、目標や代替目標、兵器、時間調整が示される。

目標到達時刻（TOT）は、誤差三〇秒以内で守らなければならない絶対的な数字だ。一〇〇機を超える航空機がありとあらゆる爆弾を投下する作戦の混乱を最小限に抑え、爆撃の効果を最大にするための重要な数字である。TOTから逆算して、国境越えや空中給油や離陸の時間が決められる。任務指揮官に指名された上位の佐官級パイロット、できれば兵装士官が、任務の作戦計画を練る。掩護機はミグにどう対処するか？　ウィーズル隊の最優先目標はどのSAMにするか？　目標地域を分割して、四機の攻撃部隊に割りふり、だれが、どこを、いつ攻撃するかを決める。それに付随する無数の条件が考慮される――悪天候時、代替攻撃、集合地点などは、その一部にすぎない。プランがくずれたときのために――多かれ少なかれくずれるものだ――すべての戦術は単純で、容易に遂行できるものでなければならない。

任務指揮官は、予定離陸時刻に基づいて地上滑走時間と地上作業予定計画を決定する。そのあと、全体説明会《マスブリーフ》の開始時刻が決まる。それは、任務に参加する全員が集合して、最新の情報を聞き、全員に関係するさまざまな事柄の説明を受ける会議だ。無線周波数、編隊、国境越えの地点なども説明される。撃墜された場合の、その日の戦闘捜索救難計画（CSAR）もあわせて示される。

マスブリーフの開始時刻が発表されると、各飛行隊は、それぞれの飛行計画をたて、だれがどの位置で飛ぶかを決め、飛行ブリーフィングの開始時刻を設定する。それは、時間のかかる退屈な作業だが、まえにやったことがあるので、驚くほどスムーズに進んだ。

興奮とアドレナリンがだんだん消えていくと、空腹で目がどんよりし、乾ききった喉は紙やすりみたいだが、生きている実感で身体がぞくぞくした。命の危険を乗りこえたあと、指一本欠けることなく、全身がいまもちゃんと動いていることがわかったときに感じる、肌がぴりぴりするような高揚感。スコッチが飲みたかった。

じつは、サウジアラビアの基地にいるわれらが同僚パイロットとはちがって、ここには士官クラブ、もっと正確にいうとバーがある。私たち四人はぶらぶらとラウンジへはいっていった。まるでアメリカにいるような雰囲気だ。酒を飲み、さかんに手を動かしてしゃべる男たちで満員だった。というより、戦闘機パイロットに手を動かさずに話をさせたいなら、酒か女をあてがうしかない。

パイロットの大半は、緑色の飛行服のうえに、あれこれ武器をくくりつけたサバイバルベストをつけていた。奥の壁ぎわに、よく磨かれたマホガニー製の長いバーカウンターがあり、鏡とガラスの棚は酒瓶で埋まっていた。カウンターに寄りかかったり、スツールに腰かけた男たちが、疲れきったバーテンダーの関心を引こうとしている。天井でまわるファンが、葉巻の煙をゆっくりとかきまぜていた。室内は薄暗い。戦闘機乗りが集まるバーは、どこもだいたいこんな感じだ。汗まみれのノーメックス製飛行服や気の抜けたビールのにおい、ブランデーの甘い香り、焦げたポップコーンのにおいがする。ジュークボックスから、クイーンの〝ファットボトムド・ガールズ〟が流れていて、ほかの飛行隊の連中が片隅で、〝サミー・スモール〟という胸にしみる讃美歌を歌っていた。

ここはわが家だ。

戦闘機パイロットのだれひとりとして、正規の飛行隊パッチをつけていなかった。それをつけて戦闘に行かないからだ。たいていは、胸元か左袖に、刺繍されたウイングマークと名札、コールサインをつけている。飛行隊別に色が異なっていて、ここでは少なくとも六色が見られた。スペインのトレホン基地とドイツのスパンダーレム基地のF－16部隊。ドイツのビットブルク基地とオランダのソエステルベルク基地のF－15部隊。イギリスのアッパーヘイフォード基地のF－111部隊。AWACS乗組員の士官たちもいた。KC－135のパイロット二人は驚くほど酔っていた。すぐに、その二人が、パトリオットの射撃演習の目標として使われた給油機のパイロットだとわかった――私たちがどんな日々を送っているかを、かいま見たはずだ。戦闘機乗りは、二人にさほど同情していなかったが、いちおう酒をおごってやった。結局私たちは、撃たれてなんぼの商売なのだ――彼らとはちがって。

「おーい、ツードッグズ！」名を呼ばれたので、カウンターのそばでうねる緑色の波を見つめた。

「こっちだ。オーカ、シャドウ……こっちへ来いよ！」

オーカが私の肩にパンチを食らわしてから、仲間に手をふった。煙の切れ間から、飛行隊のほぼ全員の顔が見えた。隊長までが、カウンターのいちばん端で手をあげている。ムーマンことディブ・ムーディ中佐は、その日の朝到着したばかりだった。飛行隊を率いてドイツの基地を出発したのだが、地中海上で機のトラブルに見舞われた。修理に二日かかったため、第一回の戦闘任務を指揮することができなかった。けさ私たちが出撃するときにどうにか間にあい、滑走路外側に姿を見せた。誘導路のわきに立ち、だれもいない小学校から〝借用〟してきた巨大なアメリカ国旗をふり、飛びたつ隊員全員に敬礼して送りだした。忘れられない光景だ。ムーマンは、わがヒーローの一人である。

「ドッグズ、この青二才め」中佐が私の胸をどやし、酒らしきものがはいったグラスを手に押しつけてきた。「きょうはどうだった？　なにか叩いたか？」

「私は――」

「両手で自分のケツも叩けなかった」だれかが助け舟を出してくれた。

「迷子になったよな」べつの男が大声で言った。

「私は――」

「脳みそが石ころでできてるんだよ」

「みんなでちんちんを支えてやれなかったんだから、この男になにか叩けるはずがない」

「おれは――」

「どうした若造……はっきり言えよ！」

大きな毛深い手で肩をつかまれたのでふりむくと、横にオーカが立っていた。「みんな、こいつをそっとしておいてやれよ……この男はよくやった。モスルのＳＡＭ二基をやっつけたし、おれを一度も見失わなかった」

鋭い口笛とヤジが飛んだが、オーカはにやにやしただけだった。「それに、パトリオットに殺されそうになったときも、彼はびびらなかった。それどころか」――そこで私に目くばせした――「この新入りは戦闘態勢にはいって、突入して機銃掃射しようとしたんだぞ！」

事実はやや誇張されていたが、一〇パーセントの法則（どんな話でも、一〇パーセントは真実でなければならない）を守っていたし、じっさい、給油機の二人のパイロットみたいに、びくつきはしなかった。

さらに口笛が鳴らされて、だれもが笑い、はやしたてた。私の肩に腕が伸ばされ、バーカウンターのほうへ押しやられた。ムーマンがにこやかに笑って、グラスを持ちあげた。「ゾウに乾杯！」グラスをかちりとあわせてから、私は飲んだ。そして、喉を詰まらせた。中佐がくすくす笑っている。

「これは……いったい……なんですか？」あえいでいるうちに、目がかすんできた。

「アップルコーンと……香りづけにジェレマイアウィードを少し」

正式にはアプフェルコルンという酒は、ドイツの基地に駐留する米軍の戦闘飛行隊が愛する濃厚な甘いリキュールだ。ジェレマイアウィードは、ジャックダニエルズやドランブイと並んで、世界各地の戦闘機パイロット気に入りの酒である。一種類ずつならなんとか飲めるが、混ぜあわせると、ぶっ倒れるくらい強烈だ。

まわりで、みんなが騒いでいた。私は腰をおろし、それをながめながら、自分がこの仲間の一人であることを喜んだ。精鋭部隊《エリート》の一員であることは、その後の一生をともに歩む宝物となる。最初は、自尊心と〝やり遂げること〟だけだ。ところが、いろいろな意味でこてんぱんにやられ、そのあいだに、やめたり、落第したり、あるいは死んだりする者が出てくる。そして最後に、やり遂げることができたなら、なかでも最高のご褒美とともに、そこの一員となる。同僚からの無言の尊敬と、自分以外のだれかに対して証明すべきものなど一つも残っていないという認識だ。私は、用心しながら、飲めたものではない酒をもう一口すすって、この場にいられる幸運を喜んだ。アメリカ本国の基地のパイロットはみな、いまごろ自宅で妻と過ごしながら、ここにいられないことを歯がゆく思っているだろう。

私は誇らしかった。アメリカの国益がおびやかされており、その問題を解決するために、私たちはここに連れてこられた。当時の私はそう思っていた。イラクは、ジェット戦闘機数百機とSAM数千基を保有する、世界第四位の軍事大国だ。私たちは、その正面ドアを蹴りあけたばかりだった。じつのところイラクは、地球上で最強の国に対して、毛むくじゃらの拳をふりあげた――要するに、アメリカに大きな中指をたてて見せたのだ――そして、きょう、私たちがその指を嚙みちぎってやった。あすは、玉を切り落としてやる。

私はそのためにここにいるのだ。

私の右側の、いくつかテーブルをはさんだその奥で、大人数がクラッドをしていた。クラッドというのは、ビリヤードとラグビーをあわせたようなゲームだ。バーと反対側の左手にはステージがあったが、バンドはいなかった。ダンプスターという大型ゴミ箱サイズの虹色のジュークボックスから流れるプレスリーの〝ラスベガス万才〟にあわせて、一ダースの飛行服が跳ねまわっていた。よくよく見ると、AWACSの女性搭乗員数人が、男たちに取り巻かれている。器量はよくないし、飛行服を着ていてもそれは変わらなかったけれど、その場で唯一の女たちだったし、彼女たちは楽しんでいた。AWACSの男性搭乗員はどこにも見あたらなかった。どういうことだ？

暗がりにあるテーブルに、完璧な髪型に、パッチをひとそろいつけた清潔な飛行服を着こなし、浅黒い顔にごく真面目な表情を浮かべた四人のパイロットが座っていた。彼らは、クラッドを理解するのをあきらめて、女たちやダンスを眺めている。

トルコ人だ。

そのうちの一人が、ラベルのない瓶から透明な液体を各自につぐまで、彼らが飲んでいるのはてっきり水だと思っていた。

「あれはなんです？」私はムーマンの耳元で怒鳴り、トルコ人を指さした。

「教えてやろう。ラキをくれ！」中佐がバーテンに叫ぶと、バーテンが、ショットグラスと透明な液体のはいった瓶を持ってきた。

ムーマンはまた目くばせしてから、ドイツ風に乾杯した。「プロスト」

涙がこみあげ、部屋がぐらついた。私は、吐きだしたいのをこらえて、毒性の高いショットグラスをおそるおそる手で持った。ムーマンは高笑いし、どこかへ行ってしまった。私は、若い大尉仲間と一緒に、カウンターに寄りかかって、クラッドを見物した。

クラッドは、二個のボール——色つきの〝的《まと》〟球と、白い〝撞《つ》き〟球——を使う、いたって単純なゲームだ。何人制でもいいから二つのチームに分かれる。どこかのポケットに的球を沈めて、相手チームのメンバーをつぶせば勝ちだ。当然ながら、相手チームはそれに抵抗する。全員が順に撞き、球をポケットに落とした人の直前に撞いた人がアウトになる。三度アウトになれば、ゲームを抜ける。基本的なルールは二つだけ。レフェリーに（一度も）ぶつけてはならないことと、テーブルの端から撞くことだ。その二つ以外には、プレイする人間によって、また、見物する人間（女たち）によって、全員の酔いぐあいによってもルールはちがってくる。

今夜は、男性ホルモンとアドレナリンとアルコールの三拍子そろっていた。戦闘任務の一日が終わったことだし、女が何人か見物していることもあって、ゲームは大荒れだった。やや手加減した腕力で、球を撞くのを妨害したり、撞き手をテーブルに近寄らせないようにしたり、あるいは相手チームを痛めつけたりすることが許されていた。何人かは足をひきずっていて、顔に傷を作り、鼻を折った多数がゲームを抜け、そばで待機している。

士官クラブは、全士官が出入り可能だ。しかし、戦闘機の基地では、戦闘機パイロット以外はめったにやってこない。来るとすれば、無知なやつ（つまりは男）だ。そういう連中の身に、よくないことが起きることがある。壁ぎわに立ってゲームを見物しているその手の二人の士官に、私は気づいた。彼らは、騒々しい声や酒の飲みかた、野蛮な雰囲気にあからさまに眉をひそめている。二人とも戦闘服《バトル・ドレス》、いわゆる〝作業服〟を着ていた。汚れ一つなかった。磨きあげたブーツを履き、ガスマスク袋を肩からかけていた。ガスマスクを常時携行するなどばからしいが、いちおうそういう規則になっている。もちろん、私たちは無視した。その二人がだれなのか、また、彼らがここにいたいと思う理由はわからなかった。

不意にテレビ画面が、赤く明滅しはじめた。

「あれはいったい……」私のとなりにいた男がそれを指さした。そのとき、ジャイアント・ボイス、要するに基地の拡声装置の音が、壁を突きぬけてきた。

〝砲撃……砲撃……アラーム・レッド……アラーム・レッド……〟

これは、基地めがけてなにかが発射されたので、ただちに避難せよという意味だ。クラッドをしているものたちは笑ってプレイを続け、酒を飲んでいるものたちは顔すらあげなかった。民間人スタッフはテーブルの下に飛びこんだが、飛行服を着たまま姿を消したのは、AWACSの搭乗員だけだった。どういうことだ？　戦闘機パイロットらは、この機に乗じてカウンターへ足を運び、トルコ人バーテンダーが製氷機の下から出てこようとしないため、めいめいで酒をついでいる。

さっきの参謀部の士官二人が、テーブルの下で縮こまり、中央の支柱を握りしめていた。一人は、袋をあけて、ガスマスクを引っぱりだしている。

「厚さ半インチのベニヤ板でなにか防げると思ってるんだろうか？」私は、そばにいたファントムのパイロットの腕を叩いた。

「さあな」彼は肩をすくめて、スコッチをたっぷり注いだ。「飲みながら死んだほうがましだ」

「行こう」べつのファントムのパイロットのクージョが、テーブルのほうに頭をぐいと動かした。「座ろうぜ」私たちは椅子を引きよせて、幕僚の二人が避難所として使っているテーブルに落ち着いた。

彼らの個人的なスペースにブーツが乱入したとき、テーブルの下でもぞもぞと身体が動き、悪態をつくささやき声が聞こえた。

テレビ画面が明滅する一〇分ほどのあいだ、私たちは酒を飲み、クラッドをし、弱虫どもはテーブルの下に隠れていた。警報解除の合図が出ると、彼らは身をくねらせて出てきた。

「なあ……一緒に飲めてよかったよ」クージョがかなり露骨に皮肉った。「うえはそうとう危険だった」

彼は派手なしゃっくりをすると、私を一人残して、よろめきながらバーへ行ってしまった。

「うまいこと言ったと思ってるんだろうな」幕僚の一人が、彼の相棒に話しかけたのだとばかり思っていた私は、知らん顔してクラッドを見物していた。その男が歩いてきて、私の目のまえに立ちはだかったので、じつは私に話しかけたのに、無視されたのが気に入らなかったのだとわかった。

「聞こえないのか？」

私はその男を見あげた。三〇代で、小さな目を光らせ、大半の幕僚とおなじく、ややずんぐりして、よく太っている。食べすぎ、コーヒーの飲みすぎ、ストレスなし。少佐のしるしであるオークの葉のマークをつけていたが、ウイングマークはない。思ったとおり。

「聞かないようにしてる」私は答えた。「どいてくれないか」戻ってきていたクージョが、声をあげて笑っている。少佐は、ふっくらした四角い小さな両手を、大きな尻にあてた。

「立て」

「うせろ」

そう言われて、彼の目のまわりの皮膚が少し引きつった。「私はカールソン少佐だ。そんな口のききかたをしてはならない……大尉か中尉かなにかは知らないが」

階級章とパッチは、マジックテープで留めるようになっているので、戦闘任務に出るときにはずしたまま、つけるのを忘れていた。

「おれも少佐かもしれない。そう思わないか?」

彼はうすら笑いを浮かべて言った。「思わないね。きみはまず大人になれ」

「あんたの奥さんは、おれは大人だと思うだろう」

それを聞いて、彼は真っ赤になって怒った。いつもの私なら、少佐に対してそんな口をきかないのだが、その男はウイングマークをつけていなかったので、私のなかでは、数にはいっていない。そのうえ、根性のひねくれたやつだった。能なしのひねくれものだ。受け流せないのだから。

「なぜ、バーに武器を持ってきた?」

おまけに、うすのろ。

戦争の初日にそんなことをいうのは、いったいどんな愚か者だろう? かりに私が、この男のようにコンピューターを見つめて、戦争初日を過ごしたとしたら、自分の部屋で泣きながらチンポを舐めていただろう。

「くたばれ」

背後がざわついたのでふりむくと、同僚たちが立っていた。どうやら、焦げたポップコーンとドランブイに混じるもめごとのにおいを嗅ぎつけたらしい。

「きみの氏名、階級、部隊を知りたい。それと、その武器を渡したまえ」ほんとうにこいつは、芸術的なとんまだ。

「なぜ？　おれを捕虜にするのか？」

「氏名だ」彼はぴしゃりと言った。

「きょう、あんたがドーナツを食っているころ、イラク上空のどこかで失くしてしまった」

そう言うと、彼の顔全体がきつくなった。だれかに、くそくらえとでも言われたかのように。

「きみは横柄なろくでなしだ。私は少佐だぞ……そんな口のききかたは許されない！」

「なあるほど」新しい声が、嫌味をこめてのろのろと言った。「彼は許されないが、おれなら許される」そう口をはさんだのは、〝リップス〟と呼ばれているパイロットだった。彼を見るといつも、デイブ・リー・ロスを思いだす。鉤鼻とぎらぎら光る目がよく似ているのだ。超一流のパイロットでもあり、すこぶる無礼なすばらしい男だった。私のそばへやってきて、ゴキブリでも見るような目つきで、その幕僚を見つめた。「おれも少佐なんだ。だから、あんたとおれのために言ってやる。うせやがれ」

加勢のため、そして不快に思っていないことをはっきり示すため、飛行隊仲間が〝ワイルド・ウィーズルの歌〟を歌いだした――静かで、胸にじんとくる賛歌だ。

「おれたちゃ卑劣なやつら……げす野郎……」

武器を身につけたまま、酒を浴びるほど飲んだ大勢の男に取り巻かれていることに気づいて、幕僚は青くなった。

「この世から生まれたゴミ……見さげはてたろくでなしの密通男……

どこの女郎屋でも知られ……タバコ、酒、セックス……」

連れの男も気づいた。その連れが、カールソンの腕をぐいと引いた。彼は一歩さがって、ずんぐりした指を私のほうに向けた。「また来るからな」

「おれたちゃワイルド・ウィーズルさ……なにか……文句……あるか！」

頭から湯気をたてて彼がよたよたと出ていくと、みんなが大笑いした。

それから三〇分ほどたって、充分楽しんだ私が、立ちあがるエネルギーをかき集めていたとき、ドアがさっとあいた。長身痩軀の五〇がらみの男が大股ではいってきて、ドアのすぐ内側で足を止めた。側頭部でごく短く刈られた鉄灰色の髪、高い頬骨、色あせた飛行服。両肩に、大佐の鷲のマークをつけている。

航空団長は大佐が務めるものなので、彼もその一人なのだろうかと考えていたとき、男の肩の横から、カールソン少佐がむくんだ顔をのぞかせた。

「おっと」クージョとリップスもその男を見た。

カールソンは、私のほうを指さしながら、第一級のバカ野郎について手ぶりで知らせている。大佐は私を見て、うなずいた。目を見れば、本物の勇士かどうかがわかる。そして、このパイロットは、落ち着きはらった鋭い目をしていた。彼が近づいてきたので、私は立ちあがった。大佐が現われたらそうするものなのだ。彼は、私の頭のてっぺんから足の先までゆっくりと見てから、顔をじっと見つめた。

「で、きみは……？」

私は咳ばらいした。「ツードッグズと呼ばれています」

「サーをつけろ」

「ツードッグズと呼ばれています、サー」

大佐は、ひとつもおもしろくなさそうに、冷やかな笑い声をたてた。まるで毛球を吐きだそうとしているように。

「階級は」

「大尉です、サー」

「いつ？　きのうか？」

「ノー・サー。前日です」それはまったくの事実だったが、どうやら大佐は、私を生意気だと思ったようだ。仲間が私を応援するために高らかに歌ってくれたが、大佐を喜ばせはしなかった。

彼は身をのりだして、ごく穏やかに言った。「私と話すときは、両足のかかとをつけろ」怒鳴り声で命令されるよりもはるかに威圧感があったので、私はいくぶん両足のかかとをすり寄せた。

大佐が、まわりの見物客を見まわした。そのとき、彼の胸についている星と花輪の記章に気づいた。それは、コマンド・パイロットのあかしである。くわえて、欧州アメリカ空軍の楯形の記章もつけ、さらに、戦闘機兵装学校卒のしるし、灰色と黒色のパッチが左肩で燦然と光っていた。私は唾を飲みこみ、そのときはじめて、不安を感じた。だれかは知らないが、この男は、後方梯隊のちんけな幕僚ではない。

ふたたび、カナリアを餌食にしようとしているネコのような目で私を見ながら、彼は静かに尋ねた。「大尉は少佐に対して、あっちへ行けという口をきいてはならないと教わらなかったのか?」

「私はそうは言っていません、サー」

彼は片方の眉をあげ、首を傾げた。「ちがうのか?」

「うせろと言いました」

「サーだ」

「私は彼に失せろと言いました、サー」

「おなじく私もです、大佐」助け舟を出したリップスに、年長の男がちらりと目を向けた。

「少佐、きみの意見を聞きたいときには、そう知らせよう。きみの玉を蹴りとばしてな」

「的ははずしようがないでしょう……サー」

大佐の目が冷たく光って動き、いたたまれなくなったリップスは観衆のなかに戻った。私は、まずいことになったかもしれないと思った。にもかかわらず、身体の奥から湧き起こる小さな怒りを感じた。

「彼にそう言った理由は?」

なぜなら、彼はめめしい男で、おべっか使いで、テーブルの下に隠れたから。なぜなら、きょう、私にミサイルが飛んできたときに、折り目のついた制服を着て、九〇〇マイル後方のここに座っていたから。脂ぎった顔に気どったにやにや笑いを浮かべていて、喉をかききってやりたかったから。どれも上出来の回答だったが、私はこう答えた。「武器を渡せと言ったからです、サー」

「そうなのか?」

明らかに大佐はそのことを知らなかったらしく、感心できないという目で少佐をちらりと見やった。そして、これまで何千回と見てきたかのように、クラッドや踊っている連中を見つめた。ほんとうは、彼は音楽を聴いていたのではないか。曲は、またもや〝ラスベガス万才〟だ。

「まあ、彼の言うとおりだろう。バーに銃はそぐわない。戦争中であっても」だれも動かなかった。大佐は私を見つめて、手を差しだした。

たしかに、大佐の言うとおりだったかもしれない。けれども、部隊の兵器室はまだできていなかったので、銃をしまう場所はなかった。そのうえ、二四時間の作戦態勢にある私たち全員が、つねに武装していることを義務づけられている。

「できません、サー」

大佐はわずかに頭をそらして、虫を見るような目で私を見た。ゆうに数秒見つめてから、親指をさっとドアへ向けた。「一緒に来い、大尉」

従うほかにどうしようがある？　例の少佐がまたにやにや笑っていたので、私の両手はむずむずした。このうすのろ幕僚の口元を思いきり殴りつけたくてしかたなかった。

落ち着きはらっているように見えた大佐が、正面ドアまで来ると、それを思いきり蹴とばしてあけた。その夜、私の二度めの判断ミスだ。この男はかんかんに腹をたてている。

「出ろ！」

私はまた唾をごくりと飲みこんでから、外へ出た。「そこにいろ」少佐には荒々しく怒鳴り、タイル張りの床にいた少佐は即座ににやけ笑いをやめた。

ひんやりした夜気を吸い、肩をそらして、くるりとふりむいた私の顔に、指が突きつけられた。そして、ある種の感銘を受けた。指先がなかったのだ。撃たれて吹き飛ばされたみたいに。

「ばかたれめ、よく聞けよ」彼ががみがみ怒鳴った。一歩さがった私を、その指が追ってきた。「私は、北ベトナムで一二七回の戦闘任務を飛んだ。敵を殺し、命を救い、ちゃちなキャリアしかないきさまみたいな洟垂れ小僧には考えられないようなひどい目に遭ってきた。きさまの一度の戦闘任務など……まったく……なんとも……思わない」大佐の一語一語にあわせて突きだされるたびに伸びた指の長さは、いまや一〇フィート近い。私は、それ以上あとずさりしないように努力した。

「わかるか?」私の返事を待たずに、またもや鼻先に指を突きつけた。「二度撃墜され、一度は救出された。私は、ゾウを踏みつけにしてやったんだ。さあ」――大佐は目を細めた――「その……いまいましい……銃を……よこせ」

信じられないほど長いあいだ、私たちはにらみあった。私のわずかな酔いはとうの昔に醒め、相手の上級士官は、とんでもなく頭に血がのぼっていることをはっきり認識していた。それでも、私は男だし、大佐はまちがっている――少なくとも、私の見方では。それに、朝の任務開始までに、銃を返してもらえるはずがない。

「できません、サー」

大佐は心から驚いたようだ。私は、撃たれる前に、できるだけ丁寧につけくわえた。「大佐、あと一〇時間後にまた任務がありますし、そのときに銃が必要です」

彼はまた私をにらみつけてきた。が、その目を見ているうちに、ゆっくりと怒りが薄れていくのがわかった。ちなみに、ところどころ赤くなっていたものの、茶色い瞳だった。ようやく、彼は頬をふくらませてから、ほっと息を吐いた。ブーツを見おろして、ゆっくりと首をふってから、舗装道路の向こうで光るフライトラインの明かりに視線を移した。夜間任務の準備がはじまっている。まぎれもないジェットエンジンの音が、木立ちの向こうから流れてきた。

一瞬、若き日のその男の姿が見えた。私にそっくりの男。戦闘任務の場所は、イラクの大平原上空ではなく、北ベトナムのジャングル上空だったが。私には珍しい洞察力を発揮して、彼の心境を思いやった。現実に戦闘が行なわれているというのに、椅子に腰かけてそれを眺めているのは、さぞかしつらいだろう。だから、あれほど立腹したのかもしれない。つまり欲求不満だったのだ。

大佐が顔をあげた。「大尉。生意気で横柄な野郎どもでいっぱいの士官クラブでも、きみはまちがいなく最高に思いあがったやつだ」彼はふたたび、木立ちのほうを眺め、ジェット燃料のにおいを嗅いでから、私に目を戻して溜息をついた。「で、このあとのことだ。今夜はこれでおひらきにする。きみは銃を携帯したまま、むさくるしい部屋へ戻って、睡眠をとる」

私は驚いた。これ以上私を締めあげるつもりはないのだ。

「それに、今後は二度と、銃を携帯してバーに顔を出さないように」

逃げ道をあたえてくれた。おろかな戦闘機パイロットの私にでさえ、それはわかった。だから私は、自主的にかかとをあわせて姿勢を正し、士官候補生のように敬礼した。

「イエッサー」

大佐は、私をひたと見据えてから、ゆっくりと敬礼を返した。背を向けようとした彼は、私が予想もしなかった、また、けっして忘れることのない行動に出た。そろそろと手を差しだしたのだ。いくぶん用心しながら、私がその手を握ると、彼はうなずき、一度だけふって、手を放した。

「それでも、いやなやつにはちがいない。さあ、さっさと行かないと、その目を突くぞ」

私の宿舎は、天井をトタン波板でおおった縦横一〇フィートの木造の小屋だった。狭い屋根裏に、野良猫が入れかわり立ちかわり交尾しにきた。そのときには興味深い鳴き声が聞こえ、胸が悪くなるようなにおいがただよってくる。ふつうなら、このタイプの宿舎は、ジェット機の整備を担当する下士官兵二人で使う。ところがそこに、士官八人が詰めこまれた。その小さな空間を八人でどう使うかというと、〝冷えない寝台〟だ。つまり、一台の寝台を、夜間任務を飛ぶもう一人のパイロットと共同で使用する。ところで、そのイタリア人パイロットは、いつも毛布に細い黒髪を残していった。その髪が顔にまとわりつくため、私は、疥癬もちの若い狼男みたいだった。

いずれにしろ、決定的に宿舎が不足していたため、当然ながら、快適な宿舎は、月に一度トイレットペーパーを運んでくる輸送機のパイロットが優先的に使っていた。幕僚も、コーヒーポットをつねに満杯にしておく作業があるから、休息をとる必要がある。けれども、当時は戦時中で、疲れきっていた私たちは、気にかけもしなかった。

その夜、私はベッドに横になり、天井を見つめながら、長く危険な一日のできごとをすべて思いかえした。生きていられてうれしかった。生還できなかったものも大勢いると聞いていた。私自身の能力を疑ったことはないにしろ、若さゆえの自信過剰をさらに深めることができたのはよかったと思った。とはいえ、それだけで生き抜けると思うほど、私はおろかではなかった。イラクのべつの戦域で、飛行機や腕のいいパイロットを多数失った。敵も油断せず、準備を整えてかかってくるだろうから、あすは、さらなる強敵と戦うことになる。

私はずっとプライドを持ってやってきた――この仕事とプライドとは切り離せない。けれどもそのとき、私の心臓は胸から飛びださんばかりに高鳴っていた。私はテストに受かった。戦って、生き残ったのだ。

私はゾウを見た。そして――笑みを浮かべ、ようやく眠りに落ちつつ――タマのどまんなかを蹴とばしてやった。

4　エジプト人のように飛べ

太陽が顔を出してから半時間がすぎた。Ｆ－16戦闘機は車輪を収納し、エジプト中部を飛んでいる。一九九二年一月の水曜日、〇六〇一時四五秒のことだ。

外の世界とヘッド《H》アップ《U》ディスプレイ《D》の対気速度計の緑色のデジタル表示とを交互にすばやく見くらべた。ソ連時代の爆撃機の残骸、境界線のフェンス、そして、崩れかけた小さなピラミッドさえも一瞬のうちに追いこしたとき、高速で飛ぶ戦闘機の下を、薄汚れた滑走路が流れていった。

戦闘機パイロットであることに喜びを感じる瞬間だ。風のない涼しい早朝の空気を切り裂いて、長いコンクリート面を疾走するとき。親しみをこめて光るディスプレイに囲まれて、なにからなにまで熟知したコクピットに座り、ハーネスをつけているとき。まわりの金属が、怒りに満ちて突進する四万ポンドの馬力で震えている。私は、地上二〇フィートの高さで、ジェットを完璧に安定させた。一万二〇〇〇フィート、つまり二マイルより少し長い滑走路を、アフターバーナーを点火して二〇秒で通過する。小さな緑色の数字が五一〇ノットになると、エンジンの計器をもう一度見てから、まっすぐ前に視線を戻し、〇六〇二時〇三秒、私はなめらかに操縦桿を引いた。

エンジンを思いきり炸裂させて、戦闘機は急上昇した。上空の薄い空気を吸いこみ、ジェット燃料とまぜあわせ、その混合物を爆発させて後方に噴出しながら。エジプトの大地が遠ざかってゆき、数秒たつと、私に見えるのは、かなたの地平線だけとなった。ほんのわずかに機首をさげて、上昇角度を六〇度にたもち、明るい日光のふりそそぐ朝の空を突きすすんだ。空中戦時のすさまじいGを緩和するために、F－16の射出座席は少し傾いている。だから、座席の傾きと上昇角度をあわせると、いま、座面は地面に対して垂直になっていた。両脚のあいだにある空調用の通気孔が、咳のような音とともに、悪臭つきの空気を霧状にして吐きだした。エジプトの朝の砂ぼこりのにおい、日光で焼かれて熱くなったプラスチックのキャノピーのにおい、ジェット燃料のにおい、焼けたオイルのかすかな気配。

それが気になった。通常は、焼けたオイルのにおいなどしないが、この機はエンジンを取り替えて整備を終えたばかりだった。それに、なんといってもエジプト空軍のF－16だ。なにが起きてもおかしくない。だから、けさ、私がこうして機能テスト飛行している。飛行隊のパイロットによる通常飛行に戻す前に、プロファイルと呼ばれる特定の機動を連続して行ない、飛行機を徹底的にいじめぬいて点検するのだ。エジプト人パイロットは、テスト飛行をかならず拒絶するので、アメリカ人にまわってくる。私は気にならなかった――ブリーフィングもデブリーフィングもなしで、飛行時間を余分に稼げるからだ。垂直に上昇して数秒後、高度五〇〇〇フィートを通過した私は、酸素マスクと黒いバイザーの奥でにやついた。すべては完璧に機能している。

いまのところは。

〇六〇二時一一秒。

〝警告――警告……警告――警告……〟

くそっ。

エンジン計器類、そのあと〝冗談ぬきの危機的ライト《RBL》〟の列に、さっと目を走らせた。その列は、グレアシールドの下、顔の二フィートほどまえに、ちょうど目の高さで並んでいる。

くそっ、くそっ。

〈エンジン火災〉……〈油圧オイル〉……突然、重大な警告灯のすべてが赤く点滅しだした。ジェット機は瀕死状態だ。いとも簡単に。一秒のうちに状況は変わった。

〇六〇二時一六秒。

即座に対応する。スロットルを〈アイドル〉に戻し、そのまま上昇をつづけた。圧倒的なエンジン推力が消えて、速度は急激に落ちた。四五〇ノットからさらに落ちてゆく。そばの雲から眺めていたなら、F‐16の飛行経路は、縦に切った卵の輪郭のように見えたことだろう。四〇〇ノットになったとき、ジェット機は卵の最上部に達し、優雅な曲線を描きながら、地平線に向かって落下をはじめた。背面になり、操縦桿を押して、わずかに〝マイナス〟Gをかけると、座席から尻が浮くのを感じた。この動作によって、ほんの一瞬、おなじ高度をたもち、その時間を利用して、私は上下逆さになったまま、つぎにどうするか考えた。

パイロットは、パイロットとなった瞬間から、命の危険をともなう複雑に錯綜した緊急事態の解決法を叩きこまれる。その基本にあるのは、どうにか飛行機を飛ばしながら、原因を究明し、評価し、適切な行動を選択する能力だ。それは、単座の戦闘機に乗るパイロットならではの技量である。

F－16には、チェックリストを読みあげてくれたり、状況の評価に手を貸してくれる搭乗員はいない。兵器を搭載した精巧なF－16を、ライフルの銃弾とおなじ速度で飛ばしながら、そのすべてを行なうのは、ひどく骨の折れる作業だ。緊急事態には二種類ある――命にかかわるものとそうでないもの。この場合はあきらかに前者だったから、対処する以外になにをする時間もなかった。

乾燥した広大な滑走路のおかげで助かった。これまで離着陸してきたヨーロッパとアメリカの滑走路は、もっとずっと短くて、しばしば濡れているか氷が張っていた。いっぽう、ロシア人の手で、爆撃機用に建設されたこの滑走路は、長大だった。また、地域特有の風向きにあわせて作られているアメリカの滑走路とはちがって、この滑走路は、意図的にずらして作られているらしく、着陸を面倒にする横風がつねにじかに吹きつけている。

いまは、そんなことは関係なかった。推力がないから、おりる以外にどこへも行けない。計器を見ていくと、ファンタービン入口温度（FTIT）というエンジン温度計が、赤い警戒域に跳ねあがっていた。よくない状態だ。が、油圧系と電気系統は異状なしだった。つまり、操縦装置は動くから、物理的にはまだこの機を飛ばすことができる。

〇六〇二時二二秒。

オイルが焼けるにおいがした。七〇〇〇ポンドのジェット燃料とミサイルを搭載している飛行機にとって、これはどう考えても悪い事態だ。この四千万ドルの戦闘機のオイル計は、二五セント硬貨の大きさしかない。目を細めてそれを見ると、数値は低かった。ゼロではないが、正常値よりかなり下だった。ほんとうに火災を起こしているのなら、エンジンを切るか射出するかのどちらかだ。

どちらにも食指が動かなかった。

それとも、スロットルを〈アイドル〉にしたまま、爆発しないように祈りながら、滑走路まで滑空するか。首をまわして尾部に目をやり、高温のエンジンから煙が出ていないことを知って、私は励まされた。エジプトのどまんなかにある空軍基地の一マイル上空で、上下逆さになってぶらさがり、コクピットのほこりにまみれながら、そう悪くはないなとつかのま思った。片方の翼がちぎれてもおらず、敵国上空でミサイルに追跡されてもいないのだから。

だろ？

そのほうを見ずに、左膝そばの左コンソールに手を伸ばし、スイッチの保護カバーをあげて、非常用動力装置（EPU）のスイッチをいれた。直後、装置が作動し、座席のうしろから、規則的な〝ブルルルル〟という音が響いてきた。EPUは、エンジンが止まったとき、または、私がそれを停止させた場合に、油圧と操縦装置と無線に必須の電力を供給してくれる装置だ。また、ジェット燃料始動装置（JFS）もあった。それは、小さなタービン軸のことで、変速装置を経由して、主エンジンとつながっている。圧縮空気とヒドラジンという猛毒の液体との混合物を使用して、主タービンを回転させ、点火手順を開始する。この装置を使用すれば、古いタイプのジェット機のそばで見かける、かさばって古くさい〝エンジン始動車〟にたよらずに、エンジンを始動させられる。

〇六〇二時二六秒。

そのとき、射出座席の下から激しい震動が走り、クッションを通して、私の背骨が震えた。機体をまっすぐに戻したときに、浮遊していたほこりも床に戻るのを見て、私は驚いた。戦闘機パイロットは左側を見るのを好むものなので、右翼をあげて、飛行場を見おろした。高度は高すぎ、距離は近すぎた。左側から滑走路を見られるように、機首をわずかに落としながら右旋回した。横を向いたまま、まぶしい朝日に目を細め、エンジン類の計器を見つめた。EPUは、操縦装置を作動させられるだけの油圧と電力を送りだしている。それ以外の状況はすべてよくなかった。

〇六〇二時三〇秒、滑走路の上空四九〇〇フィートで、私はマイクのスイッチをいれた。

「ベニスエフ・タワー……ベニ・タワー……こちらマコ・フォー・ワン……」

いま、基地の南西約一マイルの地点で、大きく浅い降下旋回の最中だ。この時点で、すべて勘にたよって飛んでいた。距離と高度……距離と高度。自分がどこに位置しなければならないかわかっていて、両手はそれを実現させるために動いていた。エンジン停止着陸《フレームアウト》は、F－16非戦闘訓練の大きな割合を占める。私たちはこの着陸を、昼夜を問わず、あらゆる天候時に、任意の位置で、いくどとなく練習した。訓練のときは、頭のどこかで、ことごとく失敗したとしても、エンジンは止まらないし、墜落したり射出したりすることはないだろうとたかをくくっている。

今回はそうはいかなかった。エンジンはまだまわっているものの、においはますますひどくなってきたから、また一周して最初からやりなおせないのはわかっていた。エジプト空軍の無能な整備部のことは考えないようにした。私の足の下で、数千枚のタービン羽根《ブレイド》が回転し、数百万回の微小燃焼が起き、長さ数マイル分のパイプや導管やケーブルが走っている。それらすべてが、専門的な英語で書かれた厚さ六インチの説明書はおろか、たいていは母国語も読めないアラブ人の手で整備された。それもあって、射出座席をためしたくなかったのだ。

「なんだってこんな目に……」私はぶつぶつ言いながら、旋回して進路を調整した。ほぼ二五〇ノットをたもっていたものの、徐々に降下していく。戦闘機は滑空が苦手なのだ。オイル計はゼロを示し、コクピットは、オイル缶に顔を突っこんだようなにおいがする。が、煙は出ていなかった。〇六〇二時三四秒、私は、着陸装置のハンドルをさげ、少し遅れて二度の〝ドスン〟という震動を感じた。着陸装置のライトをじっと見ていたが、点灯したのは二つだけだ。前輪がおりていない。おまえもか。そのとき、管制塔が目をさました。

「マーコ……マーコ……こっちベニ・タワラー……呼んだか？」エジプト人は眠そうだった。

私は唾をのみこみ、大きく息を吸って吐いた。

「マコ・フォー・ワン……ベース・キー……緊急事態発生」私は冷静に答えた。ここがエジプトとはいえ、感じよくしなければならない。

そのとき、滑走路の南西およそ二マイルで三〇〇〇フィートを通過した。まだ前輪は出ていなかった。前輪をおろす役にたてばと思い、操縦桿をいくどか前後に動かしたが、やっぱりライトはつかなかった。かまわない。速度を落とさないように機首をさげながら、急旋回でまわりこみ、滑走路と一直線上の位置についた。そのとき、管制官がパニックにおちいった。

「マーコ……なんだって？」彼が金切り声で叫んだ。一般的にアラブ人は、粛々と冷静さをたもつ能力に秀でているとは思われていない。

「もう一度言って……あなたは……ミシュキラハ？」あせるあまりアラビア語に戻ったものの、べつだん彼がパニックになる必要はない。打席にいるのはこのおれなのだから。親切心を出して、アラビア語で応答してやった。

「アイワ・ハビビ……マコ・ジェヌーブ・ハルブ……イトニーン・キロ」そのとおり……マコは南西二マイルにいる。

管制官の早口のアラビア語と英語がどっと流れてきたので、私は音量をさげた。いずれにしろ、彼にできることはなにもないし、私はべつの問題をかかえている。主脚の二輪だけで着陸しても、私が底なしのまぬけでないかぎり、死にはしないだろう。滑走路は二マイルの長さがあるから、命に危険がおよぶことはないと思われる。私は、接地したい地点——照準点と呼ばれている——と対気速度に全神経を集中させた。速度が遅すぎれば、失速し、私は死ぬ。速すぎれば、滑走路から飛びだし、地面に突っこむ。いまの場合、速度を速める、または落とすには、高度をあげさげするしかないが、エンジンが使えないので、いまより高度をあげることはできない。

ベース・キーというのは、F-16エンジン停止時の標準的な着陸パターンにおいて定められた、ある位置のことである。つまり私は、高度約二〇〇〇フィート、滑走路の一直線上、滑走路から一マイルから三マイルまでのあいだにいた。適正な位置だ。着陸に必要な距離と対気速度があり、滑走路は、停止できる長さがある。息を吐いた私は、生き残れる確率はかなり高いかもしれないとまたもや思った。

そのとき、煙が見えた。

細い灰色のすじが、空調用ダクトから立ちのぼっていた。私の目が、地面と煙を行き来した。こんなときに、ほかのことに気を取られれば、命を落としかねない。それに……環境制御システムから排出される蒸気は、煙に見えるときがある。だが、蒸気は燃えない。おまけに、この煙は悪臭がした。

すぐに、スロットルを〈カットオフ〉まで引くと、即座にエンジン音が低くなった。コクピットは不吉なくらい静かで、聞こえるのは、かわいいベティの単調な声と、キャノピーにあたる空気の音だけだ。

〝警告、警告……警告、警告〟

そんなこと……わかってるさ。

〇六〇二時四〇秒。

滑走路末端から一・五マイルの距離で高度一〇〇〇フィートを通過した。速度は二三〇ノットに落ちている。からからの喉と、じっとりと湿った手を感じながら、ＨＵＤを透かしみる。遠く飛行場の中央に、朝日を浴びてきらめく管制塔のミラーガラスが見えた。ライトを点滅させた数台の車両が、茶色の砂ぼこりの一対の尾を引きずりながら、誘導路を突進してくる。それを見て私は驚いた。この基地に緊急事態対応車両があるとは知らなかった。

小さな緑色のフライト・パス・マーカー（ＦＰＭ）を、滑走路の白いセンターラインにあわせたとき、煙が消えていることに気づいた。それはいいが、前脚はまだおりていない。操縦桿を少し引いて、ジェット機をわずかに上昇させ、一九〇ノットに落とした。対気速度が速すぎると、たまに前脚がおりないことがある。しかし、事態は変わらず、操縦装置の効きが悪くなったため、また機首をさげて、対気速度をあげた。

二〇〇ノットを維持して、小さなFPMを滑走路にぴたりとあわせたまま、滑走路に進入した。地面がいきおいよくせまってくると、調整するようにそっと操縦桿を引いて、〝引き起こし《フレア》〟と呼ばれる操作を行ない、機体を浮かせたままにした。そのとき、またドスンという音がして、ようやく前脚がおりた。あえて計器は見ず、急速に落ちる対気速度に抵抗して、最後二、三フィートをたもった。左右の主脚でかすかにふらつきながら、F－16らしくよたよたと接地した。機首を浮かせたまま、滑走路を突進する。

速度一〇〇ノットになったとき、機首をさげた。緑色のライトがついていたにもかかわらず、前輪が音をたてて滑走路に接地したときには、私は一瞬びくりとした。エンジンが停止していて、ブレーキに動力を送れないとき、ほとんどの滑走路では、前進をどう止めるかが問題になる。しかし、この滑走路はとても長いので、その心配をせずにすんだ。それでもやはり、数秒間はF－16を減速するにまかせてから、ブレーキをなめらかに踏んで、ジェットを完全停止させた。

〇六〇三時〇七秒、F－16は、滑走路を七〇〇〇フィート走ったところで停止した。私は正面を見つめ、ラダーペダルを両足で思いきり踏みつけ、両手で操縦桿とスロットルを握ったまま、しばらく座っていた。離陸のためにブレーキを解放してから、一分三〇秒が経過していた。エンジンがこわれてから五六秒。

私は手を伸ばして、駐機《パーキング》ブレーキのスイッチをいれてから、酸素マスクの左側のホックをはずした。後頭部を座席の背にもたせかけて、キャノピーの上に広がる青空と、あやうく最後となるところだった美しい夜明けを眺めた。左のほうから、緊急車両が車体を傾けて、こっちへ走ってくる。

私はゆっくりと息を吐きだした。

ＥＰＵのスイッチを切り、キャノピーをあげて、どっと押し寄せるエジプトの暖かい空気を感じながら、頭からはずしたヘルメットを、ＨＵＤのうえに置いた。肥沃な大地、砂ぼこり、そして、ごみの燃えるかすかなにおい。顔の汗をぬぐいつつ、私は頬をゆるめた。

これほどすばらしいことが、ほかにあろうか。


懲りもせずに、そんなことを思うべきではなかった。キャノピーのレールの右側にちらりと目をやると、三〇ヤードと離れていないところに、古風なよそおいの農民がいる。滑走路わきの空き地に立っているから、飛行場のフェンスの穴をくぐってはいってきたにちがいない。ここがアメリカ空軍基地であれば、フェンスをくぐってはいってこられない。いや、はいってきたなら、いまごろ死んでいるだろう。干しブドウのような顔に、深くくぼんだ目をした男だった。ぼろぼろのサンダルをはいて、薄汚れた白のガラベーヤという足首まである長くゆったりした服を着ていた。男よりも痩せたロバを連れている。その両者が、私のほうを見ていた。

あとになって、この光景はエジプトという国をよく表わしていたと思うようになった。長さ一万二〇〇〇フィートの滑走路を建設できるのに、年老いた農夫が迷いこむのを防げない。四千万ドルの戦闘機を購入できるのに、それをきちんと飛ばすための手入れはできない。とはいっても、そのときの私は放心状態だった。エンジンなしでＦ－16を着陸させ、その飛行機と自分を無傷で守りきった私は、ロバの顔をただ見つめていた。

ぼんやり座って汗を乾かし、しだいに大きくなる緊急車両のサイレンを聞いている私とジェット機のまえを、農夫は、みすぼらしい動物をひき、足を引きずって静かに歩いていった。私のまえを通るとき、ロバが尻尾を持ちあげ、滑走路を踏みつけた。老人は私をふりむいて、ごく慎重に首をふった。

ロバもおなじように首をふった気がする。

戦術士官になることは、流浪の民となるにひとしい。軍は、二、三年ごとの配置転換は賢明な策だと、本心から信じているのだ。それによって、多種多様な環境に身を置き、さまざまな経験を積むことができる。おそらく、それが目的なのだろう。それに、引っ越しと自宅の売却が苦もなくできるようになる。

私が実戦配備された場所は海外だったし、自分も海外を望んだ。束縛するものはなかった——広い世界を見るチャンスだ。ドイツはすばらしかったが、異動の時期がきた。空軍は、テキサス州で訓練機を飛ばす教官パイロットとして、理想的な人材だと考えた……若くて戦闘経験があり、最前線で活躍する私を。

私は同意しなかった。

絶対にごめんだった。

ほかの道をさがしまわって見つけたのは、外国空軍との大胆な戦闘機パイロット交換プログラムだった。これは、F－16を購入した同盟国の空軍を支援するため、アメリカ人教官を派遣するプログラムだ。友人たちは、ギリシャやポルトガルやトルコへおもむいた。インドネシア空軍に派遣された幸運な野郎は、腰蓑の女のいるバリ島へ出向くことになった。やつは、それを自慢するためだけに絵葉書を送ってきた。

私はエジプトに行くことになった。

それでも、私はわくわくした。ファラオと王家の谷の国。建築学専攻だった私は、大学でそういったことをすべて勉強してきた。そしてようやく、この目でほんものを見ることができる。ピラミッドとスキューバダイビング。そして、テキサスにある融通がきかない訓練軍団で、パイロット訓練生に曲技飛行を教えずにすむ。

一九九二年のエジプトは、こんにち見られる動乱の影もかたちもなかった。ホスニ・ムバラク大統領は絶対の権力を握っており、軍部がすべてを支配していた。エジプト軍は、およそ五〇万人の現役兵と、さらに五〇万人の予備役で構成されている。エジプト空軍のF－16保有機数は、世界第四位だ。軍士官、ことに戦闘機パイロットは、王族なみの処遇を受けていた。アメリカはエジプトに、一年間に一〇億ドル以上の援助をしているので、アメリカ人士官は二倍歓迎される。

エジプトの政府指導部は、湾岸戦争をことに注意深く見守っていた。すぐれた兵器と訓練と人員を保有しているのはどこの超大国かについて、長く議論してきたのだ。主としてソ連軍の訓練を受け、ソ連から兵器を提供されてきたイラク軍は、アメリカ軍によって九〇日とかからずに壊滅された。サダム・フセインの軍隊は、中東では、少なくともアラブ諸国ではおおいに恐れられていたので、アメリカの同盟国であるエジプトは、私のように若く、戦闘経験のあるパイロットを教官として迎えることを喜んだ。

私は、平和方針《ピースベクター》（PV）計画の一員として、友好的な外国政府に、技術協力および訓練提供のために〝貸しだされ〟た米軍戦術員だった。過去そして現在も、世界最大の武器輸出国であるアメリカにおいて、この計画は、年間一八〇から二〇〇億ドルもの大金が動く大事業だ。私は本質的に、政府後援の傭兵だった。


テロ対策課程をいくつかと言語訓練を終えた私は、エジプト国内の軍事協力局の配属となった。アメリカ大使館は、私たちのために、カイロの高級住宅地であるマーディ地区に立派なアパートメントを保有していた。ご多分にもれず、大理石と落ち着いた茶系統の色でまとめられているが、とても快適で、都会に来たいときにはいつでも使うことができる。

私は、ピースベクター・スリーとして、ベニスエフ基地に派遣された。そこは、カイロのおよそ一〇〇キロ南に位置するファイユーム・オアシスにある、元ミグおよび爆撃機用の基地である。古代エジプトの時代には、クロコディロポリスと呼ばれていたが、残念なことに、私が行ったときには、ワニはとうにいなくなっていた。カイロとアレクサンドリア、それにジャンクリス（スエズ運河沿い）にも、PV分局があった。一つの分局にふつうは、パイロット二人、整備士官一人、専門技術を持つ曹長数人が属していた。その四カ所には、少なくとも二個飛行隊から成るエジプト空軍戦闘航空団一個が駐留していた。私たちは、そのエジプト空軍部隊の軍事訓練に、あらゆる面で協力することになっている。

最初、ベニスエフ基地に来たときは驚いたが、それは単に、私がドイツに慣れていたからだった。湾岸戦争という顕著な例をのぞいて、私は、中東の不愉快な面を見たことがなかった。いま考えると、すばらしい場所だったと思う。基地の敷地内に、ゼネラルダイナミックス社によって建設された、派遣員のための複合施設があった。小さな村並みだ。一〇〇軒近い家屋は、冗談めかして〝ビラ〟と呼ばれていたが、じっさいには一九六〇年代の牧場にあったような平屋住宅だった。野球場、バレーボールとテニスのコート、りっぱなプール、そしてもちろん、ジャクージつきバーまであった。

マッカーシズムという極端な反共運動が吹き荒れた一九五〇年代のアメリカがソ連をひどく恐れたのとおなじく、エジプトの国全体がイスラエルに対して神経をとがらせ、過度の不安を感じていた。そして、イスラエル軍に奇襲されないように、各航空団は、それぞれ異なる六日間の予定表にしたがって動いていた。理論上は。イスラエル空軍は、エジプトの警戒態勢などまったく気にしていなかった。それどころか、私が会った古参のイスラエル人パイロットから、一九七三年のベニスエフ攻撃の直前、フィンガーチップ編隊で滑走路に沿って飛び、エジプト人に防空壕へ逃げる時間をあたえたという話を聞いた。いずれにしろエジプト軍は、一年じゅう、週に七日間、戦闘機を積極的に飛ばしていた。（エジプトとイスラエルのどちらもアメリカの同盟国であるという事実に悩んでいるものは、PV計画にはだれもいなかった）。

第一日めに、エジプト人パイロットが、カイロかアレキサンドリアの基地から、C－130輸送機で運ばれてくる。二日めから五日めまでが就業日だった。そのあいだ、通常は、ラインと呼ばれる飛行任務が、午前と午後に四回ずつ行なわれる。つまり、その四日間は、一日につき八回のラインがある。ちなみに、一般的なアメリカ空軍の戦闘飛行隊は、午前中に一〇ないし一二のライン、午後または夜間に八ないし一〇のラインをこなす。アメリカ人は、綿密に飛行計画をたて、各任務後のデブリーフを、ときにはなんと五、六時間もかけて行なう。それにくらべれば、エジプト人の飛行前ブリーフィングは、禅問答のようだ。地上走行計画ですらない。そして六日め、彼らは、またC－130に乗って拠点の基地へ戻り、四日間の休日にはいる。こうして、全一〇日間の周期をくりかえす。

米軍分遣隊と民間請負業者あわせて三〇人ほどが、一五〇人を収容できる施設に住んでいた。子どもはおらず、妻をともなっていたのは二人だけだった。私たちはよくバレーボールをし、泳ぎ、野外でバーベキューをした。ほとんど毎日、夕方になると屋上にあがって、沈む夕陽を眺めた。すばらしい夕焼けが見られるのだ。地平線から伸びた黄色とオレンジ色、金色のすじは、輝く剣を何本も連ねたようにまばゆい。光はだんだん薄れていって、最後には、オレンジ色の火の玉がだしぬけに闇に隠れてしまう。最後の力をふりしぼるような光線が、雲の底部をピンク色に染め、ついにはそれも消えてゆく。この儀式の雰囲気は、ファジーネイブルという甘いカクテルの酔いと、大音響のクラシック音楽でさらに高まった。施設で働くエジプト人たちからは、頭がおかしい連中だと思われていたようだ。彼らは小さくかたまって立ち、私たちを指さして小声で話しながら、首をふる。私は、とても気分がよかった。

こうして半年ほどたったころのある日の昼下がり、プールサイドでうとうとしていたときに、携帯用無線機から、ひどく興奮した声のあやしい英語が流れてきた。

「ダン大尉！　ダン大尉……たくさんの飛行機が来る！」

たくさんの飛行機？

私は片目をあけて、無線機を横目でにらみながら、応答しようかどうしようか考えた。いつもの四日間の休日の二日めで、問題はなに一つ起きていない。ふつうなら、紅海沿岸へ遠出してダイビングするか、カイロへ行って、アメリカ大使館が保有するアパートメントへ泊まり、ほんものの食事をするかだ。ところが、もう一人のパイロットは休暇でギリシャ旅行に行き、整備士官は帰国中だったので、私はぶらぶらして、きれいな小麦色の肌作りに努めた。

雑音を無視することに決めたとき、遠くから、まぎれもない低いとどろきが聞こえてきた。あの独特の力強くうなるような音のみなもとは、戦闘機の高性能エンジンしか考えられない。私は両目をあけて、真上を見あげた。そのとき私がいた場所から約一マイル東に滑走路がある。あわてふためく管制官の声をかき消すほどの大音量になったとき、私にそれが見えた。

Ｆ－16四機のフィンガーチップ編隊だ。各機は三フィートの間隔をあけ、完璧な位置をたもっていた。自分が口をぽかんとあけていることはわかっていたが、かまわなかった。滑走路上を飛んできた四機は、片翼をあげ、〝ブレイク〟という基本的な退避旋回にはいった。およそ六Gの負荷をかけて急旋回し、一八〇度方向転換する。そんな機動をするのは戦闘機だけだ。隊長機が、滑走路末端の真横《アビーム》に達したとき、その機の着陸装置がおりるのが見えた。高度をさげ、滑走路と一直線上に並ぶために旋回する隊長機のあとに、ほかの三機が一機ずつ続いた。エジプト人は、ああいうふうには飛ばない。

「ダン大尉！　たくさんの飛行機……来て……たのむから……」かわいそうな男は、ほとんど涙声になっている。まるで、予告なしの編隊の到着は、彼のせいだと責められると言わんばかりに。エジプト軍のものの見方からすると、じっさい責められるかもしれない。

「落ち着け、相棒《ハビビ》」私は応答した。「すぐに行く」

私は、静かなプールサイドで溜息をついた。駆け足でビラへ向かう私の頭上で、轟音をあげてやってきた次の二個の四機編隊が旋回した。飛行服とブーツを急いでつけてから、冷蔵庫に寄って、缶ビール六本パックを二つ取りだした。私の心は浮きたっていた。F−16を保有している国は多いが、到着した部隊はエジプト軍ではない。最近は、湾岸戦争が終結して危険は去ったとNATO加盟国の多くが判断し、戦闘機部隊をようやく〝交戦〟地帯へ再配備しはじめた。いま到着したのは、サウジアラビアへ向かう途中のオランダかベルギーの部隊だろうと、私は推測した。

私は、トラックの車体を傾けて、驚く門衛の横を通りすぎ、境界道路を一目散に走って、基地のエジプト側入口へ向かった。カーキ色のズボンとぼろぼろのテニスシューズをはいた歩哨数人が、道路に立っている。私と私のトラックに気がついた彼らは、手をふって、ゲートをあけてくれた。といっても、私が通れるように、道の両側に置かれた、へこみだらけの石油ドラム缶にのせた木の棒を手で持ちあげるだけだが。

走っていると、あけはなったトラックの窓から、ハエと土ぼこりのまじった熱い空気がはいってきた。右側から、滑走路に向かって、着陸装置を伸ばし、着陸灯を光らせた最後のジェット機が、最終進入《ファイナル・アプローチ》へと旋回してきた。編隊がアメリカのF－16だとわかって、私は少しぞくぞくした。ほかの人間にはヒッタイト語のようにしか見えないが、戦闘機にはかならず、パイロットには一目瞭然の識別マークがついている。まだ距離がありすぎて文字は読みとれなかったが、尾翼のマークの配置が、アメリカ空軍機であることを示していた。

私は浮き浮きしながら、アクセルを思いきり踏みつけてスピードをあげた。一風変わった理由で、路肩の幅二フィートほどの部分が、白と黒の縞模様に塗装されていた。ファジーネイブルを二、三杯飲んでから車を運転すると、幻想的な体験ができる。えんえん何マイルにもわたるこの道路に白黒のペンキを塗りおわるまでに、いったい何人の徴集兵と、どのくらいの時間がかかったのだろうと、私はよく考えたものだ。

ひらけたL字形の交差点に来ると、右折して、滑走路へ向かった。そこに、大きな建物がいくつか建っている。エジプト軍のパイロット用の寮だが、いまは無人だ。その奥に、志願兵と徴集兵用の掘ったて小屋がかたまっていた。ちなみに、休日でも、徴集兵は基地を離れることを禁じられている。そして、そのおよそ五〇人が道端に集まり、ぼんやりした顔で滑走路のほうを眺めていた。

私は、本部の横を全速力で走り抜けた。前庭に生えているナツメヤシと、月に一度、茶色がかったピンク色のペンキで塗りなおされる壁がめじるしとなって、本部の建物だと見分けがつく。コンクリートブロックに、胃のなかのものをぶちまけたような絵を思いうかべてもらえればわかると思う。

道路は直接、フライトラインへつづいていた。西側諸国の軍事施設、とくにアメリカ空軍基地は、尼僧のパンティのなかにはいるよりも、進入がむずかしい。基地へはいるためだけでも、生まれてからそれまでの人生のできごと、医療記録、秘密資料閲覧資格などが書きこまれたコンピューターチップつきのカードが必要だ。フライトラインへ行くとなると、フェンス、監視カメラ、武装兵、追加の身元確認などを通過しなければならない。しかるべき身分証明書がなければ、耳に拳銃を突きつけられて地面にうつ伏せにされることになる。

それなのに、私は、車でそこに乗りつけた。

ウォルマートの駐車場のように、あるいはオクラホマ州のように、目のまえに広々とした滑走路と誘導路がひらけている。ここにもともと配備されていたソ連製Tu-16爆撃機には、広い土地が必要だった。穴熊《バジャー》の愛称で知られたその飛行機は、高さは建物三階分、翼幅は一〇八フィートあった。向きを変えるだけでも、広大な空間を必要としたのだ。じつは、壊れた一機が誘導路の奥に押しこまれ、野ざらしにされて錆びついていた。その横には、片翼のないミグ-21戦闘機が放置されていた。近代的なぽんこつの山のすぐ向こう、境界線のフェンスの外には、小さいけれども本物のラフーンのピラミッドが見えた。ソ連製の二機のジェット機よりも、三八〇〇年まえに作られたピラミッドの状態のほうが、まだましだった。

誘導路にはいったとき、彼らが見えた。滑走路の北端からすぐのところに、一二機のF-16がかたまっている。きれいだった――機体は、戦闘用の鉛色、コクピットのまわりは、少し明るい藍鼠色に塗装されている。独特のゴールドのキャノピーは日光を反射し、尾翼で白いストロボライトが光っている。両側の翼端から、赤外線追尾式サイドワインダー空対空ミサイルが突きだし、恐ろしい高性能中距離空対空ミサイル（ＡＭＲＡＡＭ）の白い先端が、翼の下に見えている。各機は、三七〇ガロン入り翼下増槽《ウイングタンク》一対と、四角い電子妨害ポッドを胴体下にぶらさげていた。汚れ一つない機体に、新品の真っ黒なタイヤをつけ、むきだしの金属部分は、磨かれたように輝いている。これこそアメリカ軍のジェット戦闘機だが、この半年間、私は一機も目にしていない。エジプト空軍は、そういうことに時間をかけなかった。

近づいていくと、尾翼の大きな〝ＨＬ〟の文字が見えて、ユタ州ヒル空軍基地の第三八八戦闘航空団だとわかった。そこの配属になったことはないが、戦闘機パイロットの世界は狭いので、知りあいがいる確率は高かった。いなくても関係ない。アメリカ人だし、この男たちは、たったいま私の親友になった――彼らはそのことをまだ知らないとしても。

四輪駆動のトラックをまっしぐらに走らせ、彼らの一〇フィート手前でスリップして駐まった。トラックからおりた私を追って、一二個の黒いバイザーつきヘルメットがまわった。私は、隊長機のほうへ歩いていって、空気取入れ口の危険範囲のすぐ外に立った。数千枚のタービンブレイドが回転している非常に強力なエンジンは、成人男性さえも吸いこみ、ずたずたにして小麦のように細かく砕く。そういう事故はたまにあった。

見あげると、彼が酸素マスクを顔に持ちあげたので、全員で私のことを話しているのだと思った。この男はだれだ？　撃ち殺すか？　いったいここはどこなんだ？　こいつをさっさと撃とうぜ。

だから、私は手をふった。

だれも身動きしなかった。

耳栓をしていても、甲高いエンジン音が耳にはいってくるので、必要以上に長くそこにいたくなかった。だから、私は、手で喉を切るしぐさをした。エンジンを止めろという国際信号だ。隊長はゆっくりと首を横にふった。またなにか話している。そんな彼らを責められない。なんといっても、だれも一度も来たことがなさそうな国のどまんなかの、外国空軍の基地にいるのだ。なにか起きたときのために、すぐに離陸できるようにしておきたい。おそらく、そういうことを話しあっているのだろう。そのときふと思いついて、トラックに引き返した。私に注目している一二個の頭がともに動いた。荷台をかきまわしてさがしているあいだ、引き金に指がしっかりと巻きつけられるのを感じような気がする。

めげずに私はふりむき、感じのよい笑みを浮かべて、大得意で二つのビール六本パックを持ちあげた。バイザーの奥の顔は見えなかったが、彼らの関心を引いたことはまちがいなかった。アメリカ本土から飛んできたとすると、あの狭いコクピットに少なくとも一〇時間は座りっぱなしだから、冷えたビールが、一瞬天国に見えただろう。三〇秒とたたずに、甲高かったエンジン音がだんだん低くなってきた。エンジンが停止すると、あちこちで、大きなキャノピーがあくびするようにあいた。

ここでも酒が勝利する。

私は、飛行服の足首ポケットにビール一缶を落としこんでから、トラックから搭乗用はしごを引きだし、また隊長機へ引き返した。コクピットの左側に、はしごを慎重に引っかけ、機関砲のすぐまえにフォームラバーのパッドを固定してから、ゆっくりとはしごをのぼった。

キャノピーのレールのうえに顔を出した私は、身をかがめてコクピットをのぞきこんだ。内側の大部分は、射出座席で占められている。パイロットの両側にある約一フィート幅のコンソールは、隅から隅まで利用されていた。スイッチやつまみの大半は、離陸まえに一度設定されたあとはそのまま放置される。無線と電波妨害ポッド、対抗策の制御装置は全部ここにある。右側のコンソールには、コクピットの照明装置、環境制御システム（空調と温度管理）、そしてF－16が搭載している種々の容器のセンサー動力盤などの装置がある。データ転送カートリッジ（DTC）用ポートもそこだ。DTCは、特殊なコンピューターでプログラムを入力した、VHSのビデオテープ大のカートリッジである。航法参照地点、攻撃予測データ、兵器、その他必要な情報が、これに保存され、ボタン一つで戦闘機のシステムに書きこ《ロード》まれる。

　長時間の戦闘任務や大洋横断飛行のとき、これらのコンソールのうえは、地図ケースや食べ物や水のボトルで散らかる。このコクピットも例外ではなかった。Gスーツとハーネスと防水耐寒服とサバイバルベストをつけた戦闘機パイロットが、この狭いコクピットにくくりつけられたままどうやって用を足すか、不思議に思ったことはないか？

　おしっこパックという、吸水剤のはいった小さく頑丈なビニール袋をもちいる。その袋には密封できる〝くび《ネック》〟があり、液体関係のトイレ休憩に一枚ずつ使う。F－16のコクピットで、その他の用足しの技巧を説明するには、一章まるごと必要だろう。とにかく、ここでも、使用済みのおしっこパックがいくつか、隔壁のそばに押しこんであった。

　パイロットはというと、できるかぎり私から離れようと身体をそらしていた。射出座席のストラップも、Gスーツのホースもはずしてある。それでも、私がそこにいるうちは、彼は外に出られない。

「やあ！」私はにこやかに声をかけて、キャノピーのレールを叩いた。「よく来てくれたね！」

パイロットの見本のような男だった。歳は三〇がらみ、とても健康そうで、側頭部で短く刈りこまれた黒い髪は汗に濡れている。特大サイズのアビエイター・サングラスをかけ、耳のうしろにつるを巻きつけていた。HUDのすぐ下のコンソールに左手を置いて、体をひねり、私に顔を向けている。そのとき、彼の右手が、ベストに差しこまれた黒い九ミリ拳銃をつかんでいることに気づいた。私は驚いた。疑うことと、命を奪うこととはまったくちがう。私はべつの方法でいくことにした。

「ビールを飲まないか？」

ポケットから缶ビールを取りだして、はしごの最上段にそっと置くと、彼がそろそろと銃から手を放した。しばらくのあいだ、たがいを見つめていた。すると彼は言った。「ここはどこだ？」

じっさいには、大声でそう叫んだ。音量をあげれば言葉の壁を乗りこえられる、アメリカ人はそう考えているのだ。私はちょっと驚いて、のけぞった。

「それは……」

「こ、ここは……どこだ？」

私はやや納得がいかなかったものの、少なくとも相手は口をひらいた。私は缶ビールのふたをあけて、彼に押しつけた。

「やめろよ……ここはベニスエフだ」

彼はビールを受けとってうなずき、予想があたったことを喜んだ。長々と飲んでから、手袋をはめた手で口元をぬぐい、また言った。その言葉を、私はけっして忘れないだろう。

「きみは……英語を……上手に……話すね！」彼はまた叫んだ。

「いったい……」

「きみは英語がとても上手だ！」

私の口がぽかんとあいた。この一時間で二度めだ。そのとき、私をじっと見つめる彼の大きなサングラスに映る自分が見えた。

そういうことか。

合点がいった。私はエジプト人だと思われているのだ。たしかに、彼の目から見れば、そう見えてもおかしくない。私は、エジプト空軍のウイングマークと飛行隊記章つきのエジプト空軍の制服を着ていた。おまけに、ひどく不格好な口髭をたくわえ、毛の生えたマホガニーのように日焼けしていた。メキシコの革命家パンチョ・ビリャに飛行服を着せた姿といえばわかってもらえるだろう。

「やめてくれったら……おれはアメリカ人だ」

「きみの……アクセントは……すばらしい！」

とにかく、問題は解決した。

私が、アメリカ東海岸の米語を話すテロリストでないとわかって、すべては丸くおさまった。彼らは、一二〇日間の南方監視作戦のために、サウジアラビアのダーラン空軍基地へ向かう途中だという。まだアメリカの空域を出ないうちから、空中給油機めぐりは始まる。そして、北大西洋上で、ヨーロッパの基地を拠点とする給油機に〝引き継がれ〟る。ドイツかスペインで一泊するときもあるが、たいていは、状況によるが、サウジアラビアかクウェートへ直行する。デスクと同程度の広さのコクピットに一四時間も閉じこめられるのは、想像どおりの楽しさだ。どちらへ行くにしても、地中海東部の上空で、王国と呼ばれているサウジアラビアに一時的に配置されている米軍の給油機と合流し、そのあとの面倒を見てもらう。

どうやら、ハムシンという大砂嵐が吹き荒れていたため、経路の最後を担当する給油機が地上に足留めされた。ダーランにたどりつけず、かといってヨーロッパに引き返せなかった戦闘機部隊は、代替空港に指定されていたベニスエフ基地に着陸したのだ。こうした配備計画はすべて、あきれるほどの細部まで入念に立案される。旅程の全区間の飛行計画、給油量、代替着陸用基地、無線周波数などが綿密にさだめられるため、いまのような事態が発生しても、どう行動すべきか全員にわかっている。ここに来た連中は迷子になったのではない――ハイテクの電子機器でぎゅう詰めのF―16に乗って、迷うわけがないではないか――この地理的な場所は正確に知っていた。なんという場所なのか知らなかっただけで。彼らは、周囲の状況を見て啞然としていた。アメリカ空軍基地で、ぼろぼろになった戦闘機や、穴のあいた滑走路や、ロバを見かけることはない。

私は、極度に神経質になったエジプト人整備士官とその配下の整備班に、駐機をまかせた。この作業は、いまだ半信半疑のアメリカ人の監督のもとで行なわれた。パイロット一人一人が、翼にぶらさげた大型旅行ポッドから、駐機に必要なもの全部を取りだすのを見て、エジプト人は驚いている。車輪の輪止め、空気取入れ口とキャノピーのカバー、オイルのサンプル採取キットなどだ。パイロットたちが、そういったことをすべて自分の手でやるのを見て、エジプト人はさらにびっくりした。エジプト人パイロットは、エンジンを停止させたら、飛行機からさっとおりて、お茶を飲みにいくのがふつうだ。

私が、オアシス（ゼネラルダイナミックス社製施設をそう呼んでいた）とビラに案内したときには、新しい友人たちは、さっきほどのショックは受けなかった。プールとバーを見て、すっかり夢中になっている。私は、仲間ができてとてもうれしかったので、じつをいうと、二、三日間は、彼らの補給の問題に本気で取り組まなかった。誤解しないでもらいたい——ベニスエフは悪い場所ではなかったし、一緒に働いた士官二人はいいやつだったが、私は同士が恋しかった。選抜審査、数年間の訓練、そして、絶え間ないふるい落としを、一緒にくぐり抜けてきたかけがえのない三〇人の仲間だ。個人的に好きか嫌いはべつとして、彼らに命を預けてもいいと思っている。彼らなら、私のために命を投げだすだろう。戦闘飛行隊以外の世界で、それとおなじものは存在しない。それは、知性と——武器とを持つ、盲目的に忠実な家族みたいなものだ。

飛行計画をたてたり、あるアラブの国を出てべつのアラブの国へ入国するための許可をとったりするあいだの二、三日間、私はこの男たちと一緒にいた。いつもなら、だいたい二四時間でとれるのだが、どうにかして三日間に引き延ばした。というか、手落ちのないように万全を期さなければならなかったので。彼らは急いでいなかった。というのは、だれも——ほんとうに一人として——サウジアラビアに行きたがっていなかったからだ。私はこれを、大胆な強奪と呼んだ。

バイパーは、滑走路に描かれた数字のうえで左に離脱し、過酷な六G旋回にはいった。Gに逆らってうなりながら、私は両目を閉じ、複座のF-16Dの後部キャノピーに沿って取りつけてある〝タオル掛け〟を握りしめた。

各飛行隊はこの機種を数機保有しており、さまざまな〝二者《デュアル》〟訓練で使用していた。それは、教官パイロットが同乗して行なう任務もしくは行事である。アメリカ人は可能なかぎりその機を避けたが、エジプト人はひんぱんにそれを使った――ソ連の訓練時代の名残りだろう。私はいつも後席にほうりこまれ、訓練と称する一種の臨死体験を味わわされた。

私は、こいつで飛ぶのが大嫌いだった。

〝ドスン……ドスン……ドスン〟

なんだと?……着陸装置がおりる音がしたので、エジプト人パイロットが翼を水平にしたとき、私は両目を見ひらいた。一瞬、あきれて言葉も出なかった。前席の男は速度を落とし、ファイナル・アプローチへと旋回する準備をしている。

「ハマド……なにを……どうして着陸装置《ギア》をさげた?」

「はい?」

「ギアをおろした理由は?」

「着陸するためです」

私は顔をなで、深呼吸を一つした。六Gのブレイクターンをしながら、車輪をおろしてはならない——油圧管を切り裂き、ギアの格納扉を引きちぎりたいならべつだが。その危険を避けるため、三〇〇ノットという厳しい対気速度制限が設けられている。

こうして、私たち二人を不安におびえさせながら、ハマドは最終旋回を終えた。

「着陸復行《ゴー・アラウンド》」私が命じると、彼は従順にギアをあげ、推力《パワー》をくわえて、そのまま離れた。着陸パターンをくりかえすのではなく、一〇マイルのファイナル地点まで戻ることにした。そのあいだに、少し話ができる。すると、ハマドが以前飛ばしていたミグ－21では、いつも着陸まえのブレイクターンでギアをおろしていたという。ミグ－21に六Gの旋回は無理だし、質の悪いソ連製油圧装置で車輪をおろすには一分ほどかかるから、べつに問題はない。フランス語とアラビア語と英語で、きょう乗っているのはF－16なのだから、私のやりかたで飛ぶことを承知させた。

ハマドはきちんと理解したと断言した。

とはいえ、念のために、私は後席で身をよじって、ギアのハンドルの下にブーツの足を差しこんでおいた。こうしておけば、あれがおりる心配はない。

ブレイクターンでGがかかり、膝があごにくっついたとき、ハンドルがブーツにあたるのを感じた。

「ふっふっふ」優越感にひたりながら、プレッツェルのような姿勢で、喉を鳴らした。

そのとき、音がした。

〝ドスン……ドスン……ドスン〟

ちくしょうめ。つぎに水平になったとき、ハマドが、予備ギアハンドルまで使って、ギアをおろしたことを知った。これは、どんな手を使っても車輪がおりないときに使う緊急システムだ。いまこれを使えば、種々の問題を引き起こしかねない。じっさい、私がジェット機を着陸させたときには、主油圧システムは作動していなかった。

言葉の問題はつねにあった。べつの日に、べつのD型複座機で、若者に着陸のしかたを教えていたときのことだ。エジプト空軍は、前線配備された飛行隊でRTUタイプの訓練を行なっていた。その点は、米空軍とはまったくちがう。そのソ連型方法論もまた機能していなかったが、彼らはやりかたを変えなかった。

その日のモシェンという名のパイロットもミグ－21出身で、着陸しようとするたびに、彼自身と私を全力で殺そうとしているとしか思えなかった。直上進入路《オーバーヘッド・パターン》上に、〝止まり木《パーチ》〟と呼ばれる地点がある。滑走路末端の真横《アビーム》半マイルのその位置に達したら、ファイナル・アプローチのために旋回を開始することになっている。操縦の手順としては、機首をさげ、高度をさげながら旋回し、一マイルの地点で旋回を終える。毎回、条件は異なるので、操縦桿とスロットルと自分の目を使って、それを実現する。禅のようなものだ。

この若者は、それがわかっていなかった。速度も距離も死も考えずに、滑走路の末端めがけて急降下する。私たちの会話はこんな感じだった。

「モシェン……機首《ノーズ》をあげろ」

「サー？」

「ノーズを引け……地面を走っている人が見えるだろ？　危険だ」

「サー？」

「おれが操縦する」

そして操作し、姿勢を安定させ、ゴー・アラウンドしてから、三ヵ国語で話しあった。理解したと彼が断言したので、操縦をまかせた。

「ノーズをあげろ」

「サー？」

「ノーズをあげるんだ……角度が急すぎる。二人とも死ぬぞ」

「サー？」

「いったいどこを見てる？　地上を見ろ、モシェン！」私はアラビア語で怒鳴った。

「地上は見えません！」

「なんだと？」

「地面を見られない。鼻《ノーズ》は上向いている！」

それを聞いて、私の口があんぐりあいた。前席をうかがうと、彼は首を大きくうしろにそらして、キャノピーの真上の空を見あげている。またもや私が二人の命を救った。そして、ノーズをあげろと指示するたびに、そうして見あげていたことを知った。私のいうノーズは、彼の鼻ではなく、飛行機の機首のことだとわかっていなかったのだ。

一日じゅう寝ていたほうがいいときもある。

エジプトに住み、その国を旅することによって、アラブ人の考えかたや言動が少し理解できるようになった。彼らをひとまとめにして批判するのは、アメリカ人に対してそうするのとおなじく間違っている。一九九二年当時、アメリカ軍に、アラブ人のことをよく知っている人間はほとんどいなかった。たしかに、湾岸戦争に勝ちはしたものの、私を含めて、それまで第三次世界大戦にそなえた訓練を受けてきた大半の軍人は、あとで振りかえって、「あれはいったいなんのための戦争だったんだ?」と漏らした。結局イラクは、アメリカの安全を直接的におびやかしたわけではなかった。

一部のアラブ人を相手に戦い、何人かを訓練し、親しい友人ができ、少なくとも一人は私を敵視する人間を作った。アラブ人とその文化の美点は多数ある。たとえばエジプト人の友人たちは、英語上達(望み薄)とアメリカ人研究のために、いつもアメリカのテレビ番組を見ていた。ある日、その一人が見たという、介護施設がテーマの番組の話になった。彼は、「面倒をみてくれる家族がいないとは、なんて気の毒な老人たちなんだ」と感想を述べた。私は、彼らの多くは家族があるが、適切な介護を受けるために施設で暮らしているのだと答えた。その話は彼を驚かせ、自分たちの手で世話をしようとしない家族がいるという考えが理解できないようだった。

他方、エジプト軍の戦車(アメリカ製M1エイブラムス)部隊が、反体制派が隠れているといわれていた村を徹底的に破壊するのを見た。接近し、村人に三〇分の猶予をあたえ、煙草を二、三本ふかした。三〇分が過ぎると、泥レンガ造りの家々をなぎたおし、ぺちゃんこにつぶした。

わずかでも彼らを理解し、彼らの世界に住み、彼らと一緒に飛んだことは、とてつもなく大きな強みとなった。その反面、私の軍人人生の後半で、それが、いくつかの問題を生みだすことになる。

とくに将官および将来有望な中佐の一群のなかに、湾岸戦争をまったく経験しなかったものが大勢いた。幕僚として派遣されたり、専門軍事教育（矛盾した言いかただが）コースのどれかを履修中だったりで、戦闘に参加できなかったのだ。こういった士官たちは、精神的には依然としてソ連と戦っていた。時代の変化に対応できずに取り残されていた。だが、孫子の言葉を例に引くことができ、OODAループ意思決定理論に精通した士官が、軍には欠かせない。そういうことなのだろう？

例を見ればわかる。

将軍の講話の原稿を書いていた男が、戦闘飛行隊の隊長におさまった。C－130輸送機のパイロットが、最終的にアメリカ空軍のトップになったのもそういうことだ。

もう一つの障害は、完全に確立されていた米軍ドクトリンだった。数十年にわたって、ソ連およびその傀儡政権との戦いが作りだされ、組みあわされ、出世のために利用されてきた。イラクやアフガニスタンがアメリカの脅威とみなされなかったのは、だれも興味を持たなかったからだ。アルカイダやタリバンといった原理主義の過激派は、まだだれのレーダーにも引っかかっていなかった。大国の軍部にとっては脅威ではなかったので、注目されなかった――注目されるべきだったのに。アラブのことわざにあるとおり、〝口にハエがはいっても死にはしないが、嘔吐するかもしれない〟。エジプト人の米軍協力者でさえ、アメリカに対して凝りかたまった憎悪をいだくものがいた。もしも彼らがそう感じているとすれば、イラクやイランやその他の国と、いずれもめごとが起きてもおかしくない。

大胆な強奪から数カ月後、アメリカ本国への帰還命令を手にして、私は喜んだ。四年以上も離れていたから、帰国は大歓迎だ。海外に赴任し、異文化のなかで生活するのはすばらしい経験だが、ソニックのダブル・ハンバーガーが食べたかった。ひとの話を、頭のなかで翻訳せずに聞きたかった。アメリカのくだらないテレビ番組を見て、土曜の午前中に、自分では植えもしない花をホームデポへ買いに行きたかった。午前三時にスーパーマーケットの〈セーフウェイ〉へはいっていきたかった。営業中だからというだけで。

私は故郷に帰りたかった。

5 パッチウェアラー

どこの精鋭部隊もそうだが、各戦闘飛行隊には、独自の気風がある。おなじ仕事、おなじジェット機、おなじ種類の人間。ところが、それぞれ独特の個性を持っている。現在活動中の部隊には、第二七や第九四戦闘飛行隊などのように、第一次世界大戦の空中戦の黎明期にまでさかのぼる長い歴史を持つ部隊がある。その他の多くは、第二次世界大戦中、軍の航空部門が爆発的に拡大していくさなかに生まれた。一九四一年、米軍が保有する最新式の戦闘機は、かろうじて一〇〇機だった。一九四四年のなかごろには、陸軍航空隊（現在の空軍の前身）は、八〇〇〇〇機の航空機を保有していた。

空軍組織は、上位からつぎのような機構になっている。現在の空軍には、地域と任務によって分類された九つの主要軍団（ＭＡＪＣＯＭ）がある。そのうち戦闘軍団は三つで、それ以外は、爆撃機、輸送、訓練、兵站を担当している。宇宙軍団は数に入れていない——申し訳ないが。ちなみに、進行中のこの金喰いプロジェクトは、制空および特殊作戦部門をあわせたよりも多額の、二〇一二年の空軍予算を確保している。航空戦闘軍団（ＡＣＣ）は、アメリカ本土に基地を置く戦闘機の航空団を指揮する。太平洋空軍（ＰＡＣＡＦ）は、アジア太平洋地域の空軍部隊を統括し、在欧アメリカ空軍（ＵＳＡＦＥ）は、アフリカと欧州の部隊を統括している。パイロットは、全軍団を転任する。広い世界を見て、他国語を学び、人生を生きるにはうってつけの職場だ。

ＭＡＪＣＯＭの下に、番号のついた空軍（ＮＡＦ）が属し、各空軍は割りあての地域を担当する。たとえば、第九空軍は、バージニア、南北カロライナ、ジョージア、フロリダの各州を拠点とする五個の戦闘航空団から成る。航空団は、最上位の大佐または准将を司令官とし、小さな町のような機能を持っている。階級に応じた既婚者および独身者用住宅がある。消防と警察、食料品店、ウォルマートの軍隊版である酒保、健康センター、プール、教会、そしてもちろん、士官クラブと下士官クラブははずせない。

各航空団は、その航空団の番号を共有する複数の〝グループ〟で構成されている。例をあげると、ショー空軍基地の第二〇戦闘航空団《FW》には、整備グループと医療グループ、その他保安や人事など二、三の後方支援組織が所属する。第二〇作戦グループには、第五五、第七七、第七八、第七九戦闘飛行隊が属している。その基地で資格を有する現役パイロット全員が、どれかの飛行隊に所属している。訓練を終えたばかりの純粋な新人や、転任してきたばかりのパイロットは、ぺいぺいの新入り《FNG》と呼ばれる――中佐かそれ以上の階級であればべつだが。ＦＮＧは、〝フライト〟という、飛行隊内の管理上の部隊に振りわけられる。フライトの構成員は、五人ほどのパイロットと、飛行指揮官と副飛行指揮官だ。その二つの地位には古参の大尉がつく。飛行指揮官は、教官パイロット（ＩＰ）のときもあるが、ただの編隊長であるときも多い。

飛行指揮官が、部下の面倒をみる。彼は、それぞれのパイロットに、どんなアップグレードや訓練が必要かを把握しており、それにしたがって一週間の飛行スケジュールを組む。各パイロットの成績評価表を検討し、成績簿の維持管理を行なう。パイロットが修了した正式な訓練課程やアップグレードが恒久的に記録された成績簿は、非常に重要なものだ。

パイロットは、飛行任務のほかに、少なくとも一つの任務をあたえられる。ショップと呼ばれる飛行隊の実動部門のどこかに送られ、古参の大尉が務める各ショップチーフの管理下にはいる。これらのショップのおかげで、飛行隊の業務がとどこおりなく進んでいく。スケジュール作成、訓練、移動、即応態勢、試験評価、情報、兵器戦術。

訓練ショップは、その名のとおりだ。ショップチーフと部員は、各パイロットの種々の資格や有効期間を管理する。有効期間は、兵器使用資格などの戦術面だけでなく、その他頭痛がするほど無数にある。一カ月間の離着陸の回数、夜間着陸回数、計器進入回数、必須ブリーフィング数など……リストはほぼ終わりなくつづく。スケジュール作成ショップは、飛行活動の運営の根幹だ。半年ごとに、わかっている展開配備の概略を描いた長期スケジュールを作成し、実行し、そののち、飛行ウインドウを作りだす。それは、全航空団が飛行可能な時間帯のことである。どのパイロットも、多数の爆弾を投下し、機銃掃射し、設定された精度数値内で決められた数のミサイルを発射して、兵器使用資格を継続する必要がある。これらはほんの一例にすぎないが、スケジュール作成は、まさに悪夢であり、新入りに押しつけるには最適の部署だろう。

機動ショップは、隊員三〇〇人と二四機の航空機が、即座に展開するために必要な装備と書類、そして特別資格などすべてに責任を持つ部署である。即応態勢ショップでは、特別な訓練を受けた下士官に補助されながら、ヘルメット、Ｇスーツ、ハーネス、サバイバル装備品を管理すると同時に、応急手当、水上生存法、陸上生存法、個人武器所持資格のための、定期的な再教育訓練を差配する。

　試験評価ショップは、飛行警察のようなものだ。軍および該当する民間飛行規則に関するすべてが、試験評価によって点検され執行される。パイロットは、必要とされる訓練と資格有効期間延長とアップグレードにくわえて、一年に少なくとも二度の飛行検査を受けなくてはならない。以前の章で説明したように、飛行検査は、口頭試験と筆記試験と実技からなる総合審査だ。正規のパイロットは、計器飛行検査を受けて、軍用機を飛ばすのに必要な計器飛行証明および事業用飛行資格を更新しなければならない。その検査の一環として、飛行シミュレーターを一度使用して、あらゆる危機的な緊急事態を体験してそれを分析し、問題解決し、論理的で納得のゆく結論に到達することを求められる。また、一日を費して、飛行機のシステム、飛行規則、そして、一年に一度の計器飛行再教育学科課程の筆記試験が行なわれる。飛行実技は、べつの日に行なわれる。

　試験評価飛行検査官（ＳＥＦＥ）と呼ばれる検査パイロットが、飛行任務のあらゆる局面を評価する。計器飛行資格検査の主眼は、曲技飛行ならびに、いくつかの想定で模擬空中戦を行ない、計器飛行証明と高等操縦技術を維持することにある。計器進入《アプローチ》を数回行なったのち、模擬的エンジン停止《フレームアウト》アプローチを行なう。単座戦闘機のパイロットにとって、エンジンが作動していない状態の着陸は、きわめて重大な技術である。飛行を終えて地上に戻ったら、詳細なデブリーフののち、ＳＥＦＥが必要と感じたことがらについて口頭試問を行なう。

任務資格検査はおなじ形態で行なわれるものの、個々のパイロットの戦闘技術に重点が置かれる。SEFEによって作成された、飛行隊が担当する特定の戦闘任務を含む想定《シナリオ》にしたがって、じっさいに飛行する。攻撃飛行隊であれば、レーザー誘導爆弾を使用するかもしれないし、ワイルド・ウィーズル飛行隊なら、マーベリック空対地ミサイルかクラスター爆弾でSAM陣地を攻撃するかもしれない。口頭デブリーフは徹底的に行なわれ、不愉快な思いもするが、ぜったいに必要だ。すべてが非常に真剣に受けとめられる。受検者は、保持している資格のレベルにあわせた検査を受け、すべての技術に熟練していることを示さなければならない。しかも、階級や資格に関係なく、全パイロットが、抜きうちの飛行検査の対象となる。ある朝、SEFEが飛行隊本部にやってきて、予定されているある飛行を指さし、飛行検査を行なうと宣言する。そのパイロットが準備をおこたらず、能力向上に努めていることを確かめるのが目的だ。戦闘は突然起きるのだから。

評価をくだす検査官は、たいていは佐官級士官であり、かならず教官パイロットである。最高のSEFEは、兵装士官として参謀部や訓練学校に派遣されたのち、少佐に昇格して、ふたたび飛行部隊に配属になったパイロットが多い。自分でも飛行機を操縦しながら、他のパイロットを評価し、そのコクピットの状況を把握するには、そうとうの経験を必要とする――人命と数千万ドルをかけて、絶えず変化する危険な状況を判断するなど、だれにでもできるものではない。戦闘飛行隊においては、飛行隊の隊長と作戦部長（DO）がいつもSEFEを務めることになる。これは、信頼性の問題でもある。隊を指揮するパイロットは最高の腕を持つものでなければならない。戦闘機部隊において、信頼性は、隊の本質にかかわるものだ。兵装士官も、そして少なくとも作戦副部長

（ADO）の一人も、ふつうはSEFEとなる。

ADOは少佐が務めるが、ごく若い中佐のときもある。ふつう、強制的に配属された参謀部の勤務期間か、まったく無意味な専門軍事教育課程のどれかを終えて、飛行の現場に戻ってきた人々だ。飛行のための全資格をふたたび取得した彼らは、大尉たちの手で運営される機能別ショップの管理をまかされる。佐官級士官として、別レベルで管理しながら、DOの右腕として働く。

作戦部長は飛行隊の副隊長が務める。彼は、これまで述べた作戦および訓練のすべての局面に責任を持つ。飛行隊の隊長が、飛行隊の基調と重点を設定し、DOがその実現に努める。つねにIPでありSEFEでもあるDOが、飛行業務を統括運営する。彼は、ADOまたは航空団の参謀を務めた経験があり、飛行隊の運営に関するあらゆることを知っているはずだ。退役するか、または大失敗をやらかさなければ、いずれは彼自身で飛行隊を指揮することになる。

飛行隊長しだいで、組織がまとまりもすれば、こわれもする。まともな隊長なら、毎日がすばらしいし、そうでない隊長だと悲惨な日々がつづく——私は、両方を経験した。ドイツの基地に到着したとき、所属予定の飛行隊は、二週間のスキー旅行のために店じまいしているところだった。隊長が、飛行隊全員でアルプスへ行って冬の大パーティをひらくことを年中行事としてさだめていた。こうして、アリゾナ州フェニックスでF－16の訓練を終えてひとつき後、私は、オーストリアの山頂の雪に腰をおろして、アプフェルコルンを飲んでいた。とても現実とは思えなかった。

また、ブドウの収穫期にはきまって船を借り、ワインを試飲しながら、モーゼル川を遊覧した。週末には〝国境越え〟フライトもあった。これの目的は、計器飛行訓練と、外国の空軍基地に親しむことだったが、戦闘機二、三機で出かけて、フランスの士官クラブでどんちゃん騒ぎをするのはとても楽しかった。または、コペンハーゲンへ飛んで人魚像を見物したり、イギリスへ飛んでロンドンで週末を過ごしたり。想像はつくだろう？

ほかには、毎週式典をひらいて、〝HUA〟なる賞を授与していた飛行隊があった。これは〝ばかな真似をした男《ヘッド・アップ・アス》〟の略で——もちろん、真面目に熟慮されたすえ——その週に、とんでもなくばかげたことをしでかした可哀そうな男にあたえられる賞だった。へましたところをだれかに見られてしまったら、飛行機に関係ないことでもよかった。

たとえば、士官クラブのバーで、やや年増だが目のさめるような美女に色目を使った若い中尉のように。あとになって、その女性は、新しく赴任してきた隊長の夫人だったことが判明した。バーカウンターの少し離れたスツールに腰かけていた大佐は、気の毒なこころみの一部始終を観察していた。夫人は、おもしろい冗談だと思ったようだが、大佐はあまり笑わなかった。中尉もだ。

隊長が、飛行隊の性格だとすれば、ボールトは心臓である。

ボールトとは、飛行隊本部内で厳重に安全管理された制限区域である。暗証番号の必要な鉄鋼の二重扉からしか入室できない。内部は、ブリーフィング室、図書室、任務計画区域、地図室、コンピューター室に分かれている。ボールトは、飛行作戦の中心であり、飛行隊の兵装士官の勢力範囲である。

パッチ装着者《ウェアラー》またはターゲットアームと呼ばれる兵装士官は、戦闘作戦や、戦闘で生き残ると同時に戦争に勝つために必要な訓練に関する専門知識を持っている。ネバダ砂漠にあるネリス空軍基地の、選ばれたものだけが入学できる戦闘機兵装教官研修課程（ＦＷＩＣ）の修了生だ。つまり、世界でもっとも意地悪く、困難で厳しい戦術航空戦闘課程を終えた者だ。戦闘機パイロット版の特殊部隊か海軍ＳＥＡＬＳと考えてもらえればいい――戦術飛行術において粒よりの逸材が集まる場所。左肩につけた、黒と灰色のパッチ（戦闘機兵装学校修了のあかし）ですぐに見分けがつく兵装士官を基準にして、その飛行隊のほかのパイロットの実力が判断される。彼が、教官を教育する。彼が、飛行隊の戦争を指導する。

戦闘機兵装学校までの道のりは、つぎのようなものだ。

兵装士官は、属する飛行隊内の教官パイロットをたえず採点している。そして、上位の編隊長を選びだして教官として訓練し、見込みのありそうな候補者を数年にわたって見守る。そういう候補者たちは、パイロットとして、また教官として並はずれた実績がすでにあるだろうから、出願するしないは、航空団に数人いる現役兵装士官の推薦で決まる。パイロットとしてずばぬけた才能があるだけでは充分ではない。指揮できると同時に教えることができなければならないが、その二つはかならずしも同じではない。

空軍は、ほかより優れたごく少数の人間を訓練し、その少数に、その他を訓練させようと考えている。この理由から、並はずれた飛行能力にくわえて、教える能力がきわめて重要となる。戦闘機兵装教官の本質をひとことで表わすなら、ひとに教えることができなければ、空軍最高のパイロットであっても意味がないということだ。

一年に二度、各航空団は、上位のパイロットから選びだした第一候補者と補欠候補者の氏名を、兵装学校選考委員会に提出する。こうして、アメリカ空軍の戦闘機教官パイロット数百人のなかから選ばれた三〇人ほどが入学する。F‐16だと、アメリカ本土の基地から三、四人、ドイツから一人、極東の基地から二人というところか。

その一人に選ばれたとしよう。だが、ネリス基地へたつまえに、〝きりきり舞い《スピンナップ》〟と呼ばれるものを経験する。要するに、基地の兵装士官一人一人に、順に叩きのめされるのだ。二週間にわたって毎日、空へあがって、航空団の兵装士官相手に空中戦を行ない、技術をみがく。ブリーフィングとデブリーフィング技術は、細部まで徹底的に批判される。教官パイロットにいい、にして基地で首席に選ばれた人材だというのに。だから、屈辱的だ。

戦闘機兵装学校の講習は半年間つづく――細かい内容はほぼすべて非公開だ。ちなみに、現在空軍に所属する戦闘機パイロット全員が、最高機密／特殊区分情報（TS／SCI）取扱許可を保有している。学校の課程は、一般的に、各パイロットが終えてきたあらゆる訓練プログラムとおなじ構成になっている――が、はるかに強力で強烈だ。必殺の戦闘技術の獲得もだが、この課程の真の目的は、パイロットを教育し指導する方法を学ぶことである。

ネバダ州ラスベガス郊外にあるネリス空軍基地へ到着し、最初の一週間をそこの教室で過ごしているあいだ、兵装学校の教官たちは、毎日二回、たがいに空中戦を行なっている。鉤爪をとぎ、牙をなめていた彼らと対決するときには、こっちは二週間のブランクがある。だからといって、ちがいはない。彼らは超一流だから、世界各地でどれほどスピンナップしたからって、受講生は必ずこてんぱんにされる。それは、覚醒のために必要だ。徹底的に打ちのめされるまでは、頭のどこかで、自分は、戦闘機パイロットの世界で最高の存在だと信じているからだ。その錯覚を、早く捨て去ることだ。

課程の第一段階は、基礎戦闘機演習（ＢＦＭ）だ。基礎どころか、文章で説明するにはあまりにも複雑だが、なんとかまとめてみよう。ＢＦＭは、四〇〇ノットで行なう空中接近戦だ。その目的は、飛行機を飛ばすこと、そして飛行機で戦闘することの真の意味をパイロットに教えることだ。ＢＦＭほど、自分の肉体と戦闘機の限界を明瞭に示すものはほかにない。高速かつ暴力的で、まさに数秒先に死がある。空中衝突あり、制御不能あり、Ｇロックによる意識喪失ありだ。Ｇロックとは、重力の七ないし九倍のＧをかけたまま多次元機動を行なうために、血液が頭に流れなくなる状態をいう。

死ぬこともある。

ＢＦＭには四種類ある。攻撃型は、敵役の背後の位置からスタートする。位置を逆転されて殺《や》られるまえに、敵を殺らなくてはならない。防御型は、自分がカモになり、敵役が背後につく。敵の最初の射撃をかわしておいて、できるだけ長く生き延び、優位性をうばって敵を殺す。中立型では、双方の戦闘機が、正面から約一〇〇〇ノットですれちがうところから戦闘がはじまる。その後、秒速八〇〇フィートでさまざまな機動を行ない、武器を使える位置につくよう努力する。この場合、一つのミスもなければ、すべては経験と、少しでも早く優位に立つことに尽きる。異機種型は、機種の異なる戦闘機を相手にして、右記の三つの型を行なう。とくに中立型のときには、もっとも現実に即した空中戦訓練となる。現実世界では、どれが敵機か正確にわかることはめったにないし、それに、背後から忍び寄るよりは、正面から遭遇する可能性が高い。

ＢＦＭは、手はじめにすぎない。

つぎは、ＢＦＭをパワーアップした空中戦演習（ＡＣＭ）だ。二機一組になって、一機の敵と戦う。ここでも、攻撃、防御、中立、異機種をくりかえす。僚機との意思伝達が不可欠だ。そして協力して、敵機を発見し、身元を確認し、対応し、撃墜する。このすべてを、ライフルの銃弾とおなじ速度で飛びながら行なうことを忘れずに。

空中戦法（ＡＣＴ）では、二機一組で、何機かわからない敵機群と戦う――じっさいの戦闘で、何機の敵機と遭遇することになるかはわからない。ここでも、現実世界に似た混乱状態を作りだし、パイロットの思考能力と戦闘能力、そして敵機の数や機種に関係なく勝利する能力を高める。

空対空戦法には、大きく分けて二種類ある。目視内（ＷＶＲ）は、肉眼で見える敵機と戦う。ふつうは、赤外線追尾式サイドワインダー・ミサイルや二〇ミリ機関砲といった短射程兵器を使用する。目視外（ＢＶＲ）は、長射程ミサイルというアメリカの技術の優位性を利用することになる。敵がミサイルを発射するために接近するまえにその敵を殺すことができれば、それにこしたことはない。弾をこめた銃を握っているときに、ナイフを手にした男が向かってきたとしよう。自分もナイフを抜くか、それともその男の頭を撃つか？

ＡＣＴのいちばんの見どころは、異機種戦闘だ。ふつう相手は米軍Ｆ‐15かＦ／Ａ‐18だが、どちらとも激しい戦いになる。いまだ老体に鞭打つ海軍F－14トムキャット（映画『トップガン』でマーベリックとグースが乗っていた飛行機）を相手にするときには、戦闘よりも戦利品ほしさが先に立った。金に糸目をつけない空軍は、可能なときは、外国軍機とパイロットも連れてきた。フランス軍のミラージュ、イスラエル軍のクフィル、ドイツ軍のトーネードだ。

海を越え、地球を半周してラスベガスにやってきて、太陽の下で空中戦をしていた国際色豊かな男たちは、いつも楽しそうだった。ある晩、ラスベガスの繁華街で、イギリス空軍の飛行隊の一団が、カジノから外へ放りだされ、まとめて逮捕されるのを目撃した。イギリス人たちは、わけがわかっていなかった。というのは、ひどく酔っぱらって歌を歌い、プラング・コンチェルト――ピアノを燃やす――は、イギリス空軍の伝統だったからだ。あいにく、そのピアノは、有名な目抜き通りにある巨大カジノのロビーに置いてあるものだった。それが私たちだったなら、しばらく牢屋にぶちこまれただろうが、この連中は、イギリスの日刊紙《デイリーミラー》に大きくとりあげられ、帰国時に熱狂的な出迎えを受けた。たいしたものだと思った。どっちがいい？　戦闘機パイロットと育ちすぎたボーイスカウトと？

ACTには、べつの大きな意味もあった。訓練期間のちょうどなかばに行なわれたその課程を終えたとき、なんとか合格できそうだとようやく思えたからだ。やはり、それまですべてを完璧にこなしてきた人間にとって、正式訓練で落第する恐れをいだいたことは衝撃的だった。ショックだし恐ろしかった。けれども、恐怖は、とても大きな原動力となる。

訓練中、毎日欠かさず講義もある。航空機の全システムに関して、三〇〇時間以上ものエンジニア水準の専門教育を受ける。使用可能な全種類の兵器を分解し、また組みたてる。戦法と対抗戦法、そして、世界各地で脅威となりそうなあらゆる兵器を、詳細に分析する。また、関連分野の課題について調査し、大学院レベルの論文も書き、ＦＷＩＣ教官のまえで発表しなければならない。実技飛行とブリーフィングとデブリーフィングを休みなく続けながら、これらの学科を同時に進める。一日を終えてシャワーを浴びながら、立ったまままぐっすり眠りこんでしまったことがあった。あれはひどかった。すごく楽しかったけれど。

空対空段階の最後数回の飛行は、四対四と呼ばれていた――私たち四機と、ほかの四機で戦うのだ。私の場合は、フロリダへ出向いて、第三三戦闘航空団（エグリン空軍基地）と第三二五戦闘航空団（ティンダル空軍基地）のＦ－15イーグルと戦った。空中戦は、イーグルの得意技である。彼らはそれしかやらない。ただ一種類の任務形態を飛べばいいのだから、その技術をどこまでもきわめられるだろう。

しかし、私たちはＦ－16の教官であり、ＦＷＩＣの受講生となって三カ月がたっていた。いくらか自信を取り戻し、ＡＣＴを修了してその先に進む心構えができていた。そのうえ、フロリダという場所のせいか、ＦＷＩＣの教官を含めた全員が、訓練課程のもっとも複雑な段階にはいるまえに、すこしのんびりしたがっていた。ビーチでイーグルをやっつけるのは楽しかった。訓練にはいってから三カ月してはじめて、私は笑顔になった。

空対空段階を終えると、ＦＷＩＣは高速ギアに切り替わる。バイパーのパイロットは、空中戦を、地上の目標物を破壊しにいく途中で対処しなければならない障害ととらえている。航空優勢だけで戦争に勝った国はなかった。誤解しないでもらいたいのだが——地上戦で勝つためには制空権を確保しなければならないが、空軍力だけでは勝利できない。一九一七年以降、アメリカが参加したすべての戦争が、それを証明している。

一般的には〝地上攻撃〟と称される陸上作戦支援のための爆弾投下が、F‐16の主要任務である。種類の異なる爆弾を低高度または中高度から投下する攻撃、二〇ミリ機関砲の掃射、マーベリック・ミサイルなどの精密誘導兵器、レーザーやテレビ爆弾、クラスター爆弾……などさまざまある。

要するに、兵装士官として、この分野のすべてを知りつくさなければならない。自分も戦闘機を操縦しながら、ほかのパイロットがこれらの攻撃を行なうのを見て、その有効性を即座に判断できなければならない。もしくは、失敗をくいとめなくてはならない。数千ポンドの高性能爆薬をまちがった場所に投下すれば、自分も命を落としかねない。または、地上にいる人々をあやまって吹き飛ばしてしまう。目標をはずせば、その失敗をおぎなうために、だれかが命を危険にさらして進路をきりひらくことを意味する。また、地上部隊が壊滅し、二度と帰ってこないかもしれない。だから、私たちは真剣に取り組んだ——FWICの教官たちもだ。

基礎地上攻撃演習から、地上攻撃戦術演習（SAT）へ進む。受講生は、〝達成すべき目標〟——望ましい結果——にくわえて、目標到達時刻（TOT）や判明している敵勢力などの二、三の条件を知らされる。その条件をもとに、構想を練り、計画をたて、概況を説明し、考えられるすべての敵勢力を攻撃する。

ところで、ネリス基地に用意されている敵性の模擬兵器は、訓練という観点から見れば、破壊的なことで悪評高い。ある年、世界じゅうからやってきた五〇〇機を超える飛行機が、その模擬兵器相手に二万回の出撃訓練を行なった。米軍所属の戦術飛行隊は、ヨーロッパとアジア駐在の米空軍戦闘飛行隊も含め、数年ごとにその訓練がめぐってくる。NATO空軍機は、余裕があれば参加する。イスラエル軍機や、エジプトやモロッコといったアラブの友好国の飛行機もときどき見かける。フランス軍までもが、場合によっては、参加することがある。

SATがすむと、任務実践（ME）段階にはいる。訓練のあらゆる局面は、独立した四つの任務で再現される。目標と敵勢力と時間枠の条件を決められたうえで戦術問題があたえられる。その問題をどう解決するかは、人それぞれだ。完璧な計画が下手に実行されるのを見たことがあるし、まずい計画がみごとに実行されるのも見たことがある。計画がどう展開するかはまったく予想がつかない。受講生の適応力が、この段階を生き残れるかどうかの鍵となる。

このあと、うまくいけばあと数回の飛行で卒業できるFWIC受講生が、任務指揮官を務める。敵勢力と攻撃目標にもとづいて、攻撃をどう計画し、いかに調整しまとめあげるかを決めなくてはならない。攻撃に使用する兵器と航路と戦法を選択し、攻撃構想をまとめる。そして、全体ブリーフィングとデブリーフィングをとりしきる。

ネリス射撃演習場上空を飛ぶ飛行機は、空中戦演習計装（ACMI）ポッドを搭載している。すべての飛行条件と、パイロットが見ているHUD画面さえもが、巨大ビル内部に設置された任務デブリーフィングシステムに送信される。レッドフラッグミッション・デブリーフィングシステム（RFMDS）は、ネリス基地で行なわれるすべての戦術訓練の中枢だ。ACMIポッドのおかげで、全任務および全飛行を各部分ごとに記録できる。これは、時速〇マイルの状態で腰を落ち着けてコーヒーカップを手にした状態で、飛行任務を最初から復元できるので、非常に便利だ。機動、戦法、投下または発射した兵器のすべてが分析される。私たちはこうして学び、上達し、評価する。これほどの努力によって、アメリカは航空優勢を保持しているのだ。

ＦＷＩＣ受講生にとって、ＭＥ段階は一種の通過儀礼である。とはいえ、この最終段階までできて失格したパイロットを二人知っている。合格したと知ったときは一瞬、びっくり仰天する。少なくとも、私はそうだった。くわえて、心の底から安堵したせいで手足の力が抜けて感覚がなくなった。私は、戦闘機パイロットが受けられる正式研修や訓練をすべて受けてきた——湾岸戦争で戦闘にも参加した。そのなかでも戦闘機兵装学校は、ずば抜けてむずかしかった。

最後の飛行を終えて、臨時士官宿舎へ戻り、外の〝嘆きのベンチ〟に腰かけた。ふつうは、なにかの飛行訓練に失格したときにだけそれに座る。自分のコールサインと任務番号をベンチに刻み、仲間が慰めのしるしにスコッチのショットグラスをまわしてくれるのを待つ。言うまでもなく、無数の名前と日付が彫ってあった。飛行訓練で失格しないものはいないからだ。そこに座った私は、乾いていく汗を感じつつ、もう少しで兵装士官《パッチウェアラー》になれるのだとしみじみ思った。あとは、パッチナイトに行なわれる、とても念入りに挙行される会だけだ。それがすむと、修了生に、黒と灰色のパッチが授与される。この職についているあいだは、得意になってつけられるパッチだ。さあ、身につけた最新のテクニックと戦法を飛行隊へ持ち帰り、知識を全員に広めよう。

湾岸戦争の戦闘経験が、ネリスで教わったいくつかの戦法と矛盾することに、私は少しまえから気づいていた。とはいえ、環境がちがう。ＦＷＩＣの教官が戦う敵はアメリカ人パイロットだから、その技術レベルを反映した戦法をとらざるをえない――訓練のゆきとどかないロシア人や中国人や中東人パイロットの技術レベルにあわせる必要はない。それに、ネリスの〝脅威〟を打ち破ることができれば、世界のだれを相手にしても勝てる。私は、ある興味深い結論をみちびきだした。私たちは、しばしば敵の能力を、私たち自身の能力と同等だとみなしているが、それは誤りだ。高く評価しすぎてしまい、その結果、欠陥のある戦法を生んでしまうことがある。私はそんなことはするまいと決心した。これまでのすべての経験と、ここで教わった魔術とを合体させたかった――現世界で得た教訓と、世界最高の戦闘機訓練との完璧な融合。いま考えると、申し分のない考えだった。

戦闘機兵装学校は、人生を変えるようなすばらしい経験だった。そこを出るときには、まるで別人になった気分だった。少数の選ばれたグループの一員でありつづけてきた人々には、この感覚をわかってもらえると思う。最近は、ネリス基地の正面ゲートに、宇宙基地の無人飛行機がどうのといったたわごとが張りつけてあるとはいえ、私や私の同類にとっては、そこは永遠に〝戦闘機パイロットのふるさと〟だ。言葉だけ取りつくろった飛べない男たちをきっと怒らせるだろうが、そんなこと、だれが気にする？

6　中休み

私は、パイロットとなった最初からワイルド・ウィーズルとして飛んできた数少ないF－16パイロットの一人だった。だから、戦闘機兵装学校および砂漠の嵐作戦で学んだことを、とくに熱心に、新しく実戦配備されたF－16CJに応用した。シージェイと呼ばれるF－16CJは、技術の大躍進の所産にほかならない。多目的に使用でき、驚くほどの適応力を持つF－16は、生まれながらのウィーズルだ。機体は複合材料で作られているため、レーダーで捕捉しにくく、また、肉眼で見分けるのはほぼ不可能だ。排煙のないエンジンを搭載した、世界最高の操縦性をほこる戦闘機だった。つまり、敵戦闘機にとっても、SAMにとっても恐ろしい相手であり、また、F－4Gとちがって、掩護機を必要としなかった。唯一の欠点は、機体が比較的小さいので、小さめの兵器しか搭載できないことだ。その点をおぎなうために、シージェイは、レーザー誘導爆弾や空対地ミサイルなどの精密誘導兵器を搭載した。攻撃目標の三フィート以内に爆弾を落とせるなら、多くの爆弾を搭載する必要はない。

南西アジアへの配備が最高潮に達したときのことだった。ジョージ・ブッシュが、一九九一年に勝利宣言を出し急いだせいで、私たちが戦うことになる戦争があと一つ残された。そして、使える脳みそを持っている人間には、その戦争は必然だとわかっていた。イラクは基本的に、戦争状態のまま孤立していたからだ。イラクは地表を所有していたものの、私たちが上空を支配していたから、じっさいにはアメリカが国土の大半を支配していたことになる。北緯三四度線から北のトルコまで、北緯三二度線から南のクウェート／サウジ国境まで、飛行禁止空域が設けられていた。これらの空域は、一〇年以上にわたり、戦闘飛行隊が継続的に哨戒していた。交代制で担当する戦闘機だけでなく、空中給油機、輸送機、AWACSなど、戦闘機の支援に必要なすべてもだ。

その活動によって、私たちの資産は途方もない規模で減少し、莫大な経費がかかり、総じて厄介な悩みを生みだした。追加飛行時間が増えたため、航空機の耐用年数は、少なくとも五〇パーセントは短くなり、多くのクリスマス休暇や子どもの誕生日や結婚記念日が見過ごされた。将官および政策立案者らが、ソ連に代わる脅威を躍起になって作っているうちに、離婚率ははねあがり、空軍組織はすっかり変わってしまった。軍隊は――そして、大半の国家は――産業を促進させ、国民の注目をつねに集めておくために、少なくとも一つの敵を必要とする。

とくに空軍と陸軍は、予算が正当であることを証明するためにイラク脅威論を必要とした。海軍には航空母艦があるから、実質的にどこへでも行けるが、無期限で海上に出られるはずはない。空母戦闘群が威力を発揮するには、やはりかなり大規模な補給を必要とする。陸軍に関しては、どこかの前方作戦基地（FOB）を見れば、それで充分だ。恒久的な駐留を意図して作られていないことは、それを見ればわかる。

空軍だけが、大規模な長期作戦を持続するための世界的兵站能力を有している。南方の飛行禁止空域（ＮＦＺ）の哨戒は、ペルシア湾内の空母または陸上基地から発進する戦闘機によって、限定的に行なわれた。しかし、バーレーンをのぞいて、海軍機が陸上基地から発進する場合は、サウジアラビアかクウェートの米空軍基地が使用された。北方のＮＦＺ作戦は、トルコのインシルリック空軍基地からのみ行なわれた。

しかし、現在は、アメリカ軍の工学および兵站の専門知識を結集して建設された大基地から、その地域に多数の足がかりができている。なにもない砂漠に、自給自足の要塞都市が数週間のうちにできあがるのを見れば、アメリカの底力を思い知るだろう。

空軍はいつも、つぎのように考えている。自分の面倒を自分でみるなら、その他必要なことはこちらでやりましょう、と。また、ふつう空軍は、展開した場所に居残るので、過去には海軍基地だった場所が、現在の空軍基地となっている。世界じゅうにある足場と力の誇示とは、切っても切れない関係にある。こうして、継続するために基地が建設され、そこに勤める人間に、少なくともなんらかの考えが刻みつけられる。いずれにしろ、空軍基地は、航空作戦が行なわれる場所に建設される。世界で最高級の滑走路と弾薬集積所と運用維持管理施設だ。飛行機が任務飛行できないのなら、空軍基地を持つ意味はない。

居住施設も、比較の話になるが、かなり上質だ。小さなコンドミニアム、プレハブ製アパート、コンテナ住宅など。ごくまれに、空軍はテントを使用することがあるが、長期間にはおよばない。空軍基地の大部分は、士気福利娯楽地域（ＭＷＲ）となっている。そこには、食堂、健康センター、そして、役だつのであればプールがある——ほんとうだ。むろん、中東の大部分は砂なので、ビーチバレーのコートは必須である。作戦にかける期待度と基地の寿命しだいでは、いわゆるフードコートも出現する。中国料理、トルコ料理、インド料理のレストランを見たことがあるし、ハンバーガー屋はあってふつうだし、ピザ屋もかならずある。

だが、アルコールはない。砂漠の盾作戦の第一の一般指令はつぎのとおり。

〝砂漠の盾作戦は、アメリカ軍全軍を、USCENTCOM AOR諸国に配備するものである。それら諸国では、西側社会では一般的に許容されているある種の活動が、イスラム法とアラブ社会の慣習により禁止または制限されている。その種の活動を制限することは、アメリカとホスト国との関係を維持し、アメリカと友好国軍部との共同作戦を遂行するのに不可欠である〟

はっきりさせておくと——私たちは、観光客として行ったわけではないから、〝ホスト国〟うんぬんはたわごとだ。そこへ行ったのは、民主主義を広めるためでも、たましいを救済するためでも、友人を作るためでもない。石油と経済と政治はさておき、サウジアラビアとクウェートは自国を守ることができなかったから、私たちが中東地域に駐留した。その二国は、イラクの脅威におびえ、アメリカに助けを求めた。そして、多数の理由により、アメリカはその求めに応じた。その二国のだれが、自分たちの財産と生活を守ってくれている兵士の個人的行為に本気で抗議するだろう？　するとは思わない。

私が知っているサウジの士官の大半は、私たちよりも酒を飲んだし、戦時中のカイロは、アメリカ人に国を守らせておきながら、どんちゃん騒ぎをして喜ぶクウェート人でいっぱいだった。イギリス軍とフランス軍も大規模な部隊を展開していたが、行動に制限を課してはいなかった。それどころか、イギリス人は、ジェロー・パーティが大好きだった。ゼリーの粉末にウォッカかジンをくわえて製氷皿で固め、一気に飲みこむのだ。一二交代におよぶ南西アジア勤務のあいだ、アルコール関連の事件が起きたとは一度も聞いたことがなかった。

　ところで、アラムコなどの石油会社で働く民間人は、大酒飲みが多かった。サウジアラビアに赴任してきたアメリカ政府役人タイプもだ。私個人としては、飲酒はさほど大切ではないので、それなしでもまったく苦労はなかった。陸軍の場合、最少限の訓練を受けて銃を持つ若者に酒を飲ませないのは、悪い考えではない。しかし、賛否両論あるにもかかわらず、反対する資格のない人々を慌ててなだめたアメリカ政府のやりかたは、私たちの神経を逆なでした。だれよりも大きな棍棒を持ち、みんなの顔のまえでそれを振りまわしているのに、どうしてそれを使うのを恐れるのか？宥和策はほぼかならず、治安問題に広範囲にわたる影響をもたらす。いずれわかるように、この場合も例外ではなかった。

　マイホームと文明から遠く離れてはいたけれど、それ以外は、たいしてつらくもない部隊展開だった。生活環境はまともだったし、気晴らしはほとんどないものの、トレーニングする時間はたっぷりあった。大尉から昇進するために空軍が義務づけている修士号の取得をめざして受講していた男がいた。心ゆくまで趣味を楽しんでいた男がいた。基地周辺で割れたガラスを見つけ、それを使ってステンドグラスを制作した男を知っているし、トライアスロン大会に出場するためにトレーニングしていた男も知っている。あるものは女を追いかけ、あるものは、自分の子どものためにおもちゃを作った。いろいろだ。

私の脳細胞の大半を占めていたのは、戦術だった。イラクと決着をつけるときがいつかくる。それは、全員がわかっていたことだ。ただ、空軍の倉庫はからっぽだったし、旧式の兵器や戦闘機のほぼすべてが退役した。合理化が進んで、戦闘要員もかなり少なくなった。技術の向上によって穴埋めされたが、それを最大に利用できるかどうかは私たちにかかっていた。

イラクという国は、戦闘地域としては比較的単純だった。少なくとも上空から見るかぎり、かなり自由に動けそうな地形だった。山岳地帯は、はるか北方と東方にしかない。遠く西方のヨルダンとシリアとの国境付近は、ねじまがった谷《ワジ》や、起伏に富む低い丘陵のつづく湿地帯になっている。人口のほとんどは、メソポタミアと呼ばれるチグリス川とユーフラテス川にはさまれた地域に集中している。

ゆえに、防御する側にすれば、国全体ではなく、重要な拠点となる大都市を守るほうが理にかなっている。そして、イラクはまさにそうしていた。北部の大都市キルクークとモスル、中部のバグダッド、南部のナシリヤとバスラは、厳重に防御されていた。もっと小さな町や軍事施設の周囲は、何重にも防備が固められていたし、可動式ＳＡＭなら、どこへでも移動できる。じっさいには、イラクは、八千基を超える可動式ＳＡＭを保有していた。それとはべつに、兵士一人で持ち運べる肩置き発射式ＭＡＮＰＡＤＳが数千基あった。これらは、計四百基のＳＡ－２、ＳＡ－３、ＳＡ－６の大型対空ミサイルに付加的に使用される。高射砲は数万基と推定されていた。

大型兵器は、飛行場や鉄道駅、通信の送受信局など重要な社会基盤施設の防御のために、重要拠点となる都市に集中して配置されていた。偵察レーダーや航空管制レーダー、長距離捜索レーダーからの追跡情報はすべて、KARIと呼ばれる統合防空システム（IADS）に集約される。理論的には、私のような男が飛ばす飛行機のレーダー航跡をすべて関連づけて整理し、一枚の航空〝写真〟にまとめる。この写真をもとにして、イラク軍防空司令官は、迎撃および目標設定の責任を、SAMおよび戦闘機部隊に適切に分担する。

これに関して、問題がいくつかあった。第一に、KARIが、フランス人によって設計されたこと。フランス人はワイン醸造者としては一級だが、一般に戦士としては絶望的だ。ドイツ人かベトナム人かアルジェリア人に尋ねてみるといい。第二に、イラクのシステムは、電波妨害にうまく対処できない。そしてアメリカ軍は電子戦の達人だ。私たちが全区分《セクター》の電波を遮断したため、イラクは、なにが侵入してくるのか知ることができなかった。米軍が最初に設定した攻撃目標の多くは、サウジ国境を越えて飛んでくる私たちを探知する長距離捜索レーダーだった。くわえて、電話中継局、移動通信システムの基地局、その他あらゆる形態の通信施設もだ。それは、あらゆる戦いにおける基本概念である。相手の目と口元にパンチを食らわしておけば、反撃しようにも見えないし、助けを呼べない。

ロシア軍は、戦場における意思決定機構を集中させている。イラク軍の大半を訓練したロシア人は、その思想を生徒に教えこんだ。指揮官らから切り離された部隊は、自主的に考えて動くしかないが、それを苦手とするイラク人は多かった。戦闘はそもそも支離滅裂なものなのに、上層部からの指示が届かなかったイラク軍部隊の多くは、最初はまったくなにもしなかった。

そして、集中攻撃があった。イラン・イラク戦争時の一〇機または二〇機の攻撃部隊に対しては、KARIは良好に機能したが、私たちは、毎日三〇〇機以上の大群で攻撃し、彼らを制圧した。通信は崩壊状態におちいり、妨害電波のせいで、目標の追跡に失敗する。私たちがたった二日間で航空優勢を獲得できたのは、明らかにそれが原因だろう。

不信心な侵略者（またもや私たちのこと）との名誉をかけた戦いのために離陸したイラク軍のミグとミラージュは、一機たりと帰投しなかった。ある日、ミラージュ戦闘機の一編隊の追撃に私が参加したときには、勇ましいことに彼らは逃げていった。べつの日の朝、二機のミグ－23が、飛んでくる米軍機の大集団をふりきろうとして着陸するのを目撃した。技術的におとっているのはもちろんだが、イラク軍には、士気が決定的に欠けていたのだ。

一九九一年には、いくぶんその場しのぎでやっていたが、二〇〇三年には、理解したうえでやっていた。米軍の特徴的な性質の一つに、きわめて高い適応力があげられる。私たちは適応した。また、過剰な管理を必要としない小規模な独立部隊として、非常に効果的に機能している。必要としないどころか、管理は、全般的にひどくいやがられる。

このように、戦争からつぎの戦争までのあいだに、時間があり余るほどあったので、敵勢力を細かく分析し、研究することができた。砂漠の嵐作戦の目的は、クウェートとサウジの石油を守ることであり、イラクの侵略ではなかった。だが、つぎに戦争が起きれば、そうなることはわかっていた。バグダッドへ行くことになると。

一年に二度のサウジまたはクウェート勤務を喜ぶものはだれもいなかったが、私たちは最大限にそれを活用した。というより、そのときの経験がのちにとても役だった。その地域の地形や天候に慣れ、いずれ対決する敵勢力に関する知識をたくわえる絶好の機会となった。それでも勤務は嫌いだった。

第二〇戦闘航空団のウィーズルは、サウジアラビアのダーラン基地に駐留した。砂漠の嵐作戦時に建設されたこの基地は、イラクの南のペルシア湾岸に位置している。ダーランは、いくつかの理由でなかなかよい基地だった。まず、イラクの国境までわずか一〇〇マイルだ。おかげで短時間で反応でき、任務時間もかなり短くてすんだ。つぎに、サウジアラビア王国にしては珍しく、ダーランの町には娯楽施設がいくつかあった。オイルマネーで建設された市中心部には、魅力的なレストランやショッピングモールまであった。油田があるため、現地人は西洋人に慣れていて、比較的寛容だった。

最後は（そして、もっとも重要なのは）、バーレーン島へ渡る橋がかかっていることだ。この橋は、神を信じない罪深いアメリカ人とヨーロッパ人から、ぜひとも離れたいサウジ人のために建設された。彼らは、道幅の狭い橋を車で走りながら、丈の長い服を脱いでかぶりものをはずし、島のバーと女のもとへ駆けつける――どうやら、サウジアラビアの外での行為は、アッラーの目に届かないらしい。私たちには関係のない話だが。私たちはというと、そこへ食事や買い物に行き、ときには、快適なビーチリゾートに泊まることもあった。サソリもヒヨケムシも軍の食事も見ずにすむ。バーレーンは、本土とは数マイルしか離れていないが、アラビア半島とくらべるとまったくの別世界だった。

一九七九年、サウジアラビア政府は、砂漠の民だった過去に郷愁をおぼえたのか、ダーラン郊外に、ベドウィンのための施設を建設した。老人や病人や、年に一度の巡礼《ハジ》の時期にメッカへの航空便を待つ人々のための施設だ。五〇棟以上の現代的なコンドミニアムが作られた。八階建てで、ワンフロアに四部屋ある。フロアには、狭いバルコニーに面して一面のガラス張りの、広いリビングルームとキッチンがある。この共用スペースから、バスルームとビデつきの独立した四つの寝室へ行ける。現代のベドウィンの家族が必要とするすべてがそろっていた。

ただし、コンドミニアムにベドウィンは住んでいない。

彼らは、病人や老人を病院に送りこまないし、空路でメッカへ行かない。というわけで、一九九〇年にガワール油田を守るためにやってきたアメリカ人とイギリス人とフランス人パイロットの宿舎が必要になるまでの一一年間、この巨大施設はまったく使われないままだった。しかたがない――極悪非道な北の隣人から、あらそいが嫌いで進歩的なサウジアラビアの人々を守るためだ。

戦争は終わったが、不信心者は残った。サウジアラビアの聖なる砂漠にいすわるイスラム教徒でない兵士の存在は、王国ならびにイスラム世界に大きな反感を引き起こした。彼らと彼らの石油のために戦い、死ぬことすらいとわなかった私たちだが、危険が去ったいま、彼らは私たちに出ていってもらいたがっていた。たとえサダム・フセインが、殺人も大量虐殺も平気な残忍な男だとしても、イスラム教徒にちがいないから、急場を救ってくれたベーコン好きの堕落した兵士よりもましということだ。

一時的な解決法として、人里離れた目だたない場所に私たちを収容することになった。ダーランが選ばれ、第四四〇四実戦航空団（暫定）が、市郊外のベドウィン用施設に常駐することになった。そこは、ホバール・タワーと呼ばれた――手にはいるうちで最高の施設だった。

六月のひどく蒸し暑い夜の事件が、そのすべてを変えた。物悲しい夕べの祈りの声が、私たちの宿舎にまで響いてきたとき、照明がちらつき、ほんの一瞬、鼓膜が圧力で押されるのを感じた。私の脳みそがその原因をさぐりだしたのは、建物が揺れ、隣室の床に倒れている自分に気づいてからだ。外に面していた一枚ガラスの大窓が消えていた。その破片のうえに自分が座っていることを認識するのに数秒かかった。ガラスの破片は髪の毛の奥にもはいりこみ、身体のあちこちの皮膚に突き刺さっていたが、目は無事だったので助かった。両脚をなげだし、べとべとする背中を壁に押しつけて横たわっていた私は、大切な身体の部位を確認することを思いついた。

なにはともあれ睾丸を。そして、また感謝した。

つづいて両足、両膝、両手……私が自分の身体を調べていると、戸口にシェアメイト（ワンフロアの四部屋に士官一人ずつ）が現われた。突風で、ベッドから叩きだされたという。彼はそこに立ったまま、身体をかき、片目をあけて私を見ている。

「なあ……さっきのは爆弾じゃないか」

そんなこと、当然わかってるさ。

というより、ばかでかい爆弾だった。

二万五〇〇〇ポンドのTNT爆薬をタンクに詰めた下水処理トラックが、北東から施設に接近してきた。米空軍保安警察官の一人が、そのトラックと逃走車がフェンスへ向かって走ってくるのを目撃している。サウジ人二人がトラックから飛びおりて乗用車に乗りこみ、そのまま走り去った。事態に気づいた警官は、トラックにもっとも近かった一三一号棟から避難しようとした——が、遅かった。

アメリカ人パイロット全員が、毎夜恒例のローラーホッケーの試合とバカ騒ぎを終えたところだった。私は足をひきずってのろのろと一三三号棟の最上階へあがり、キッチンで勢いよく牛乳を飲んでいたときに、爆弾が爆発した。数分後、ガラスと血の海に横たわったまま、私は、五年前にカイロで起きた爆破事件を思いだしていた。規模はおなじか、これよりはかなり小さかったような気がする。あのときは、爆発の中心から五〇ヤードほど離れていた。足元を見て、まだスケート靴をはいていることに気づいた。べつの大尉もそれを見て、二人で大笑いした。

狂気の末期的症状だ。

スケート靴を脱ぎおえたころ、サイレンが鳴りだし、叫び声が聞こえてきた。一〇階全体をさっと見まわって、二、三人を外へ追いだしてから、また足をひきずって階段へ向かった。顔にガラスの破片が刺さっていて、目がよく見えなかったが、やっとのことで階段をおりていくと、外は大混乱だった。施設全体が停電していたが、周囲のサウジ人居住地域の明かりはこうこうとついていた。あたりにたちこめた濃密な砂ぼこりは、ほとんど動いていなかった。ビルが燃えていて、人々が走っていて、あちこちから叫び声がした。空軍軍人の大半は、後方支援にたずさわる人々だ。絶対不可欠な人員ではあるが、戦闘の訓練を受けていないため、彼らの多くは、どう行動していいかわからない。それに、パイロットと警察をのぞいて、だれも武器を持っていなかった。

さいわい、保安部隊も医療部もすばやく対応した。私たちが角を曲がると、めちゃくちゃに壊れたフェンスの裂け目のまわりに、武装した警官たちがすでに集まっていた。負傷者は、道路で治療順位別に分類されている。ほかの連中が、遺体の回収や負傷者の手当てに協力しようとして、いまにも倒れそうなビルに向かっていた。その危険性に気づいた警察が、結局は、現場から全員を追い返した。

その夜、一九人のアメリカ人が死亡し、ほか多数が負傷した。

「われわれは真相を追究する」クリントン大統領は明言した。「こんなことをした犯人をかならず罰しなければならない」

そのとおり。

が、実現しなかった。第四四〇四航空団司令官のテリー・シュウェリアー准将は、やがて少将に昇進した。もちろん、彼が最初ではない。だれかが責任をとらなければならないなら、非難されるべきはシュウェリアーだ。私の意見はまちがっていないと思う。航空団の安全対策と予防措置に最終的な責任を負っていた男である。

この事件が起きたのが一九九六年で、ビンラディンとアルカイダの名を広めた九・一一よりかなりまえにしろ、状況は悪化しつつあり、サウジアラビアにいる米軍軍人が危険にさらされているという明らかな兆候はあった。たとえば、その前年の一九九五年一一月、サウジアラビアの首都リヤドの、サウジアラビア国家警備隊管理部長の事務所の外で、車爆弾が爆発した。アメリカ人五人が死亡し、三〇人が負傷した。一九九六年冬から初春にかけて、バーレーンで爆破や暴行事件が発生した。一九九六年一月の空軍特別調査局（ＡＦＯＳＩ）報告書に、ホバール周辺の車両爆弾の脅威について、はっきりと書かれている。

　いくども警鐘が鳴らされたにもかかわらず、一九九六年六月のホバールは無防備な状態のまま、危険にさらされていた。ホバールの二方向は、サウジアラビア人の住宅地に隣接している。北端（爆発した側）は、地元民のための公園になっていた。シュウェリアーは、車爆弾を防ぐには、安全対策を強化する必要があると考え、ホバール・タワーの敷地へはいるたった一カ所のゲートを、マジノ線並みの堅固な要塞線に作りあげた。機関銃座、鉄条網、武装監視兵など……すべてが力強く盤石だが、では、そこ以外の周囲数マイルはどうなる？　よほど間の抜けたサウジアラビア人テロリストでも、フェンスの最強部分を攻撃しないだけの知恵はあるだろう。

　結局は、ＡＦＯＳＩが推奨した三九の対策のうち三六が採用されたものの、規模は小さすぎ、時間がかかりすぎた。その一例は、攻撃時に警報を発するいわゆる拡声装置〝ジャイアント・ボイス〟の警告が、ホバール施設の建物内にいただれにも伝わらなかったことだ。また、屋上の歩哨のだれかが攻撃に気づいたとしても（じっさい、六月二五日に、接近してくるタンク車を一人が目撃している）、迅速に警報を発する手段はなかった。歩哨の手で作動させられるサイレンはなかった。なぜなら、航空団幹部が、サイレンは、地元のサウジアラビア人に不快感をあたえると判断したからだ。あらゆる情報や不審な活動は、まず中央警備局に報告され、そこから航空団作戦本部へまわされ、最後に航空団司令官へ伝えられてから、決定がなされる。ひとことで言えば、〝システム〟が役にたたなかったのだ。

治安維持は厄介な状況にあり、サウジアラビア側の協力はごくわずかだったと思われるが、シュウェリアーが、サウジアラビア側に対して強化対策を要求したしるしを、私は見たことがない。アメリカの指揮系統に対しても。根本的な原因は、ホバールにおけるアメリカの軍人の安全を守るために、いわゆるホスト国に対して強硬策を取らなかったことだと私は考えている。米軍とアメリカ政府の双方が、アメリカ人の安全よりも、サウジアラビア人の感情を害することを心配していたように私には思えた。

最終的に、爆破事件の首謀者は、イランが支援するイスラム教シーア派組織ヒズボラ（神の党）だったことが判明した。サウジアラビア人一三人とレバノン人一人が、アメリカのバージニア州東部の地方裁判所に起訴されたが、これまでのところ、裁判は行なわれていない。犯人のテロリストの氏名は、ＦＢＩの緊急指名手配リストにいまものっている。

最終的にシュウェリアーの汚名は晴れ、爆破事件の責任は彼にはないとみなされているけれども、私の意見に変わりはない。配下の人間を守るために可能なかぎりの手をうつことは、指揮官として基本かつ当然の行動である。とくに戦闘においては、それがつねに可能なわけではないが、今回のような条件なら、有能な指導者であれば、みずから責任をとるだろう。それに、シュウェリアーがなすべき努力をしたとは私には思えない。私たちの安全を守るために声をあげた例を、私は見ることはできなかった。その結果、アメリカ人一九人が死に、ほかに大勢が、私と同様に毎日、傷を負って暮らすことになった。強調したいのは、コンピューターチップの製造や、ファストフードの販売にたずさわる民間企業の話をしているのではないことだ。これは、外国に展開した軍の最前線部隊である。手を尽くさないことによって失われるのは、企業の利益ではない――ひとの命なのだ。
もっとはっきりいうと、ホバールの爆破事件は、冷戦後の安全保障の現実が大きく変化し、過激派組織が、国家が支援する武装組織と同程度の脅威になるにいたったというのに、米軍指導部は、不安を感じさせるほど準備不足で対応しきれていないという警告だったのだ。（この新たな状況は、ゆくゆくは、すべてを――訓練方法から兵器や戦法まで――変えることになる）。爆破事件から約ひとつき後の一九九六年八月、オサマ・ビンラディンが、〝二カ所の聖地のある土地を占拠するアメリカ人に対する宣戦布告〟と題するファトワを公布した。サウジアラビア（イスラム教の聖地メッカとメディナのある土地）国内のアメリカ軍の存在を非難するものだ。ビンラディンの〝宣戦布告〟が、世間や情報業界の関心をほとんど集めなかったいっぽうで、一九九六年六月二五日にホバール・タワーにいて、テロリズムの獰猛な攻撃にさらされた人々は、前途に垂れこめる暗雲に気がついていた。

残念ながら、一九九〇年代は、すべてにチェックマークをつけ、妥当な参謀のもとに足を運び、しかるべき地位にある全員と知りあいの立身出世主義者が大勢生まれた時代である。問題は、彼らに根性と度胸がないことだった。ホバールのフェンスからとっとと逃げだした我が飛行隊の隊長は、その地位につくまえに、飛行隊内でふつうは佐官がつくとされる指揮官の地位に一度もついたことがなかった。そして、それがあらわになった。戦闘機を飛ばす男と、戦闘機パイロットとがいる。この男は明らかに、戦闘機パイロットではなかった。

こうした男たちの幾人かは、勲章受章をめざしていた——虚栄心または出世のために。私個人の意見だが、ほとんどの勲章授与は理屈にあっていない。高く評価されている勲章ですら、でたらめな理由で授与されることがある。砂漠の嵐作戦時に、パワーポイントを使って将軍用のブリーフィングをまとめ、青銅星章を受けた少佐（信じられないことに現在は少将）を知っている。砂漠の嵐作戦のときに勲章を受章したと、その男はかならず自慢する。それは事実だが、こじつけだ。当然ながら、どの飛行隊の所属だったのかとか、何度出撃したのかと訊かれると、彼はいつも話題を変えてしまう。空軍は、指定作戦区域内を飛んだのであれば、戦闘をしてもしなくても、戦闘飛行時間として記録することも容認している。それゆえ、シュウェリアーのような男たちは、じっさいに戦闘はせずに、戦闘時間をかせぐことができる。私に言わせれば、やはりこじつけだ。

私は、シュウェリアーのような男をいじめたいのではなく、そういった人々を作りだしたシステムの欠点を例示したいだけだ。忠誠心はすばらしいものだし、戦闘にかかわるあらゆる職務に必要不可欠なものの一つである——が、責任もその一つだ。部下が不倫したとか、飲酒問題があるとか、その他、指揮とはまったく関係ない理由でクビになった指揮官を大勢見てきた。なのに、失わずにすんだかもしれない命を救えなかった司令官の責任を問わないのは、ひどく偽善的で矛盾している。

とにかく、一九九〇年代が無為に過ぎるあいだ、これとおなじことを何度も目にした。コソボと多国籍軍作戦はもっぱら、ビル・クリントンのひらきっぱなしのチャックから、国民の注意をそらすための戦いだった。くわえて、現代のアイゼンハワーとみなされたいというウェスリー・クラーク将軍の自己陶酔的な夢のため。いずれにしろ、どちらの思惑どおりにもいかなかった。クラークが、コソボのプリシュティナ空港にいるロシア人部隊を攻撃せよと、部下の指揮官らに命じたのは事実である。さいわい、イギリス軍のサー・マイク・ジャクソン将軍が、はっきりと拒絶した。彼はつぎのように答えた。「きみのために、第三次世界大戦をはじめるつもりはない」

　破壊したとされた一二〇台強のセルビア軍の戦車のうち、見つかったのは一二台だけだった。偽の装甲車の残骸は多数見つかった――車内に軽油のストーブを置いたベニヤ合板製の模型戦車や、車輪のはずれた第二次世界大戦時代の遺物。車体の底部で火を焚いて金属を熱し、わが軍の赤外線探知システムをあざむいたのだ。

　紛争終了後、再度、破壊した戦車の正確な数を〝調べ〟よとの命令が、戦闘損害評価チームにくだった。一二台分の戦車の残骸を確認して戻ってきたチームの責任者だった空軍少佐は、クラークの政界入りを有利にするための数字水増しをはねつけた。その拒絶は、少佐の出世のプラスとならなかったため、彼は州兵軍に移った。こんど彼に会ったら、スコッチを一杯おごろう。

　ときは過ぎて、ベトナム時代のパイロットは退役し、第一次湾岸戦争を戦った私たちの大半が、よろよろとゆっくり階段をのぼっていった。編隊長に、教官パイロットに、そして指揮官になった。ごく少数が、兵装士官となった。私たちは、イラクをめぐる戦争と紛争の十数年間を、ときには発砲されながら、システムの限界点の解決に取り組み、戦法を考えだした。才能ある男たちが、システムと兵器の改良に精力的に取り組んだ。

　F－16CJに関しては、空対地高速対レーダーミサイル《HARM》目標指示システム（HTS）が、ありがたいことに少しずつ進化し、曲射弾道で発射していたのが、だんだん精密攻撃に近づいていった。

最初はＨＴＳの命中精度はかなり低かった。というのは、ＨＡＲＭは、厳密な発射解析値を必要としなかったからだ。ミサイルは、レーダー信号を感知して、〝ビーム〟とみなし、そのビームをたどっていって衝突する。暗い部屋のなかでピストルを手にして立ち、明滅する懐中電灯の光線《ビーム》を撃つことを想像してもらえば、わかってもらえるだろう。ただし、ビームをねらって撃っても、かならずしもビームの発生源に命中するとはかぎらない。相手をおじけづかせ、ビームを消されてしまうかもしれない。そのときはいいとしても、まだ生きていた懐中電灯が、べつの機会に襲いかかってくるかもしれない。

　こういう理由で、レーダービームをねらってＨＡＲＭを発射しただけでウィーズル任務を終えることは、きわめて危険である。敵が、こちらの期待どおりに動いてくれることはほとんどないし、初期のＨＡＲＭは、じつに質の悪いミサイルだったという意見が多い。敵がレーダー電波の放射をやめれば、めざすべき発生源がなくなり、ＨＡＲＭは〝狂って〟しまう。電波を放射してＳＡＭを発射するしかなかった一九六〇年代・七〇年代には、ＨＡＲＭの概念が通用したが、一九九〇年代になると、ＳＡＭは、光学機器や赤外線、その他の誘導法を利用するようになった。

　テキサス・インスツルメンツ社の販売促進部が非常に優秀だったのだろう。ほかの大勢とおなじく、私も、ＨＡＲＭを搭載する場所がもったいないと思っていた。私は、戦闘で三〇基以上のＨＡＲＭを発射したが、地面以外のなにかに命中したのか、それとも、たまたま携帯電話でぺちゃくちゃしゃべっていた気の毒なイラク人にあたったのかはわからない。つまり、最初、ＨＡＲＭ用にまずまずの精度で設計されたＨＴＳの発射解析値では、精密誘導はむりだったのだ。

ところが。

ずばぬけた知能を持つグレッグというエンジニアに手伝ってもらって、私は、のちにＨＴＳ Ｒ７となる装置のおおまかな設計図を完成させた。この装置は、はるかに迅速に、精密誘導兵器の使用に足る精度の発射解析値を算出する。なにをかくそう私たちは、パナマシティのビーチに建つジェイズという店で、ナプキンに設計図を書きあげた（ほんとうの話）。

敵の脅威を抑止するには、彼らの兵器を破壊すればよいと、私たちはかたくなに信じていた。一〇〇万個の破片となって地面に散れば、抑止したことになるではないか？　そうすれば、翌日も翌週も、あるいは翌年になっても、そいつに悩まされることはない。破壊したのだから。なかには、戦闘中にこのやり方を見て、対レーダーミサイルの抑止一辺倒の考え方の瑕疵に気づいたものがいた。状況を変えるのに一〇年近くかかることになるが、ＨＴＳは正しい方向に一歩を踏みだした。そして、このシステムはめざましい進歩を遂げることになる。さらに言えば、私たちにはこれしかなかった。

シージェイの構想がうまくいったべつの理由は、パイロットにある。その時代には、ずっとＦ－16を飛ばしてきたパイロットの全世代がそろっていた。そんな私たちは、第四世代のテクノロジーにも慣れ、自分たちの手ですべてを行なった。センサー制御術は、当時も現在も、Ｆ－16の若いパイロットの訓練の大部分を占める。マッハ二でジェット機を飛ばしながら、レーダーや目標設定ポッド、兵器、その他機内のシステムすべてをモニターして状況を把握するなど、並みの能力ではできない。夜間に、自分を殺そうとする敵の一〇〇フィート上空を飛びながらそれをするには、並々ならぬ才能が必要だ。一度、F－15Eの兵装ミサイル士官《WSO》を、複座のF－16に乗せて指導飛行したことがある。帰還したとき、F－15Eでは二人がかりでやっていることを、私が一人でできることに、彼はびっくりして（それに、心配して）いた。戦闘機パイロットは、士官クラブで若い女性を感心させるためであれ、必殺の技術を身につけるためであれ、難局に立ち向かおうとする。

そして私たちは立ち向かった。

戦争に対するアメリカの熱意は、一九九〇年代が過ぎるあいだに冷めていった。世界はコソボ紛争の本質を見抜き、また、じつのところ、世間一般は、サダム・フセインが大きな脅威だと感じていなかった。予算の削減が決まり、組織縮小がまもなく始まろうとしていた二〇〇一年九月一一日、二棟の世界貿易センタービルが崩れ落ちた。

私が所属していた飛行隊は、その二週間まえに、南西アジアの勤務を交代して帰国しており、その悲惨な火曜日の朝は、本国の基地の通常任務に戻って二日めだった。作成しなければならない書類は山のようにあり、更新しなければならない飛行資格は無数にあった。九月一一日、早朝の飛行任務から戻ってきた私に、みなが口ぐちに最初の飛行機の衝突のことを話しはじめた。〇八四六時のことだった。どこかの素人パイロットがニューヨーク上空に迷いこみ、愚かにもツインタワーに突っこんだのだろうと思ったことをはっきり憶えている。全員が、事故だと思っていた。あとになって、そのボーイング767は、不運なアメリカン航空一一便だったと知った。

午前九時を少しまわったとき、特大のフラットスクリーンで、サウスタワーに激突するUA

一七五便を見たとき、これが事故でないことが明白になった。米軍は、決められた手順にのっとって基地を閉鎖し、二四時間以内に駆けつけられる全員を招集した。指揮官や兵装士官らが集められ、最新情報の把握と行動計画についてあわただしく話しあわれた。ブッシュ大統領は、どこかの小学校で〈ザ・ペット・ゴート〉の朗読をつづけて、思いもよらず強い精神力を見せつけた。

○九四五時、アメリカ全土の空域が飛行禁止となった。

これは前代未聞で、じつに驚くべきことだった。通常、アメリカ国内の空を、およそ三万にのぼる定期便がつねに飛んでいる。そこに、貨物機や軍用機や臨時便は含まれていない。だが、一二一五時には、全機が、地上にとどまったままか、離陸した空港に引き返すか、代替着陸していた。

ただし、戦闘機と空中給油機とAWACSは除外された。私は、正午には、兵器を搭載したF－16四機を率いて、アトランタのハーツフィールド国際空港上空を飛んでいた。交戦規則はなく、事件の真相も全容もまだわからず、だれにもこのあとの予想がつかなかった。これは、アメリカの大規模攻撃かなにかの第一波だったのか？　たとえば海から、化学兵器か生物兵器による、もっと大きく、もっと厄介な攻撃の前触れだったのか？　それとも、なにかの陽動作戦か？

だれにもわからなかった。

だから、冷戦時代に警急待機《アラート》任務経験のある年長パイロット数人に、この新たな脅威に対処するため、それと似た行動計画をたてろという命令がくだされた。〝この〟脅威がどんなものであろうとも。私は、まさか自分の生まれた国の上空で戦闘空中哨戒任務につく日が来るとは、まったく想像していなかった。ふつう、アメリカの広々とした空は、飛行機雲と無線交信と飛行機でにぎやかだが、いまはその影もかたちもない。気味が悪いほど静かだった。

最初のころは、無線交信がとても活発だった。というのも、飛行中の約五〇〇〇機に、着陸の指示が行き届かず、混乱したからだ。しかし、F-16とF-15の編隊が全国を飛びまわるようになると、旅客機からの苦情は大きく減った。航空管制塔からの問いかけに応答しなかったあるデルタ航空機は、その鼻先で、私のF-16編隊を見せつけられることになった。じつは、よくあるちょっとした無線のトラブルだったのだが、とにかく、その機は、エスコートされてファイナル・アプローチへおりた。飛行機の窓に押しつけられた数多くの顔を、私は決して忘れないだろう。彼らを見ている私を見ている乗客。

あとで考えれば、すべてがうまく制御されていたと思う。つまるところ、その事態を想定した手順はなく、規則もなかった。くわえて、全国の航空管制官が神経過敏になっていたから、一機も撃墜されなかったのは幸運だった。地上係官たちの殺気だったようすには、いつも驚かされる。ある管制官から「発射の許可をあたえるが……」と言われた——ので、私は訊き返した。いや、飛行中の旅客機が翼を傾けて、市街地に急降下するのをこの目で見ないかぎり、発射するつもりはなかった。万が一私が撃墜したとして、残骸はどこに落ちるのか？　戦闘経験の豊富なパイロットが編隊長を務める編隊だけを送りだした第二〇戦闘航空団の対応はみごとだった。また、一つのミスもなかった。

基地に戻ってきて、飛行隊本部に顔を出したら、姉や妹たちからの、そしてもちろん、母からの伝言が届いていた。私の暮らしぶりにすっかり慣れている母は、あからさまに私を心配するのではなく、父親は無事だと知らせてきただけだった。

なんだと？

私は知らなかったものの、アメリカン航空七七便がペンタゴンに墜落したとき、父はそこにいたのだという。あらゆることをくぐり抜けて生き残ったというのに、いまになって、自国内で、ハイジャックされた民間機に殺されかけたとは？　私は激怒した。

当時から（いまも）著名な防衛コンサルタントの父は、陸軍次官補との面談のためにAリングにいた。まぎらわしいことに、ペンタゴンの建物は同心円状《リング》に作られていて、内側から外に向かって順にAからEと名づけられている。あとで父から話を聞いた。

〝廊下を歩いて、次官補の執務室へ向かっていたときに、大きな衝撃と震動を感じた。不安には思わなかった。だって、ペンタゴンの北西側の大部分は改装されていたし、いつものように重量のある荷物がおろされていたからな。ところが、執務室へいってみると、次官補が私の腕をつかんでこう言ったんだ。『一緒に来てくれ……ここが攻撃された。スーツを見てみろ』なるほど、細かい灰色のほこりをかぶって、身体は真っ白だった。

外に出ると、北西側に煙の巨大な柱ができていた。テロリストがそこのヘリパッドを見て、国防長官の執務室のそばだと見当をつけたらしい……さいわい、その情報は、彼らの飛行技術とおなじで粗悪だったがな。長官の執務室は、川沿いにあるんだよ……それに、激突されたとき、大部分が無人だった〟

それでも、その朝、ペンタゴンで一八九人が死亡した。その多くが、地階にいた人々だった。私は、自分の家族のことを心配したことがなかった――私の身を案じてやきもきするのは、家族のほうだったのだ。父がパイロットをやめたのは、私が子どものときだったから、父の無事を不安に思わずにすんだ。七七便の残骸が建物を破壊しながらBリングへ到達し、ほぼ三〇ヤードの差で父は難をのがれたとわかったときでさえも、さほどぞっとしなかった。自分にはどうにもできないという無力感。それがその日の私の印象だ。軍の戦闘部門は、危険にさらされて生きることに慣れている。それが仕事だ。アメリカは、人々が生活するには、快適で、比較的安全な場所だったはずなのに、突然そうでなくなった。なんとなく、このテロ事件が起きたせいで、みんなを失望させてしまったと私は感じた。ばかげた考えだが、やっぱりその日は妙な一日だった。

その日の夜遅く、日付が九月一二日に変わったころ、サウスカロライナ州ショー空軍基地のアラート任務棟で警報が鳴り、私はベッドからころがり出た。八分後、雨の滑走路を疾走しながら、目を覚まそう、頭をはっきりさせようと努力していた。真っ暗な夜空に舞いあがり、着陸装置を収納したとき、無線機の国際緊急周波数から声が流れてきた。

「この通信が届く範囲内の全機に告ぐ、この通信が届く範囲内の全機に告ぐ……こちらはシャーロット航空管制塔……シャーロットの周囲二〇マイルを無差別砲撃地帯に指定する」

私は目をぱちぱちさせた。なんだって？

「くりかえす……シャーロット航空管制塔は、シャーロットの周囲二〇マイルを無差別砲撃地帯に指定する！」

いったいどうなってる？

すっかり目が覚めた。

「シャーロット……こちらファング69……ショーのフォックス－16二機編隊だ。どうした？」

「よかった！　ファング……こちらシャーロット！」息を切らしているようだった。「……国籍不明の敵機を発見……たぶんテロリストだろう……シャーロット空港から二〇マイルを無差別砲撃地帯と宣言する！」

私は喉をごくりとさせ、またもや目をぱちぱちさせて、大きな深呼吸を一つしてから、マイクのスイッチをいれた。

「いや、やめておけ」

私の空対空レーダーは、地表からだいたい高度三万フィートまでスキャンしている。が、レーダーにはなにも映っていなかった。「本周波数を聞いている全機は、シャーロットの最後の通信を無視するように。ファング69は現在、シャーロット地域内の現場指揮官である……本周波数で全機点呼してくれ」

だれも応答しなかった。びっくりだ。

そのあと、編隊間で使用するＶＨＦ無線で僚機に告げた。「ファング・ツー……安全装置を解除するなよ」

「ファング……こちらシャーロット……当地域で不審なヘリコプター数機が活動している！」

ヘリコプター数機？　では、アルカイダはヘリも持っているのか？　まさか。

「不審に思う理由は？」高度二万フィートで水平飛行にはいったのち、スロットルを引いて四〇〇ノットを維持し、レーダーをちらりと見た。数日まえなら輝点だらけだっただろうが、今夜は一つも見られない。

「ファング……えーと……ヘリはライトをつけずに活動している……それに、こちらの呼びかけに答えない……それに、数人が……地面に飛びおりたという報告がある」

ことの真相が見えはじめたように思った。狂気を止めなくてはならない。いますぐに。

「シャーロット、フォートブラッグに連絡したか？」

長く意味深長な沈黙がすべてを物語っていたので、私は周波数を切り換え、ショー空軍基地の司令所を呼びだした。

「ショー、こちらファング69……要請する」

「どうぞ」

「陸線でフォートブラッグに連絡し、今夜実行中の航空活動の種類を尋ねてくれ。秘密作戦BSは言わせないように。上空に兵器を搭載した戦闘機がおり、ヘリを完全体で戻したいのなら、位置とコールサインを明かす必要があると伝えてほしい」

シャーロットのすぐ東に、第八二空挺師団およびアメリカ特殊作戦コマンドの本拠地であるフォートブラッグ基地がある。そこの人々の仕事は、ライトと無線を使わずにこそこそ動きまわり、はためには怪しく見える活動を行なうことだ。少なくとも、彼らの活動は、知識のとぼしい、この男のような人間の目には怪しく映るだろう。結局、まさにそれが真相だったことが判明し、自分の最悪の敵は自分自身であることがふたたび証明された。

数日後、アトランタのハーツフィールド国際空港の進入管制官から、市民を元気づけるために、アトランタ中心部上空を低空通過飛行してくれないかとたのまれた。軍事力を示して、すべてうまくいっていると人々を安心させるためだ。私は仰天した。アトランタ中心部で？　でも、私たちはやった。超高層ビルの一〇〇〇フィート上空を、アフターバーナーに点火したときにさらに大きな音が出るように、スピードブレーキまで出して。もう一度まわってくれとたのんできた管制官が、あとで、街の人々は泣いたり笑ったりしていたと教えてくれた。

その一週間のできごとは、意外な方向で私に影響をおよぼした。つまり、私たち軍人は危険を冒すことに慣れていて、精神的にも肉体的にも戦う準備をととのえている。だが、ふつうのアメリカ人はそうではない。彼らの顔に表われた本物の恐怖を、私は見た。世間知らずだが寛大で、自分本位だが悪意のない私の同国人たちが、頬に平手打ちをくらった。ハイジャック犯は臆病者だ。現実のテロリストは全員腰ぬけだ。そのレッテルが意味するのは、武器を持った男たちと正々堂々と戦えば勝てる見込みがないので、弱者や無防備な人間を苦しめて恐怖を呼びおこす連中だということだ。私の知っている戦闘機パイロットはだれもが、この事件に激しく憤っていたから、機会があれば、すぐに戦争に行っただろう。

これが変化した。あきらかに私たちには非がなかった。そして、大惨事に直面したアメリカ人のすばらしい回復力が、すぐに浮かびあがってきた。私たちはあまねく愛されてもおらず、賞賛されてもいなかったという事実を国民全体が認識したとき、アメリカが一つになって肩をすくめたように思えた。わかった、私たちを好きでないならそれでかまわない。けれども、眠れる巨人を起こした以上、その報いは受けてもらう。

あらゆる場所でアメリカ国旗がひるがえり、商店は、軍人特別割引セールをし、全国的に〝軍隊を支援しよう〟という運動にはずみがついた。多くのアメリカ人は、いまだに軍も外の世界も、ほんとうの意味で理解していないものの、学べることは学び、感謝の意を表しようとしていた。戦争を認めない人々でさえ、政府には抗議するが、じっさいに戦う人々には抗議しなかった。

ベトナム戦争時代の亡霊は、ようやく眠りについたのだ。われわれは、ナチス・ドイツやソ連版共産主義といったイデオロギーと戦っているのではないことが、少しずつわかってきたのだと思う。今度の相手は、私たちが尊重するものや、価値を見出すものすべてに、根本から対立する宗教的狂信者だった。宗教の種類にかかわらず、狂信者というのは危険である。そして、無力な他人を平気で殺すような男たちとの妥協など、とうてい考えられない。思いだせるかぎりはじめて、アメリカ国民は、公共の敵に対して一致団結し、国を守るという共通の目的に向かって邁進した。正否はともかく、この目的が、こんどかぎりはサダム・フセインに対する開戦理由として使われることになる。

二〇〇二年のバレンタインデーに、私たち第七七戦闘飛行隊は、すっかり準備をととのえて、サウスカロライナ州の基地から轟音をたてて飛びたった。サウジアラビアのプリンス・サルタン空軍基地へ向かう途中、スペインのモロン空軍基地に一泊した。そこに到着すると、数時間の休息を取るために、セビーリャ中心部のホテルへはいった。そして、一度も基地を離れたことがなさそうな、おせっかいでなよなよした広報士官から、ホテルから外に出ないようにと指示された——身の安全のために。私たち総勢三〇人は、ただ彼を見て、どっと笑った。これから戦争へ行こうとしている戦闘飛行隊に、なんともばかばかしいことを言うものだ。はたして私は、その日の夕方、セビーリャ大聖堂を見にいこうと思いたち、スペインで有数の魅力的なこの街を散策した。アルカサル庭園をぶらつきながら、わりと人出が少なく、とても静かな市街の雰囲気に気づき、自分の運のよさを喜んだ。ところが、角を曲がってビダ通りにはいったとき、ドラムや無数の足を踏みならす音が聞こえてきた。

そこからわずか四分の一マイルほど南にセビーリャ大学がある。反戦運動の温床にちがいない。とはいえ私は、教会と有名な鐘楼を見にきたのだ。大学の構内を歩くつもりはなかった。おそらく、一九六八年のカリフォルニア大学バークレー校の構内を、軍服を着て歩くようなものだろう。そして、アルカサルの横の路地へと曲がった私は——行進する群衆と鉢合わせした。デモ隊の多くは、どこでもおなじだが、若者たちのようだった。また、大多数が旗をふっていた。赤一色の旗。横断幕もだ。ジョージ・W・ブッシュとトニー・ブレアの風刺画が描かれた無数の横断幕。NATOのマーク、アメリカとイギリスの国旗、地球に足をかけているとてもみにくいアンクル・サムの絵にバツ印がつけられていた。シュプレヒコールもあがっていた。

「ノー・ア・ラ・ゲッラ！　ノー・ア・ラ・ゲッラ！」

「戦争反対」……とんだところに居あわせたものだ。

強力な潮流に押し流されるスイマーのように、私は流れに飲みこまれ、群衆といっしょに、薄暗い通りをただ歩いた。カーブや角をいくつか曲がったあと、まぶしい日光のなかに出た。人々はちりぢりになってその広場を埋めていった。目をぱちくりさせながら横へ移動し、壁に背中を押しつけて上を見あげた私は驚いた。すぐそばに、砂岩色の塔があった。ヒラルダの塔だ。セビーリャのイスラム寺院が破壊された時代に難を逃れた光塔《ミナレット》だが、現在はカトリック教会の鐘楼として使われている。あたりを見まわしてみて、自分がどこにいるかが正確にわかった――大聖堂のまえのトリウンフォ広場だ。あっというまに広場は人で埋まり、あちこちでテレビ局のクルーが、大型カメラで群衆を撮影している。どんな見出しになるのだろう？　私は想像した。

米軍戦闘機パイロット、スペインの反戦デモに参加

そのとき、彼女が見えた。

二十歳くらいの若い女性が、長い黒髪をそよ風に吹かれて立っている。彼女は、歩道沿いに並べられたコンクリートの縁石に飛びのって、ばかでかい赤い旗を掲げていた。太陽が背後から照りつけている。向こう側がすけて見えたから、旗は薄い布でできていたのだろう。女性は、大きすぎるサイズの白いブラウスと、ゆったりした黒いスカートをはき、裸足だった。私が見ていると、彼女は、その旗をゆっくりと前後に振りだした。縁石の周囲にいる人々がシュプレヒコールをはじめ、若い女性が笑顔になった。いま思うと、あのときが決定的なシャッターチャンスだった。私はもう少しだけ眺めてから、背を向けてその場を離れた――その女性を撮影していたＢＢＣカメラの真ん前を。そしてためらうことなく、拳を振りあげて「ノー・ア・ラ・ゲッラ！」と叫んでから、人ごみに溶けこんだ。

そのあとホテルに戻ったものの、そのときのことはだれにも話さなかった。翌日、サウジアラビアの荒涼とした文化の空白地帯へ向かって離陸したとき、はっきりと皮肉を感じた。まもなく数十機を率いて出撃することになるこの私が、ヨーロッパで最大級の反戦集会に参加したのだ。さいわい、なにも起きなかった。そして、大聖堂を見ることができた。二、三カ月間は記憶に残る美しいものを見られてよかったと思った。

私は、プリンス・サルタン空軍基地の作戦部トレーラーの外にたたずみ、深々と空気を吸いこんだ。サウジアラビアのむっとする空気はそよとも動かなかったが、砂漠のにおいがはっきりと嗅ぎわけられる――砂ぼこり、煙、そして、遠方で降っているかすかな雨の気配。アラビア半島では一気に日が暮れる。痛いほど焼けつくような丸い太陽は、黒ずんで濃いオレンジ色になり、そのあと血のように赤くなって、地平線の下に沈んでゆく。

戦争はここにあったのだ。

砂漠の嵐作戦のころを思いかえしても、恐怖心をいだいたことはなかったと思う。私は自室で立ったまま、〈オペラ座の怪人〉のサントラを聴きながら、呼びだしを待っていた。それが来たとき、私が感じたのは解放感だった――これでもう待たなくてよくなったとほっとした。その一日後、最初の戦闘任務に出るために、F－16にかけた梯子をのぼっていきながら、私は自分が失敗するのではないかと恐れていた。私をたよりにしている人々を裏切ることを。広範にわたる長年の厳しい訓練は、弱点をとりのぞき、本物のプロとしての静かな自信をあたえてくれた。自分にできることはわかっている――が、じっさいにどうなるかはわからない。

一九九一年には、死ぬことなど、私の頭にいっさい浮かばなかった。あのころは、自分は無敵だと思っていた。なにか起きるはずがないじゃないか、と。

ところが、年月をへて、考えかたが変わった。高度な技術を持つおおぜいの有能な男たちが、出ていったきり帰ってこなかった。ほんの数秒の差で死をまぬがれたことが、私にはまさに何千回もあった。間一髪で命びろいした経験を数えきれないほどしたせいで、自分は無敵だという高慢の鼻が折れた。どう見ても自分は無敵ではない――不可解にも私が生き残っているのは、たぶん神のユーモアだ。あるいは、私の寿命が尽きていないだけ。または、その両方。

二〇〇二年、薄れゆく夕陽を見つめながら、苦労してたくさんの経験を積んできた私は落ち着いていた。いま、戦いのときを待って聴いているのは、〈オペラ座の怪人〉ではなく〈ビド・コル・メウム〉という印象的な調べだったし、気持ちも、一九九一年のときとはいくぶん異なっていた。今回、私はたくさんの命をあずかることになった。そして、少しでもミスをしたら、私一人のコクピットのはるか遠くに害がおよぶだろう。そんなことは苦にならなかった――キャリアをここまで積んできた結果、責任の重さにすっかり慣れた。とはいえ、私の肩にたくさんの命がかかっていることを重く受けとめている。

私の祖国も攻撃された。私たちがここで、国境を越えてイラクになだれこむ時を待っている真の理由が、九・一一でないことはよくわかっているが、私にとってそれは、正当性を立証するものだった。この戦争が、九月のあの朝、アメリカは当然の報いを受けたと考える人々全員にとって実地教育となってほしかった。この戦争が政治的にどうゆがめられるかわからないが、私たちはふたたび世界に、優柔不断な政治は、軍事力とはなんの関係もないことを示すつもりだった。私たちを好きでも好きでなくても、私たちを憎んでいても愛していても、関係ない。アメリカを攻撃した敵は、血で償うことになる。そして、今宵、北に顔を向けているすべての戦士とともに、私はここにいる。

中休みは終わった。

7　衝撃と畏怖

二〇〇三年三月一九日、現地時間〇五三〇時
バグダッドの南

「ストイック67、ＳＡＭ飛来……バグダッドの南西上空にＳＡＭ！」

私は右に急横転し、なめらかに操縦桿を引いた。未明の市街地から、燃えたつ小さな点となって現われたＳＡＭが、速度を増して上昇してくる。そのＳＡＭが私にロックオンしているかどうかはわからなかった。レーダー警戒受信機画面は、すでにアルファベットだらけだからだ。予想外でもなんでもない。ここはバグダッドのすぐ南だし、イラク人はかんかんに怒っている。私たちは、イラクに侵攻する部隊の先陣──〝槍の穂先〟だ。

〝ビーッ……ビーッ……ビーッ……〟

警戒受信機の音が響いたので、小さな画面をちらりと見やった。画面全体に、ＳＡ－３やＳＡ－2、高射砲、それに味方戦闘機の空中レーダーからの信号が重なりあって表示されている。つまり、あらゆる電子機器が作動中なのだ。くわえて〈不明〉のマークも多数見られた。私のシステムは、接近してくる信号が敵か味方かを判別できない。信号の位置が北方であることを考えると、私とバグダッドのあいだに友軍機が存在するはずはないので、それらはすべて敵性と推定した。

上等じゃないか。

即座にF－16を東へ向け、念のためにデコイ一基を発射し、曳行する。ミサイルの排煙がはっきり見えている。非常な高速で飛んでおり、かなり平らな軌道を描いていた。私はさっと背筋を伸ばし、スロットルを押してミリタリーパワーにし、SAMを見つめた。そのとき、右目の視野で、暗い地平線から分離した二つの火が光った。

「こちらストイック・ワン、SA－3二基が……バグダッドの西へ飛んでくる」

仮にそれがSA－2だったら、スペースシャトルの打ちあげのようにそのまま上空へ飛んでいき、見えなくなっていただろう。ロケット速度維持《サステナー》エンジンが燃えつきたのち、高度約八万フィートから一気に降下し、まったく姿を見せないまま——こっちをこっぱみじんに砕く。じつにたちの悪いやつだ。それよりはSA－3のほうが探知しやすいとはいえ、ずっと足が速く、振りきりにくい。

「ストイック・ワン、多数のSAM発射、バグダッド……気をつけろ、モクシー！」

背後の西方に広がる暗闇のどこかで、モクシー隊のリーダーがマイクをかちかち鳴らして、交信内容を理解したことを知らせてきた。平時の飛行作戦とはちがい、もっぱら〝通信を切って《コム・アウト》〟飛んでいる。つまり、無線でむだ話をしない。プロ意識のせいもあるが、最大の理由は、それが効果的だからだ。三〇〇機が、わずか二、三の周波数を共用するのだから、会話は必要最小限にとどめなくてはならない。となると、戦闘専用になる。ミサイル発射、目標の位置、そして、めっそうもないが、捜索救難。

現代の戦闘機には、第二の、ときには第三の無線機が搭載されていて、それを使って飛行編隊間で意思疎通をはかる。が、話してばかりいるわけではない。どこの戦闘飛行隊にも〝基準〟がある。

全員がおなじ手順でやる日常的な作業を、できるだけ短い言葉で表現する。愛称をギャンブラーズという私の飛行隊は、これがとても上手かった。本筋と関係ないものはどんどん削っていき、例外の場合だけ話す水準まで洗練させた。ほかすべては、〝大人の男教本〟にのっとって行なわれた。

そのとき、最初のSAMが、西へ飛ぶのをやめた。それは、都市と星のあいだの空間にとどまっている。一瞬、私は息を殺した。SAMが発射された。が、目標はだれだ？　噴きだす炎は巨大だった。一〇マイル離れていても、長く赤い火の尾がはっきり見えた。白くぼやけた後端に近い部分から、だんだん濃くなっていき、ミサイルに接する場所はほとんど真っ赤だ。むろんミサイル本体は見えないが、そこにあるのはわかっている。なぜなら、そこで火がとぎれているからだ。地対空ミサイルより速く空を飛ぶものはない。

ロケット・ブースターが燃えつきたあとですら、不気味に分離し、孤立した赤い炎は、目標をもとめて黒い空を疾走する。火のドーナッツ——真ん中に黒い穴のあいた朱色の火の輪——を見るまでは、心配しなくていい。自分にまともに向かってくるSAMはそう見えるのだ。

「くそ……」私はつぶやき、電子妨害ポッドのスイッチを親指ではじいた。旋回して私のほうに向いたSA－3に目を釘づけにしたまま、機首をさげた。

「気をつけろ、ストイック・ツー……一〇時上方にSAM……待機……」

データリンクのスイッチを押すと、ヘルメットのなかで〝むずむず〟が聞こえ、僚機が約二マイル後方右にいることがわかった。身をひねって振り向いたものの、なにも見えなかった。べつにかまわない。以前の無線交信中心の融通のきかない戦法を、私たちの手で、もっと単純なやりかたに進化させてきた。現代のテクノロジーのおかげで、僚機に位置を尋ねるかわりに、データリンクで位置確認要請を送ればよくなった。それに、これまで訓練を受けてきた、柔軟性に欠ける横一列《ラインアブレスト》編隊が、私はずっと大嫌いだった。一列に並んで飛ぶのは、ケツにミサイルをぶちこんでくれと頼んでいるようなものだ。戦闘では機能しない。

私は、戦闘では、ほとんど〝ルースデュース〟編隊しか使わなかった。僚機は、編隊長《リーダー》の二マイル後方を飛ぶ。これは、僚機がリーダーを見失うことなく、またその他の責任を果たすかぎりは、自由な機動を許される編隊だ。その責任のなかには、空対空レーダーを使用すること、ミグやSAMを肉眼でさがすこと、飛行機システムにつねに留意することが含まれている。僚機は、戦術的に言うべきことがあるときだけ無線を使う。リーダーの私は、決められたルートを飛ぶが、僚機の位置についてあまり考える必要はない。出現した脅威に対して、私たち二機が戦術的に対応しなければならないときには、すでに、ちょうどいい具合に間隔があいている。これはうまく機能した。

ロケットの炎の尾が消えたそのとき、私はただちに機首をさげて、HUDを凝視したまま、数をかぞえた。暗視ゴーグル《NVG》をつけての夜間脅威対応は、一般には、日中のような高Gの曲技機動ではない。昼間は参照点を見ながら飛ぶのだが、夜はそれが見えないため、方向感覚を失う恐れが非常に大きいのだ。半ダースのSAMが飛びまわっているバグダッドの南一〇マイルの空で、戦闘機のコントロールを失いたくはない。

六……七……

右後方へ急旋回しながら、多数のチャフを発射した。

「ストイック・ワンとツー、方位〇八〇……SA－3の防戦行動にはいる……」

直後に、他の二機が応答した。「モクシー・ワン……HARM《マグナム》を発射した、SA－3、バグダッド」

「ストイック・ツーは、一八〇〇〇《K》で編隊内の戦闘機を見失った《ブラインド》！」

一〇……一一……

「ストイック・ツーは南に来て、一八の上にいろ」

一二……

左の翼をあげ、五Gのバレルロールでバグダッド方面に戻りながら、チャフを数組発射した。水平になったときには、まっすぐバグダッドのほうを向き、高度一万五〇〇〇フィートを過ぎて降下中だった。やわらかい緑色のライトで光るコクピットのなかで、私の目が、マスターアーム・スイッチへ、そのあとHUDへと動いた。そのど真ん中に大きな十字線が見える。それを目印にして、戦闘機とHARMを、SAMが発射されたあとの光る地面に向けた。左目を閉じて投下ボタンを押すと、重量八〇〇ポンドのミサイルがレールから撃ちだされ、機体が震えた。私はすかさず片翼をあげて、六Gの降下旋回をしながら南へ飛んだ。

「ストイック・ワン……マグナム、SA－3、バグダッド」

下はSAMだらけだから、正確な位置を告げても時間のむだだろう。市街地から一〇マイル以内に近づくなと命じられているので、敵勢力からさらに離れるために、私は旋回して西に向かった。

最初のSAMが追尾に成功していれば、いまごろ私に命中しているはずだ。

「ストイック・ツーは編隊内の戦闘機が見えている《ビジュアル》」HARMを発射した私が見えないほうがおか

しい。

「ファイティングウイング……ロックを維持」これは、僚機は私の後方一マイルを飛んでおり、空対空レーダーで私を捉えているという意味だ。今夜はミグがいるとは思えないし、地上にいるイラク人が虚勢で攻撃をかけるとしても、上空はF－16とF－15だらけだった。私の四機編隊は二機ずつに分かれ、各自で行動している。バグダッドに南北の線を引いたとして、三番機とその僚機が、その線の西側のすべてを担当し、私と僚機が東側を担当している。また、モクシーは、二万五〇〇〇から二万九〇〇〇フィートまでの高めを担当し、私が、一万五〇〇〇から一万九〇〇〇を担当する。戦闘が大混乱になれば、こんなことは全部関係なくなるが、はじめだけでも決めておかなければならない。

一五マイル離れたところで方向転換し、都市の北西で大きな弧を描いて飛びはじめた。すると、暗い室内で何千もの閃光電球が点灯したみたいに、バグダッド防空網が、猛烈ないきおいで活動を開始した。曳光弾が、怒濤のごとく、黒い空にほとばしった。あらゆる方角から空にのぼってくると、星の下で平らになり、そのあと下向きに曲線を描いて消えていった。一〇〇ミリかそれ以上の大口径の高射砲から、オレンジ色と赤色の一群が真上に発射され、そのあと爆発した。一万を超える砲から吐きだされた黄色と緑色、そして少数の赤色の曳光弾が、脈動する多彩な網となって都市をおおった。

送電網の電源が落とされたらしく、郊外から中心部に向かって、地区ごとに次々と暗くなっていった。多数のサーチライトの光線が空を交差し、第二次世界大戦映画のワンシーンみたいに、三原色が飛びかう空に白色をつけたした。SAMが発射されている場所が、バグダッドの外辺部のめじるしだ。さらに多くのミサイルに点火され、白い巨大な炎が道路や建物を、一瞬、明るく照らしだした。

「ちくしょう……」私はつぶやいた。

街のそこらじゅうで、黄色い閃光がはじけた。米軍の爆弾の爆発だ。不快な芥子色が瞬時に赤く変わり、そして消えた——あるいは、可燃性のものに命中すると、爆発し、大きなキノコ雲を噴きあげた。

VHF《ビクター》無線のスイッチをいれて、僚機に話しかけた。「市街地の一〇マイル以内に近づくなと命じられた理由は、これだったんだ」

「ストイック・ワン……こちらツー。あれは何だろう?」彼の声がうわずっていたので、私は頬をゆるめた。私はまえに見たことがある。

「巡航ミサイル攻撃。トマホークだ」

二、三分で攻撃が終わったときには、数十カ所が炎上し、真っ赤に燃えていた。ほかのミサイルが爆発したのち、ゆっくりとしぼんでいくときには、黒い顔にできた、先の丸い赤いにきびのように見えた。そのあと、高射砲とSAMがまた発射を開始した。

「ストイック・ワン……ミサイル発射目視……バグダッドの東南」そう付けくわえた。

「モクシー、目視した」

見ているうちに火柱が太くなったため、ミサイルが私たちに向かって方向転換していることがわかった。私は顔をしかめてスロットルを押し、加速を感じた。

「モクシー・ワンは、一基……いや二基を目視……西からあがってくるぞ」

その方向に顔を向けたとき、街の中心部から少なくともさらに二基のＳＡＭが上昇してくるのが見えた。

「ストイック・ワンは……南からＳＡ－３を攻撃する」

ミリタリーパワー最大にして、ＳＡＭ発射陣地を真正面に見た。半秒後、カメラが動きだしたので、再度スイッチを見て、兵器の選択を確認した。こんどは右目を閉じて、投下する。

まばゆい光がコクピットを照らし、右目のまぶたの裏側にオレンジ色の斑点を残した。ミサイルが加速して、ジェット機がわずかに跳ねあがったとき、それを見たいのを我慢した。対レーダーミサイルがふわりと浮きあがったとき、私はバグダッドを見つめたまま右目をあけ、右へ急旋回した。

そうして機動しているあいだに、いちばん近くの高射砲が目標を切り換え、私のいるおおよその方向に射撃をはじめた。ミサイル発射時にあがる閃光に狙いをつけたのだ。だから、発射したらすぐに、方向転換しなければならない。ＨＡＲＭを搭載しないもう一つの理由でもある。が、今夜の持ちあわせはそれしかなかった。

「モクシー・ワン……防戦行動する……えー……西。ＳＡ－３」

Ｆ－16編隊長としての経験は豊富なモクシー・ワンだが、実戦に参加するのはこれが初めてだった。じつは、私をのぞいて、この編隊のだれも戦闘経験がなかった。意外にも、砂漠の嵐作戦かコソボ紛争に参加し、戦闘したものはごくわずかだ。ただし、パイロットの半数は、前回の戦争が終わってからこれまでに、イラクの上空を飛行したことがある。四機編隊の編隊長全員が戦闘経験者だった。

「ストイック・ワン……マグナムSA－3……バグダッドの南」

私は機首を落とし、速度をあげた。いまは北東に向かって、都市の周囲を大きな弧を描いて進んでいる。都合のいいことに一〇〇ノットの西風が吹き、バグダッドから遠ざかる私の背中を押してくれた。機首の少し上あたりに、小さな町の明かりが見えたので、チグリス川に接近していることがわかった。

「モクシー・ワン……方位三〇〇に更新……」

「モクシー・ツーはブラインド……」

私は、その二機のようすを思い描いた。モクシー・ワンは、自機の安全を守りながら、北西の方位三〇〇を通過中だ。彼の僚機モクシー・ツーは、リーダーを見失った――夜間、自分に向かってミサイルが飛んでくるときにはありがちなことだ――それをさして〝目が見えない《ブラインド》〟と言っている。

私はマイクのスイッチをいれ、座ったまま身体をひねって話しかけた。

「ストイック・ツー……すぐに《スラップショット》HARMを撃て、SA－3、方位二九〇……」暗視ゴーグルの緑がかった白い円のなかを、私の後方を横切って北西へ飛んでいく灰色の物体が見えた。すばやく顔を戻し、ぐるりと旋回して、その方位に機首を向けた。つまり、約三マイルの間隔をおいて、私たち二機は平行に飛んでいる。モクシーを狙って撃ってくるSAM陣地に向けて、私の僚機が発射したＨＡＲＭの閃光を、目の片隅でをとらえた。

「ストイック・ツー……マグナムＳＡ－３！」

「南へ離脱」私は即座に命じ、彼が、私から遠ざかる方向へ旋回するのを見守った。そして、そのうしろについて、バグダッドをあとにする。僚機の後方を横にスライドし、データリンクを送信して、西へ向かった。

「ストイック・ツーは……右後方へさがれ……ワンは右二時……三マイル、下方」

　数秒後、僚機のレーダーが私を捉えたときの音が聞こえ、後方に、おなじみのバイパーのとんがりマークが現われた。レーダーとデータリンクと暗視ゴーグルがあるので、私が指揮する三機が迷子になることはあまり心配していなかった。モクシーがいるはずの、バグダッドとその西方に広がる暗い空をふりむいたものの、ミサイルは見えなかった。ＨＡＲＭがなにかに命中したとは楽観していなかったが、ＳＡＭの照準レーダーを止める役にはたったかもしれない。

「ストイックとモクシー、アレックスへ戻れ」

　〝アレックス〟とは、バグダッドのおおかたの防空兵器の射程外に設定してある合流点だ。安全な場所に集合する必要に迫られたときのことを考えて、私はつねにそういった地点を決めておく。その地点は、機体や無線の故障といった緊急時の撤退場所としても使用する。眼下に見える敵地と星空のあいだの空間を心地よくただよいながら、私はキャノピーの上に広がる空を見あげた。黒いキルトに縫いつけた数百万個のダイアモンドが水に濡れているかのように、星がきらきらと輝いていた。無数の星が。

二〇〇三年三月一九日の朝〇五三五時。私たちは、第二次湾岸戦争を開始したところだった。

F－16CJ四機からなるストイック67とモクシー71の当初の任務は、バグダッドの南の87アルファ・シエラと名づけられた空域内で持ち場につくことだった。かつては、ラインと呼ばれる北緯三二度線より北には行けなかったが、その規制が廃止され、サダム・フセインの玄関先をうろつけるようになった。おもに、ミグ戦闘機を含むイラク軍の防空兵器の注意を私たちに向けさせるためだ。なぜなら、私たちは、イラク軍のある計画を、知ったからだった。戦争は正式には今夜始まる。じっさいには、いま始まった。イラクの自由作戦。自分が息を切らしていることに気づいて、笑いが漏れた。

私が思うに、夜間は、ウィーズルの作戦遂行には最高のときだ。私たちめがけて飛んでくる砲弾やミサイルが見えるのは、大きな強みだった。また、夜間は、地上にいる敵が、肉眼で目標をさがして射撃するのがほぼ不可能になる。むろん私たちも、視覚的な手がかりがないから、防戦行動はずっと困難になる。パイロットは、暗視ゴーグルを使って、緑色の世界を飛行すればよいが、少しでも光があれば、ゴーグルの画像はぼやけてしまう。油井の火や月明かり、あらゆる種類の爆発によって、数秒間は見えなくなる。

それに、夜間、敵機は飛ばなかった。少なくともイラク国内では。ミグは、昼間は問題なく離陸できるが、夜間に飛行するには、地上レーダー管制に完全に依存することになる。だが、そのレーダーは、私たちが破壊した。さらに夜間は、逃走と回避にも好都合だ。射出したとしても、パラシュートでおりてゆくときに、少なくとも、五〇マイル以内にいる武装農民全員の注目を集めずにすむ。今夜は、敵領域の二〇〇マイル奥にはいりこみ、SAMの注意を引きつける。それが、現実の関心事だった。

一二年まえ、私はまさにこの空を飛び、おなじ人々から狙い撃たれた。経済学、地政学、国防、報復……北緯三二度線の北へ飛んでイラク人を殺してこいと、私がいま一度命じられた理由はいくらでも列挙できる。本当の理由は、両サイドが戦争を望んだからだ。

反体制のクルド人にくわえて、ますます幻滅した軍士官らに囲まれて行き場のなくなったサダム・フセインは、外国の脅威によって国内問題を解決するという使い古された手段を選んだ。アメリカを挑発し、武力に訴えさせれば、そのときにはイスラム諸国が団結し、アメリカの追いだしにかかるだろうと踏んだのだ。単純で見えすいたやりかただった。だが、フセインはしょせん、動物的狡猾さと比類のない残酷さで権力の座にのしあがった町のチンピラにすぎない。おおかたの独裁者の例に漏れず、自分の小さな活動領域の外の世界に対する理解が足りず、彼の国内統治が世界的な意味を持つと錯覚していた。

第一次湾岸戦争は、フセインにとっては衝撃的だったにちがいないと、私はずっと思っていた。一九八〇年代、フセインは、アメリカの盟友だった。レーガン政権は、一九八二年、両用テクノロジーをイラクに譲渡するため、イラクのテロ支援国家の指定をはずすことすらした。〝両用〟というのは、平和目的にも軍事目的にも使用できる技術のことである。例をあげると、発電に使われる原子炉は、副産物としてプルトニウムを生みだす。核分裂物質のプルトニウムは、核兵器の材料として使われる。それが、両用だ。

サダム・フセインは、イランとの戦争の支援として、アメリカから、農業金融と兵器類と情報を受けとった。強引に支配者となった経緯から、彼は、中東以外ではおおむね無視されていた。が、イラン国王が政権を追われると、事態は変わった。アメリカは、ソ連に支援されたアラブ諸国に対抗する代理人が必要になり、フセインがその代理人として手をあげたのだ。一九八〇年には、彼が、デトロイトの名誉市民に選ばれさえした——イラクの小さく貧しい村出身のごろつきにしては悪くない。


この日の朝早く、CIAは、サダム・フセインと二人の息子が、バグダッドの南東にある安全な施設に宿泊しているという情報を入手した。ドーラ農場は、チグリス川のU字形の湾曲部のすぐ下に位置し、そこから西に一〇マイルほどのところには国際空港があった。というわけで、私たち全員が仔細に検討してきた戦争計画（OPLAN 1003V）は、土壇場のこの〝最新《ホット》〟情報のせいで、すべて投げ捨てられた。イラクの指導者が一掃されれば、戦争など必要ない、という理由だ。

すべての理論づけをすませて、いまという時を迎えた。私の四機編隊は、ライン（北緯三二度線）を北へ越え、バグダッドの防空網の外縁にジャブをくりだした。HARMを搭載した私たちは、二機二組で、もっとも外側に環状に配備されたSAM陣地へ向かう。レーダーで捕捉されるやいなや、二機ずつ二手に分かれ、SA-2とSA-3に対して垂直方向に飛ぶ。横向きに動くことで、レーダーのロックが維持しにくくなるため、より長時間の電波送信を余儀なくされる。こうして、私たちのシステムは、ＳＡＭ陣地を射程にいれ、照準解析値を得るチャンスが大きくなるというわけだ。また、ＳＡＭの射程範囲もかなり狭くなる。発射陣地に向かって飛んでいるのではないので、距離は縮まらないからだ。

四時間まえに私たちが離陸したときには、ドーラ攻撃の最終承認はまだ得られていなかったため、だれも精密な時刻表《タイムライン》を持っていなかった。そのために、一時間おきに給油しながら、国境線から二〇〇マイルほど内陸部をぶらつき、政府と国防総省《ペンタゴン》が決断をくだすのを待った――アメリカ東部標準時の午後七時一二分に決断がくだった。数分後、カタールのアルウデイド基地のＦ－117飛行小隊一隊が、国境を越えてイラクへ侵入し、フセインの頭に四トンの爆弾を落とす許可が出るのを待っていた。バグダッド時間の午前五時三一分、ドーラの施設が一瞬にして消滅し、南部郊外の住宅地に地鳴りが響いた。訳もわからず、からっぽの空に怒りをぶつけるように撃ちまくるイラク人をあとに、ステルス戦闘機は、まったく気づかれないまま南へ引き返した。ワイルド・ウィーズルも。

その後、口先だけの将軍たち、戦略家、そして、うんざりするまで状況を分析した〝シンクタンク員〟ら全員で、ドーラ農場作戦の是非をめぐって、すったもんだの議論が行なわれた。賛同者は、イラク指導者の首を〝切り落と〟せば、国内は大混乱となり、戦争を防げるだろうと主張した。その意見は、半分は正しいと思う。大混乱になっただろうが、それでもイラク軍は戦っただろう。それどころか、フセインなきあと、プロの軍人が戦争を指揮することになれば、ずっと厳しい戦いになっていたかもしれない。だからといって、結果は変わらないだろうが。

批判的な人々は、農場攻撃によって、奇襲の要素が失われたため、侵攻作戦の初期段階がより困難になったと述べている。私に言わせれば、その意見もやはり半分だけ正しい。展開された総勢四五万人の部隊と戦闘機数百機を見れば、イラク軍最高司令部も、米軍の侵攻をある程度は予想していたはずだ。問題は、それがいつ起きるかだ。とはいえ、関係はない。イラク軍が、私たちの攻撃開始時刻を正確に知っているかどうかなど、私はまったく気にしていなかった。たとえ知っていても、どんなことをしても止められないからだ。

現実は、ドーラ農場の攻撃後、米英の地上部隊は北へ移動してイラク国内を進み、ルマイラ油田を攻略した。その後、米軍は北西のナシリヤに向かい、英国軍は北東のバスラへと進んだ。同日、三〇を超える米軍特殊作戦チームが、英国およびオーストラリア軍の同等の部隊とともにイラクに侵入した。

また、その攻撃によって、サダム・フセインと軍幹部が練っていた計画を中断させるに足る混乱を生んだ可能性もある。その計画とは、イスラエルにスカッド・ミサイルを発射することだ。もしも発射されていたら、イスラエルはかならず報復に出るから、その後すさまじい無秩序状態になっていたかもしれない。その機に乗じて、シリアとエジプトがイスラエルを攻撃しただろうという意見があるが、私はそうは考えていない。少なくとも、中東に展開していた私たち全員はそう考えていない。もちろん、それはサダムの野望だが、彼のその他多数のだいそれた望みとおなじく、愚にもつかないものだった。ともかく、ドーラ農場爆破の直後の航空攻撃でこっぴどくやられたイラク軍は動揺し、最初から防戦いっぽうになった。

どんな戦いにしろ、戦いの初めにこうして敵を叩くのは大きな効果がある。

ちらりと見おろすと、レーダースコープ上で数字の〝3〟が明滅していた。ざっと数えて六つあったが、かなり距離があるので心配はいらない。

〝ビーッ……ビーッ……〟

そのとき、バグダッド中心部で爆発がはじまり、暗かった街が燃えあがった。B－52か、ペルシア湾の海軍艦から発射されたトマホーク・ミサイルか——私にはわからなかったけれども、その後の高射砲射撃はじつに幻想的だった。

数万発の高射砲弾が、すさまじい勢いで這いのぼってきた。大口径の砲弾は、私の飛行高度に達して爆発した。が、それより小さな口径の高射砲も撃ってくる——速射された黄色とオレンジ色の砲弾が、地面近くで弧を描いて炸裂した。大半は、激しい怒りをぶつけるため、そして見せかけのために発射されていた。あす、ラジオ・バグダッドは、アメリカの軍用機数百機を撃ち落としたと発表するにちがいない。むろん、でたらめだが、イラク人の士気は高まる。

マイクをかちかち鳴らしながら、右に旋回し、すぐに翼を水平にした。私はいま、バグダッドの真南二五マイルの位置にいて、東に向かっている。幾筋ものサーチライトがむなしく夜空を走り、戦闘機またはB－52をさがしている。コクピットじゅうに目を走らせた私は、搭載したチャフのおよそ三分の一をすでに使ったこと、翼内燃料タンクが二カ所とも空《から》であることを知った。デコイはまだ残っている。レーダー警戒受信機《RWR》の表示は、字並べゲーム盤さながらに見えた。私は大きく息を吸い、それを吐きだした。もっと悪い状態になっていてもおかしくない。それに――

〝ビーッ……ビーッ……ビーッ……〟

目が釘づけになった。SA-3だ。近い！

即座に反応して、機体を宙返りさせ、真下の闇に突っこんでいきながら、チャフの一群を発射した。

「ストイック・ワン……近くの……SA-3を回避する！」

イラク全体が真っ暗だった――燃えている場所をのぞいて。その敵国上空で、夜、上下逆さになっている。バイパーの機首は真下を向き、こうこうと明るいイラン国境と向かいあった座席から、私はぶらさがっていた。

「ストイック・ワン……離脱《ブレイク》しろ！　直下にSAM……ブレイク！」

スロットルを叩きつけるように〈アイドル〉にいれて、右手首を操縦桿に押しつけ、そのままの位置で機体を回転《ビルエット》させた。二秒ほどで一八〇度回転させてから、操縦桿を思いきり引いて、チャフのボタンを左の手の甲ではたき、数をかぞえた。

「がんばれ……」ジェット機が重力にさからいつつ、地平線のうえへ機首をあげようとしている。スロットルを思いきり押した私は、操縦桿を引いたまま、SAMをふりかえった。F-16の機首が地平線のうえにあがったとき、スロットルをさらに押してアフターバーナー最大にした。

「ストイック・ツー……マ……マグナムSA-3！」

喉を締められたような声だったが、かわいそうな若者はとにかくHARMを発射した。不可解なほどまばゆい閃光が光り、一瞬、F－16のとがった機首が見え、その後ふたたび暗闇に飲みこまれた。

二……

私は、操縦桿のうえにくっついているかのようにくるくると頭をまわして、SAMをさがした。だが、発射の瞬間を見ていないため、さっきのSAMがどの方角へ飛んでいったかも、どの方角から飛んできたかもわからなかった。

「ストイック・ツー……ミサイルの位置は？」

四……

「わからない《ネガティブ》……見失った……ツーはブラインド！」

最高の状況だ。

機首を六〇度あげて、ふたたび星空をめざす。スロットルを〈アイドル〉へ引き戻し、ふたたび仰向けになって空を見つめた。なにも見えない。さらにチャフを発射し、HUDを見た。高度一万九〇〇〇フィート、速度三九〇ノット。

「ストイック・ツー……二〇K以上で南へ」

「モクシーは南へ向かう……ビンゴ」

いま一度ピルエットしてから、ジェット機を南へ向け、一万七〇〇〇フィートで水平になったときには、私はぜいぜいあえいでいた。さいわいRWRは沈黙していたので、マスクをはずし、冷たい空気を顔にあてた。多機能ディスプレイ（MFD）を見て、ユーフラテス川沿いに複数並んでいるミグ基地の上空を通過するのはやめにした。イラク空軍機ではなく、空軍基地の周囲にかならず配備されているSAMが気がかりだ。こうしてモクシーとストイックは南西を向き、サウジアラビア国境までの最短ルートを進んでいた。ひょっとすると、と私は考えた。給油すれば、再侵入してミグ狩りができるかもしれない。

深々と座席にすわったまま顔の汗をぬぐい、急速に明るくなる日の出まぢかの空を見つめた。考えれば考えるほど、最後のSAMは誤報だったのではないかと思えてきた。僚機に機体を揺さぶらせて、戦闘損害がないことを点検しながら、私はマイクのスイッチをいれた。「ストイックとモクシー……犬を放て」デコイを投棄しろという意味だ。そう命じておきながら、HUDを見て、投棄すべきデコイがないことがわかり、私は深く息を吐いた。

やはり、あの最後のSA－3はまちがいではなかったのだ。

プリンス・サルタン空軍基地に帰りつくとすぐに、私たちは、衝撃と畏怖作戦を続行するための計画を練りはじめた。一般に信じられているのとはちがって、その的を射た作戦名は、二〇〇三年に生みだされたのではない。じつは、敵の認識を〝麻痺〟させ、戦う意志をくじくため、〝圧倒的かつ決定的な武力〟〝優勢な戦場認識〟〝優勢な戦術的展開〟〝武力の誇示〟、これら四項の使用をもとにした軍ドクトリンとして、一九九六年に正式に採用されている。

それならそれでいい。

これまで私が見てきた戦闘や銃撃戦はすべて、それの応用だったが、いまになって、それに名をつけようとする人間が出てきたのだろう。アメリカの軍事および政治指導者の自己像に訴えるものがあったのだと思う。彼らは、わが軍の能力を、圧倒的で、根本的に抑止不能（適切に利用すれば）で、非常に恐ろしいものであると正確に把握していた。彼らが理解しそこなっていたのは、また、いつも誤解していたとしか思えないのは、わが軍に対する敵の反応である。アメリカの指導者は、私たちを相手にすると決まれば、だれであろうと、すたこら逃げるだろうと決めてかかっている。しかし、かならずしもそうとはかぎらない。おそらく、自分の国が攻撃されれば、ほかのことはすべて忘れて、祖国と家族を守ろうとするだろう。もちろん、フランス人でないかぎり。フランス人なら、さっさと降伏して、チーズを食べる（ついでに言うと、おいしいチーズを）。かりにアメリカが侵攻されたなら、人々は、となりにいる男が前回の選挙でだれに投票したかなど気にせず——とにかく戦うだろう。九・一一のテロ攻撃に対するアメリカの反応は、その好例である。

相手の降伏をあてにして戦争をはじめるのは、危うい手法でもある。

とにかく、戦争は進展していた。翌日、アメリカ海兵隊とイギリス軍とポーランド軍が、ウムカスル港を攻撃し、地上侵攻作戦が本格的にはじまった。第三歩兵師団と第一海兵遠征軍が北上し、イラク南部に攻めいることになっていた。

衝撃と畏怖。運命の皮肉か、この戦争に表面的な正当性をあたえたのは、九・一一の衝撃と畏怖であった。私たちは、それを反テロリズムと名づけた。近隣のアラブ諸国は、イラク侵攻をテロ行為と呼ぶだろう。最終的にどちらが勝利するかに関係なく、戦場での勝者が宣伝文句を書くことになるのは明らかだ。

衝撃と畏怖作戦が本格的に始動したので、私は喜んだ。早く始まれば、それだけ早く勝ちをおさめ、国に帰れるからだ。わが部隊の作戦本部トレーラーまで歩いてきた私は、朝日を浴びてそこにたたずんでいた。汗まみれだった飛行服はかなりまえに乾いて、汗臭かった。私はあくびをして、顎の下の無精髭を指先でこすった。背後でドアがばたんと閉まる音がし、ギャンブラーズこと第七七戦闘飛行隊の隊長で、私のよき友であるストーミン・ノーマンが出てきた。

「朝めしは?」私は尋ねた。

「やめとく。きょうは朝からむかついてるんだ」

私は含み笑いした。ワイルド・ウィーズルはふたたび戦争に突入した。

8　砂嵐

ナシリヤの南で、高度二万フィートを超えたとき、私は機首をさげ、喜んでスロットルを戻した。針路はすでに、ドッグ空中給油軌道にあわせてある。対気速度が落ちると、最大航続モードを選択した。こうしておくと、選択した地点に最少の燃料で到着するための理想的な高度と対気速度を割りだしてくれる。この機能はひんぱんに使う。F－16はかならずといっていいほど、燃料を使いきってしまうからだ。私は、対気速度が、HUDで表示されている対気速度の横の小さなV字形とぴたりとあうまで、スロットルを戻した。

二五〇ノット。

遅すぎて失速するような気がする。コクピットに目を走らせ、マスターアームを〈安全〉にさっとはじき、フレアのスイッチを切った。とっくに使い果たしていたから、関係なかったが。きょうは三月二四日、ナシリヤ付近の吹きすさぶ砂嵐から脱出してきたところだ。海兵隊が無事かどうかはわからないが、イラク軍車両部隊にロケットを撃ちこんで、増援を阻止した。

私は顔をなで、深呼吸をして、HUDで点滅している〈燃料〉のマークを無視した。残り一二〇〇ポンド。ふつうなら、着陸後にエンジンが止まるくらいの燃料量だ。だがいまは、着陸などずっと先の話だった。ＳＡＭと高射砲とミグがなくても、飛んでいるだけで危険な状態だ。このことは、恐ろしいほどの割合で燃料を消費する戦闘機の、とりわけ悪天候時の飛行にあてはまる。一〇〇機ほどの戦闘機が、一本しかない滑走路を使用して離着陸する〝通常の〟作戦実行時、事態が急速に手に負えなくなることがある。しかし、ここでもまた、長年の訓練と経験がものをいい、私はただちに、針路参照ポイントをさがしだし、距離の確認をはじめた。マイクのスイッチをいれて呼びかける。「ルーガー……こちらローマン75」

応答なし。

ほかの無線をためす。「ローマン・ツー……こちらはビクターのローマン・ワン」

応答なし。

データリンクを送信してみたが、僚機が無線周波数を変更していたら、けっして届かない。

空対空レーダーの探知範囲を八〇マイルに広げて、画面を見つめた。画面上方で、小さな白い四角のマークがいくつか漂っていたが、それらが給油機かどうかはわからない。膝につけたクリップボードにちらりと目をやってから、ドッグ南軌道を旋回しているはずの給油機に対して、近距離用超短波航法《タカン》システムのスイッチをいれた。

応答なし。

まったくついていない一日だ。任務の必要書類を雑多に入れたバッグをかきまわしても無駄だった。無線周波数集や、ちょっとした読み物がほしいときのために持っている〝武力衝突の法則〟のページをいくらめくってもだめだ。冗談きついぜ。

「おれがこれを切り抜けたら、もうだれもこんな目には遭わせないようにするからな……」うんざりしながらつぶやいて、バッグに書類をまた詰めこんだ。射出したら、まず最初にこれを燃やしてやる。

地平線のうえに膨らみつつある、じつにいやらしい砂の壁のなかに、太陽は飲みこまれてしまった。もやに包まれて、オレンジ色の輝きがあっというまに薄れていった。じきに暗くなるだろう。かりに給油機を見つけることができたとしても、夜間、砂嵐のなかで、燃料がほとんどない状態で給油機と合体すると聞けば、括約筋がすぼむ人間がいるかもしれない。

「ちくしょう」

F–16をゆっくりと旋回させて、クウェート方面を向いた。その国には大きな基地が二カ所と、クウェート国際空港もある。コンクリート面を見つけられるだろう。と、そのとき、VHF無線が活気づいた。

「ローマン・ワン、こちらはビクターのツー！」

「どうぞ」

「ワン……ツーは、ブルズアイから一六〇の二七〇、エンジェル二二……給油機と接続」

すぐに方向転換して、進路を南西に戻し、僚機が知らせてきた位置へ、レーダーのカーソルを回転させた。いた！　機首方向約五〇マイル。もっとも明るく光っているエコーにロックすると、高度二万二〇〇〇フィートを三〇〇ノットで、まっすぐこちらに飛んでくる飛行機のマークが現われた。

「ローマン・ワンはレーダー捕捉《コンタクト》した。そちらの機首方向、五〇マイル、エンジェル二〇」

「ツーはコンタクトした。給油機は、カーミン33のテンドン31」

「周波数を教えてくれ」無線周波数はつねに暗号化されており、その暗号を解読するには毎日改訂される通信リストが必要だ。はっきりいうと、またバッグの中身をひっくり返す気にはなれなかった。それに、イラク軍に空中給油のことを知られてもかまわない。

「了解……三一〇・六」少しまごついているようだ。が、彼は、給油機を説得して、北方にいる私に向かって飛んできてくれた。給油機が、敵国の空域に近づきたくないのは理解できる。いやがる彼らをだれが責められよう？　周波数を切りかえ、ＨＵＤを通して遠方のコンタクトを見つめた。肉眼では見えなかったが、レーダーは給油機をとらえている。わりと近い——この距離なら大丈夫だろう。

「テンドン31……こちらローマン75」

「感明度は良好、ローマン……二二で北東に向かっている……ブルズアイの——」

私はそれをさえぎった。「ローマンはレーダー・コンタクトし、視認」

「了解」ほっとしたようだ。「国境にむかって右旋回を開始しろ」

「できない《ネガティブ》」私はレーダーをにらみつけたまま、頭のなかで図形を描いた。「くりかえす、ネガティブ。右一〇度で飛んできてくれ。旋回したり、そちらを追跡したりする燃料はない」

それどころか、エンジンが停止するまえに合流し、給油できれば幸運だろう。だが、それは言わなかった。「テンドン了解。そちらに向かう」給油機のパイロットにしてはあっぱれなことに、彼はこうつけくわえた。「イラクを見てみたいとずっと思ってたんだ」

　じっさい、兵器を持たず、回避機動できない空飛ぶ石油缶を飛ばして国境を越え、確実にSAMが配備され、ミグが飛んでくるかもしれない敵領域へはいるのは、勇気がいることだ。

　私は息を殺して、絹のようになめらかに飛びながら、ほとんど空の燃料タンクの、残り数ポンドのジェット燃料を、意志の力でもたせようとした。二〇マイルほどまで来たところで、HUDをすかし見ると、ぼやけたオレンジ色の背景に、給油機の太った輪郭が浮かんで見えた。じつに美しい光景だった。私は安堵の溜息をついた。

　空中給油するには、まずは給油機の後方半マイル、やや下方の位置につく。給油機の給油用パイプ《ブーム》が伸びてくるので、準備位置――ブームの先端から約二〇フィート後方にそっと近づく。そのあと〝接触〟を許可されたら、ブーマーと呼ばれるブーム操作員が戦闘機にブームの先端を差しこめる位置まで、ゆっくりとジェット機を前進させる。平時には、ブーマーと給油を受けるパイロットとがあれやこれや話をするが、戦時中は無言だ。

　ブームが差しこまれたら、給油機の胴体下側に二列に並ぶライトを見ながら、戦闘機の位置を維持する。ライトは、ブームに対する戦闘機の垂直方向と水平方向の位置を示している。時速三〇〇マイルで走る車が引きずる凍ったパイプに、濡れた舌を押しつづけるところを想像してもらえばいいだろう。それを夜やると、もっと楽しい。

　とにかくいまは、そんな悠長にかまえている時間はなかった。それに、操縦ミスをしても、それを補正する燃料もない。だから、給油機にまっすぐ飛んできてくれと注文をつけたのだ。二機間の距離が約八マイルになったとき、私は給油機の真正面に位置して、スロットルを押し、ミリタリーパワーにいれた。距離が三マイルになるころには、給油機の左翼の真下にはいれるように飛んでいた。大型のKC－135の右翼側で編隊を組んで飛ぶ私の僚機が見えた。

相手から目を離さずに、左コンソールを慎重に手でさぐり、大きな四角いスイッチをひねって、コクピットのうしろ側にある空中給油口をあけた。距離が一マイルになったとき、真正面に給油機をとらえたまま、給油機より約一〇〇ノット速く飛んでいた。旋回して速度を落としつつ、角をあわせて、F－16を給油機のまうしろにつけた。ブームが跳ねながらおりてきて、完全に伸展した。これまた心楽しい光景だ。

最後の五〇フィートを進むときには、いくどかスピードブレーキを出し、かろうじて前進できる速さにまで対気速度を落とした。いま、私の目の高さ、およそ一〇フィート正面にブームが見えている。ブームに向かってまっすぐ飛んだ。ブームがキャノピーを叩き割り、私の顔に突き刺さるかに思えたとき、ブーマーがそれを少しずつ横に動かし、私からは先端が見えなくなった。スロットルを微調整して、給油機の対気速度にあわせ、その位置を保った。

しばらくのあいだは、なにも起きなかった。ブーマーが燃料を移せなければ、または、受けとるさいに一つでも問題があれば、そのとき私は本当の苦境におちいることになる。運がよければ、これから戻って国境を越え、味方領域内で射出できるかもしれない。

そのとき、ジェット機がブームにそっと押されるのを感じて、驚くほど広い胴体を見あげたとき、指示ライトが点灯した。何百回と空中給油をしてきた私だが、こんなにうれしかったのは初めてだ。

「いらっしゃいませ！　テンドン31へようこそ。加鉛ですか、それとも無鉛ガソリンにします？」

だれもがコメディアンだ。息を止めていたことに気づいた私は、ほっとして笑いながら息を吐き、落ち着いた声を出した。落ち着いていることで金を稼いでいるのだし、それに、どんなことがあっても、感じよくしなければならない。

「ハイオクでたのむ。ついでにオイルも見てくれよ」

彼は笑った。「これから燃料がはいりますよ。たいへんな午後だったようですね」

燃料計が増えているかどうか確かめるために目を離したくなかったので、そのまま飛んだ。ややあって、スロットルと操縦桿を握りしめていた手の指と足の爪先をもぞもぞ動かし、力を抜いた。さらに二、三分たってから、あえて目を離して、燃料が三〇〇〇ポンド増えていることを確認した。これだけあればクウェートまで行ける。私はつばを飲みこみ、また息を吐いた。

「写真を撮ってもいいですか？」

「けさはビキニラインの処理を忘れたんだけど」おれも、ひょうきんなところがあるだろ。

「機関砲で焼け焦げた跡を見たのは初めてなんですよ」

その言葉のあと、給油機の胴体下に突きでたドームからフラッシュが何度か光った。そこにブーマーがいるのだ。私は、すっかり平らになってしまった尻をもじもじさせ、ハーネスに縛りつけられっぱなしで凝りかたまった両肩をすくめた。あと数分で燃料が満タンになれば、家へ帰れる。ナシリヤの海兵隊は、あのあと逃げられただろうか。最後の目標地域の座標をＡＷＡＣＳに知らせておいたから、夜間任務の戦闘機がその地域を調べに行けるかもしれない。

給油機が旋回して西を向いたとき、最後の日光が消え、不快なもやが、まえよりもずっと近づいたように見えた。頭上の空はすでに暗いが、ここはまだイラクなので、全機がライトを消したままだ。私のジェット機は、燃料がはいって快適な重みを取りもどした。旋回を終えたとき、ブーマーが知らせてきた。「満タンです」そして、小さくヒューと口笛を鳴らした。「一四七〇ガロンも」

私は手早く数字を書きとめ、暗算した。一万ポンド以上だ。

切り離しスイッチをひねってから、ブームの後方下にそろそろと離れ、ブーマーに手をふった。給油口を閉じて、少し推力《パワー》を足し、給油機の左翼側でゆるやかな編隊を組んだ。私と僚機は、国境を越えるまで給油機につきそい、そのあと、リヤドに近いプリンス・サルタン空軍基地のある南へ向かった。一ガロンの水を飲んで、温かい食事を山ほど食べたかった。ひどい一日だった。

「ローマン75……こちらテンドン」さっきとはべつの声だ。たぶん給油機のパイロットだろう。

私は、顔に酸素マスクをつけなおした。「どうぞ」

「ＡＷＡＣＳから情報がはいった。ＫＫＭＣ、アルバティン、ラファは、高い風塵によりゼロゼロ」

ゼロゼロ。〝雲底高度ゼロ、視界ゼロ〟を表わす俗語だ。完全に使用不能とも言いかえられる。着陸はできない。イラクとサウジの国境沿いの基地は全滅だ。前方に目をやっても、渦巻く砂のカーペットしか見えないが、驚きはなかった。サウジアラビアの一四〇万平方マイル（アメリカ本土の約三分の一の面積）におよぶ全国土が、数時間のうちに、渦巻く砂の下に姿を消した。私が忙殺されていたあいだに。こんなひどい砂嵐を見たのは初めてだ。見えるかぎりの範囲に、うねるような茶色の海が広がっている。この怪物が生みだしたもやは、星がかすむほど高くまで舞いあがっていた。茶色のすりガラスごしに外を見ているみたいだ。

「テンドン……プリンス・サルタンとリヤドの天候はわかるか？」

「わかるぞ。リヤドの視界は四分の一マイル、高い風塵。プリンス・サルタンはいまも一マイル」

「けっこうだ、テンドン。おれたちはこんどこそ帰投《RTB》する。最新情報がはいったら、ビクター一三〇・二二五に知らせてくれないか？」

「了解」

「それとテンドン……迎えにきてくれてありがとうよ」

「あそこでのあんたの行動を聞いたよ……ノーと言えるわけないじゃないか」

私はさりげなく笑った。「断ることもできたんだ……感謝してるぜ」給油機のコクピットにいるパイロットの輪郭がかろうじて見分けられた。彼が手をふった。

「こうしなかったら、夜の寝つきが悪かっただろうね。幸運を祈る、ローマン」

私がゆっくりと給油機のうえへあがると、反対側から僚機もあがってきた。サウジ－イラク－クウェート国境線上にあるカスタムズハウスと呼ばれるポイントにやってきたが、地上は見えなかった。なだらかな左旋回にはいりながら、無意識のうちにAWACS調整周波数に切り換えた。これは、カスタムズハウスにおける通常手順だ。僚機もそばにいることはわかっていた。

「ルーガー、ルーガー……こちらローマン75」

通常、イラクから戻ってきた戦闘機は、戦闘損害点検を行ない、穴や漏れや、ぶらさげている兵器に、帰投のさまたげになるような大きな損傷がないか点検することになっている。しかし今夜のそれは、いまかかえているうちでもっとも小さい問題だという気がした。プリンス・サルタン空軍基地を針路の中心にさだめて、オートパイロットに切りかえた私は、帆布製の専用バッグから暗視ゴーグルを取りだして、ヘルメットのうえからつけた。

「ローマン75、こちらルーガー。どうぞ」

「ローマンは、フォックス－16の二機、二〇マイク・マイクを五〇〇発使用、点検終了、RTB」

「あー……ローマン……ピーサブへRTBか?」プリンス・サルタンの識別コードは、PSAB《ピーサブ》だ。

「そうだ」

「ピーサブの最新観測値は、一・五マイル、空は見えない。風向は三〇〇、三〇ときおり五〇の突風」

けっこうじゃないか。

私はまたつぶやいた——なんてひどい一日だ。砂嵐は西から、ペルシア湾沿岸やクウェートの基地に向かって東へ移動しているから、あまり時間はない。

「了解。現在閉鎖されていないのはどこだ?」

彼の手元には、ほかにもいい知らせがあった。「シーク・イサは半マイルで高い風塵、ダーランは一マイルだが低下している」

シーク・イサ基地はバーレーンにあり、ダーランはペルシア湾岸にある。なるほど。つまり、なんとか視界が晴れているのは、私がいま飛んでいるあたりだけだが、ここも急速に悪くなりつつある。外を見ても、晴れているようには見えなかった。ふつうは、クウェートやサウジ湾岸の大都市の明かりが見えるのだが、いまはなにも見えない。ゴーグルを通して油井の火すら見えないので、腹の底から小さな不安のかたまりがこみあげた。これまでも数知れず、ひどい状況をくぐり抜けてきただろ？　だいじょうぶだ。

私は、ＶＨＦ無線のスイッチをいれた。「ローマン・ツー……ガスは？」

「七・一。翼内タンクは空」私は一万五〇〇〇ポンドあるので、燃料は問題ではない。とはいえ——ガスのある場所へ行け。

「ルーガー……テンドン31に連絡して、彼といっしょにアルウデイドにＲＴＢできないか訊いてくれ」

そこは、アラビア半島の南端のカタールにある給油機および後方支援用の基地である。私は、針路参照ポイントを表示し、方向転換して南東を向いた。

「ローマン……こちらルーガー。テンドン31にもうガスはないそうだ」

私は、針路情報を調べた。三五五マイル。いま搭載している燃料なら、問題はないだろう。が、いい知らせは続いた。

「えー……ローマン、現在アルウデイドは、半マイルで高い風塵という報告がはいっている。テンドンの帰投地はディエゴに変更された」

ディエゴ？　私はとまどった。インド洋に浮かぶディエゴガルシアという小さな島のことだ。やれやれ、事態はますます悪化している。私は無線で僚機を呼びだし、ゆっくりとした左旋回で北へ戻りはじめた。イランは論外なので、残る道はただ一つ。「ルーガー……クウェートの現在の天候を教えてくれ」

私は、脚からスマートパックを引っぱりだして、めあてのページを見つけた。ゴーグルをはじいてあげ、グレアシールドの下についている白い読書灯をつけ、目を細めて代替基地カードを見た。そこに、全作戦域内で緊急時に着陸できる飛行場、現地で使用されている周波数、その他基本情報が記されている。中東全域が砂嵐ですっぽりとおおわれてしまったため、この厄介な事態は、たったいま非常事態となった。アルジャベル基地がいいだろう。A－10ウォートホッグとF－16が駐屯している。食事もまあまあだ。

私は、空図《チャート》を軽く叩いてから、Gスーツの足首ポケットに手を伸ばして、進入手引書を取りだした。そこに、ある地域に存在するすべての飛行場と、各飛行場での計器進入手順が記してある。計器進入は、厳密にさだめられた手順を、地上および航空機搭載の特殊な機器を使用して行なうものだ。パイロットは、悪天候のなかで計器を見ながら、垂直方向と水平方向であらかじめ設定された一点まで降下する。滑走路が見えればよし、見えなければ進入をやりなおす。軍用機の着陸の限界は、通常の条件なら、雲底高度二〇〇フィート、視界半マイルと決められている。一五〇ないし一七五ノットで着陸するパイロットにとっては、ひどく小さな数字だ。

「ローマン……アルジャベルは、視界四分の一マイル、断続的にゼロゼロ」

すばらしい。

こちらが尋ねるまえに、彼が気を利かせて言いたした。「クウェート国際は閉鎖中。意向を教えてくれ」

　意向を教えろだと？　じゃあ、ロンドンかマドリッドは？

「ローマン75は、アリアルサレムへ行く」こうなったら、このあたりの味方領域で着陸できる場所はそこしかない。

「ラジャー……サレムの天候は、四分の三マイル、高い風塵、二四〇で二〇ノット、ときおり三〇の突風」

「ローマン了解」私は、針路参照ポイントを切りかえ、やや慎重に確認した。現在地からアリまでは、およそ一一〇マイルあるので、スロットルをそっと戻して減速し、その間に進入方法を調べた。

　進入？　どんな進入だ？　さっきの手引書をまためくる。書いてない。四文字の識別コードを確めてから、もう一度見た。

ない。

　つまり、この地域で私が唯一着陸できる飛行場の計器進入手順は正式に発表されていないのだ。天気がよければ、日中か夜間かにかかわらず、計器ではなく肉眼で見ながら進入し、着陸すればよい。だが、天気は最悪だ。

　私の悪運はつづいている。

　ましな天気の場所には代替着陸できない。イランしかないからだ。いずれにしろ、この目障りで迷惑千万なやつは、そっちのほうへ移動している。四分の三マイル。あと一時間たらずで、アリも閉鎖されるだろう。

「ローマン・ツー、二マイルのトレイルを組み、連接したら報告せよ。降下確認」

私は、代替基地カードにあったアリ管制塔の周波数を書きとめてから、スイッチ類にすばやく指を走らせた。私も僚機も燃料はじゅうぶんあるので、選択肢は一つだけだ。GPS誘導方式によって滑走路末端まで降下し、マークのポイントを設定する。マークのポイントとは、自分が選んだ任意の地面のことだ。それを、戦闘機の計器着陸システムとリンクさせると、そのポイントまでの水平および垂直方向の針路がはじきだされる。

いくつか問題があった。各戦闘機のシステムの精度にはわずかな誤差がある。だから、私から僚機にそのポイントを送信した場合、少し狂いが生じるだろう。ふつうなら許容範囲内だが、夜間に砂嵐のなか、地上二〇〇フィートから、情報をたよりに着陸を試みることをふつうとはいわない。本来の計器進入は、きわめて精度の高い地上のシステムを使用する、念入りに検証された手順である。だが、この方法を取らないのならば、あとは射出するしかなかった。

「ローマン・ツー、連接しました」

僚機が数マイル後方の位置につき、レーダーで私をロックしたことを示すF－16のとんがりマークが、レーダー警戒受信機に出現した。悪天候時に僚機を着陸させるには、これがもっとも安全で、もっとも間違いのない方法だ。レーダーを見れば、私の針路、高度、対気速度その他多数の情報を知ることができる。そして、私と対気速度をあわせ、レーダーをロックしつづけ、私が望む距離を維持したまま飛ぶ。たやすいことだ。

「あー……ローマン75、こちらルーガー」

こんどはなんだろう？　「どうぞ」

「ローマン……いま給油軌道で待機している戦闘機数機も、代替着陸せざるをえない」

イラクを最後に出たのは私だと思っていたが、どうやらちがったらしい。「ローマン了解……何機だ？」

「えー……二機編隊四個」

「くそ」さらにまた口走った。着陸しなければならない戦闘機がほかに八機もあるのに、私が選ばれたのか。

「ローマン、きみは、けさの第一《アルファ》任務指揮官だから、飛行中の最高位のパイロットだ」

完璧な展開だ。ま、こうして、これまでの経験がすべてむくわれるわけか。私は一度深呼吸をしてから、状況認識ディスプレイを見て、全機の相対的位置を把握した。

「ローマン了解。全機に、ビクター一三〇・二二五で連絡させてくれ」

「ローマン、その周波数は秘話ではない」

ＡＷＡＣＳには、ときどきうんざりさせられる。

この男は、クウェートに代替着陸する話をイラク軍に聞かれないかと真剣に心配しているのだ。

「とにかく伝えろ」どうにか怒鳴らずに言えた。二五〇ノットまで減速し、コクピット内の照明を暗視ゴーグル《NVG》用に調整した。そして、外部ＮＶＧ照明を最大に明るくした。ゴーグルをつけているものだけにそれが見える——いずれにしろ、いまは、国境の向こう側のイラク軍は問題ではない。

カスタムズハウスの南約四〇マイルのあたりで、最初の編隊から連絡がはいった。

「ローマン75、こちらハイスト36」

「こちらローマン、聞こえている……人数、低いほうの燃料、カスタムズハウスからの位置を知らせろ」

「ハイストは二機編隊。六・七、トゥイッチの南」

私はそれを書きとめた。「了解。ハイストは待機。このビクターを聞いている編隊があれば、ローマンに連絡して、残燃料を知らせろ」

ほかの編隊はダービー、モンティ、ウォードッグと判明した――すべて、下級の編隊長率いるF－16二機編隊だ。午後の攻撃部隊の一員だったが、悪天候のせいでばらばらになったらしい。私がカスタムズハウスに到達するころには、そういった事情をつかんでいた。燃料がいちばん少ないのがモンティ、そのつぎにハイスト、ウォードッグ、ダービーの順だ。私は、ニーボードに、編隊名と残燃料と位置を書きとめておいた。燃料の少ない編隊が、着陸待ち《スタック》の第一位となり、私の僚機のすぐあとに着陸することになる。私は、はぐれ者たちのために、単独でショート・ファイナルと低高度進入《ロー・アプローチ》することにした。

「モンティ隊、きみらはこれから、ローマン・スリーとフォーだ……ハイストはファイブとシックス。ウォードッグは、ローマン・セブンとエイト、ダービーはナインとテン。受領通知せよ」

全機が、新しいコールサインを使って交信してきた。このほうがわかりやすいし、編隊長――私――が明確になる。

「ローマン・スリー隊はカスタムズハウスへ進み、二万一〇〇〇を維持する。ローマン・ファイブは二万二〇〇〇、ローマン・セブンは二三K、ローマン・ナインは二万四〇〇〇。全ローマンは、現在の位置を離れ、指定の高度を二五〇ノットで、標準の東西待機旋回パターン」

　全員から受領通知が来た。風向きに沿って一列に並べば、いろいろなことが簡単になるし、各隊の高度は異なるので衝突はしない。また、燃料の少ない順に、つまり、基地へ降下する順に、編隊を下から上へ並べてある。こうすれば、たがいの高度枠を通りぬけることなく、たまねぎの皮を一枚ずつはぐように、隊を離れて降下できる。

「ローマン・ツー、二〇Kで待機せよ……ワンは降下し、アプローチのためのマーク・ポイントを設定する。ローマン全機スタンバイ」


　喫緊の問題は、この不愉快な、くそのなかを降下して、自分を殺すことなく正確なマークを入手することである。パワーをしぼり、スピードブレーキをたて、下に見える黒ずんだ茶色のゴミのなかへおりていった。HUDで設定したアリアルサレムの針路参照ポイントに到達したとき、一〇マイルの距離で滑走路と一直線上に並び、そのまま進入してマークを取得する計画だ。

　一万フィートを通過すると、地表近くの強風と風向きの変化を示唆するかのように、乱気流で機体が揺れはじめた。ディスプレイをにらみつけたまま、操縦桿とスロットルとスピードブレーキをあやつり、三〇〇〇フィートで一〇マイルの最終進入を開始した。計器進入は、地形や塔などの障害物をめやすにして、高度を〝じょじょにさげて〟ゆく。また、最低安全高度（MSA）という、二五マイルの範囲内であらゆる危険を避けられる高度も定められている。アリへの進入路がないため、通用することを願って、クウェート国際空港用のＭＳＡ三〇〇〇フィートを使用した。アリ管制塔《タワー》用にＵＨＦ無線に切り替え、コクピットの温度をあげた。二〇〇ノットに減速し、ギアのハンドルをさげる。

「アリ・タワー、こちらローマン75」

応答なし。予想どおりだ。

歓迎すべきどすんという音を感じたあと、車輪がおりてロックされたことを示す緑色の三つのライトがついた。「今夜、初めてのいいニュースだな……」単座機のパイロットはみなそうだが、私もよくひとりごとを言う。「アリ・タワー、こちらローマン75」

応答がなくてもかまわなかった。どっちにしろ、おりるからだ。とはいえ、だれかと話ができて、滑走路は穴だらけでないこととか、イラク軍がひしめきあっていないことを確認できればそれにこしたことはない。

距離が五マイルになったとき、一〇〇〇フィートで水平飛行になり、燃料を確認した。六・四と翼内タンクは空だった。あの給油機のパイロットのおかげだ。無事にディエゴガルシアに着いてくれよ。

「アリ・タワーを呼んだか……コールサインを言ってくれ」

声だ。平板で無感情なアメリカ人のすばらしい声。一瞬、私はぎゅっと目を閉じて答えた。「アリ……こちらはローマン75、四マイル、ギア・ダウン、ロー・アプローチ……ランウェイ三〇ライト」

「ローマン……右の滑走路《ライト・ランウェイ》は、穴があるため閉鎖している。三〇左《レフト》はあいているが、滑走路灯はない。いちおう、現在の視界は半マイル、高い風塵だ」

　大当たりはつづく、だ。さらに一六〇ノットに減速して交信した。「タワー、レフトの進入灯はあるか？」

「ある……が、側辺灯はないし、滑走路中心線灯はほんの少ししかない」側辺灯とは、滑走路を縁どるライトで、中心線灯というのは、大型旅客機のパイロットが、滑走路の中央を知るための目印だ。私たちはそれなしで着陸できる。

「ローマンは天候を了解した。三〇レフトの照明を最大限につけてもらえないか。風はどうだ」

「アリの風は、二八〇度、二〇、ときどき三五の突風」

　最後に一度、コクピットに目を走らせてから、二マイルと五〇〇フィートを過ぎたところで、〈マーク〉を表示させた。着陸灯をつけたら、茶色の砂嵐の表面が見えたので、すぐに消した。ゴーグルごしに、機首の下のぼやけた不毛の地をじっと見る。まるで茶色の吹雪だ。

　あった！　右側すこし離れたところに、地面のライトが発する白っぽい光が見えた。首をうしろに傾けてゴーグルの下からのぞくと、黄色いしみのような空軍基地がかすかに見てとれた。わずかにラダーを足して、左に斜め飛行《クラブ》して一直線上を維持し、滑走路があるはずの場所を見つめた。

「ローマン……滑走路が見えたら知らせてくれ。選択権はきみにある」着陸するかロー・アプローチするかは、私しだいということだ。

「75了解……あと九機を連れてくるので、いまはロー・アプローチする」

滑走路が見つけられたとしての話だが。

「タワー了解、待機する。成功を祈る」と彼はつけくわえた。

私もそれを願っている。

距離一マイルで、暗闇から、点滅するシーケンサー・ライトが現われた。即座に、HUD上に見えている菱形の小さなマークを、ライトの列がとぎれている地点にあわせた。滑走路まで半マイルになったとき、ゴーグルを通して滑走路末端が判別でき、その奥に中心線灯が一、二個見えた。それで充分だ。私は、滑走路末端から一〇〇〇フィート奥まったあたりに菱形をあわせ、右の親指でボタンを押しこんだ。F‐16のコンピューターが魔法のように、緑色の数字の小さなかたまりを出現させた。菱形をあわせた地点の緯度と経度と標高だ。

パワーをくわえながら、わずかに機首をあげ、スピードブレーキを閉じた。速度があがってくると、ギアのハンドルを叩きつけるようにあげて、マイクのスイッチをいれた。

「ローマン75は空中へ。アリ、この周波数をひらいたままにしておくので、戦術作戦司令部《TOC》に、一〇機の到着を知らせてもらえないか」

「アリすべて了解。ウィルコ」

ウィルコは〝要求にしたがう《ウィル・コンプライ》〟という意味だ。プロとやりとりするのは、いつも気分がいい。上昇して五〇〇〇フィートを通過したとき、空対空レーダーの探知範囲を広げ、VHF無線のスイッチをいれた。

「ローマン全機、メモの用意」

通常は、マークのポイントをデータリンクで送信できるのだが、私は、上昇しながら座標を読みあげた。全機が受領通知した。

僚機をレーダー追跡しながら、国境のイラク側からカスタムズハウスに向かって旋回した。わが軍のパトリオットミサイル陣地が、私が味方機であると認識していることを祈りつつ。一万九〇〇〇フィートで雲から出たとき、他の機の緑がかった白い輪郭がちらっとNVGに映った。首を左右に動かしてさがすと、上空のあちこちで戦闘機が旋回している。

「ローマン全機、クリスマスツリー……クリスマスツリー」

〝クリスマスツリー〟というのは、ツリーのようにライトを点灯することを意味する。黒い夜空に光るF－16の外部ライトがよく見えた。もっと早く思いつけばよかったんだが、ここでは、ライトなして飛ぶのが癖になっている。

「ローマン全機に告ぐ……各編隊ごとに、カスタムズハウスを離脱する。編隊間は二分、各機は二マイルの間隔をおく。方位は〇八〇で二五〇ノット。これを維持して、距離一〇マイル、高度三〇〇〇フィートで、ランウェイ三〇レフトへ最終進入する」

彼らがそれを書きとめるあいだ、私は待った。「一〇マイルで、ギアをおろして一八〇ノットに減速し、グライドスロープに合流する」

こうして私は、計器進入の一種を創設した。いくつかの要点をくわしく説明し、全員がこれをおなじ方法で行ない、前方のジェット機を追い越さないよう徹底した。空対空レーダーはたよりになるが、それが大混乱におちいったのを以前に見たことがある。この方法で、全機が同一の速度でカスタムズハウスを出発し、おなじ目的地をめざす。最終進入位置と呼んでいるつぎのポイントで、全員が、設定されたつぎの対気速度に減速し、ギアをおろす。そのあと、左側の滑走路への進入コースを、グライドスロープと呼ばれる上下方向の操舵指示が降下を示すまで飛ぶ。

「三マイルで最終進入速度に落とし、アリ・タワーに着陸を宣言する。ローマン全機は受領通知せよ」

そして、彼らが受領通知した。九人全員、一つの質問も口にしなかった。戦闘機パイロットと飛ぶのは快適だ。

「アリ・タワーはすべて了解した」そうか。切れ者の管制官だ。

HUDにちらりと目をやると、カスタムズハウスまでの距離が一一マイルと表示されていた。「アリ・タワー、こちらローマン75、一〇機の編隊は、あと三分でアプローチを開始する。滑走路外側《EOR》に先導トラックを用意してほしい。また、一時警戒態勢が敷かれていることを確認する」

「ローマン……すべて了解」

二五〇ノットで東へ向かい、カスタムズハウスを通過した。スピードブレーキをあげ、機首を一〇度さげてから、私は告げた。「ローマン・ワン隊、プッシュ。五・一」

〝押す《プッシュ》〟とは、指示されたポイントから外に出ることを意味する。そして、私の編隊の二機のうち、燃料の少ないほうの機は五一〇〇ポンドを残している。私の後方上空のどこかで、つぎの二機編隊が一列に並び、二分後に〝押す〟のを待っているだろう。「ローマン隊……コース三〇〇を確認……高度計二九九一」

三〇〇度は、滑走路への最終進入するための針路であり、二九九一は、高度計の最新の気圧設定値である。手はずはすべて整った。あとは飛ばすだけ。だから私は口を閉じて、操縦した。真っ暗な砂嵐にまたおりていきながら、私は頭をふり、あくびをこらえた。顔に温風をあてているにもかかわらず、寒気を感じ、頭痛がする。あとだ、自分に言いきかせた。あくびなら、着陸したあとでできる。

「ローマン・スリー隊――プッシュ」

時計を見ると、私が告げてからちょうど二分たっていた。このパイロットたちのだれとも面識はなかったが、私たち全員がおなじ言葉を話し、おなじ基本技術を身につけている。でなければ、こんな着陸はとうていむりだろう。

つぎの二機編隊から報告が来るころには、私は、アリまでおよそ一二マイルにおり、最終進入にそなえて旋回をはじめようとしていた。一〇マイルになったとき、いきなりパワーをしぼり、スピードブレーキをあげ、ギアをおろした。戦闘機が急減速したため、スピードブレーキを収納し、パワーをあげて一八〇ノットを維持した。

「ローマン・ワン、一〇マイル、ギア・ダウン、二機」

正確な位置とタイミングをはかるために、ほか九組の目が、それぞれのディスプレイを見つめているはずだ。管制塔から応答があった。「了解ローマン、続行せよ。二八〇から三〇ノットの風」視界の数値は言わなかったし、私も訊かなかった。それを知ってなんの意味がある？

私は、一八〇ノットで進入コースのど真ん中を維持することに集中した。ここでずれたら、アコーディオン現象によって、そのずれがだんだん大きくなり、全員が正確な数値を入手できなくなる。約八マイルになったとき、計器着陸システム（ＩＬＳ）表示に、小さな水平の線がふらふらと現われ、ゆっくりと下がりはじめた。これがグライドスロープというもので、滑走路まで、この指示にしたがって降下する。もう一本の縦の線は、滑走路と一直線上の位置にあるかどうかを示すものだ。ＨＵＤと、コンソールにある旧式の大きな丸い計器とを見くらべると、表示は一致していた。私は、指を動かしてこわばりをほぐし、少しだけ尻をずらした。

三マイルになっても、渦巻く砂ぼこりのほかはなにも見えなかった。パワーをゆっくりとさげて、一六〇ノットに落とし、ＩＬＳとレーダー高度計とを交互に見た。

「アリ、ローマン・ワンは三マイル、ギア・ダウン、ロー・アプローチ。ほかのローマン全機は着陸する」

「タワー了解……戻ってくるのだな？」ほかにどこへ行くというのか？

「そうだ……ローマン・ワンは最後に着陸する」

こうして私がまだ飛んでいれば、だれかがアプローチに失敗したり、計器が故障したりしても、フィンガーチップ編隊を組んで砂嵐のなかを一緒におりてこられる。二マイルを七〇〇フィートで通過しても、ＨＵＤにはまだなにも見えなかった。二〇分ほどまえは、ここから基地が見えたのに、いまは見えない。自信はあったけれど、口が少し乾いていた。いまは、これをやるしかないのだ。

見えた！　機首の少し先にかすかな光を見たように思い、ストラップの許すかぎり、身を乗りだした。また見えた！　そしてまた。ＩＬＳ表示をちらりと見やると、わずかに左に流されていたものの、じゅうぶん許容範囲内だった。滑走路に向かって機首を突っこみたいのを我慢して、ライトが機体の下に隠れて見えなくなるまで、アプローチを続けた。そのとき、滑走路末端が見えた。スロットルを押しながら機首を引き起こし、スピードブレーキを閉じた。滑走路上空一〇〇フィートで水平飛行にはいり、ギアをおろしたまま、マイクのスイッチをいれた。

「ローマン・ワンは、一マイルと三〇〇フィートで滑走路を確認した。ワンは進入復行《ミスト・アプローチ》する。ローマン全機は、ＥＯＲで待機」

「スリー了解」

「ファイブ了解」

「セブン了解」

「ナイン了解」

滑走路外側《ＥＯＲ》に、黄色いライトを点滅させた白い小型トラックが見えた。ギアのハンドルをあげ、パワーをくわえて上昇を開始する。地面が見えなくなると、北西へ旋回し、真っ黒な砂の壁へ飛びこんだ。機体が揺さぶられるほどまで気流が荒れてきた。燃料を確認する。四五〇〇ポンド。まだたっぷりある。

スリーが、ギア・ダウンを知らせてきたから、フォーは、その後方の最終進入コース上にいる。いましがたセブンの〝プッシュ〟の声を聞いたということは、ファイブとシックスは、そのあいだのどこかを飛んでいる。私は左旋回し、いまは南東に向かって、滑走路と平行に飛んでいる。高度五〇〇〇フィートまであがると、スロットルを戻して二五〇ノットを維持し、空対空レーダーを見つめた。私の左側を、二機が北西に向かって飛んでいる——最終進入するファイブとシックスだろう。とすると、前方一〇マイルのところを、私に対して垂直に飛んでいるのが、最終進入にはいろうとしているセブンとエイトにちがいない。

「ローマン・ナイン……プッシュ」

機首を三〇度ほど右に向けてレーダーを走らせたが、最後の二機は見つからなかった。高度の差がありすぎるか、角度が悪いか、なにかのいたずら《グレムリン》だろう。まあいい。もとに戻って高度五〇〇〇フィートを維持し、カスタムズハウスに向かってあと一分飛んだ。これで、テンとはじゅうぶんな間隔をおけるだろう。そして思ったとおりになった。東に向いたとき、前方一六マイルに彼がいたのだ。

タワーが一機ごとに着陸を許可する交信を聞いていたが、ミスト・アプローチはなかった。うまくいきそうだ。そう思いながら機首をさげ、三〇〇〇フィートへおりた。酸素マスクをはずして、無精髭のはえた頬とうずく鼻柱をこすった。コクピットは暖かくなり、身体の震えもようやく止まったから、熱は少しさがったようだ。首を前後に振って、またあくびをこらえた。ああ、疲れた。まばたきするたびに、二枚の紙やすりをこすりつけているような感じがする。

一一マイルで、最終進入に向けてゆるやかな旋回にはいったとき、テンに着陸の許可がおりた。ギアのハンドルをさげながら、再度ＩＬＳ表示を呼びだした。が、ギアがおりたことを示す緑色のライトが三つつくはずなのに二つしかついていない。そのとき、管制官が交信してきた。「ローマン・ワン……現在の視界は四分の一マイル。意向を教えてくれ」

ギアの不安な表示を見つめたまま、私は目をぱちくりさせた。意向？　そうだなあ、バーレーンで射出して、五つ星のホテルへチェックインし、カジノで飲みあかすってのはどうだ？

「冗談きついぜ……」私はつぶやいた。まるで、暴走したシミュレーターの非常事態想定訓練だ。

「他のローマン全機は地上におりたのか」

「おりた。意向を知らせてくれ」

またそれか。その言葉が大嫌いだ。

「ローマン・ワンは六マイル、ギア・ダウンで着陸、三〇レフト」

私はスピードブレーキを出し、機首をさげてグライドスロープにのった。ふつうは、ギアに問題があれば、障害物のない空域で旋回しながら、チェックリストにしたがって点検する。けれども、視界は四分の一マイルからさらに悪化し、ほかに行くあてもない状況では、それはむりだ。小さな丸い緑色のライトを押して、電気回路をたしかめた。電球が切れただけかもしれない。まさかとは思うが。

五マイル。高度二二〇〇フィート、速度一六〇ノット。ギアを動かせば、ちょっとした問題なら解決することがあるので、ふたたびハンドルを持ちあげて、赤い〝作動中〟ライトが光るのを見つめた。緑色の二つのライトは消えた。ＩＬＳで飛びながら、機体を上へ押しあげようする力や三〇ノットの横風と格闘しつつ、ふたたびパワーをあげて、ハンドルをさげた。ギアがおりたとき、戦闘機はわずかに偏揺《かた》れした。こんどは、ドスンという音がはっきり三度聞こえた。なのに、ライトは二個しかついていない。

くそったれめ。

「ローマン……こちらアリ・タワー、四〇ノットの突風」

踏んだり蹴ったりだ。

とはいえ、なにがあっても、感じよくしなければならない。「ローマン・ワン了解」私は落ち着いて応答した。「ギアをおろしてファイナル、着陸する」たぶん。

「着陸を許可する」

風があるため、機首を三〇度近くずらして飛んでいるときも、ポップコーン鍋のなかのポップコーンみたいに、不安定な気流にもまれてジェット機がはずんだ。目のまえには、吹き荒れる砂と暗黒しかない。一マイルに接近したとき、高度三〇〇フィートで進入コースのど真ん中にいた。通常のILS進入の最低高度は二〇〇フィートなので、降下をつづけ、一〇〇フィートで水平になった。ギアの問題も、ひりつく目も、汗ばんだ手も無視して、すべての意識を、まえの地面に集中させた。危険を覚悟で左右に目を走らせたが、灰色の逆巻く砂の雲のほかはなにも見えなかった。

HUDの距離カウンターが〇・一を示した。いま、滑走路末端の真上にいるはずだ。

「くそっ」私は、着陸復行《ゴー・アラウンド》するために、スロットルを押した。計器進入を再度やりなおしても滑走路を見つけられる可能性はまったくなかったが、地面が見えないなら着陸できない。

ライトが！

一瞬で左翼の下に消えた。

見えた！　滑走路に描かれた白いマークと、巨大な30Lの文字。風で機体は少し右に流されていたが、そこにあった。パワーを減らし、スピードブレーキを出し、機首を落とした。灰色のコンクリート面に目を釘づけにして、砂嵐のなかをおりていく。コンクリートが浮びあがってきたとき、操縦桿を引き、できるだけ左に角度をつけて、不安の残る左主脚をかばった。一〇フィートほど進んだところで、滑走路が手を伸ばして、私をつかんだように思われた。「もういい……さっさと着地しろ」とでも言うように。

戦闘機がどすんと地面におり、私はびくりとした。

しかし、なにもつぶれなかったし、ひっくり返って火花と炎にまみれもしなかった。スロットルを〈アイドル〉にいれて、すぐさま機首をさげ、親指を動かしてスピードブレーキを全開にし、コンクリートの中央を走ることに専念した。さいわい、ここの滑走路の長さは九〇〇〇フィートある。地上滑走の速度まで落ちたとき、無事に着陸したことを実感した。

「ローマン・ワン……エンドまで滑走せよ。右にまがって、編隊と合流。誘導トラックが、駐機場へ案内する」

私はつばを飲みこみ、深呼吸を一つした。そのとき彼らが見えた。ずらりと並んだF‐16の、ちかちか点滅するストロボライトと、赤と緑の翼端灯。思わず見とれてしまった。

「ローマン・ワン了解。助力に感謝する」

「アリ・タワー……どういたしまして。歓迎します」

安心感がどっとこみあげた。分岐点にゆっくりと近づきながら、スピードブレーキを閉じ、ライトをつけ、射出座席のレバーを〈安全〉に引きあげた。慎重に脇道へはいってから、着陸灯を点滅させて誘導トラックに合図すると、トラックが動きだした。ほとんど見えない程度にまで視界は落ちている。回転草やゴミが舞うなかを、まさに這うような速度で誘導路を進んだ。暗い洗車機のなかを、べたつく茶色い泡を噴きつけられながら進んでいると、ゴミが飛んできてフロントガラスにへばりつく、そんな光景を想像してもらえればいいだろう。

　ぼろぼろの航空機待避壕が複雑に入り組んだあいだを進み、いくどもくねり、角を曲がってようやく、もう一本の滑走路のすぐ東にある細長いコンクリート部分に到着した。砂ぼこりのなかをゆっくり動きながら、半ダースの光る小さな棒を見て、ついにやりとしてしまった。それは、戦闘機を〝つかまえ〟て、全機のエンジンを停止させるために待機している機付長《クルーチーフ》たちだった。そこには有能な人間がいるようだ。最初の一組の光る棒の指示にしたがった私は、合図されて止まり、駐機《パーキング》ブレーキをかけてからふりむいて、ほかのはぐれ者たちを見た。最後の一機が停止したのを見て、マイクのスイッチをいれた。

「ローマン全機……スイッチ類の安全を確認し、テープをはずし、機密情報を収納」薄汚れた灰色の戦闘機の列をにらみながら、私はつけくわえた。「おれたち全員が疲れているから、簡単なことでドジらないようにしよう」

　テープ類と任務計画資料はすべて機密項目であるため、飛行任務を終えたあと、不手際がないようにたがいに確認することになっていた。慣れない基地に到着し、とても長い一日を終えたいまは、なおいっそうの慎重さが必要だ。

　もう一度見まわしてから、スロットルをゆっくりと〈停止〉まで引くと、まわっていたエンジンが心地よく止まりつつあるのを感じた。ハーネスをはずし、自分の忠告にしたがって、すべての機密資料をヘルメットバッグに押しこんだ。ハーネスに留めた懐中電灯をつけてから、機内電池を切って、真っ暗にした。スイッチをはじいてキャノピーをあげると、冷たい空気が顔にあたって、私はたじろいだ。クルーチーフがはしごをかけてくれたので、一〇時間以上も座ったままだった座席から、慎重に尻を引きはがした。両脚がまっすぐになったときに少しぐらついたものの、両脚を外に出して、はしごの最上段に腰をおろし、下に集まった数人を見て、冷たくほこりっぽい空気を吸った。

長時間のフライトを終えたあと、はしごを滑りおち、コンクリートにぶざまに倒れこんだパイロットを何人も知っている。そうなれば面目丸つぶれだ。だから私は、よくよく気をつけておりた。驚いたことに、私を待っていたなかに、飛行服姿の大佐が含まれていた。

「アリへようこそ！」大佐はにこやかに笑って、風に負けじと叫んだ。「今夜は大活躍だったな」

私は、痛む首をゆっくりと伸ばし、すぐに微笑みかえそうとした。「ありがとうございます……ほかに行くところがどこもありませんでした」

「なに？　ここは第一候補じゃなかったのか？」大佐が笑った。

「リストで唯一でした」

砂嵐はさらにひどくなっていた。大型扇風機のまえで、黄色いケーキミックスの箱をひっくり返して、私たちの顔に粉を飛ばしているような感じ。大佐が私の肩をぽんとたたいて、暗がりを指さした。「わかってる。F‐16がほかにも四機来ているぞ」そして、私の頭からつま先までをじろじろながめてから言った。「準備ができたら、食堂へ案内しよう。テーブルクロスとウォーターフォードのクリスタルはないが、温かいぞ!」

「それでじゅうぶんです……すぐに準備します」

整備員たちはすでに車輪に輪止めし、オイルのサンプルを取るなど、フライト後の作業に精を出している。あとでわかったのだが、全員が、もっと南にあるアルジャベル空軍基地所属のF−16の整備員だった。その基地のバイパーは、前方給油代替基地としてアリを使っているのだろう。だから、クルーチーフが常駐しているのだ。

ヘルメットバッグとハーネスと銃をひきずった私たち一〇人は、数台のピックアップトラックにぎくしゃくと乗りこみ、まっすぐ夕食に向かった。大佐がみずからトラックを運転し、食堂に連れていってくれた。

私は戸口に立ち、まぶしいライトに目をぱちぱちさせながら、息を吸いこんだ。ライス、チキン、焼きたてのパン——天国のようなにおいだった。丸々太った短軀の炊事係軍曹が急いでやってきて、大佐に満面の笑みを向け、私たちに礼儀正しく会釈した。

「全部準備できています。温かい料理、冷たい料理、軽食」

「どうぞ自由に食べてくれ」大佐が片腕をふった。「私はコーヒーだけでいい。スタッフに食べさせたいなら、そのあいだ私が見ているぞ」

私たちが来ると聞いて、大佐が私たちのために食堂をあけておいてくれていたことをあとで知った。私たちを出迎えてくれたり、トラックを運転したりなどは、大半の作戦群司令官はやらない。

並はずれた男だった。恥ずかしながら彼の名前を忘れてしまったが、彼の指導者としてのありかたを忘れたことはない。

その夜、テントの隅で防水布にくるまった私は、かつて味わったことのない寒さに震えながら眠った。少しでも暖を取るために、Gスーツ、ヘルメット、ハーネスなど持っているものをすべて身につけた。朝、大きなビニール袋を二つぶらさげて、大佐がまたやってきた。ポケットマネーで、私たちのためにカミソリと石鹸とタオルを買ってくれたのだ。砂嵐はおおかた治まっていたが、まだ雷が鳴り響いており、空気中には砂塵が濃厚に残っていた。

にもかかわらず、戦争はつづいていた。サダム運河沿いの海兵隊は、ナシリヤを通過して、ユーフラテス川を渡ろうとしていた。それに成功すれば、公道八号線をアルクートへ向かって北上し、東からバグダッドを挟み撃ちできる。ナシリヤを迂回した第三歩兵師団は、バグダッドの南約六〇マイルのサマワ付近で立ち往生していた。バグダッドから逃げだしたサダム・フセインは、三月二五日を〝犠牲の日〟と宣言し、イラク人はそれを真剣に受けとめた。戦闘は激しさを増し、死傷者はふえていった。さらに不吉なことに、大規模な弾薬運搬車両群が、化学兵器除染車両をともない、バグダッド中心部から移動しているという知らせが、多国籍軍情報部からもたらされた。イラク軍は、悪天候を利用して、継続的な反撃を計画していた。わが軍の前進を遅らせれば、イラクの一般大衆が侵略者を撃退するべく立ちあがるだろうと考えたのだ。イラク軍にしては、よくできた賭けだった。

あいにく彼らは、米軍地上部隊の粘り強さも、米軍戦闘機による激しい攻撃――悪天候にかかわらず——も計算にいれていなかった。つぎの日、アリアルサレム基地にいた一四機のF－16は、残っている兵器で、ナシリヤーナジャフークートに囲まれた三角地帯のさまざまな目標の攻撃を命じられた。

天候は依然として大荒れだった。私の親しい友人のパイロットが、バグダッドのすぐ南で雷雲につかまった。高度三万フィートを飛んでいた彼のF－16は、猛烈な下降気流に突き落とされ、八〇〇フィートでようやくコントロールを取り戻せたという。

私たちは、三月二五日の午後にやっとプリンス・サルタン基地に帰りついた。が、またもやありがたくない驚きの知らせが待っていた。信じられないことに、私に飛行停止が命じられたのだ。

ピーサブに駐留する戦闘部隊は、第七七戦闘飛行隊をふくめて、第三六三遠征航空団第三六三遠征作戦群《EOG》に所属していた。多くの賛同を得られた私の意見によると、司令部の陣容は、一軍チームではなかった。そのうちの一人は、食堂の外をうろついて、隊員らに〝彼の砂漠〟にオレンジの皮を捨てさせないように見張った。べつの一人は、駐車場をぶらついて、車をバックさせるときには見張り番をたてろと指示した。作戦群司令官（OG）は、戦争と戦争のはざまの平時の飛行禁止空域しか知らない、訳知り顔の不愉快な大佐だった。彼の副官は、給油機の女性航空士二名だ——戦争を遂行する航空団として理想的な指揮構造とはいえない。

彼らの指示により、戦争中に私たちが優先すべきことに、おしっこパックの正しい処分のしかた（パワーポイントのスライド説明あり）と、砂漠の〝やわらかい帽子《ブーニーハット》〟の適切なかぶりかたが加えられた。その説明にも、スライドが使われた。

私のナシリヤ任務（海兵隊部隊救出）の翌日、ＯＧは、任務報告書を読んで、小ぶりのタマをつぶしたにちがいない。バイパーの〝無謀な《カウボーイ》〟パイロットの一人――私のことだ――が、戦闘任務を実行するために、高度一万フィート以下へ降下したことを、彼は屈辱と感じた。近接航空支援に関する彼の知識は、かつて耳にした空軍戦争大学の講義だけだから、それも驚くことではない。

かくして、海兵隊部隊を救い、はぐれた戦闘機八機を寄せ集め、悪夢のような砂嵐のなか、彼らを無事に着陸させた私が、この男によって飛行禁止にされようとしている。私はびっくり仰天した。ほかの連中も啞然とし、私が所属する飛行隊の隊長は、いうまでもなく烈火のごとく怒った。あれほど怒った彼を見たことがない。ベガスである晩、グワカモーレといつわってワサビを食べさせたときでさえ、あんなに怒らなかった。あのときはすまなかったな、ストーミン。

くわしい事情はわからないが、どういうわけか、その日の夜に、ビル・〝カンガ〟・ルー大佐にその件が伝わった。サウスカロライナ州に本拠を置く私たちの親部隊、第二〇戦闘航空団司令官のルー大佐は、たまたまそのとき、ピーサブで連合航空作戦センター部長を務めていた。彼は、一流の戦闘機パイロットであり、パッチウェアラーだった（いまもそうである）。基本的な職務は、多国籍軍航空部門司令官（ＣＦＡＣＣ）の下で、戦闘飛行作戦を運営することだ。

さて、ＣＦＡＣＣは、Ｔ・マイケル・モーズリー将軍という猛者だった。やはり戦闘機パイロットであり、パッチウェアラーである。とくにこの日、同等の地位にある海兵隊の将軍から、人前で空軍を非難されたため、モーズリー将軍はすっかり頭にきていた。海兵隊の将軍は、モーズリー麾下のパイロットが、海兵隊地上部隊の近接航空支援を適切に行なっていないと認識していた。空軍は、パイロットをSAMや高射砲の射程に降下させないようにしている、と。だから、カンガ・ルーから話を聞いて、モーズリーはかんかんに怒った。非常に厳しい状況のなか、海兵隊を救うために、大きな危険を冒してまで任務をまっとうした空軍パイロットが少なくとも一人はいたという話だ。モーズリーは大喜びして、その男に会わせろと言う。いやじつは、とカンガ・ルーは答える、そのパイロットは、海兵隊を救ったことで、第三六三EOGから飛行禁止処分を受けましたから、時間はたっぷりありますよ。

なんだと?

じっさいには、「いーったいどうなってるんだ? そのまぬけらを、ただちにここへ連れてこい」のような台詞だったと私は聞いている。結局、私の飛行禁止処分は一〇時間ほどだったが、私は睡眠中だったので問題はなかった。つぎの戦闘任務に出かけるときには、〝くそをする〟の代わりに〝OGする〟が、ピーサブの流行語となっていた。それを口にしないやつはいなかった。戦闘機パイロットは、攻撃するときは徹底的にやる。

私は二度とそのOGを見かけなかった。彼はピーサブに残留したが、コンピューターとコーヒーメーカーのある安全な自分のオフィスに閉じこもっていた。四つ星の将軍にしかられてバカ面をさらしたこと、そして、自分がまちがっていたことが恥ずかしかったのかもしれない。その後、彼のもとに、彼が理解できるような平易な言葉で、ローマン75の重要任務の内容について書かれた正式な電子メールが届いた。

発信者：　マイケル・B・マッギー中佐
日付：　5／25／2003　12：32PM
タイトル：　ローマン75

拝啓、

3／24、MEFのためにすばらしい働きをしてくれたローマン75飛行編隊に関する情報をお知らせします。彼の行動により、敵増援隊は足止めされ、海兵隊主部隊と切り離された部隊は壊滅をまぬかれました。

03／3／24の1345Zごろ、ウォーホーク（第五軍団ASOC）は、チーフタン（MEF）から緊急CSAの要請を受けました。第三BTN／第一海兵隊の一部隊が、アン・ナシリヤの北で立ち往生しており、その位置にむかって、イラク軍増援隊が、ivo 38RPV17525557公道七号線を北に進んでいました。F－15Eの飛行編隊が、敵勢力との交戦のために送られました。F－15E隊は、目標地域の悪天候により、交戦すべき目標を発見できませんでした。その後MEFは、A－10編隊を派遣しましたが、さらに天候が悪化したため、やはり攻撃目標を発見できませんでした。雲底高度は推定八〇〇〇、視界は二マイルに落ちていました。サイクロップス（管制官）から伝えられたように非常事態だったので、F－16CJ編隊のローマン75を送りました。その編隊は、目標を発見し、破壊に成功しました。悪天候のため、ローマン75は、目標に対して低高度機銃掃射を行なわなければなりませんでした。当時、目標を破壊するにはその方法しかなかったのです。

この非常に困難な条件下で多数の支援行動が試みられ、さらに二個飛行編隊が、攻撃目標を発見できずに終わりました。ローマン75は、すぐれた判断力はもちろんのこと、柔軟性、戦術知識、大きな重圧を受けながらの冷静さを示しました。非常な悪天候下での編隊長のプロ意識の高い行動と、敵地上部隊との直接接触によって、増強しつつあった敵部隊は撃退され、第三大隊は救われました。

マイク・マッギー中佐
第五軍団EASOGエアボス
合同統合司令部副司令官
4EASOG

戦争終結後も、あの男は、本拠地のわが飛行隊本部に顔を出す勇気すらなかった。さいわい、カンガ・ルーやストーミン、アリアルサレム基地の作戦群司令官のような士官と好対照をなすこういうタイプは、まれだった。真のプロは、戦闘任務に専念し、また、自分の立場を最大限に利用して、戦闘現場に出る者たちを支援する。アリアルサレムのあの大佐にもう一度会って、握手し、一杯おごりたいものだ。

しかし、戦争は、悪天候だからといって中断しはしなかった。イラク軍はこの現実をなかなか理解できず、おおいに苦しんだ。彼らは、砂嵐に隠れて移動し、調整反撃の位置につこうともくろんだ。名案だ。が、一九四四年のドイツ軍にはその手が通用したかもしれないが、悪天候でも目が見えて、衛星追跡システムを持つ軍の足を止めることはできないだろう。

結局、防備を固めた要塞から意気揚々と、勇ましく出てきた、いわゆる精鋭のイラク軍部隊はこてんぱんに叩きのめされた。

横柄で統制のとれた共和国防衛隊がほうほうのていでバグダッドに戻ってきたのを見て、他の軍部隊や、とりわけ一般市民は、フセインの厳しい締めつけがゆるんでいるのを確信したのではないかと私は思う。それゆえ、憎き侵略者たち（私たちのこと）を海へ追い返せと叫ぶ人民の大暴動は起きなかった。しかし、軍部隊はとどまり、首都に接近しつつある多国籍軍との戦闘のため、足場をしっかりと固めた。

そして、私たちは接近した。陸軍の第五軍団は南から進軍し、ナシリヤのことでひどく頭にきていた海兵隊は、アルクートから北西へ猛攻撃をかけていた。いまやすっかり準備の整ったバグダッド周辺のＳＡＭと高射砲は、首都の攻撃を補佐する近接航空支援機やヘリコプターを撃ち落とそうと待ちかまえていた。

が、長く待つ必要はなかった――ワイルド・ウィーズルが彼らを退治しにきたからだ。

9　影の谷

二〇〇三年三月二六日

僚機は、給油機のブームから離れ、大型KC－10の後方へ滑るように動いた。私はマイクをかちかち鳴らし、機首を引いて離れ、北を向いた。ウィキッド24が私にあわせて旋回し、ツイッチ空中給油軌道からはずれたとき、彼の両翼のストロボライトが見えた。いま私たちは目を皿にして、小型ジェット機に取り囲まれた大型ジェット機の群れがいないかとさがしながら、べつの給油軌道を横断している。国境を越えてイラク国内を北に向かいながら、ほんのしばらくアフターバーナーを点火し、二万五〇〇〇フィート以上へ上昇した。

ふつう給油機は、高度二万五〇〇〇フィートから下を飛び、AWACSや統合監視目標攻撃レーダーシステム《JSTARS》などの偵察機は、三万フィートより上を飛んでいる。つまり、イラクへ向かうときは、だいたい二万七〇〇〇から二万八〇〇〇フィートが安全高度だった。空はこんなに広々としているのに、なぜかジェット機がたがいに引き寄せられることに、私はいつも驚いてしまう。もちろん、このあたりを飛びまわっているのは、F－16とF－15だけだ。海軍のF－18はずっと東方にいるし、A－10はこんな高高度を飛ぶことはできない。とはいえ、国境からかなり北へ離れるまでは気を抜かずに、空に注意を向けていた。

二〇マイル離れた地点で、FENCEを完了した。FENCEとは、戦闘前の確認事項の頭文字だ。F（フレア）E（電子対策）N（航法補助装置――オフ）C（カメラ――オン）E（非常用ビーコン――オフ）。

長年にわたって、私たちは、そこに項目を追加してきた。座席のストラップをしっかり締める、外部ライトを消す、兵器システムを作動可能な状態にする、など。さらに私の場合は、キャノピーのレールの上からSAMがよく見えるように、座席を少し高くするし、脅威警戒受信機の音量を、我慢できる最大限にまであげる。くわえて、スイッチ類を操作しやすいように、ふつうは手袋をはずし、だいたいいつもヘルメットのバイザーをあげたまま飛ぶ。パイロットにはそれぞれ自分のやりかたがあり、敵地のかなり奥に到達するまでに全部をすませれば問題はなかった。

「冗談きついぜ……」私はつぶやいて、眼下の汚い空を見つめた。私のシージェイ二機の飛行編隊は、バグダッドのすぐ南の88アルファ・シエラ空域を飛んでいる。大砂嵐の通過後に飛べるのは、ここくらいだったのだ。風はおさまったかもしれないが、視界はまだほとんど回復せず、イラクは、ぼんやりした茶色の砂塵と灰色の低い雲ですっかりおおわれている。

「ウィキッド23、こちらラムロッド」きょうは、上空を旋回中のAWACSはいつになく静かだった。喜ばしい変化だ。あいにく、その交信を聞こえないふりができるほど、北へ遠ざかってはいなかった。

「どうぞ」

「ジェレマイアからの指示……くりかえす……ジェレマイアから指示がはいっている。北三三〇三・五……西四四一一・三の地域を武装偵察せよ……聞こえているか？」

思えばあのとき、謎の無線障害を起こすべきだった。ジェレマイアというのは、全多国籍空軍を指揮する将軍のその日のコールサインだ。彼は、ここから七〇〇マイル離れた、エアコンつきでじゅうたん敷きの戦術作戦センター（TOC）の椅子に腰かけ、たぶんドーナッツを食べている。上級士官が交代で、のんびり座って大画面で戦争をながめていればいい役目だ。

砂漠の嵐作戦以降、わが軍の指揮管制テクノロジーは、全航空機をコンピューターで追跡できるレベルにまで――これは嫌味だが――向上した。そして、その状況が、TOCの映画館並みのスクリーンに投影される。円形の部屋を囲むように階段状に座席が並んでいる。コンピューター局が点在し、少佐か中佐が持ち場についているが、おもな仕事は、その席について息をするだけだ。その小さなブースには、〈FLTOPSMAIN〉、〈MPCFIDO〉、〈AARDETCO〉などと書かれた名刺大のカードがついている。彼ら以外の人間にとっては、意味不明な略語だ。そして、船の操舵室《ブリッジ》さながらの最上段のガラス張りの一室に、将軍が座っている。

しかし、ジェレマイアの話を、私たちは聞かなければならない――あるいは、無線が不調のふりをするか。私は、ニーボードに座標を書きとめ、応答するというミスを犯した。

「了解、ラムロッド。関心の項目を言ってくれ」なにをさがしてほしいのか、という意味だ。

「ウィキッド――市街から公道一号線を南へ移動中と思われる装甲車両と人員」

私はマイクをかちかち鳴らし、外を見やって、溜息をついた。ふつうの状況でそう要請されるのなら、まだわかる。けれども、本隊とはぐれたイラク軍偵察部隊をさがすためだけに、いまだ無敗の、バグダッドを取り巻くＳＡＭおよび高射砲のみならず、あの砂ぼこりのなかを降下していく気にはなれなかった。とくに、わが軍の地上部隊がいまも北へ進軍し、バグダッドの南約五〇マイルの地点にいるというのに。宇宙情報や人工衛星、ＪＳＴＡＲＳといった航空プラットフォームはあっても、最後はやはり、人間の目で目標を確認することになる。つまり、私の目で。

イラク軍が移動するとすれば、いまだろう――まさに、天候がひどく悪いという理由で。イラク空軍は悪天候時には飛行機を飛ばさないので、米軍にはなにが可能で、なにを行なっているかがわからないのだろう。

私の約一マイル後方に僚機がいることはわかっていたので、オートパイロットに切りかえ、三〇〇ノットを維持するようにスロットルを引いてから、地図を広げた。二一世紀の空軍に不似あいな紙の地図だが、ちょうどこういうときに備えて、私はつねに携帯していた。

ＡＷＡＣＳが伝えてきた座標は、バグダッドから公道八号線をわずか一〇マイルほど南下した地点で、イスカンディリヤという小さな町のすぐ北だった。戦術地図は、良質の情報の宝庫だ。私は、バグダッドの南西にある巨大な湖を指でとんとんと叩いた。私たちがミルク湖と呼んでいる湖だ。この偵察の目的のほかに、飛んでいる空の下にじっさいになにがあるかわからないこと、また、そこにあるものを見られないことを、私は懸念していた。西から湖の上空を通過すれば、その二つの問題は一時的に解決するだろう。少なくとも、私が湖面に差しかかってから、そこを脱するまでのあいだは。

つまり、湖の東岸に抜けるまで。不意をつかれたイラク軍偵察部隊に、時速五五〇マイルで突進する目標を捕捉し、追跡し、射撃できるだろうか。私は、できないことに賭けた。ニーボードの下に地図を押しこみ、両手と両目をコクピット内でなめらかに動かした。チャフとフレアを作動可能状態にし、座席を高くし、脅威警戒受信機の音量をあげる。戦闘準備は完了した。

「ウィキッド・ツー……ビクターのワン」

「どうぞ」

私のきょうの僚機は、イアン・トゥーグッドという名の中尉だった。私たちは彼を〝ノットソー〟と呼んでいた。つまり、すごく優秀《トゥーグッド》というがそれほどでもない《ノットトソー》と言いたいわけだ。じっさいには、彼は優秀だった。むこうみずな中尉（むかしの私みたいに）の典型だが、本物の恐れ知らずの男だった。

ＡＷＡＣＳとのやりとりを残らず聞いて知っていた彼に、雲のうえに彼を残していくことを含めて、私の計画を説明した。置きざりにされることが不満らしいが、彼の命まで危険にさらす必要はない。それに、戦闘飛行の指揮官――編隊長――とはそういうものだから、僚機は指示されたことをやるだけだ。とくに、編隊長が兵装士官でもあるならば。こうして私はマイクをかちかち鳴らし、降下して彼から離れ、西に向かった。パワーを落とし、濃密な茶色の雲に向かっておりていきながら、地上が見えないかと目をこらした。

だめだった――雲に、穴や切れ間はない。

およそ一万五〇〇〇フィートで水平飛行にはいった。ＳＡＭがあることを想定して、雲底まで五〇〇フィートの余裕をとった。HUDをにらみつけたまま、公道の指定地点から三〇マイル——四分弱——となるまで、西へ飛びつづけた。

一つ深呼吸をしてから、パワーをくわえ、バイザーをあげて、ふたたび東へ戻りはじめた。機首をさげ、操舵を調整しながら、じょじょに砂塵へおりていく。地平線が見えなくなったとき、レーダー高度計を再度確認し、降下をつづけた。地図によれば、いま湖の西端上空にいるから、下にあるのは湖面だけで、敵勢力はいないはずだった。

一万フィートを通過し、マスターアーム・スイッチを〈アーム〉にいれた。きょうの搭載兵器は、AMRAAM二基とサイドワインダー二基という、通常の空対空ミサイル装備だ。二〇ミリ機関砲弾はつねに満載しているし、CBU－103クラスター爆弾二基も搭載している。

高度五〇〇〇フィートにおりるころには、道路まで二〇マイルにせまっていた。いまは、チョコレート色の雲に取り巻かれている。顔を上向けると、砂塵を透過して不気味な光沢をおびた、弱々しい日の光が見えた——泥水のプールの底に横たわって、水面を見ているように。一〇〇〇フィートまでおりたとき、機体が跳ねだし、ふいに縦に揺れて、横に流れた。私は毒づいて、操縦桿を握る手に力をこめた。八〇〇フィートほどで雲から出たとき、激しく波うつ湖面が見えた。砲金色《ガンメタル》の湖面に白波が立っている。私は驚いた。強風が吹き荒れる不安定な天気なのだ。

私は一抹の不安を感じた。雲の下の状態を予測する手段はないものの、大荒れの天気だとは思っていなかった。周囲は薄暗く、前方と右側の暗がりを、いきなり稲妻が刺し貫いた。そのあと、左側でも。砂塵の下に険悪な嵐がまだ隠れていたようだ。ごくりと唾を飲みこんでから、雷雲から離れ、スロットルをミリタリパワーいっぱいに押しこんだ。乱れ飛ぶ雲にのしかかってこられては、降下を続けるしかない。でなければ、中断するか。ほかに手はなかった。

公道まで八マイルの地点でユーフラテス川を渡ったとき、高度二〇〇フィート、速度五一〇ノットで北東へ向かっていた。なにかの予感か、それとも自分の本能の指示によるものか、川面から茶色の大地へと変化したとき、リトルバディーの一つを発射した。

正式名をAN／ALE－50というリトルバディーは、曳行デコイである。敵の追跡レーダーや飛んでくるミサイルを、戦闘機に代わって引きつけるためのものだ。戦闘機は、それを後方で引っぱりながら飛ぶ。敵兵器は、デコイが発信する電波にロックし、戦闘機ではなくデコイを追跡する。うまくいけば。

どこを見まわしても、ずたずたに裂けたちぎれ雲ばかりで、地面以外なにも見えなかった。昼さがりなのに、にごった茶色の背景に浮かびあがった空は、緑色と黒のまじりあった不気味な色をしている。異様だった。五〇〇ノットを超える速度で飛んでいるにもかかわらず、不安定な乱気流にもまれて機体が揺れている。

とはいえ、そういう飛行条件もある。バグダッドから二〇マイルと離れていないところを、ひどい悪天候のなか低高度で飛ぶのだから、公園の散歩のようにはいかない。だが、ミグやSAMや高射砲ともちがう。私は、尻をもぞもぞとうしろに動かし、機体を安定させることに全力をそそいだ。

公道だ！

ちぎれ雲のカーテンの下から現われたのは、南北に伸びるダークグレーの舗装道路だった。あたりの地面はずっと緑色が濃くなっていて、みすぼらしい小屋や茶色の箱のような家が無数に点在し、風景に変化を加えている。私はまえのめりになって、キャノピーから外をのぞいたが、輸送車隊はおろか一台の車両も見えなかった。

風にあおられて機体が横滑りしたので、ラダーペダルを踏みつけて安定させた。指先を通して、乱気流に抵抗するエンジンの力強いパワーが感じられる。右手が汗でぬるぬるしたので、手袋をはめておけばよかったと思った。公道八号線は、前方約一マイルにせまっている。翼をかたむけて、北側を見やった。道路上を動くものはない。こんなのは時間のむだだ、と思った。とにかく――だしぬけに空の色が変わった。雲が真っ黒になったと思うと、あちこちで色が爆発した。深紅とオレンジ色と黄色。曳光弾は私をつかもうと手を伸ばし、あるいは、コクピットのまえを飛んでゆく。

ここまでだ、ショックを受けた私の意識がはっと気づいた。おれは死んだ！

純粋な本能と身にしみついた習慣にまかせて回避機動する。Gをかけて左右に旋回。上昇と降下。チャフとフレアを放出。アフターバーナーは使わなかった。私の機影を見ておらず、エンジン音も聞いていないイラク人にまで、私の存在を気づかせることになる。

機体が揺さぶられ、キャノピーに頭をぶつけた。巨大なだいだい色のキノコが、灰色の雨を引きさいて破裂し、雲の下の暗がりを照らした。まるで、袋のなかで花火が炸裂したみたいだった。地獄のようすはだれも知らないが、きっとこれに近いものだと思う。

〝ビーッ、ビーッ、ビーッ、ビーッ……〟脅威警戒受信機がけたたましい音をたてた。

やや狼狽しながら、小さな画面にちらりと目をやると、SA－6とSA－8と高射砲でいっぱいだった。数えきれないほどの砲が発射しており、その火花のせいで、地上で線香花火をしているみたいに見える。四方八方から、薄い灰色の煙があがってきた。

マリアさまっ！

反射的に機首をさげ、スロットルを押し、チャフをさらに発射した。はらわたからあふれでたアドレナリンが、いきおいよく心臓を通り、頭の先へ運ばれた。肩撃ち式SAMか大口径かはわからなかったが、関係なかった。

地面がせまってきた。道路上空で高度一〇〇〇フィートまでおり、そのあと方向転換して機首を引きおこした。速度が落ちたときに右後方を見やりながら、直感的にスロットルを押してアフターバーナー最大にした。これで、きっとみんなに気づかれるだろう。かまわない――どうせ全員が私を見たのだ。おなじ撃たれるのでも、印象はちがう。たんに反応して撃ってくるとき、驚きおびえて撃ってくるとき、防戦のために撃ってくるときとは感触がちがうのだ。もしくは怒りにまかせて撃ってくるときも。

いまの地上砲火は、激怒していた。五日間も戦闘を我慢させられて、信じがたいほどいらいらがつのっていたようだ。そして、ようやく攻撃目標を得た――私を。

下にいるイラク軍は、米軍地上部隊の不意をついて反撃するための要員だったのだ。それなのに、単機で飛んできたアメリカ人戦闘機パイロットに見つかってしまい、すっかり腹をたてていた。だから、私の息の根を止めたがっている。蜂蜜にくるまれて、スズメバチの巣にほうりこまれたようなものだ。

緑色の曳光弾が、そばを飛んでいった。私のまわりで稲妻と爆発がいっしょくたになって、雲の色が、赤からオレンジへ、そしてピンクへと変化した。その一瞬、時間が止まり、車両部隊が見えた。偵察部隊か……まさか。灰色がかった黄褐色の車両数百台が道路を埋めつくしている。少なくとも、一個旅団はあるだろう。いままで見えなかったのは、路面とまったくおなじ色だったのと、彼らが動いていなかったからだ。信じがたいほど非現実的で明瞭な一瞬、いくつかの戦車のシリンダーが回転し、装甲車に乗る男たちが私に向かって機関銃を撃つのが見えた。

兵士の一群から薄汚れた白い煙が浮き、うねりながら私のほうへあがってきた。肩撃ち式SAMだ！　赤外線目標検知追随装置を持つ、小さいが凶悪なやつで、ものすごく速い。回避の時間は二秒となかった。私はほぼ背面になり、そのまま降下した。

「ちっくしょうめ！」

左手の親指で対抗策発射スイッチを押して、できるだけ早く動かした。こうして、赤外線およびレーダー誘導ミサイルを無力にするために作られたチャフとフレアを連続して発射する。しかし、高射砲に対して効き目はない。また、AK‐47を空に向けて撃ちまくる約一五〇〇人のアブドゥルやムハンマドたちにも。

地面から一〇〇フィートに満たない高度で水平になると、こんどはまっすぐ上昇した。身体にかかるGにうめきながら、SAMのほうにむりやり首をまわし、さらにいくつかチャフとフレアを吐きだす。四〇〇ノットほどの高速で飛んでいた戦闘機は、急上昇によって速度が落ちた。だから、バレルロールで道路のほうに戻りながら、砂塵に目をこらして、ミサイルを見つけようとした。

そのとき、地平線が消えた！

それは、飛ぶための目印がすべて突然見えなくなったときに感じる、パイロットだけが知る恐怖の瞬間だった。永遠に思える半秒間、どの方向が上か下か横かわからなかった。怒れる敵兵がうじゃうじゃいる地面の数百フィート上空のほこりっぽい雲のなかにいるときに、この状態はまずい。とにかく雲から出ろ、脳みそが叫んだ。そのためには、操縦桿を思いきり引いて地面に近づくしかない。スロットルを戻してアフターバーナーを切った。地平線が見えなければ、その高度だと、イラクの土となるまで約三秒しかない。

いきなり砂塵が晴れ、目のまえに地球の顔があった。低木の茂み、タイヤ、古い車の車台までもが、私の記憶にきざみつけられた。

たいへんだ！

すぐに操縦桿を思いきり引いたが、F‐16が失速状態で落ちていくのを感じた。スロットルを押してアフタバーナーに点火したとき、左翼から一〇〇ヤードほどのところに道路が見えた。ざっと北東方向へ飛んで、騒動から離れた。

彼らは私を見た。

ふたたび、発射できるものすべてが私のほうを向き、射撃がはじまった。緑色の曳光弾が、薄暗いなかをムチのようにしなって飛んできた。大口径の高射砲からオレンジ色の玉がふわりと浮かびあがり、対空砲火が私のまわりで火花を散らした。だが、F‐16は反応している。機首が地平線のうえへあがると、翼をひるがえして敵から離れながら投下ボタンを押す。クラスター爆弾が落ちるのを感じた。

　即座に右へ急旋回し、こんどは雲へはいらずに東を向き、比較的敵の少なそうなあたりへ急降下した。高度一〇〇フィートをきると、尾部《テイル》を左へ動かし、アフタバーナーを切り、北東へ飛んだ。ふりむくと、公道八号線はいまも、タイムズスクエアのように明るかった。それどころか、多数の車両が私めがけて銃撃しているせいで、車列が炎上しているように見えたほどだ。雲の下で、さらに多くのSAMの航跡が描かれ、私はふたたび右に急旋回し、アフタバーナーをつけた。道路が見えなくなるまで、これを三、四回くりかえした。

　スロットルをミリタリーパワーに戻しながら、唾をごくりと飲みこんだとき、対抗策スイッチをずっと押しっぱなしだったことに気がついた。むろん、一基も残っていなかったが、HUDを見て、曳行デコイは全部、撃ち落とされたことを知った。

　おかげで助かったよ、レイセオン社。

　私の後方八マイルに公道八号線が見えた。それが急速に遠ざかっていく。ゆっくりと一〇〇フィートへ上昇してから、HUDを通して外をながめた。右側の暗い空の下のどこかに、ミグのシェイクマザール基地があるが、こんな悪天候では彼らはぜったいに飛ばない。代わってSAMと高射砲が仕事をする。だから、方向転換して、距離をとった。

　やれやれ。

　真正面は、メタリックなヘビのようにうねるチグリス川だ。河岸に茶色の小村が並び、川面に小舟が浮いている。小舟の男たちは、私のF－16を見て、エンジン音を聞いた。彼らは立ちあがって拳を振りまわし、虚勢を張って小ぶりの股間をつかんでいる。私は翼を揺らして、そばを通りすぎた。

「クラスター爆弾をとっとけばよかった」私はつぶやき、片翼をあげ、中指を突きあげて彼らを愚弄した。

チグリス川が見えなくなると、砂塵のなかをなめらかに上昇し、バグダッドと反対方向の南へと旋回した。データリンクを開始し、僚機と接触し、多機能ディスプレイ《MFD》に彼の位置が表示されたとき、コオロギの鳴き声のような小さな音がした。二〇〇〇フィートを超えたころにディスプレイに目をやってみて、ウィキッド2が、私の真南約二五マイルにいることを知った。

シェイクマザール基地から離れるために南東へ旋回したのち、八〇〇〇フィートで雲から出た私は、太陽をながめた。深呼吸をしてからマスクをはずし、座席の背に頭をもたせかけた。二、三日まえのナシリヤで、窮地を脱して安全圏へ逃れたときに感じたのとおなじ気持ちだった。きれいだった。数秒のあいだ、上昇して首都から離れていきながら、パウダーブルーの空を見つめた。

しかし、四〇〇ノットでも、回避機動の時間にあまり余裕はないので、空対空レーダーを作動させ、僚機にロックした。

「ウィキッド・ツー、ワンは、ブルズアイ一五〇で五六……一万を通過し二〇をめざしている」

数秒後、RWRに、見慣れたF－16のとんがりマークが現われた。

「ツーはコンタクト」

「ファイティングウイングへ……合流を許可する。ワンは五・一、タンクはドライ」

「ツーは八・七……燃料移送中」

つまり、いまの私の燃料量は約五〇〇〇ポンド、翼内燃料タンクはからっぽだ。ＨＵＤのデジタル時刻表示をちらりと見た。湖面上空へはいったときから、すべてが終わるまで六分とかかっていないのに、七〇〇〇ポンドの燃料を消費した。くわえて、曳行デコイ四基とチャフ・フレア一二〇組。それにクラスター爆弾二基も。梨の木のヤマウズラ一羽も。どれかは命中しただろうか。溜息をつきながら手袋をはずして、顔をぬぐった。まあいい。おれには命中しなかったのだから。

「ラムロッド、ラムロッド……こちらウィキッド23」彼らに、喜ばしい情報を知らせてやろう。

「ウィキッド……最新情報をスタンバイ」

ひらめく光が目にはいったので、右やや上を見ると、南から僚機が舞いおりてきて、頭上を横切り、私の左翼から少し離れた位置に滑りこんだ。私は翼を揺らして彼を接近させつつ、もっとも近い空中給油軌道の方位を呼びだした。

僚機に顔を向けると、ヘルメットをかぶったパイロットの頭が見えた。バイザーをおろし、袖をまくりあげている。私はにやりとした。親にそっくりの息子だ。親指と人差し指ですばやく合図すると、彼はうなずいて戦闘損害点検を開始した。

「ウィキッド……こちらラムロッド……さきほどの座標の車両および機甲部隊は、ＲＰＧ部隊の可能性あり……くりかえす……ＲＰＧ部隊」

ＲＰＧ。共和国防衛隊戦車機械化歩兵部隊。それならもっと早く知りたかった。サダム・フセインの精鋭部隊。他のイラク軍部隊――あるいはイラン軍やフランス軍――とくらべて精鋭というだけで、わが軍の相手ではない。やはり全員が死ぬ運命にある。ましな服装で。しかし、うんと近づいてこの目で見たが、共和国防衛隊には、付属の防空部隊があった。私は首をふりながら、私の機の下へもぐりこんだノットソーが反対側に姿を現わして、私の機体の穴や漏れや欠落した部品がないか調べるのをながめた。

「ウィキッド……慎重のうえにも慎重に行動せよ」

ふん、ありがとよ。この男は、この一〇分間、おれがなにをしていたと思っているんだろう。

「ウィキッド……聞こえているか？」

私はまた深く息を吸った。いま答えれば、プロらしからぬ嫌味なことを、また、この場にふさわしいことを口走ってしまう。だから、ノットソーが戦闘損害点検を終えて、親指をたてて合図してくるまで待った。ラダーを踏み、両翼下にぶらさげた爆弾とミサイルをちらりと見せて離れていく彼を、私は見守った。

マイクのスイッチをいれ、退屈そうな声をどうにか出した。「ラムロッド……こちらウィキッド23……武装偵察を完了した。ＲＰＧ部隊を確認……機甲、機械化歩兵部隊と防空」

「ウィキッド……人数の見当はつくか？」

脳裏にきざんだ映像を、心の目で見てみた。道路。路肩に駐められた車両が、見渡せるかぎり遠くまで続いている。光る銃口。

「ラムロッド……師団規模。車両は数百台……すべて公道八号線を南行き」

「ウィキッド……車両のタイプはわかるか？」

「射撃タイプ」

「なんと言った？」

　給油機へ引き返しながら、このやりとりを数分つづけた。彼らはあきらかにもっと多くの情報を望んでいたが、状況を把握しつつ敵の攻撃をかわさなければならなかったから、わずか数秒ではそれが精一杯だった。すると、彼は言った。

「えー、ウィキッド……再度、目標上空を通過してほしい」

　二度めの上空通過は、どんなときでも危険だ。さっき私が上空を飛んで攻撃した敵は、いまやすっかり警戒し、油断せず、腹をたてている。とはいえ、しなければならないときには、それをする。近接航空支援や捜索救難のような危機的状況であれば、だれでも迷わずに行くだろう。しかし、これは、そういう状況ではなかった。そのうえ、チャフもフレアもデコイも使いつくした。それに、ノットソーに行かせるつもりはない。この青年の人生はまだこれからだし、彼と出会いそこねる女性がかわいそうだ。

「ラムロッド……これはジェレマイアの指示か？」

　長すぎるほどの間があった。ようやく、彼はこう返事した。「えー……ちがう、ウィキッド。ラムロッドの要請だ」

　冗談きついぜ。

私はばかみたいにあそこに戻るつもりはない。どんな書類を作成しているかは知らないが、野暮天ども自身で、いくつか欠けた部分を埋めればいい。見る必要があるものはすべて見た。私は相手にそう伝えた。そして、これから空中給油をして、帰投すると。

あとでわかったのは、道路にいたイラク軍は、配置換えのために移動する部隊でも偵察部隊でもなかった。じつは、メディナの機甲機械化歩兵部隊および共和国防衛隊ネブカドネザル隊だった。カルバラでアメリカ軍先発部隊を反撃するべく、南進していたのだ。イラク最高司令部は、米軍先発部隊が立ち往生していると判断した。事実、バグダッドの南約五〇マイルの地点で絶え間ない攻撃を受けて、第三歩兵師団の勢いは弱まっていた。海兵隊は、ナシリヤの北で激戦をくりひろげ、戦いながらゆっくりとチグリス川のほうへ進んでいた。

防衛隊は、砂嵐にまぎれてバグダッドをあとにし、米軍を撃退するために南へ向かった。私は知らなかったが、べつの共和国防衛隊旅団も、バグダッドから、海兵隊を攻撃するために南東へ移動していた。

アメリカ空軍は、イラク軍の最前線の戦闘部隊との戦闘にたしかに勝った。ところがフセイン麾下の将軍たちはこう考えた。現在の悪天候下では、アメリカ空軍は航空支援できない。そして、航空支援がなければ、イラク軍は、米陸軍および海兵隊と互角に戦えるだろうと。彼らは、どうみても第一次湾岸戦争のときのことを忘れている。また、米軍の戦闘機は、どんな天候でも出撃することもだ。私たちは悪天候を好んではいなかったが、悪天候にけっして足留めされはしなかった。つまり、多数の戦闘計画がそうであるように、ある観点から見れば、ひどく威勢がいい計画だが、べつの観点から見れば、無分別としかいいようがなかった。

空中給油軌道までおよそ五〇マイルのところで国境を越えてサウジアラビアへはいり、ようやくすこし緊張を解いて、精神活動のスピードを落とした。戦闘機パイロットは、時速五〇〇マイルで飛びながら考えることに慣れている。いっしょに暮したことのある人間ならわかるだろうが、これはじつにわずらわしいことなのだ。職業病といっていいだろう。そのうちに、脳はふつうのレベルにまで落ち着いてきた。また、背中の筋肉が少し伸びるのを感じた。

ヘルメットをはずして、汗で濡れた髪の毛を指ですき、頭に水をかけた。頭をかいてから、プラスチックの味のする生温かい水を長々と流しこんでいるときに、妙なことに気づいた。親指と人差し指が、かすかに痙攣している。ほんのかすかだが、ぴくぴく引きつっていた。

戦闘機パイロット人生において、九死に一生を得たことが数えきれないくらいあるし、一九九一年以降、ひるむことなく、ときどきゾウを見てきた。さらに数秒、自分の手を見つめ、一度鼻を鳴らしてから、手袋を勢いよくはめた。

しかし、きょうは、かつてないほど死に近づいた。私はなにも破壊しなかったし、英雄的なこともしなかった。この任務が大きく取りあげられることはないだろうし、私も一度も口にしたことはない。けれども、私にはわかった。

私は、ゾウさえ行かない場所を見つけたのだ。

10　SAMおびきだし任務

二〇〇三年四月六日、現地時間一一〇四時
バグダッドの北

「こんなときに！」

バイザーの下からはいってきた小さなゴミが目にはいり、片目が焼けるようにひりついた。横転をつづけて完全に背面になり、操縦桿をさらに押して、F－16をまっすぐにした。マイクのスイッチをいれて、翼端から外を見通す。「イーライ・スリーとフォー……バグダッド上空の高射砲《トリプルA》を回避」

さっきまで私たちがいた空に、突然、薄汚れた白い煙が出現したので、パワーをあげ、二、三〇〇〇フィート上昇して、市中心部から離れた。改名されたばかりのジョージ・ブッシュ空港（旧サダム国際空港）を後方左に見ながら、痛めつけられたサダムの首都西部を攻撃している。逆宙返りして反転するときには、ゴミが目にはいらないようにせわしなく瞬きし、ふりむいてバグダッドをながめた。サダムの首都は、ややくたびれていた。市街地上空に浮かぶ茶色の煙の下に、薄緑色のチグリス川が見える。黒いコンマのような形をした無数の煙の尾が、建物や道路から立ちのぼっていた。曳光弾が曲線を描いて飛び、ときおり爆発して、汚れた空気にさらに破片をまき散らした。

米陸軍と海兵隊が到着したあとでも、イラク軍の闘志はまだ残っていたらしい。

きょうは、〝暴走族〟任務だった。基本的には、さまざまな空域を飛びまわって、戦闘が行なわれている場所をさがす。敵勢力の種類は不明で、兵器の選択は私たちにまかせられていた。目的はただ一つ、残っているイラク軍を退治すること。

この日、私たちは、二個のF－16CJ四機編隊で出撃した――イーライ31とラペル77だ。私は、イーライの第二編隊《エレメント》のリーダーを務めていた。そして、バグダッドの近辺で、イーライの第一エレメントと分かれた。イーライ・ワンのジング・マニングは、都市の南東のどこかで、F／A－18ホーネットを避けながら、チグリス川沿いのイラク軍守備隊を攻撃している。東から進軍してきた第一海兵隊が首都へはいった数日まえから、ホーネットがうようよ飛んでいた。

第三歩兵師団は、四月四日、この戦争で一、二をあらそう激戦のすえ、バグダッド国際空港を攻め落とした。陸軍は、四月六日に郊外から空港に向かってサンダーラン作戦を開始していたので、その地域は、基本的に安全だった。だが、バグダッド中心部は、どうみても安全ではなかった。まさに無秩序状態だった。おびえた市民が列をなして北部と西部へ避難しようとしているいっぽうで、イラク軍は、米軍先発部隊を迎え撃つために、中心部の守備位置を放棄した。

イラク軍機甲部隊が、都市の北のはずれを移動している。そして、いたるところで、すさまじい市街戦がはじまった。とはいえ、戦車を見分けるのはむずかしい。シージェイに目標設定ポッドを装備するべきだとあれほど強く主張したのに、装備されなかったため、パイロットが、敵と味方を区別するのはほとんど不可能だった。だから、市内の戦車退治はA－10とF／A－18にまかせることにした。私たちは、SAMを、なかでも、ヘリコプターと近接航空支援用地上攻撃機A－10の大敵であるローランドとSA－8の生き残りをおびきだすために飛びまわった。

西から都市をぐるりとめぐりながら、高度約一万フィートにおり、増えつつある雲の下の位置を維持した。都市は、さまざまな色合いの灰色が集まっている——灰色の地面、それより濃い灰色のコンクリート、砲金色の道路。雲間からすじとなって降りそそぐ陽光が、鳩羽色のパッチワークの荒涼とした風景をやわらげた。無数の真っ赤な火から、黒い煙がまっすぐ上に立ちのぼっている。オレンジ色や黄色の曳光弾がときどき下から飛んできて、雲の下で爆発した。

私はまたも翼を傾けて、右へ旋回した。私の外側、つまり左側で僚機を飛ばせておきながら、私たちは都市の周囲をまわりつづけた。こうすれば、敵勢力から見て、僚機の手前に私が位置することになるし、距離をとって編隊が組めるし、かつ、バグダッドを観察できる。ヘッドセットからデータリンク完了を示す音が聞こえたので、MFDをちらりと見た。僚機から、フラップウィール・レーダーとSA－3のデータが伝送されてきた。フラップウィールとは、火器管制システムのことだ。すなわちレーダーで誘導する高射砲である——肉眼で照準をさだめて発射する兵器よりもはるかに手ごわい。私はそこを離れ、そのSA－3をもう一度見た。それは、私たちの北およそ一五マイル、公道一号線のそばに位置している。その道路のさきに、バラドというミグの大きな基地があるので、SAMは、私たちのような敵からそこを守るためのものにちがいない。

私はにやりと笑った。そうは問屋がおろさない。

中心部から八マイルほどのところを弓なりに飛んでいた私たちは、バグダッドの北のはずれで一号線を横切り、四五〇ノットで東へ向かった。機首の前方両側の地上を順序だててスキャンする。

RWRは音量いっぱい、妨害ポッドは自動《オート》にしてあり、二機ともデコイを曳行している。くわえて、五、六秒おきに高度を変えて飛んでいた。万全のワイルド・ウィーズル態勢だ。

公道二号線上空を通過したとき、左肩ごしに僚機を確認した。いるべき位置にいるのを見て、私は息を吐いた。すべて順調で――

〝ビーッ……ビーッ……ビーッ……ビーッ！〟

ディスプレイで点滅する〝3〟から反射的に離れながらも、目はRWRに釘づけだ。左の拳でチャフを発射し、マイクのスイッチをいれ、機首を大きく引きあげて、真北に向かう。

「イーライ・スリー、SA－3の回避機動、北のブルズアイ八……」

操縦桿を押し、座席から尻を浮かせながら、チャフのボタンを叩きつけた。そのとき叫び声がした。「イーライ・フォー……ミサイル！　えー……こちらイーライ・フォー、ミサイルが飛んでくる！」

どこだよ？

すぐさま首を右にまわし、パワーをあげて、都市を視野にいれておくために横向きに動いた。なにも見えない。尋ねようとして口をひらいたとき、目の端で閃光をとらえた。

いた！

ほぼ真正面、一二時だ。全体的に灰色の背景のせいで、渦巻く灰色の煙は見えにくいものの、ミサイル後部の火ははっきり見えた。

「イーライ・スリー……ミサイル目視、右二時、近い」私は、右翼側でミサイルを見るため、六G

水平旋回を開始した。高層建築の並ぶバグダッドの上空でたなびく煙が、いまは雲を背にして見えている。が、最初のミサイルはどこへ行った？

「イーライ・ツー……最初のＳＡＭの位置は？」

「こちらツー……えーと……ＳＡＭは不成功《ノー・ジョイ》」見えないという意味だ。

旋回を終えて、鳴りひびくＲＷＲの音を聞きながら、ふたたび直進した。飛んでくるミサイルがたった一基ということはありえないので、地上のようすをすばやく読みとりながら、あばら屋の集まる地域や、バグダッド北部を縦横に走る運河の上空を通過した。中心部で高射砲が連射され、もっと南のほうで、ＳＡＭが発射されたことを告げる煙のすじが幾本も見えた。最初に見たミサイルは、雲のなかに消えてしまったが、そのロープロー・レーダーは、いまも私にロックしたままだ。

戦闘機をぐるりと旋回させて、ＳＡＭ陣地があるにちがいない地面を真正面にとらえた。マーク機能を呼びだし、またもや機首を思いきりさげて、小さな菱形のマークをだいたいの場所にあわせた。幸運にも、さほど風は吹いていなかったので、ゴミ捨て場らしき場所の上空に、いまでも煙がただよっている。ＨＵＤに座標が出現すると、私は左に急旋回した。こちらを射撃できる兵器に、長時間腹を向けておくのは名案ではない。だから、旋回をやめて、敵ミサイルが飛んでこないか確認してから、また旋回して離れた。

いま、北に向かって飛んでいる。ＳＡＭ陣地は、私のまうしろ六時方向だ。横方向に広がったルースデュースで飛ぶ僚機が、頭上に見えた。翼端から蒸気の糸を引きながら、彼が降下してきた。編隊を組もうとしている。

「イーライ・フォー……データをスタンバイ」チグリス川沿いを真北に向かいながら、データリンクでSAMの座標を送信した。私はマイクをかちかち鳴らしてから、右方向へそれ、北東へ向かった。こうすれば、撤退するイラク軍部隊でいっぱいの一号線と二号線からじゅうぶんな距離を置けるだろう。また、バグダッドの北にある無敗の大都市バクーバを避けて、その南をかすめるように飛んだ。地形も、このあたりのほうがましだ――曲技飛行できる余裕がかなりある。標高の低い湿地帯で、道路も少ないから、可動式SAMや高射砲の数は少ないだろう。

その朝、ともに出撃した四機編隊ラペル77に連絡するため、彼のVHF周波数に切りかえた。「ラペル・ワン、こちらイーライ・スリー」

「どうぞ」

「イーライ・スリー隊は、SA－3と交戦、ブルズアイ〇二〇で九。位置は？」

「ラペル・ワンとツーは、ブルの南東を、二万五〇〇〇で給油機に向かっている。ラペル・スリー隊は、ドッグ南の給油機から離れるところ」

私は彼に、SAMの座標をデータ送信した。「ラペル・ワン、ラペル・スリーに南から進入させて、おれたちがこれを片づけるまで、川の西にいさせてくれ」

「ウィルコ」

私の二機編隊は、バグダッドの真東一二マイルにいた。高度八〇〇〇フィートを、SAM陣地を真横に見ながら、大きな弧を描くようにして北へ飛んでいる。絶好の位置だった。こうして外縁部を飛んでいるうちに、攻撃目標として目をつけられる。手を伸ばせば届きそうな目標だ。そして、彼らは見守り、待つ。追跡レーダーが動きだすか、もしくは私たちにロックオンしようとしたら、そのときには、こちらのシステムがそれの場所を特定する絶好の位置についている。

この空域にラペル隊が来れば、攻撃された私が回避しているあいだに、彼がSAM陣地をさがしだし、爆破できる。彼が攻撃されたなら、その逆でいく。ワイルド・ウィーズル任務で最大の難点は、敵の陣容が不明なことだ。その意味で、これは好例だ。下になにがあるのか、私たちにはまったくわからない。もっと恐ろしいSAMか、高射砲の巣か、すべてをそなえた砲台か。

のちに、そのすべてだったことが判明した。

「イーライ・スリー、六・四」

残る燃料は六四〇〇ポンドと知らせたのだが、僚機から応答がないということは、彼は五〇〇〇を切っているのだ。私はRWRの音量をあげ、対抗策のパネルを調整し、ハーネスを少しきつく締めた。外にちらりと目をやり、翼下にぶらさがる先端の丸いシリンダー二本を見て、兵装ディスプレイを呼びだした。きょうは、いつもの機関砲と空対空ミサイルのほかに、二基のCBU-103――クラスター爆弾――を搭載している。地域目標に使用でき、攻撃されているときでも使いやすいため、ウィーズル任務にはぴったりだ。狙撃銃ではなく散弾銃で撃つのに似ている。

爆弾一基に、約二〇〇個のソフトボール大の小型爆弾がはいっている。一〇〇〇平方フィートの面積に落下する小型爆弾の数をもとに着弾密度が割りだされるが、その数値はおもに、容器がひらく高度によって決まる。その高度は、目標の種類にあわせてコクピットで設定する。SAM陣地のような非装甲の目標と比較した場合、戦車を破壊するには、より大きな着弾密度が必要だ。

右旋回して、半径一四マイルの円上を南へ戻った。RWRの二時の位置で、〝3〟がやさしく光っている。数マイル前方、やや右に、オレンジ色の曳光弾が飛んできた。私たちのいるほうを狙ったものだが、遠すぎて脅威とはならない。その地域に小さな予備飛行場があったのを思いだして、少し距離をとった。つぎの曳光弾の一群が流れるように飛んできたとき、私はマイクのスイッチをいれた。「イーライ・フォー……スラップショットSA－3、方位二二〇」

僚機が、翼端から蒸気をたなびかせて急旋回し、私の後方を横切って、バグダッドのほうに機首を向けた。私は右側を見て、僚機をつねに視野にいれておける距離があることを確認し、目標地域を見つめた。ディヤラ川が、身をよじって都市から逃げだそうとする汚れた緑色のヘビのように見える。その東側、私たちがいるあたりのカーキ色の地面にひとけはない。SAMに向かって川を越えたところの地面は、青磁色の畑と灰色の道路とまばらな村がいりまじったまだらのキルトとなっている。

「イーライ・フォー、マグナムSA－3……ブルズアイの〇二二、九マイル」

HARMが発射され、僚機の翼下で白煙がキノコ雲状に大きく広がった。私たち二機は、ミサイルの経路から南へ離れ、水平飛行に移ると、バグダッドへ向かって疾走した。

バグダッド中心部および南部では、高射砲の砲撃はずっと激しかった。これは、クート街道とチグリス川にかかる橋を攻撃した海兵隊機のホーネットを狙ったものにちがいない。イラク防空部隊を混乱させるものなら大歓迎だ。

私がマークした目標は、いま、右翼からまっすぐ一二マイルのところにある。マイクをかちかち鳴らしてから、ほぼ背面になるまで翼をひるがえし、ＨＵＤで針路を調整した。ひょいと機体をまっすぐに戻し、スロットルを引いて四五〇ノットを維持したまま、地表に目を走らせた。私の左側、一〇時の位置で、市中心部の高射砲がふたたび射撃を始めていた。チグリス川は奇妙な光に照らされて、ほとんど蛍光色の緑色に輝いていた。首都の北端にあるスラム街マディナに沿って、大きな運河が走っている。運河全体が真っ赤な色をしているのを見て、私は驚いた。鉄分を含む運河か下水道——かどちらかわからない——だろうか。不思議な光景だった。

「イーライ・スリー、攻撃する」

右の親指で、搭載品管理システム《ＳＭＳ》・ディスプレイを呼びだし、ＣＢＵの設定を最後にもう一度確認した。ＣＢＵ－130は、旧型から飛躍的な進歩をとげたクラスター爆弾である。風の強さや向きを修正できるのだ。イラクの風はとても変わりやすいので、効果的な一撃となるはずが、ちょっとしたことで的をはずしてしまいかねない。尾部のフィン角度が変化して、容器を回転させる。そして、設定された高度に到達すると、容器がひらいて、小型爆弾がばらまかれる。私は、その設定のすべてを確認し、パワーをしぼって四二五ノットを維持し、ゆるやかな降下をつづけて、一万フィートを通過した。

南部と東部では、あいかわらず黒い煙が立ちのぼっている。レーダーは、エコーだらけだった。ときおり川沿いで閃光が光った。激しい市街戦はまだ続いているようだ。はるか西方の空に、ＳＡＭの灰色の指が伸びているのが見えたが、発射されるところは見なかった。ＲＷＲは飽和状態で役にたたないので、自分の目がすべてだ。攻撃部隊の周波数で、近接航空支援のやりとりが活発に行なわれていたので、UHF無線の音量をさげた。

七マイルとなったとき、スイートスポットにはいった。F－16は完璧に飛んで、どんぴしゃりの位置につき、すべてが思ったとおりに機能していた。HUD上でCBUを示すマークは、見た目がホチキスの針にそっくりなので〝ステープル〟と呼ばれていた。マークの上部と下部は、現在の高度と対気速度と風にもとづいて計算された、CBUを投下する最高高度と最低高度を表わしている。最適域を表示するもっと小さなステープルも見えていて、ふつうはその範囲内で投下するようする――状況が許せば。ステープルをゆっくりとおりてくる小さな〝∧〟を見つめ、HUDをすかして外を見た。目標指定《TD》ボックスは、私が置いた場所にきちんと置かれているが、微調整するにはまだ遠すぎる。

「イーライ・スリー……右に離脱しろ。早く！」

喉がぎゅっと締めつけられたが、私の両手は反射的に動いた。本能と訓練で身についた癖が、またもやあとを引き継いだ。スロットルを押し、右に急旋回し、チャフを発射し、機体を横向きにぐいと動かしてふたたび北を向く。私は、公道五号線沿いにあるみすぼらしい町の、運河と道路がまじわる四つ角の真上にいた。道路の上空で水平になって、操縦桿を勢いよくまえに倒したとき、ヘルメットがキャノピーにぶつかるのを感じた。コクピットのほこりが目のまえにただよってきたので、まばたきする。

「ミサイルが飛んでくる！　ミサイル……えー……北のブルズアイ一〇」

座席のなかで身をよじって、左肩ごしにふりむきつつ、機首もそちらに向けた。いた！　地平線の向こうへ続く航跡。じっさいには、二本。

「イーライ・スリーは、ミサイル二基を目視した。左八時……東へ上昇し、北へ方向修正中」

だから私に見えなかったのだ。ミサイルは、バグダッドの端から、大運河を越えて飛んできた。そのあたりのなにもかもが、灰色に塗られたように見える。

「イーライ・フォーはブラインド」

私は、SAMから目を離さなかった。僚機は心配ないだろう。RWRの飽和状態はつづいているので、私たちのどちらが目標にされているかはわからない。勘だけで飛びながら、少しパワーをゆるめ、機首を起こした。いまも尾部のさらに後方をにらみながら、左を確認し、万一を考えて、親指でデコイをまた発射した。データリンクも送信した。

「フォー……見える《ビジュアル》まで一万にいろ。スリーは、北から再攻撃する」

片翼を高くあげて、道路にはさまれた無人地帯をぐるりとまわり、ふたたびバグダッドに機首を向けた。HUDで目標をとらえると、背面になって降下しながら、CBUのマークをまた呼びだした。

私の目のまえで、イラクの灰色一色の風景を背に、べつの白っぽい煙がもくもくとあがってきた。菱形を左へ動かして、その煙の真上にあわせてからボタンを押し、新しい参照ポイントとして更新する。

「イーライ・フォーは、ビジュアル」

私はマイクをかちかち鳴らして了解の合図を送り、HUDを見つめた。運河のすぐ北の平らな地面に、褐色のこぶのように盛りあがっている小山がいくつかあるようだ。だが、確かめるには、もっと近づかなければならない。

こういうときこそ、目標設定ポッドが必要なのに。

ペンタゴンのクソ野郎め。

だしぬけに、その地点から光る線がいくつか、まっしぐらにのぼってきたので、私は身を引いた。燃えさかるテニスボールのような大口径の高射砲弾は、ものすごい速さで下から飛んできて、宙で停止したのち、地面へと落ちていった。私の額を狙って飛んできたかのようだった。そして、私は、まっすぐ地上砲火めがけて降下した。長い時間に感じられた。九〇〇〇フィートを通過し、子どものぱちんこ以外、地上の全兵器の射程にはいった。

そのうち、ぱちんこも。

身をのりだして、最後にあがった煙を地面へとたどり……見つけた！　中央東側の小山の手前に、馬蹄形の防壁が四つ並んでいる。煙の下に、薄い色のミサイルのとがった先端がはっきり見えた。中央の小山の頂上で高射砲の砲口が光りだしたが、それは気にせずに、より正確に照準をあわせることに集中した。小さな照星《ピパー》を防壁の中心にあわせ、やや前のめりになったまま投下ボタンを押したとき、白熱の玉が音をたてて機首のまえを飛んでいった。

CBUの一基が機体を離れた。即座に機首を起こし、スロットルを押してミリタリーパワーにいれる。高射砲の照準が私にあいはじめたので、すぐに位置を変えなければならなかった。機体が水平になるなり、さっと背面になり、バグダッドの北に広がる農地に向かって降下した。

スロットルを戻し、五〇〇ノットで五〇〇〇フィートを通過したところで右に急旋回してから、翼を水平にした。速度を落とし、頭上で白い雲が爆発したのがちょうど見えたときに、また左へ戻った。操縦桿を思いきり引きながら、チャフを発射し、パワーをくわえて二、三〇〇〇フィート急上昇する。こうしてテイルを小刻みに動かしていれば、私には見えないものの、発射されているのは確実な砲弾かミサイルをふりきれるかもしれない。

ふりむいたとき、その場所の中心部分から薄汚れた茶色の雲が噴きあがるのが見え、クラスター爆弾が命中したのがわかった。

「イーライ・フォー……二次爆発を見たか?」二次爆発があれば、なにかに命中したことがはっきりわかる。しかし、それがなくとも、私のCBUが、SAM陣地を破壊した可能性はある。近接爆発により、砲架から射手が吹き飛ばされたり、レーダーや人員など、炎上しないものに致命的な損害をあたえることがある。

「フォー……見ていない《ネガティブ》」

ちぇっ、おれもだ。

とはいえ、そのあとミサイルが発射されるのを見ていないから、イラク軍兵は、爆発のせいで脳震盪を起こしたか、鼓膜をつまらせながら待避壕に隠れているのだろう。ちがうかもしれないが。どっちでもかまわない。私を不安にさせるのは、だれも知らない無傷のSAM陣地がそこにあるという事実だった。陸軍および海兵隊地上部隊の支援のために、バグダッドへ向かうヘリコプターを撃墜するかもしれないミサイル発射陣地が。

この新攻撃目標から一〇〇マイル離れ、高度一万フィートで公道二号線を越えたとき、四〇〇ノットを維持するべくパワーをゆるめた。イーライ・フォーが現われ、私の左翼のかなり近くを飛んでいる。私は笑みを浮かべた。僚機を務める若手パイロットにとって、編隊のリーダーと離れ離れになるのは、とくに敵領域上空で攻撃されているときには、気持ちが落ち着かないものなのだ。だが、今回は、無線でくだらない話をすることなく、私にぶつかることなく、また、彼自身が撃墜されることなく合流した。

「イーライ・スリー、六・一」

「イーライ・フォー……七・二」

私はうなずいた。彼よりもずっとたくさん飛びまわったので、当然ながら私の燃料のほうが少ないが、そのほうが都合がいい。ゆるやかな右旋回にはいりながら、バグダッドに目をやり、そのあと周波数をAWACSに切り換えた。

「ルーガー……こちらイーライ33」

深緑色の田園地帯を流れるチグリス川が、青磁色のリボンのように見えた。首都のすぐ西に、タジというわりと大きな町がある。バグダッドにつながる重要な鉄道駅のあるこの町には、数基のSA-6を含めてSAM陣地が密集しているはずなので、私たちは大きく迂回した。頭を動かして線路をさがしたものの、見えなかった。（じつは一九九一年、共和国防衛隊の進軍を止めるために、このタジ駅を爆撃したのはこの私だ。世界は狭い）

ルーガーから応答はなかったので、通信カードを調べて、ハイパーの周波数を見つけた。便宜上、イラクは、緯度別に北部、中部、南部と分けられている。ハイパーは、三五度線の北を管制するAWACSだから、ひょっとして通じるかもしれない。

通じなかった。

「イーライ・スリー……こちらラペル・ワン」

「どうぞ」

「えー……ラペル・ワンは、給油扉があかないので帰投する。ラペル・ツーをそちらに合流させたい」

「ラペル・スリーはどこにいる？」

「一〇分まえに給油機を離れた……かなり近くまで来ているだろう」

「ラペル・スリーは、ブルズアイの二五〇で一八。空港のすぐ西」と本人が口をはさんだ。

私は、翼端の下に広がるイラクを見つめた。私の北東にバクーバがあり、そして、機首のすぐまえに、あの小さな予備飛行場がある。これ以上の好条件にめぐまれた場所はほかにない。

「イーライ・スリー隊とラペルは、コバルト・エイトを使用」それはラペル用の周波数だが、その編隊長が帰投するなら、もう必要なくなる。それを使えば、私たち全員で交信できるし、データリンクもできる。「ラペル・ツー、今後きみはイーライ・ファイブだ」

「ファイブ了解。一〇・六」

よし――燃料はじゅうぶんある。イーライ・ファイブは、本名デイブ・ブロダー、またの名をクレプトーという、若く冷静な大尉だった。私は、菱形をバクーバにあわせ、マークし、それをデータリンクした。ディヤラ川の数ヵ所の湾曲部からは灌漑用水路が無数に伸びていて、見た目はまるで大きな緑色の睾丸だ。知力よりも胆力を持つ男の一団にはぴったりの合流地点だった。

「ラペル・スリー、一万五〇〇〇にあがることを許可する。イーライ・ファイブは一二Kを維持し、タジへ向かう」

全員が受領通知してきた。私は、二〇ミリ機関砲弾を満載し、CBU－130一基を残している。フォーは、HARMを一基と砲弾、イーライ・ファイブは、CBU二基と砲弾。搭載兵器一覧表を見ると、ラペル・スリーはCBU二基、その僚機はHARM二基を搭載していた。

さっきの基地のおおよその全体像を頭に描いてみる。北風が吹いていることから、最初に南側の防壁を攻撃しようと考えた。そうすれば、施設のほかの部分が、煙と土ぼこりで隠されずにすむだろう。

「イーライ・スリー、こちらルーガー」

やっと来たか。

「ルーガー、こちらイーライ・スリー……ジンク14でデータをスタンバイ」

ジンク14は、第二攻撃周波数だ。それを使えば、ほか五〇機が聞いている無線交信をじゃませずに、彼に情報をまわすことができる。私は、走り書きしたメモと図に目をこらした。「北緯三三……二五……四一。東経四四……二七……二九」

南に広がるバグダッドを見つめていると、南東に向かって次々とミサイルが発射されたので、イーライ・ワンは無事だろうかと考えた。だが、ジングは大人だし、自分がしていることの意味をわかっている。私があそこへ行くことはないだろうし、状況を変えられるほどすぐには駆けつけられないだろう。あらゆる状況が、彼らにとっては〝流動的〟だ。それに、すでに持ち場につき、攻撃に参加している戦闘機と協調して動くのはむずかしい。

「ルーガー……これはSA－3陣地だ……少なくとも三ヵ所の砲台を確認した。五七ミリのトリプルA」コクピットのそばを音をたてて飛んでいった最後の砲弾を思いだしてつけくわえた。「たぶんズースも」

〝ズース〟とは、ZSU－23－4をさす隠語だ。ことにすぐれた機動性を持つ、超小型高射砲である。四砲身で、連射速度は早く、防御はほぼ不可能という、じつに厄介なしろものだ。

「ルーガー了解。意向を知らせてくれ」

またそれか。

「ルーガー、88アルファ・シエラ空域の北側半分に、味方機をはいらせないようにしてくれ。イーライとラペルは、北と東から目標を攻撃する。以上」

三周めの軌道旋回をしているとき、南方の小さな褐色の飛行場から発射された高射砲弾が見えた。

「ラペル・スリーは位置についた」

上を見あげたが、なにも見えなかった。上空の雲底はやや低く、ずっと濃密に見えた。悪天候に隠れて移動させないためにも、この陣地を、きょう破壊しておく必要がある。

「ラペル……おれが〝攻撃する〟と言ったら、目標の南東へまわってくれ。〝発射《ライフル》〟か〝回避〟と言ったら、突入して攻撃しろ。ミサイル発射の合図があればつねに、ラペル・フォーがHARMを発射」

　これは、私自身が開発し、何年もかけてみがいてきたハンターキラー戦法だ。ある方向から二機一組が攻撃をしかけ、反対側からべつの一組が攻撃する。そうなるとＳＡＭは、両側から来る敵に対応せざるをえず、ふつうはミサイルを発射する。撃たれたほうの編隊は、攻撃を中止して回避し、旋回する。その後ただちにべつの一組が突入し、攻撃する。注意をそらせるためにＨＡＲＭが発射される。そのうち、だれかが接近し、ＳＡＭを破壊する。めったにないとはいえ、万事が計画どおりに進めば、最初の組が兵器を投下した時点で、二組めが攻撃を開始するだろう。じつは〝ライフル〟は、マーベリック・ミサイル発射を知らせる通信用語なのだが、特別な言葉を使いたくなかった。理想的には、二機編隊三組の計六機、いわゆるシックスパックで、ＳＡＭ陣地を圧倒し破壊する。イーライとラペル全員が、その戦法を知っていたが、念のために要点をくりかえした。

　ところで、ＳＡＭ陣地を攻撃し破壊するのは、少なくとも、敵戦闘機を撃墜するのとおなじくらい困難で危険である。近ごろは、より困難になっていると思う。というのは、現代のミサイル技術は、敵戦闘機のパイロットより恐ろしいからだ。ベトナム戦争時、一一〇〇機以上の固定翼機が、ＳＡＭおよび高射砲で撃墜された。ミグに撃墜されたのは七七機だ。砂漠の嵐作戦とコソボ紛争の空中戦闘で、米軍が失った固定翼機は一機だけだったが、地上砲火によって一八機が撃ち落とされた。にもかかわらず、空対地攻撃の〝撃墜王《エース》〟という称号は存在しないことに、首をかしげてしまう。

「了解」ラペル・スリーが応答した。「目標は？」

　私は、図を見た。「おれが攻撃を中止したときは、おれの目標を攻撃しろ。でなければ、ＤＭＰＩ

をデータ送信する」

指定着弾点。一文字で足りるときでも、可能であればいつでも軍は四文字を使おうとする。DMPIとは〝攻撃目標〟のことだ。

「ラペル了解……準備よし」声から意欲が感じられた。

「イーライ・ファイブ、ここにいてくれ。つぎの攻撃を待て」

「ファイブ了解」

「イーライ・スリーは……SA－3を攻撃する。ブルズアイの〇二二の八。スイッチ類確認」

左を見てから、五G旋回にはいり、SAM陣地を真正面にとらえた。自分の忠告にしたがい、指と目を対抗策と兵装ディスプレイに走らせる。

チグリス川と平行に飛びながら、バグダッドがちょうど南東に見える位置についた。僚機は、私の東二マイルのやや上方を飛んでいる。雲底がさがったとはいえ、二万フィートあたりにとどまっており、まだ影響はなかった。大口径の高射砲の濃い灰色の煙も、都市上空に残っている。また飛んできた砲弾が、奇怪な赤とオレンジ色のマッシュルームのように花ひらいた。イラク軍は、米軍戦闘機に必死で反撃している。

小さな飛行場上空を通過したとき、私たちがいるほうに、高射砲の白い煙のすじが何本もあがってきた。滑走路にも誘導路にも飛行機はいないし、高射砲は、私たちがばかをしでかさないかぎり、命中しそうにない小口径のものだった。

目標まで八マイルになったとき、私はわずかに機首をさげ、TDボックスがSAM陣地にかぶさって落ち着くのを見つめた。運河のすぐ南に、とりとめなく広がる地域が二カ所あり、ゴミ捨て場らしき三角形の土地でへだてられている。SAM陣地は、運河とゴミ捨て場のすぐ北にある。私は、施設の南端をねらうつもりだった。そこにも防壁を見つけたのだ。風は私の後方から吹いているから、煙は飛ばされて、目標地域上空の視界は晴れたままだろう。私が見ている目のまえで、見慣れた、うねるような白煙があがった。ミサイル発射だ。私にとっては運のいいことに、陣地の南隅から飛んできた。

「イーライ・スリー、ミサイル発射、ブル〇二二の七」

私の僚機がそれに飛びついた。「イーライ・フォー、SA－3を……攻撃する！」

「やめろ」私は、僚機のほうを見ながら答えた。「ネガティブ。ラペル・フォー……スラップショットSA－3、目標地域」目標地域まで五マイルの地点で、HARMの巨大な煙によって、私たちの位置がばれてしまうことだけは避けたい。〝ここを撃て〟と書いた大きなネオンを頭上にかかげるようなものだ。

「ラペル・フォー、マグナムSA－3！」

操縦桿とスロットルに両手をそっとあて、SAMが、私のほうに進路を修正するそぶりを少しでも見せたら、すぐにそこから逃げだす用意をととのえた。が、その気配はなかった。ミサイルはわずかに上昇しながら、ぎざぎざの灰色の航跡を残して、西へ飛んでいった。くわえて、絶好の目印も残してくれた――再度、その煙を発射点までたどる。防壁は、記憶にあるよりもやや西だったが、SAM群の真正面から、藻でおおわれた灌漑用水路が伸びていた。汚らしい緑色の指のように。

パワーを戻しながら、七〇〇〇フィートを通過した。高射砲が、右、すなわちタジの町に向けて閃光を発したとき、視野の端で、あの奇妙に真っ赤な運河が見えた。私はまえのめりになり、一瞬、宙に浮いた状態で、目標地域のようすを見てとった。大きな防壁が四カ所と、それより小さなものが数カ所ある。道路のすぐわきに、煙を噴きだしている防壁があり、地面から突きだした、見慣れた鉛筆型のミサイルが見えた。ほかの防壁にもミサイルが見えたが、イラク軍はおとり《デコイ》戦術の大いなる信奉者である。

こいつが本物だ。

ピパーが砲座の縁に達したとき、親指でピクルボタンを押した。そのまま、爆弾が翼を離れるまでの半秒間をやりすごす。機首が地平線のうえにあがると、即座に右に急旋回し、ミリタリーパワーにいれた。

「イーライ・スリー、ライフルSA－3!」

旋回し、西へ向かって運河と平行に飛ぶころには、その陣地のすべての砲が射撃を開始していた。くるりと背面になって降下し、曳光弾が空を飛びかうなかを北へ向かう。

「イーライ・フォー……目標上空にトリプルA……そこを飛ぶな!」私は息を切らせながら、ふりむいて僚機とミサイルをさがした。「北で合流する」

「フォー了解……」

「ラペル・スリー、SA－3を攻撃する」

「イーライ・フォー……南端から……二次爆発!」

すばやく機体をまっすぐにしながら、二度呼吸をし、またもや尾部《テイル》をぐいと動かした。なにもなし。二号線のすぐ東側、高度三〇〇〇フィートでふたたび北へ急いだ。急上昇して小口径の火器の射程外へあがり、五〇〇〇フィートで方向転換してから、うしろをふりむいた。南側の防壁は、砂ぼこりと煙におおわれて見えない。CBU一基にしては派手な爆発だったから、ほかにもなにかに命中したにちがいない――燃料か、予備のミサイルか。私はキャノピーのレールを叩いて喜んだ。

「ラペル・スリー……陣地の中心をねらえ。なにもない場所の中央にある最大の小山……北側にミサイル防壁四カ所と、頂上に少なくとも三基のレーダーがある。レーダーを破壊しろ」

「スリー了解……最大の小山と頂上のレーダー」

「そうだ。二基一組で投下」

彼がマイクをかちかち鳴らすのを聞きながら、私は燃料を節約するためにパワーを戻した。戦術的には、最初に私がレーダーを破壊し、SAM陣地の目を利かなくさせるべきだったが、一基しかないCBUでは、その一帯を破壊するには足りないと思った。だが、彼が持っている二基を投下し、五〇〇フィートの間隔をあけて爆発させれば、小山の頂上を完全につぶし、さらに数人のイラク人射手を天国に送れるだろう。

「ラペル・スリー……目標からトリプルA。北へ回避する」

空対空レーダーの射程を二〇マイルに広げた私は、正面およそ一二マイル、高度一万五〇〇〇フィートに、白い四角形を一個だけ見つけた。彼にロックオンし、ラペルの攻撃に耳を澄ませる。

「ラペル・スリーは再突入する……フォーは、ひきつづき一万で北を旋回」

私はうなずいた。賢明だ。彼は、ほかの全機から見える位置に僚機を置いておき、自分は急旋回し、下から攻撃にかかろうとしている。二機は編隊を組んで射程のすぐ外を飛んでいるだろうと予測するはずのイラク軍の裏をかいたのだ。イラク軍兵の注意をそらす手助けをしようと思い、私はマイクのスイッチをいれた。「イーライ・フォー……スラップショットSA－3、目標地域」

私と僚機はまだ合流していなかったが、イラク軍兵はHARMの発射を見て、どこかに隠れるか、煙をさがすかするだろう。どちらにしても、ラペル・スリーは、姿を見られずに突入できる可能性が高まる。

「イーライ・フォー、マグナムSA－3……ブル〇二一の八」

私は首をそらせて、僚機がいるはずの空をさがし、案の定、バグダッドに向かって南東に伸びる太い煙のすじを見つけた。

「イーライ・フォー……合流点へ向かい、一万二〇〇〇を維持。イーライ・ファイブ……スリーは、正面でレーダー・コンタクト、九マイルで八〇〇〇」

「ファイブはレーダー・コンタクト……ビジュアル」

「ファイティングウイング。イーライ・スリーは五・八」

合流点を飛びこし、大きな弧を描いて左旋回したとき、金属で反射した日光が目に飛びこんだ。見あげると、頭上を飛ぶクレプトーが背面になり、後方一マイルのファイティングウイング編隊の自分の位置につこうとしている。

「ラペル・スリー……ライフル、ライフル。東の奥。ラペル・フォーは、八Kかそれ以上で川の東へ」

「イーライ33、こちらルーガー」

「スタンバイ」いつものように完璧なタイミング。

データリンクの音が聞こえたので、MFDを見た。ラペルの二機は、目標の南と東にいる。イーライ・ファイブと私は、SAM陣地の北西で重なりあい、イーライ・フォーは、合流点の真上にいた。チグリス川は翼下にあって見えない。西のかなたに、ターター湖の薄緑色の湖面がかすかに見えた。ほんとうの名はブハイラット・アス・タルタル湖だが、ターター湖のほうが言いやすい。半時間まえははっきり見えたのだが、いまはもやのなかに消えつつある。まもなく、天気に頭を悩ますことになるだろう。

「イーライ33、こちらルーガー」

私は首をふって、ゆっくりと左へ方向転換した。「どうぞ」

「イーライ……あのう……トーガ76は、機械のトラブルのため、早めに帰投することになったので、きみの最後の給油機がなくなる。これから南へ向かい、帰投まえのトーガ24から給油することを勧める」

「トーガ24はなぜ帰投するのか?」

「えーと……イーライ、彼らの作戦配置時間が終了した」

私は大きく息を吸って吐き、口元にあふれてくるさまざまな意見を飲みこんだ。

「ルーガー……トーガ24に、持ち場に残って、トーガ76の給油分を担当しろと伝えてくれ。それと、タイタス33に、もう少しとどまれないか訊いてくれ。三機編隊のイーライ33は、あと一〇分で目標地域を離れる」

「イーライ、なんとか努力してみる。彼らのスケジュールはすごくきついんだ」

「こっちはいま、すごく忙しい」私はそっけなく答えた。その男たちは、サウジアラビアの安全な軌道を旋回する飛行機に乗っている――このおれがなぜ、そんなことまで考えなくてはならない？

「トーガに、それで気がすむならドッグ南へ移動しろと伝えてくれ。それなら、帰る途中で立ち寄る」

彼の長ったらしい返事を聞きたくなくて、無線の音量をさげた。ビクターに切り換えて、マイクをかちかち鳴らしてから、交信した。「イーライ・スリー、攻撃する」そのあとデータリンクを送り、全員に計画を知らせた。

スロットルをミリタリーパワー最大にいれて戦闘機を突進させ、ふたたび目と指を、コクピット全体に走らせた。デコイが撃ち落とされていることに気づいて、ＨＵＤをはっと見直した。べつのデコイを展開したあと、チャフとフレアを確認すると、それぞれ半分ほど残っていた。それだけあれば充分だ。

「イーライ・ファイブ、きみの目標は、陣地北側の防壁だ」私は頭のなかで陣地の地図を描けるが、この若者はまだ一度も目標地域上空へ行っていない。「きみのＴＤボックスから北へ、北西の隅に向かって約一キロ飛ぶ。そこに四つの防壁が寄り集まっている」

「イーライ・ファイブ了解」

だといいが。いま私たちは、少し左に角度をつけながら、タジの町の北の端を飛んでいる。私は、

SA-6が配備されていないことを強く願った。残された時間と燃料では、攻撃する方法はこれよりほかにない。しかも、前回私は北から攻撃した。ウィーズルは、避けられるのなら、おなじ方向から二度めの攻撃はしない。

目標まで一〇マイルのところでチグリス川を越え、公道二号線およびバグダッドがある南東へ向かった。パワーをしぼり、機首をさげて、HUD上で目標をとらえたとき、〈燃料〉の警告灯がぱっとついた。スイッチをひねってそれを消し、もっと小さな数字をすばやく入力した。

距離六マイル、高度八〇〇〇フィートを通過したとき、低く垂れこめた雲から伸びる、最初の巻き髭が太くなっていくのを見て、残り時間はわずかだと悟った。SAM陣地の中央付近で砂ぼこりが舞っている——ラペルが務めを果たしたのだ。

「イーライ・ファイブ、陣地が見えたら報告しろ」

「ファイブ……おれは……ウィルコ」

潮時だった。「ファイブ、左側で戦術リードをとれ……イーライ・スリーは上昇して掩護にまわる」

彼にとっては、私と編隊を組まずに、目標を見つけて爆弾を投下するほうが簡単だろう。それに、どうせ私に残っている攻撃手段は、機関砲だけだ。彼がマイクをかちかち鳴らしてきたので、私は機首を起こし、彼がそばを通過するのを待ってバレルロールで彼の左側へまわり、ファイブの背景にSAM陣地とバグダッドが見える位置についた。地上でよくないことが起きるとすれば、そこだろう。

目標まで五マイルとなったとき、べつのF-16がまっしぐらに降下していった。高射砲が連射され、バグダッド中心部上空で光の軌跡が弧を描いたが、クレプトーはひるまなかった。私たちの目のまえでSAMが発射されるまでは。

「イーライ・ファイブ……チャフを出して右にブレイク！　一二時下にSAM。近い！」

バイパーの胴体がちらりと見えたと思うと、彼は西へと機体をひるがえした。チグリス川に向かって突き進む戦闘機の後部から、小さな灰色の煙とともにチャフが飛びだした。私は左に急旋回し、正面に公道五号線を見てから東へ向かった。RWRのディスプレイ全面が、ミサイルのマークでおおわれている。

「ラペル・フォー……マグナムSA－3、北ブル八」

それは、私たちの最後のHARMだったが、発射のタイミングは絶妙だった。私は片翼をあげて旋回しながら、SAM陣地に目をやり、ミサイルの航跡をじっと目で追った。ミサイルは真西に向かっており、方向転換したことを示すカーブは見えなかった。が、じっさいはどうなんだ？

「イーライ・ファイブ、北へ飛び……デコイ確認」

「ファイブは北へ向かっている。曳行デコイ《ウォーキング・ザ・ドッグ》作動中」

いいぞ。私はパワーを戻し、六〇〇〇フィートで水平になった。HUDを見て、計算する。約五マイルのところで回避機動し、攻撃を中止した。その二、三秒後にラペル・フォーがHARMを発射した。一〇マイルの距離で発射したと仮定すると、HARMがSAM陣地に到達するまでおよそ三〇秒かかる。時間的にいって、そろそろ爆発するころだ——私たちから目標までの距離は——八マイルほどか。つまり、陣地を攻撃するのにかかる時間は一分弱。遠すぎる。

「イーライ・ファイブ……すぐに突入して再攻撃しろ。イーライ・スリーは、六〇〇〇フィートで待機する」

「あー……イーライ・ファイブは、目標をノー・ジョイ」

不成功《ノー・ジョイ》。見えなかったという意味だ。ラペル・スリーはすでに爆弾二基を投下した。私には、つぎの飛行編隊の到着を待つだけの燃料はない。

「了解。距離は？」

「ファイブは、北九マイル」

私はただちに左に急旋回し、左翼側七マイルに目標を置いた。「ファイブ、すぐに突入し、五マイルで知らせろ」彼がマイクをかちかち鳴らすのを聞きつつ、SAM陣地を正面に見すえるまで、大きなGに負けじとうなりながら旋回をつづけた。

「イーライ・スリーは、東から三〇〇〇より下で攻撃する。きみから五マイルの知らせがきたら、機関砲で目標をマークする」

「ファイブ了解。煙をさがす」

ほんとうは砂ぼこりなのだが、些細なことにこだわる必要はないだろ？　私は深呼吸して、機首をさげ、パワーをあげた。残りの燃料は四五〇〇ポンドしかないから、これが最後の攻撃航過になる。そして、きょう、私たちがこれを破壊しなかったら、このあと、きっとだれもしないだろう。

急降下しながら、チャフの束をいくつか発射し、南西のディヤラ川へ向かった。

「ラペル・スリー……マグナムSA－3、バグダッド北西」

酸素マスクの下でにやついたときには、対気速度は五〇〇ノットに達していた。彼に祝福を。撃てるHARMはもう残っていないものの、イラク人がその周波数を傍受していたときのために、いちおう言ったのだ。役だつかもしれないし、役だたないかもしれない。けれども、私の気分はよくなった。

機関砲のマークを呼びだし、中央に点のついた円が揺れるのをながめてから、視線を外に移した。南へ疾走する私の翼下に、フセイン統治下で活気をなくした、またべつの町がちらりと見えた。あちこちの屋上から高射砲が発射されたが、すでに手遅れだった。私は秒速九〇〇フィート以上で飛んでいるから、レーダー誘導なしでは、どんな弾もあたらないだろう。また、意外性と、砲手が見慣れているよりずっと低空を飛んでいることも私の強みだった。

道路を飛び越えると、左に約二〇度機首をずらし、さっと機体をまっすぐにしてから、数をかぞえた。

二。

「SAM発射……バグダッド上空にSAM。二基が東へ飛んでいく！」だれの声かわからなかったが、たしかに、首都中心部上空にミサイルの航跡が出現し、ぐんぐん上昇していき、南東へ飛んでいった。イーライ・ファイブが攻撃を中止しないことを願った。

「イーライ・ファイブ、五マイル」いいやつだ。

「ラペル・スリー……マグナムSA－3、北西バグダッド」またもや偽情報。

三。スロットルを押して、またミリタリーパワーにいれ、機首を引き起こした。地表が、私の背中から遠ざかってゆき、地平線がぐんぐん広がった。Ｆ－16の機首が地平線から一五度上に出たとき、なめらかに右旋回し、目標地域がＨＵＤと正対するまで旋回をつづけた。機体がまっすぐになったとき、ひとめですべてを把握した。ＳＡＭ陣地まで一・九マイル、四七〇ノットで三二〇〇フィートを通過し、降下中。

かりに、時計の文字盤の中央が目標だとすると、私は、三時の位置で内側を向いており、イーライ・ファイブは一二時にいて、六時へ向かっている。大きな緑色の運河がはっきり見えるものの、以前の攻撃のなごりの煙はすっかり晴れていたから、中央の小山はすぐに見つかった。

現在二五〇〇フィートでほぼ五〇〇ノット。速すぎる。パワーをぐいと戻し、ごく短時間だけスピードブレーキをあげて減速した。

あった！　外辺のフェンスの鮫の歯状の突起、そしてそのやや西の奥が、陣地の北の隅。ＨＵＤをすかして見ながら、機関砲のマークを再度呼びだして、フェンスのすぐ内側にピパーをあてた。

高度一五〇〇フィート、距離約一マイル、速度四四〇ノット。私の計算が正しいなら、イーライ・ファイブは、目標まで四マイルほどにいるはずだ。高度一〇〇〇フィートで外側フェンスを越えたとき、小山のうえを走る人影が見えた。北側に三つの防壁がかたまっていて、そのうちの二つに装備と人員が配備されている。ラダーペダルを踏んでＦ－16を横滑りさせ、三つあるうちの中央の砲座を真正面にとらえた。

「スタンバイ、ファイブ」そろそろだろう。

「イーライ・ファイブは四マイル……ＴＤボックスは北の隅」

五〇〇フィートを通過し、緑色のピパーを、防壁の基部にあわせた。先端のとがったミサイルがはっきり見え、人々があちこちを走りまわっている。ふいに左目の端で光が走り、陣地周辺の高射砲座をいくつか見逃していたことに気づいた。が、いまになって心配してももう遅い。だから私は、ピパーをそのままの位置で保ち、引き金を引いた。

〝バルルルル〟

機関砲が、防壁に向かって砲弾を吐きだしたとき、機体が身震いした。半秒間射撃してから、ピパーをはずし、宙返りして方向転換すると、こんどはミサイル発射機にねらいをつけ、引き金を引いた。

〝バルルルルルル〟

射撃をやめたとき、半秒間で目にした絵が頭のなかで凍りついた。最初の一〇〇発はやや手前に落ち、小山の端を打ち砕いた。二度めの連射が、防壁内のミサイル発射機を守っている土に命中し、男たちが左右に散った。もうもうと舞いあがった土ぼこりで、まわりにいる全員の姿はかき消された。

翼をたてて砲座から離れると、機首をさげ、機体を大きく上下に揺らした。頭をキャノピーにぶつけはしたが、こうすれば破片を浴びずにすみ、頭をあげた馬鹿者の狙いをはずせる。

しかし、度胸のある銃手が少なくとも一人はそこにいたらしい。キャノピーの上を、光の点が連なって飛んでいったのだ。横転して、またＳＡＭ陣地に向きなおった私は、五七ミリ高射砲の薄汚れた白煙を半ダースも目にした。チャフを発射し、すぐさま機首を真上に引き、またすぐ機首を思いきりさげて、西へ突進した。

「イーライ・ファイブは、煙を視認！」

突然、私の後方の地面から、まばゆいオレンジ色の火が噴出したので、それを見ようとテイルを小さく動かした。座ったまま身をよじり、バイザーをあげると、自分がさっき機銃掃射した砲座をおおう黒煙が見えた。小山の頂上からSAMが発射され、そのあと、炎熱の金属破片が四方に噴きだした。発射を知らせようとマイクのスイッチをいれたとき、SAMがひっくり返り、運河を飛びこえてバグダッドの郊外へ落下した。僚機はきっとこれを見ているだろうな、と私は思った。バイパーを北へ向けながら、私は知らせた。「爆発のすぐ北の防壁へ投下」

「イーライ・ファイブ、ライフルSA－3……」

私はデータリンクを送信し、北へ急旋回し、レーダーの〈横回転〉モードを切った。ここでもう一度ふりむいてSAM陣地を見てみると、中央にいくつか高射砲が見えたが、追跡型ではなく、怒りにまかせて撃ちまくるタイプだった。私のレーダーはロックしなかったが、RWRに、後方のF－16のとんがりマークが現われた。

「イーライ・ファイブ、位置について視認」

「ファイティングウイングで合流しろ。イーライ・フォー、一〇Kの上で南へ来て、一マイルのトレイルで合流を許可する。ラペル・スリー、目標地域はきみのものだ。おれたちが出ていくまで、チグリスの東側にあと五分いてくれ」

「ラペル了解……すごい騒ぎを起こしたもんだな！」

私は含み笑いした。「あとはまかせる。少なくとも二基のトリプルAが作動中だから注意しろ」

彼がマイクをかちかち鳴らしてきたときには、私はチグリス川上空に達し、川とタジの中間を南東へ向かっていた。

一万五〇〇〇フィートを越えたので、私は、三五〇ノットに減速した。テイルのまうしろに、茶色の長いリボンのように公道一号線が伸びている。灰色の優美なF－16一機が、左翼側一マイルのところに現われた。イーライ・フォーは指示にしたがって、一マイル後方の、やや上方の位置についた。翼を揺らして彼ら二機を迎えいれてから、私は、汗まみれの酸素マスクをはずした。顔をぬぐいながら、ドッグ南給油軌道までの航法参照ポイントを呼びだし、バグダッドを見おろした。

二機の僚機が編隊を組むあいだ、私の二個めのデコイが、SAM陣地上空で消えてしまったこと、チャフもほとんど空であることを、ぼんやりと考えた。戦闘損害点検と残燃料確認を終えたのち、編隊の間隔をもっと広げて、給油機をめざした。天気がすっかりくずれるまえに一日の仕事を終えられてうれしかった。私の計算では、あわせてCBUクラスター爆弾六基と、二〇ミリ機関砲弾を少なくとも五〇〇発費やしたことになる。数にいれていいなら、HARM四基も。ルーガーに退出を届け出たとき、ついでにこの数を伝えると、彼はこう答えた。「ジェレマイアからの伝言だ……きょうのイーライとラペルは最高の仕事をした、と」

まあ、パフェにチェリーをのせる作業とはわけがちがうからな、と思った。が、私は感じよく、礼を言った。きょうのジェレマイアは、カンガ・ルーにちがいない。わざわざ私たちに言葉をかけてくれるのは彼だけだ。

「ところでイーライ……イラク全土の制空権確保が宣言された」

のちに、あのSA－3陣地には、じつは旅団級の司令部が置かれており、少なくとも四基のミサイル発射台と、守備用の高射砲二〇基を擁していたことを知った。イーライとラペルは、ミサイル発射台四基全部と、早期警戒捜索レーダーを破壊した。私たちの攻撃によって、あの陣地は機能しなくなった。もっと重要なのは、バグダッド攻略戦が激化するなか、首都上空を飛びまわる米軍の近接航空支援機やヘリコプターをおびやかすSAMは、あそこにはもはやない。

首都中心部西側のアブガライブ区画のへりを飛んでいるとき、サダム国際空港の平行する二本の滑走路が見えた。その東側の地域と市中心部から、いまでも煙があがっていた。ふと思いついて、通信カードをめくり、周波数を打ちこんだ。

「バグダッド・タワー……バグダッド・タワー、こちらイーライ33」

すぐに、アメリカ南部なまりの男の声が応答した。「イーライ……こちらバグダッド。どうぞ」

「こんちは、バグダッド……帰投途中に近くを飛んでいるバイパー編隊だ。戦争に勝ったのかどうかを訊こうと思ってね」

「そうだな、こうしてあんたとしゃべってるし、おれは、彼らのタワーに居座ってアイスクリームを舐めながら、礼拝用の敷物にケツをのせてる。勝ったんじゃないかな」南部人特有ののろのろした話しかただった。

制空権確保は事実のようだ。

11　イーライ33

二〇〇三年四月七日、現地時間一〇四六時
イラク、バグダッド

「ちくしょうめ」汗にまみれた酸素マスクをつけたまま、私はつぶやいた。額から流れおちた汗が、眉をつたい、左目にはいった。そのとき、見えた。

ごうごうと湧きあがる薄汚れた白い煙の手前で、地対空ミサイルが地面を離れた。長さ六フィート、重さ一〇〇〇ポンドのSAMが、時速二三〇〇マイルで飛んでくる。さらに秒速半マイルへと加速し、私にロックオンした。

たいして時間はない。

〝ビーッ……ビーッ……ビーッ……〟レーダー警戒受信機、いわゆるRWRがあげる悲鳴がヘルメットのなかで響き、敵レーダーが私のジェット機にロックオンしたことを告げた。〝ビーッ……ビーッ……ビーッ……〟

それが、ほんとうに私を追跡しているのかどうか、しばし確信が持てなかった。F‐16の機首を大きくさげ、座席から尻が浮くのを感じつつ、顔のまえにただよってきたコクピットのほこりを見て、しきりとまばたきする。バグダッド上空一〇〇〇フィートでミサイルは水平飛行に移ったらしく、後方の長い白煙が平らに広がった。

おれではない、つかのま私は思った。べつのものにロックしている。おれじゃない。

そのとき、ミサイルが上を向き、煙の尾が短くなった。ミサイルは追跡軌道を修正し、向きを変えて目標を殺しにかかったのだ。私を。

くそっ……

機体をさっと背面にして、曳行デコイ一基を展開した。この小さな装置は、長さ三〇〇フィートのケーブルで引っぱられながら、大きくわかりやすい電波を発信し、ミサイルを引きつける。それが、私のジェット機の身代わりとなってくれることを願った。SAMが速度をあげて、私のほうに飛んできたのだ。バグダッド中心部を見おろして、私はごくりと唾を飲みこみ、激しく打つ鼓動を二つ数えたのち、スロットルのうえの隔壁についたボトルの口大のボタンを引っぱたいた。テイル後方に、レーダーをそらすチャフの束を放出しながら、首都をめざして真下を向く。

ミサイルが見えるように機体の向きを即座に変え、スロットルを戻した。勢いよくまわるコルク抜きの先端にいるかのように、空を落下していく。目のまえの地平線がぐるぐる回転した。

下だ！

下の灰色の地面へ。建物と濁った緑色のチグリス川へ。

雲の切れ間を抜けて、バグダッドの銃や砲のなかへ。

雲の切れ間は、ある理由から〝くそったれの穴〟と呼ばれていた。ふつうは、空一面の雲に切れ間があれば、そこから下におりていって、目標を目で確認する。大きな裂け目のときもあれば、そうでないときもある。しかし、それはつねに危険と隣りあわせで、この穴も例外ではなかった。

雲にあいた穴のなにが問題かというと、発射できるすべての兵器が、その穴に照準をあわせているることが多いからだ。待っている。脳みそよりも度胸のほうが大きい戦闘機パイロットが、そこをこっそり抜けておりてくるのを待っている。くそったれめ。

けれども、それしか方法がないときがある。味方機が撃墜されたなら、その穴からおりていって、彼を救うためにできるだけのことをする。SAMを回避したあと、その穴を抜けざるをえないときもある。あるいは、緊急近接航空支援といった特別任務を帯びていて、ほかに選択肢がないとき。

それが今日だ。

ほかにどうしようもなかった。第七七戦闘飛行隊のF-16二機編隊イーライ33は、バグダッドでの重大任務をまかされた。雲を背景にして機影を見せながら、高高度を低速で飛ぶ任務だ。それは、すさまじい爆発と、チグリス川に浮かぶかもしれない私のかけらを予想させる。

スロットルを〈アイドル〉に戻し、HUDに視線を走らせる。現在四五〇ノットで、加速中だ。スピードブレーキをあげて減速しながら、ヘルメットのバイザーを押しあげて、ミサイルを見つめた。SAMは飛行軌道を修正し、北へ方向転換して、私のほうにまっすぐ向かってこようとしている。煙が晴れたとき、灰色の建物群とかすみのような雲を背景にして、先端のとがったミサイルのボディがはっきり見えた。

そのとき、二基めのSAMが地面を離れた。

「イーライ・ワン、二基めのSAMを目視、右一時……川の西側……ワンは回避する！」

ヘッドセットから、かちかちという音が三度聞こえた。僚機は私の報告を聞き、私が二基めの

SAM発射を見たことを理解し、彼自身でミサイルをさがしているという意味だ。イーライ・ツーは、本名をスコット・マニングといい、私とおなじく中佐であり、教官パイロットだった。きょうはたまたま僚機として飛んでいる。面倒をみる必要のない人間といっしょに飛ぶのは楽しかった。

二基めのSAMの煙の尾が、ビル群の上空に一本のすじとなって見えていた。高射砲の色つきの長い指が、宙をひっかいている。いくつかは明らかにレーダー追跡しているが、ほかはおどかすために撃っている。撃てばイラク軍兵の気分が上向くし、弾薬は大量にあるのだから。身をよじってチグリス川沿いに南へ飛びながら少しずつ東へ向かい、中心部から離れようとした。

最初のSAMは見えなくなってしまった。ほとんどスローモーションでスタートしたのち、急速に加速して高度と速度を増していき、音の障壁を越えた。RWRに、私のF‐16を追跡しているすべてのレーダーおよびミサイルが描きだされているものの、完全に飽和状態だった。レーダー放射があまりにも多いため、ディスプレイが、語のつづり替えを競うスクラブルのゲーム盤みたいに見える。最後に数えたときは、バグダッド区域だけでまだ五〇以上のSAM陣地があった。

右側であらたな火花が噴きだし、私に向かって火の玉がすじとなって飛んできたので、私はひるんだ。また次のすじ。そして、また次。光る玉をつないだ糸が、私の周囲の空をくるったように飛びかった。高射砲。トリプルA。この下には、一万基の高射砲がある。

「イーライ・ワン……トリプルA……東へ回避する」

機体を横向きにして、ラダーペダルを踏みつけ、右側に視線を動かした。横滑りするコクピットのなかで、私は息を吸い、都市近郊をちらりと見た。建物の屋上から、白熱した無数の銃弾があがってくる。

多すぎる。

「イーライ・ツー……西から突入しろ……おれのあとをついてくるな」

「できない」簡潔な応答だった。

くそっ。まただ。彼はすでに引けないところに来た。

いま、バグダッドの全市民が目を覚まし、彼らの首都の低空に飛んできて、地上のSAMと高射砲をあざわらうという狂気の行動に出た米軍戦闘機二機を見あげていた。彼らはほんとうに腹をたてていたと思う。

下へ……下へ……下へ。高速のせいで、そして、翼下にぶらさげているクラスター爆弾の重みで、戦闘機は身震いした。現在五二〇ノット……時速六〇〇マイル。なんという誕生日か。きょうで私は三九になった。マルガリータのピッチャーをかかえて、ビーチで寝そべっていたいところだ。

スピードブレーキを再度展開し、ジェット機をまたも左に向け、飛んでくる高射砲弾との距離をとるために東へ抜けた。暴れくるう庭のホースが、光る飛沫をまき散らしながら、私を追いまわす。私はまるで、飛びまわるカモだ。機首を起こすと、F－16が飛び跳ねた。しばらくそのまま機首をあげつづけ、背面になりかけたところで姿勢を戻し、むりやり機首をさげた。射手は追いつこうとしたが、彼らの好みは、水平でまっすぐに飛ぶ爆撃機だ——私みたいに激しく方向転換する灰色の目標ではなく。

目標?……くそったれ。追いかけるのはおれのほうだ。私は首をふりまわして南と東を見た。

うっとうしいやつらめ、私はののしった。爆弾が余ったら、戻ってきて落としてやる。

ＳＡＭ……あいつはどこへいった……

そもそも、自分に向かってくるＳＡＭを見ることはめったにない。二基め、または三基めを見ることはほとんどなかった。状況認識、つまり、まわりで起きていることに対するつかみどころのない感覚は、すぐにパンクする。戦闘中、危機に直面したときに、時間がゆっくり進むように感じられることがある。そこに訓練と経験がくわわって、わずかな勝機が生まれるのだ。

私は、真下に見える首都をまだ見つめていた。だれかが、私の座席を下向きにして、ぶらさげているかのような状態で。操縦桿をいっぱいに引き戻し、スピードブレーキを出して、翼端から蒸気のすじをたなびかせながら降下し、八〇〇〇フィートを通過する。ジェットをすばやく左右に動かして、ＳＡＭを見ようと目をこらした。

最初のＳＡＭはどこかへ行ってしまった。この距離だと、命中するまで一〇秒ほどだろう。私はカウントをはじめた。

二……

二基めのミサイルも、一基めとおなじ飛行経路をたどって、まっしぐらにあがってきた。呼吸が速まった。Ｆ－16をＳＡＭに向かって少しだけ右に横転させ、機首を引き起こす。重力の六倍のＧ、すなわち約一二〇〇〇ポンドの力で、私は座席に押しつけられた。

三……

顔の汗を無視して機体を真上に向け、スロットルを押してアフターバーナーに点火し、空へ突き進んだ。ミサイルは見えなかったけれども、この機動の効果はわかっていた。戦闘機が方向転換するたびに、地上追跡レーダーはそれを探知し、観測し、SAMにその動きを伝達する。マイクロチップが私の位置をはじきだして安定板を操作し、ミサイルはコースを変える。ほんの数秒のことだ。しかし、一つ機動するたびに、ミサイルのコース修正のための時間と距離とエネルギーは増えていく。一つの機動が、私の命を救うかもしれない。

四……

ものすごいGと、五〇〇ノットというエンジン推力に抵抗してうなりながら、私は、地平線のうえまで機首を起こしてから、ふたたび横転して離れた。いま、私の尻は、ミサイルのほうを向いている。あと少しだけその位置を保ってから、少し機首をさげ、スロットルを戻して、アフターバーナーを切った。いまは、無重力で座席から浮いた状態だ。背面で、ミサイルに尻を向け、宙ぶらりんの私は、彼らが私を撃ち落としたいと願う気持ちとおなじくらい、この機動が追跡レーダーを混乱させることを強く願った。

六……

二基めのミサイルも見えなくなった。モーターが燃えつきて、うえへ飛んでいったミサイルは、いま、きわめて危険な槍となって、私に向かって落ちてくる。川の周囲の高射砲台も射撃を開始した。私が、一万フィートよりかなり下の射程内を飛んでいるからだ。イラク軍は、理にかなった戦術を採用している。SAMを発射し、戦闘機に回避機動させて、高射砲の射程におりてこさせるのだ。うまく機能していた。

八……

あと少し……もう少し……

いまだ！

右へ急旋回し、樽《バレル》のまわりをめぐるような大きな横転を開始した。大きく、速く、強力なバレルロールだ。飛行条件の要素を多数変化させれば、ミサイルは、かぎられた飛行時間内で対応できなくなる。それがねらいだ。ＳＡＭに私を飛び越えさせるように仕向けられれば、ミサイルは戦闘機のように旋回して戻ってこられないので、私の勝ちだ。

機首を起こしていって、なめらかに背面になったが、そこで機体をまっすぐにせずに、煙のくすぶる地表へと機首をおろしていった。まもなく、完全に上下逆さになって地平線と並んだ。それは高Ｇでもなく、とくに激しい機動でもなかった。背面飛行で地平線を通過し、パワーをさげて減速し、横転してもとの姿勢に戻る。優美で効果的なその機動は、旧型のレーダー追跡システムを翻弄する。斜角の修正が多すぎるため、ミサイルは対気速度を使いきってしまうだろう。これは、ＳＡ－２とＳＡ－３には有効だった。それより新しいＳＡ－６とＳＡ－８には、まったく通用しない。

それに、この手で逃げられるのは、ふつうは一度だけだ。そのつぎは、二基めのＳＡＭか、ほかのタイプのミサイルか高射砲でやられるだろう。

そして、まさにそのとおりのことが起きた。

機動の底部を抜けるとき、首都がゆっくりと垂直に回転した。なめらかに操縦桿を引くと、機首が起きてきて、私はゆっくりと、座席に強く押しつけられた。この間、四、五秒おきに、チャフのボタンをひっぱたいている。頭をひっきりなしにまわして、ほかのミサイルや砲弾をさがしている。一瞬、高射砲弾が私のうしろで見えなくなった。そして、一基めのＳＡＭは通りすぎたにちがいないと思った。あれからかなりの時間が過ぎたからだ。ＨＵＤにすばやく目をやり、攻撃目標が、私の背後の北東約六マイルの距離にあることを見てとった。

五五〇ノットで上昇して地平線の上へあがると反転し、また目標に向かった。その最中に、私の目がわずかな動きをとらえた。反射的に、真上に機首を起こし、横転し、チャフのボタンを叩いた。

それが私の命を救った。

恐ろしい形をしたミサイルが、私の後方を通りすぎて雲へ突っこんでいった。発射されていたのだ……ＳＡ－３であるはずはなかった。ＨＵＤの下部に見えている〝Ｘ〟は、曳行デコイがまだ生きていて、電波を発信していることを示している。つまり、あれは赤外線追尾ＳＡＭだったのだ……レーダー誘導ミサイルではなく。

まずいぞ……一基あるところには二基めがある。まだ急上昇をつづけながら、尻をずらして横を向き、肩ごしに下方を見ようとした。が、一秒長く見すぎてしまい、自分がどこをどういう姿勢で飛んでいるのかわからなくなった。雲の層に飛びこんだとき、青色が灰色に変わり、地平線が消えた。

「イーライ・ツー……回避機動、トリプルＡ！」

タイミングは完璧だ……この瞬間、彼のためにできることはなにもない――彼は独力でできる。

だしぬけに、ジェットが大きく跳ねあがり、胃が胸からせりあがった。撃たれた！

だが、F－16は飛びつづけている。警告灯パネルをさっと見た。異常なし。いっ、たい、どう、なっ、てい、る……

さらに、警告パネルとエンジン計器類に目をやった。

ミサイルによってかき乱された気流のなかを飛んだにちがいない。私は首を前後にまわして、地平線を見つけようとした。上が下で、下が横だ。こんがらがってる。

〝警告……警告……〟機体が震え、対気速度が落ちると同時に、ヘルメットからかわいいベティの声が聞こえてきた。

バグダッド上空八六〇〇フィートで、対気速度を奪われ、空から落ちていく。まずい。

前のコンソールの高度計を見た私は、外の世界をあきらめ、大きな丸い計器を頼りに、雲の層の外に出た。両翼が地平線の下へおり、速度があがり、呼吸が少しゆっくりになった。

五三〇〇フィートまでおりた私は、北に向かいながら、三五〇ノットからさらに加速していた。

私には、攻撃しなければならない目標がある。

「イーライ・ワンは、目標の南一〇マイル、五三〇〇で北に向かっている……六・九」

一〇マイル。およそ一分半の距離。燃料六九〇〇ポンド、煙でかすむ灰色の地面上空五三〇〇フィート。イラク兵のAK－47の弾は届かないが、バグダッドの全高射砲およびSAMの射程にはいっている。ほかにどうしようもなかった。上昇すれば、時間をとられるし、速度が落ちる。防備をしっかりと固めた都市上空では避けたい組みあわせだ。

「ツーは六・一……南一三……えー……東へ」

南東一三マイル……彼は、市中心部に近づかずに、そこで回避機動をしていたにちがいない。燃料六一〇〇ポンド。あと二〇〇〇ポンド強の燃料を消費すれば、彼はビンゴ（燃料切れ）となり、空中給油に引き返すことになる。

私は、うえから見おろした光景を思い描いた。神の視点、と私たちは呼んでいる。時計の文字盤の中央の位置に攻撃目標を置いたとすると、私は六時、僚機は四時にいる。私は、一二時の北に向かって攻撃しようとしている。僚機は、三時へ移動したのち、攻撃突入する。その時間差によって、私のフラッグを避けられるだろう。（〝フラッグ〟とは、破片《フラグメント》を縮めたものだ——私が投下した爆弾が爆発したあとの破片や、爆発した目標からまき散らされたがれきのこと。エンジンが金属片を吸いこむと一大事なので、爆風のなかを飛行しないことが重要である）。

「イーライ・ツー……東一〇マイルの地点へまわり、東から突入」

できれば、この手がうまくいってほしかった。運がよければ、イラク軍が、私が飛んでくる方角に目を向けているあいだに、僚機が横から攻撃する。避けられるならば、おなじ方角から二度めの攻撃をしないこと。

彼はマイクをかちかち鳴らしてから、こう言った。「カメラを確認……作動する《グリーン》」

私は再度スイッチ類を点検し、カメラがまわっていて、マスターアームが〝グリーン〟になっていることを確認した。これもまた、経験豊富なパイロットといっしょに飛ぶことの利点だ。彼も、先まわりして考えている。ジングは有能な男だった。若く経験不足の僚機の飛行経過を追わなくていいから、いろいろなことがずっと楽になる。

ヘッドセットから、コオロギの鳴き声のような音がしたので、膝のそばの右側のディスプレイを見おろした。多機能ディスプレイ（ＭＦＤ）は、驚くほど状況認識能力が高い。その名が示すとおり、このＦ－16や兵器、戦闘中の地域に関するほぼすべてのことを表示できる。右側のＭＦＤに、ＳＡＭ網、攻撃機用の複数のルート、そして、私の現在の目標が表示されていた。左側のディスプレイは、空対空レーダーとして使っている。

ふたたび電子音が鳴ると同時に小さなマークが出現した。僚機から、彼の位置がデータリンクされてきたのだ。彼は、私が発見した、未知のＳＡＭとトリプルＡの集合地帯を避けて、東から方向転換して攻撃にかかろうとしていた。

下方に目をやると、バグダッドの北東に広がる住宅地が、左翼の下に隠れた。時間だ。

「ワンは、南から突入する」

横転し、機首を北に向けてから、スロットルを押して、ミリタリーパワー全開にした。すぐさまＦ－16が前方へ突進した。ＨＵＤを確認する。

攻撃目標まで九・一マイル。

現代の戦闘機で目標を攻撃するのは、複数の楽器を同時に演奏するのに少し似ている。私の左手は、たえずスロットルを調整している。左の指でレーダーを調整し、スピードブレーキを展開し、電子対抗策を発射する。くわえて、無線の周波数を変えたり、正面のコントロールパネルの一〇〇近い機能をきりかえたりもする。

操縦するのは右手だ。Ｆ－16の操縦桿は、古いタイプの戦闘機のように床から突きだしているのではなく、コクピットの右側にサイドスティックとして据えつけられている。私の右指は、飛行機を操縦しながら、操縦桿の表面のディスプレイ管理および目標管理スイッチを行き来する。また、爆弾を投下し、ミサイルを発射し、機関砲を撃つのも右手だ。なにかをするために、操縦桿やスロットルから手を放す必要はまったくない。とてもうまく設計されたコクピットだ。というより、一人のパイロットが、五、六種類の兵器を扱い、操縦し、位置をたしかめて針路を決め、戦闘するのであれば、そうあらねばならない。

八・〇マイル。

二つの燃料計をちらりと見て、数値が一致していることがわかった。満足した私は、またバイザーを押しあげて、HUDに縦に走る緑色の実線を見つめた。〃連続算出投下点〃いわゆるCCRPは、選択した兵器と選択した攻撃目標からみちびきだした投下点までの進路を表示してくれる。

七・〇マイル。

ふたたびコクピット内に視線を走らせた。マスターアームはオンになっている。電子妨害ポッドは、感知されるすべての敵勢力に電波を送っている。曳行デコイは展開中で、理論上は電波を発している。高度表示は不変の五〇〇〇フィートだ。スロットルを少しだけ戻して、五〇〇ノットを維持する。

身をのりだして、HUDごしに攻撃地域を見つめた。カーンバニサド飛行場。サダム・フセインの裏玄関だ。

あった！ ディヤラ川の緑あふれる河岸のすぐ西にある褐色の空き地。事前に計画された任務ではないので、目標地域の写真も図もなかった。一五分まえに、飛行場北端にあるヘリコプター離着陸場に関するあやふやな情報と座標を知らされただけだ。きょう、B－1爆撃機が、フセインを殺す目的で、バグダッドのアルマンスール地区の一街区を徹底的に破壊した。彼はそこにはいなかった。戦争に負けたと知って、ヘリコプターでバグダッドから逃げだそうとしている。

そうはさせない。もしも私にできることがあるのなら。

飛行場をざっと見渡すと、誘導路と広いコンクリート舗装区域が見えた。管制塔があるとしても、私にはわからなかった。ヘリコプターがいたとしても、やはり私には見えなかった。

六・一マイル。

座りなおした私は、ふたたび進路に集中した。肉眼でヘリコプターを確認できなかった場合、座標をたよりにクラスター爆弾を投下しなければならなくなる。くやしまぎれにコンソールを叩きつけてから、もう一度まえかがみになった。座標をたよりに爆弾を投下するとなると、橋か建物なら破壊できるかもしれないが、小さなヘリコプターに命中する見込みは……

「ま《ヽ》さ《ヽ》か《ヽ》！」

旧式のスプリンクラーのように見えるのは、細いすじ状の蒸気が回転しているからか。ローターブレードが……湿気の多いべたつく空気をかきまぜている。あれだ。約一〇〇ヤードの間隔をおいて四機のヘリ。

すかさず操縦桿のボタンを押して、照準解析値を変更した。連続算出命中点（CCIP）があてにするのは、座標ではなく、私の眼だ。爆弾は、HUD上で振り子のようにぶらさがる肉眼照準ピパーを通って落下する。

五・三マイル。

少し進んでから、操縦桿に軽く触れて、最初の二機のヘリの下にピパーをあわせ、スロットルを一メモリ戻した。

右の親指は、操縦桿のピクルボタンのうえをさまよっている。点のついた小さな円が、一機めのヘリコプターの機首に接したとき、いつもの癖で、私は息を止めた。なめらかに、そしてしっかりと親指を押しさげ、そのまま動かさずにおいた。CBU－103クラスター爆弾二基が翼を離れたとき、F－16が揺れ動いた。

スロットルを全開にして、上昇しながら左に急旋回し、そのあと右へ方向転換した。私に狙いをつけているかもしれないトリプルAまたはSAMから逃れるための、いわば回避機動だ。

が、私たちは彼らの意表をついたようだ。それに、バグダッドの攻略が進んでいたために、イラク防空陣地間の調整不足はますます顕著になっていた。つまり、さっき私たちに発砲したイラク軍兵は、ここの連中に情報を流していなかったのだ。空対空レーダーを、捕捉したものを自動的にロックオンする〈空中戦〉モードに切りかえて、左へ離脱して西方へ向かい、ふりむいて飛行場を見た。

いくつかのことが一度に起きた。

離着陸場の西端にいたヘリコプターは、高性能爆薬のはいったソフトボール大の子爆弾をそれぞれ二〇〇個内蔵する二基のクラスター爆弾が爆発したとき、あっさりと消滅した。

ほか三機のヘリコプターは無傷だった。そして、カーンバニサド飛行場のトリプルAがめざめ、射撃を開始した。

「イーライ・ワンは……西に離脱する」

ただちにジングの答えが返ってきた。「イーライ・ツーは西から突入する」

ふりむいて見ると、煙が風で南へ流されていく。都合がよかった。おかげで僚機に、残るヘリがはっきり見えるだろう。

「急げ……ほかのヘリがあわてて脱出するかもしれない」

多くの仲間が目のまえで消えたら、私ならそうすると思う。

「イーライ・ツー……三〇秒」

彼は、一〇マイルの旋回飛行の一部をはぶいたにちがいない。いまとなっては関係ないが。

「イーライ・ツー……きみの目標は、煙の西……煙の西……滑走路の横だ。ローターをまわしているホップライト一機」ホップライトとは、ソ連製Mi－2ヘリコプターである。

「イーライ・ツーは煙を目視……見ている」

「ツー……おれは、滑走路の西を飛んで、トリプルAを引きつける。西には離脱するな、いい」

その応答としてマイクがかちかちと鳴る音がした。私は、飛行場を視野にいれるために、F－16の機首を六〇度ほどあげてから横転した。いまの私は、首都北部近郊の約六〇〇〇フィート上空で、機首をあげたまま、横滑りしながら飛んでいる。いまも高射砲の攻撃はつづいているが、背景の灰色の雲のせいで、私の灰色の機体は見えにくいだろう。けれども、僚機以上に自分がめだたなければばならない。

私はフレアを発射した。そして、もう一つ。

HUDを見ながら、対気速度を四〇〇ノットに落とし、大きくバンクをかけ、地上に機首を向けた。背面になったまま、西のほうにちらりと目を向けると、大きな耳のような形をした川の湾曲部と、ゆっくりと地面へ落下してゆくオレンジ色に光るフレアが見えた。このあたりには、活動中と思われるSA－6があると私の地図に記してある。非常にたちの悪いSA－6陣地なので、私は目を皿にしてさがした。

しかし、私のほうにはなにも飛んでこなかった。地面に向かって加速していた私は、少しばかりスロットルを戻し、左に横転して飛行場をながめた。私が発射したフレアに気づいたらしく、すべての砲弾が、私に向かって西のほうに飛んでくる。その大半は、肉眼で狙いをつけたものだが、脅威警戒システムに高射砲レーダーのマークが多数見えている。それなら耐えられる。SA－6ならむりだ。撃ち落とされてしまうだろう。

危険なゲームだった。そこにあるとわかっている兵器の射撃を誘おうとするいっぽうで、それ以外のどんな兵器が私を追跡しているかはわからないし、私がもっと接近するまで発射を控えているかもしれない。これが、SAM退治の――ワイルド・ウィーズルの核心である。まさに〝冗談きついぜ〟の世界だ。

対気速度が増して、機体が震えた。パワーの肉声だ。地面から目を離さずに横転し、機首を地平線のうえへあげていった。飛行場をにらみつけたまま、私を座席に押さえつけようとするGをこらえた。ジングが突入するまえに最後のヘリが離陸したなら、私がサイドワインダーで仕留めてやる。空対空レーダーは、地面を動きまわるトラックや戦車などと比較して、よりいっそう遅い動きを捕捉できないだろうから、自分の目でそれらを追うしかない。

ジングの要求に応えて、私の位置をデータリンク送信しようとしたとき、北側誘導路の中央が爆発した。まるでだれかが、巨大な散弾銃を地面の一フィート上からぶっぱなしたかのように。

こうして、もう一機のホップライトも消えた。イーライ・ツーとイラク軍兵も見かけなかったから、彼らは私が投下したフレアに夢中だったのだろう。いずれにしてもヘリコプターを破壊した。ひょっとするとサダムもいっしょに。

だが、それは疑わしい。たった一日にしては、幸運がつづきすぎる。

「イーライ・ツーは北へ離脱する」

「みごとだった、ツー。六〇〇〇以上で北東へ向かってくれ……イーライ・ワンは南西から突入する」

彼がマイクをかちかち鳴らして応答した。私はスロットルを思いきり押し、翼を大きく傾けて、五〇〇〇フィートへ急降下した。その反対に、ジングはいま、六〇〇〇フィートへ上昇している。

私はゆるやかな弧を描いてチグリス川のほうへ向かった。飛行場は私のまうしろにあり、正面にはバグダッド都市部の大半が見えている。この機動は、つぎの、そして最後の飛行場攻撃航過にそなえて、空間に余裕をもたせるためだ――そして、ＳＡ-６に無防備な腹を見せないため。

川の湾曲部をよくよく眺めると、軍事施設や直線や防壁などがたくさんあったが、ＳＡＭ陣地らしきものはなかった。私は賭けに出ることにした。飛行場の真西五マイルのところで、ふたたび上昇し攻撃にかかる。

こんどは勘にたよらない攻撃だ。どこを狙えばいいか正確にわかっている。ずたずたになった滑走路のわきに、整備用格納庫が一戸建っている。予備のヘリがあるとすれば、そこに格納してあるはずだ。もう一度航過して機関砲掃射してから、ここを脱出する。

突然、灰色の空から、まばゆいオレンジ色のボールがつぎつぎと落ちてきた。下からあがってくるのではなく、上から落ちてくる。フレアだ……

酸素マスクの下で顔がほころんだ。さっき私が敵の注意を引くためにしたことを、こんどはジングが私のためにしてくれている。いいやつだ。

四・一マイル。

私たちが引き起こした飛行場の惨状がはっきり見えた。機械類特有の油っぽい黒煙があがり、その下に真っ赤な火が見える。少し上で、煙は薄い灰色になって池の水紋のように広がっていた。全体的に見れば、横長の黒いしみは、ゆっくりと南へただよっている。

しかし、滑走路はあった。機首をやや左へ向け、二、三秒間そのまま維持したのち、また右に向けた。いまは煙の晴れ間に格納庫がはっきりと見えている。私はスロットルを押して加速した。〈機関砲〉のマークにスイッチを切りかえてから、機首をさげ、照準をさだめることだけを考えた。

私の左側で高射砲弾が光った。ここから北におよそ一〇マイル離れたバクーバの飛行場から飛んできたにちがいない。カーンバニサド飛行場に残っていた数基も、ジングがいるだいたいの方向に射撃を開始したものの、彼がずっと東に離れているのはわかっている。

三・四マイルになったとき、スロットルを一メモリ戻し、デコイが信号を発していることを心に留め、ステアリングキューをまっすぐ向けた。HUD上方の照準十字線を滑走路の中央にあわせ、機関砲のピパーを、飛行場の南を走る道路にあわせた。そしてそのまま、格納庫をめざして飛んだ。降下にあわせて、低層の長方形の格納庫に向かってピパーがあがってゆく。

三〇〇〇フィート。

あと少し……軽く操縦桿を押して進路を調整する。格納庫のすぐ裏の、枝のはびこる木立ちから、ピパーがあがってきた。

二六〇〇フィート。ピパーがさらにあがってくる……あと少し……二四〇〇フィート。ピパーが木立ちを飛びこえ、格納庫の扉下部に触れた瞬間、引き金を引いた。

〝バルルルルル〟

機関砲が火を噴いたとき、機体が激しく震えた。私の左肩のうしろにある砲口から二〇ミリ砲弾が吐きだされ、格納庫に向かって流れるように飛んだ。私は引き金から手を放し、機首を起こして、ただちに飛行場から離れた。

〝ビーッ……ビーッ……ビーッ……〟

その瞬間、視線がレーダー警戒表示へと動いた。

〝6〟

私のまうしろ、すぐ近くだ！

神さま……

地平線のうえに機首があがってくると、スロットルを外側にまわしてから、まえに倒した。アフターバーナーを含めて三万六〇〇〇ポンドの推力が効いて、戦闘機はまえに飛びだした。

左手でチャフのボタンを叩いてから、左下方へ回避する。ひらりと横転し、後方のＳＡＭを見つめた。

〝ビーッ……ビーッ……ビーッ……〟ミサイルがかなり接近し、内蔵レーダーによる誘導に切りかわろうとしていることを、ＲＷＲが半狂乱になって知らせてきた。誘導の最終段階だ。

そうでないことを願った。

口はからからだった。両目を見ひらいた私は、戦闘機をひねるようにして右後方へ旋回し、機首を反転させた。下！　下！　アフターバーナーを切り、さらにチャフを発射する。

「イーライ・ワン……ＳＡ－６を回避中……飛行場上空を東へ！」

即座に応答が来た。「イーライ・ツー……ＳＡＭをノージョイ。六〇〇〇フィートでブラインド……」

彼は私を見失い、ＳＡＭを見ていなかった。私はいま、カーンバニサド飛行場の端を過ぎ、南に向かっている。三〇〇〇フィートで機首を起こし、またもやアフターバーナーに点火して急上昇した。

「イーライ・ツー……約一万に上昇し、一五〇へ向かえ……イーライ・ワンは五〇〇〇を通過」

右、つまり西をにらみながら、目を前後に走らせるのではなく、空全体を見るよう心がけた。

翼の先の……上……下。HUDを確認……翼と尾部のあいだ……上……下。HUDを確認。五五〇〇フィート、四〇〇ノット……横転する。背面になり、SAMがいると思われるあたりを見あげた。後方上。

だが、いなかった。

〝警告……警告……〟

私は機体をまっすぐに戻し、ディスプレイに目をやった。〈燃料〉……〈燃料〉……とライトがまたたいている。

右手を強く引いて、F‐16を左に向けなおした。北東へ向かい、飛行場から、そしてバグダッドから遠ざかる。僚機が南東一五〇度へ進んでいるとすれば、私の右翼から四、五マイルのところにいるはずだ。

位置要請をデータリンクしつつ、スロットルを戻して四〇〇ノットを維持し、南に向かう左旋回を続行した。私の最後の攻撃による火災の炎が見えた一瞬のち、カーンバニサドはもやのなかに消えた。格納庫は見えなかったが、それでじゅうぶんだった。つまり、格納庫と、その内部が炎上している証拠だ。

SAMは一度も見なかった。発射されなかったのかもしれない。それとも、すばやい反応についてこられずに、どこかへ飛んでいってしまったか。バグダッドのはるか東で、雲の切れ間を抜けて上昇しているところに、データリンクが返ってきた。ジングも元気でぴんぴんしており、約三マイル後方を西へ向かって巡航速度で飛行している。

雲を抜けると、日光が顔にあたった。しあわせな気分にゆったりと浸ってから、色のついたバイザーをおろす。いまだ敵領域の数百マイル内陸部にいるので、気を緩めてはいなかった。けれども、厳しい戦闘任務のあとにいつも感じる感謝の念が胸にあふれてきた。自分の身に起きていたかもしれないことに思いを馳せるのは、基地に帰ってから、照明もつけずに寝台に横たわったときでいい。引いていく顔の汗と、ハーネスの下の冷たい湿り気を感じながら、いま、生きて息をしていることに感謝した。

F－16をやさしく左にバンクさせたとき、チャフの表示が〈なし〉になっていること、デコイは撃ち落とされていることに気がついた。いつのまに？　とすると、やはりＳＡＭは飛んできたのだ。そう思っただけで、ぞっとした——だから、考えないことにした。

息遣いがふつうに戻ったころ、金属に反射してきらめく日光が見え、雲を抜けてF－16があがってきた。レーダー警戒画面に、友軍機のレーダーのマークが出現し、ジングが私にロックオンしたことがわかった。バグダッドとはじゅうぶんに距離を置き、雲からさらに離れるために上昇をつづけた。雲が、ＳＡＭとトリプルAを覆い隠してくれる。

それに、誕生日のきょう、もう見飽きるくらい見た。

12　終局

それはキリンに見えた。

私は驚いて目をぱちくりさせた。

もう一度まばたきしてから、バイザーをあげた。バグダッド上空を、四〇〇ノットで片翼をあげて旋回しながら、のんびりした足取りで眼下の道路を歩いているものを見つめた。

い、いキリンだった。なんてこった。

四月八日の朝、バグダッド南部を流れるチグリス川を横断し、アルクッズ地区の戦車を退治するために北へ向かっていたときのことだ。その大河は、ドーラ農場およびバグダッドの旧ムサンナ空港周辺で、親指形の湾曲部となっている。そのすぐ上にバグダッド動物園があるから、キリンはそこから逃げだしたにちがいない。

西へ戻るために小さな水平旋回にはいり、身体にかかるGにうめきをあげた。下に、サダムの野望を実現した巨大な半円形の建造物がある。遠くに、両端に門のある幅広い道路が見えた。Gをゆるめて、その門がじつは、剣を握った腕を模したものだとわかった。

サダムの勝利の門。

その皮肉ににんまりしながら、私は逆向きに旋回して、ふたたび北東のチグリス川方面へ戻った。勝利の門——とはいえ、私のような不信心者が上空を飛び、動物が街中を走りまわっているいまでは、フセインにとってほとんど意味はないだろう。

すぐ前方で、茶色と灰色のバグダッドの街をすっぱりと断ち切るように、深緑色の川がゆったりと流れている。その川にかかる六カ所の橋を、私は調べたいと思っていた。敵部隊は都市北部の郊外を避難場所にしている。南部の戦闘に参加するには、それらの橋を渡るしかない。そのうちのシナック橋とジャムフリヤ橋は、戦闘の中心となっていた。

この日の朝、ギャンブラーズは、三個の二機編隊を出撃させた。各編隊は、それぞれ異なる空域を飛びまわって、敵の射撃を誘う。その誘いにまんまと引っかかる馬鹿者を見つけたら、その位置にしるしをつけて、最上の攻撃方法を考える。その方法は、戦場の様子と、私たちの手元に残っている兵器の数、そして地形によってちがってくる。環境条件は、ウィーズル攻撃の重要な要素だ。たとえば、地上からの射撃を避けるために水上を飛行するとか、敵の視覚による追跡装置を妨害するために太陽を利用するとか。ある種の戦法は、第一次世界大戦のころとちっとも変わっていない。

だが、都市部でのウィーズル任務は困難でめんどうだった。ＳＡＭや可動式高射砲の隠し場所は無数にあるうえ、友軍部隊による誤攻撃の可能性がはねあがる。さらに厄介なことに、米軍の地上部隊までもが、イラク軍機と米軍機の見分けがつかずに発砲してくることがあった。そのうえ、海兵隊および陸軍部隊がバグダッド入りしてからは、激しい市街戦がずっと続いている。

じつは、私の二機編隊は、近接航空支援を要請する緊急連絡を受けて、つい一〇分まえにバグダッドに飛んできたばかりだった。A－10のフェイシング43に、肩撃ち式SAMが命中したという。彼は、圧政支配から解放されたばかりの国際空港に着陸するか、タリルという前方基地までどうにかして引き返すかという、どちらにしろ心許ない選択を迫られた――そして当然ながら、タリルを選んだ。だが、そこにたどりつくことはできず、パイロットは、気の毒にもバグダッド上空で射出した。彼にとって幸運だったのは、第三歩兵師団の工兵隊が、パラシュート降下する彼を見つけ、救出班を送りだしたことだ。

周囲はすべて敵だらけと予想し、警戒していたパイロットのジム・イウォルド少佐に、歩兵部隊が大声で呼びかけた。「おーい、パイロットさん……出てこいよ。おれたちゃアメリカ人だ」

私たちがそこに着いたときにはすべて終わったあとだった。そしてそのあと、闊歩するキリンを見ることになる。「ラペル……こちらチーフタン」

「どうぞ」チーフタンとは、海軍および海兵隊の戦闘機活動の統制官である。理論的には。

「えーと……ホーネット二機のアロマ31がエンジェル・テンで、スヌープ23が七〇〇〇で、そちらの防衛区域に向かっている」

「ラペル了解、おれたちは川の西側にとどまることにする」

「了解。カーマが、ストライク・プライムで呼んでいるぞ」

「わかった。ありがとう」

カーマは、本日のAWACSだ。私の高度が低すぎるため、呼びかけが届かない。私はべつにかまわないのだが。溜息をついて、バグダッド中心部にあるムサンナ空港の上空で高度をあげた。きっと、私の靴のサイズとか、その他重要な情報を知りたいのだろう。

ところが、そうではなく、およそ三〇マイル北の、化学兵器施設とおぼしき場所へ行けという指示を受けた。行ってみると、施設全体が、戦車と装甲兵員輸送車で厳重に防護されていた。ギャンブラーズのほかの飛行編隊も合流し、いつもの射撃大会をはじめた。私は、CBU二基で戦車二両を破壊し、幹線道路へ逃げだそうとしたトラック一台を機銃掃射した。トラックは道路へたどりつけなかった。

イーライ21とトクシック25は、爆弾航過と機銃航過を交代で行なった。私たち計六機の戦果は、戦車七両とトラック四台だった。イーライ21のストーミン・ノーマンも、彼自身の銃身で二〇ミリ砲弾一発を爆発させた。

二日後の四月一〇日、可動式SAMをもとめて、私たちはふたたび北方へ向かった。そして、三個の二機編隊、計六機のシージェイが、バグダッドの北でローランド地対空ミサイル狩りを開始した。これは、そもそも仏独共同で開発されたミサイルだ。両国間の信頼と協力関係の歴史を鑑みれば、その結果がどう出るかは想像にかたくない。

ところが、やっとのことで実戦配備されると、一九八〇年代初頭に、サダムが一〇〇基のローランドII型を購入した。それは、パルスドップラー・レーダーと光学目標追跡装置をそなえた全天候型短射程ミサイルである。トラックや全地形型車両や戦車に搭載でき、とても身軽なローランドは、肉眼でも、また電子的にもきわめて発見しにくい。イラク軍は、発見されないように、それを建物のかげや高架交差路の下に隠している。ミサイル装置内蔵のシステムや監視員の目、あるいは航空管制レーダーで目標情報を取得すると、さっと出てきて、ロックオンして発射し、すばやく隠れ場所に戻る。ヤドカリのように。イラク軍のローランドは、イラン軍機数機、イギリス軍トーネード戦闘機多数、そして米軍Ａ－10を少なくとも一機を撃墜した実績を持つ。

私たちは、（索敵破壊部隊《ハンター・キラー》の）破壊《キラー》班に、その地域の一万五〇〇〇フィート上空を飛ばせた。この班の仕事は、索敵《ハンター》班からの報告に耳を澄ませて、全体の状況を〝描き〟だし、攻撃にそなえることだ。ハンターはかわるがわる、疑わしい場所上空を低高度で飛行し、射撃を誘う。私たちはそれを〝雄牛にちょっかいを出す〟と呼んでいた。ローランド、またはなにかの兵器が挑発にのって撃ってきたら、ハンターがミサイルを回避しているあいだに、ＳＡＭを肉眼で確認したキラーが、降下して攻撃する。

この戦法は、シックスパックと呼ばれる六機編制で行なうのが最適である。予備の二機に偵察機《スポッター》を担当させる。スポッターは、ハンターとキラーのあいだを飛行し、地上を偵察する。ＳＡ－６かＳＡ－８、あるいはローランドを狩るときは、この役目はとくに重大だ。また、必要があれば、スポッターは、ハンターにもキラーにもなる。シックスパック戦法によって、兵器類の選択肢が大きく広がるし、交代で空中給油すれば、目標上空の滞在時間を延長できる。

その作戦中の無線交信は、四月六日のＳＡ－３攻撃時とおなじく〝攻撃―防御―射撃〟協定にのっとって行なわれた。これは、ほぼつねに、あいている周波数を使ってふつうの言葉で行なわれる交信である。ふつう、ウィーズル部隊には、暗号で交信している余裕はない――秘話無線の使用にはかならず手間がともなうが、それが命取りになるかもしれないからだ。だから、私たちはふつうに話す。そして、いつもそれでうまくいった。

しかし、きょうはちがった。

「フェイブル33……こちらビクターのイーライ63」けさのストーミンは、第一陣のシックスパックを率いている。きっと、状況報告を知らせてきたのだろう。

イラク南部がおおかた制圧されたいま、空中給油軌道はずっと北へ移されている。その軌道を脱した私は、バグダッドの北のアルファ・シエラ群空域に向かっていた。

「どうぞ」

「ツードッグズ……バラッドで戦闘機を発見し、少なくとも九機を排除した。いまは目標地域から離れたが、こっちに来て、しとめそこねたものがないか確認してくれないか」

ちくしょうめ。私は眉をひそめ、うんざりして首をふった。ストーミンがなにかをやり残すはずがない。溜息をついてから私は答えた。「ラジャー……一五分」

九機か。最近ますます、攻撃目標を見つけにくくなってきた。近ごろはすっかりなじみになった、バグダッド上空にいつもかかっている黒と灰色の雲をながめた。フセインとバカ息子たちは首都から逃げてしまい、潜伏場所はだれも知らない。とはいえ、故郷のティクリートが濃厚だと思われるため、歩兵部隊がさらに北進できるように、脅威を取りのぞかなければならなかった。結果として、ウィーズルが、公道一号線沿いの89群空域を飛びまわっている。バラッドというのは、一号線とチグリス川のあいだ、首都の北三〇マイル付近にあるイラク最大のミグ戦闘機基地だ。私たちは四月二日にそこへ行き、イラク空軍が置き去りにしていった七機を破壊した。どうやらストーミンたちは、ほかにも見つけたらしい。

給油軌道を離れて一八分後、私はマイクのスイッチをいれた。「フェイブル・ツー……バラッドは右二時、一二マイル」そのあとデータリンクを送信した。

その日の私の僚機は、任務計画チーム勤務のためにスカウトされてきた若い大尉だった。〝チャッキー〟というあだ名――ホラー映画の主人公の人形にちなむ――は、赤毛で、酒を数杯飲むと悪魔のようになることからついた名だ。彼は、優秀なパイロットであり、それまでもおおいに活躍していた。まえに少し触れたように、戦闘を第三者的にながめるのではなく、戦闘に参加してきた男にとっては、任務計画は最低の仕事だった。が、的確な技量が要求される仕事なので、ほかの飛行隊からそれに長けた人材を引っぱってくる。とはいえ、全員が志願者だ。でなければ置いてきぼりにされるからだが、少なくとも、彼らにとっては、戦闘に近い場所だった。ふつうは〝近い〟が、手にはいるなかで最高のものなのだが、第七七戦闘飛行隊長のストーミンは、その男たちにも飛行させた。それは、一つには、ストーミンが好人物で、成果に報いることの大切さを知っていたから、そしてもう一つは、立案者が現場を体験することによって、任務計画の質が劇的に向上するからだった。

「フェイブル・ツー……肉眼で確認した《コンタクト》」滑走路を目にして、彼はやや興奮しているようだ。

しかし、ストーミンのシックスパックが、二〇分かそこらまえに飛行場をさんざん叩きのめしたのなら、たいして残っていないだろう。バラッドがはっきり見えた。二本の大きな滑走路が、南東方向でVの字形にまじわっている。ここは、第一次湾岸戦争からこの戦争までのあいだ、わが軍の喉に刺さったトゲだったので、こっぴどく叩くことができてうれしかった。私は身をのりだして、かつては誇らしげに君臨していた戦闘機基地を見つめ、にやりとした。

もはや、それほどの誇りは感じられない。

滑走路の中央のあちこちから立ちのぼる黒煙の細いすじは、まるで支える屋根のない柱のようだ。約八マイルまで接近したとき、マイクをかちかち鳴らしてから、標準のウィーズル弧でゆったりと旋回飛行しながら、北へ向かった。バラッドは、チグリス川のすぐ西にある。広々とした氾濫原に伸びる、灰色の長い滑走路がよく見えた。双眼鏡を携帯して飛行するパイロットは多い。私も、オートパイロットに切りかえて、基地をじっくりと見た。

東側の滑走路と川とのあいだに、主要施設が建てられていた。たくさんの建築物と道路網、そして住宅がある。私は肩をすくめた。鼻を突っこむ価値のあるものなど一つもない。片手で双眼鏡を持ったまま、もう片方の手を下に伸ばしてオートパイロットを調節し、旋回をつづけた。前回の私たちの攻撃によって全焼した機体がはっきり見える。思わず口元がほころんだ。イラク防空の銃手はかんかんに腹をたてていた。空を飛びまわるギャンブラーズが基地を機銃でずたずたにするようすを、イラク軍の戦闘機パイロットはいったいどんな気持ちで避難壕からのぞき見ているのだろうかと、私はいつも疑問に思っていた。たぶん、帰投した戦闘機が轟音をたてて頭上を飛んだときに、コーヒーをこぼしてしまった第三六三作戦群司令官とおなじ気持ちだろう。無力感だ。

あの日は、飛行場じゅうで高射砲が射撃されて、ちょっとした雷雨のなかにいるみたいだった。

けれどもSAMの出動はなかったのが奇妙だった。きょうも一つも見かけない。RWRでそれを確認した。いまはまだ。いや、役にたちそうなものはすべて、激しく破壊されていた。炎上する飛行機の高温の黄色い炎は暗赤色で縁どられ、細い黒煙がもくもくとあがってゆく。

不意に、波打つような閃光が連続して目にはいり、私は双眼鏡を落とした。少なくとも三カ所から、私たちに向けて高射砲が発射された。せわしなく光るようすからして、五七ミリだろう。数秒後、連続射撃《バースト》がはじまった。

「フェイブル33、トリプルA、バラッド」私は静かに伝えた。基地まで三マイルあるので、心配はしていなかった。が、高射砲があるところには、ふつうはSAMがある。

「フェ……フェイブル・ツー了解。バーストが見える！」高揚した彼の声を聞いて、私はまたも笑ったが、これは彼の初めての戦闘任務なのだから、気持ちはわからないでもない。Vの字のひらいた部分を見おろしながら、二本の滑走路の北端を横断した。

「ツー、SAMに注意しろ。このまま東へまわっていく」

「フェイブル・ツー了解」いささか驚いているようだった。やりとりはすべて通常の周波数で行なっている。そのほうが簡単だし、地上にいる情報士官にわざと聞かせるためだ。かりにその士官が聞いていたなら、高射砲やSAMの射手に、私たちを狙って撃たせるかもしれない。ほかになにもなければ高射砲陣地を攻撃するが、それよりはもっと大きな獲物を仕留めたい。SAMか戦闘機を。

南東に向かって川を渡るときには、視界は少しよくなっていた。高層の雲が空の半分以上を占め、地面に向かって指を伸ばしているかのように、雲間から細く太陽光線が差している。絶好の天気とはいえないが、それをいうなら、絶好の天気など一度もなかった。ＲＷＲのつまみに触れて、音量があがっていることを確認し、ミサイルに目を光らせる。

バグダッドの西にいくつかある大きな湖が、地平線付近で灰色のしみとなって光っていた。いまは私の真南に見えるバグダッド市街は、暗く打ちひしがれていた。戦争がはじまってから、こんな静かな街を見るのははじめてだ。昨日、バグダッドは無防備都市を宣言し、フセイン支配は正式に終わりを告げた。よく知られているように、海兵隊は、サダムの六四回めの誕生日を祝してフィルドス広場に建てられた高さ四〇フィートの銅像を引きずり倒した。誕生日がだいなしだな、アホ野郎。いまでも首都上空を飛ぶと、銃口や曳光弾を見かけるものの、高射砲もＳＡＭも出てはこなかった。私はまたもや溜息をついた。となると、それらを退治するために、さらに北へ行かなければならない。

南東方面を見やった私はあることを思いつき、大判の戦術地図をひらいた。そして、最新のＳＡＭ地図を呼びだして二つを見くらべた。私の左一〇時方向約六マイルの距離に、バクーバの飛行場がある。私の知るかぎり、まだだれもそこを攻撃したことはない。

「フェイブル・ツー、西へ向かう」私はマイクをかちかち鳴らして、それとは逆方向の東へゆっくりと旋回し、バラッドに背を向けた。私の地図では、町のすぐ外に大きく〝軍事施設〟とあいまいに記してある。

「ツー……右二時を見ろ」私は水平になって東へ向かった。「町が見えるか？」

「見える」

「町の北側を東西に走る舗装道路をコンタクトしたら報告しろ」

「コンタクト」

「目標は、その道路の北、大河の湾曲部の西にある飛行場」

「フェイブル・ツーは、見えて……えー、コンタクト」彼は言いなおした。よろしい。

空対地兵器表示を呼びだして、CBUの設定を確認し、飛行場をじっと見た。針路を北東へとり、バクーバの町を、左翼側三マイルの距離からうかがう。と、即座に高射砲の白い煙が花ひらき、私は東方へ少し離れた。

パワーを戻して四五〇ノットを維持しながら、滑走路と平行に飛んで東南に向かい、降下して一万フィートを通過した。朝鮮戦争のときに、敵地の滑走路にロー・アプローチしたF－86セイバーのパイロットの話を思いだした。そのとき敵は仰天のあまり、しばらくは射撃するのを忘れていたという。砲撃を開始したものの、腹をたてていた射手は、高射砲の砲口をじゅうぶんにさげることができず、正気とは思われないアメリカ人を殺すことができなかった。私はマスクをつけたままにやりとした。それこそ古き良き時代だ。

約六〇〇〇フィートで水平飛行に移ると、頭のなかでカウントを始め、キャノピーのレールごしに飛行場を見つめた。

二。

中央の格納庫の周囲に、どこにでもありそうな建物が集まっていて――

あった！　すぐさま、駐機区域の中央部分に菱形をあわせ、マークした。

三。

地面に対して垂直になるほど左翼をさげたのち、旋回を終えた。フェイブル・ツーは、私の後方横を従順に飛んでいる。スロットルを押して、ミリタリーパワーにいれた。機首が地平線のうえにあがってくると、五〇〇フィートほど上昇し、手ぐすね引いて待っていると思われる高射砲をだしぬいた。この機動は、大型格納庫にはさまれた駐機区域のコンクリートに目を釘づけにしたまま、機械的に行なった。

高度七〇〇〇フィート、速度四五〇ノットで、公道二号線を真正面に見ながら、西へ向かって滑走路を通過する。マークしたポイントをデータリンクで送信し、距離標示が四・〇マイルになったところで、マイクのスイッチをいれた。「フェイブル・ツー……南側エプロンの飛行機と格納庫を攻撃しろ。ワンは北側をやる。私の合図で投下」

「ツー了解」私はマイクをかちかち鳴らすと、背面になり、ふたたび目標へと戻った。六〇〇〇フィートで機体をまっすぐに戻して、進路を調整し、スロットルをそっと引いて四五〇ノットで飛ぶ。二番機は上空でバレルロールし、私の約一マイル右の位置についた。

「トリプルA、右二時上方」私は、バクーバのやや後方から、五七ミリの連射があったことを知らせた。さっきの軍事施設にちがいない。後続の部隊のためにそれを記憶しておく。マイクがかちかち鳴っただけで、チャッキーは微動だにしなかった。

距離四マイル、滑走路の西に広がる駐機区域と、両側に建つ二つの大格納庫がはっきり見えている。そこに駐機してある飛行機がちらりと見えた。白い塗装の輸送機か訓練機らしい。思わず不満の鼻息が漏れた。どうせなら、戦闘機を機銃掃射したい。

とはいえ、いま、この町にある獲物はそれだけだ。だから、操縦装置を調整し、HUD上の太い縦線をするするとおりてくる投下キューを見つめた。飛行機の底部に小さな点をあわせて照準をさらに細かく調節していたとき、距離が二・五マイルと表示された。目標が射程にはいったことを示して投下キューが点滅しはじめたので、スロットルを押して、ピクルボタンを押し、マイクのスイッチをいれた。

「フェイブル・ワン……ライフル」

ボタンを押したままでいると、クラスター爆弾が翼下から離れるのが感じられた。僚機に目をやったとき、その左翼下からCBUが落ちていった。地平線まで機首をあげてから、左側へ、つまり北へ急旋回し、さっと姿勢を戻す。わずかに機体を左へずらしたとき、フェイブル・ツーが、私の後方を通りすぎていった。逆宙返りをしながらチャフを発射し、右翼をさげて、飛行場を見おろす。

その一瞬、すべてが静かだった。弱々しい日光を反射するブリキ屋根と、イラクの褐色の土のうえにまとまった茶色の建物という、どこにでもある飛行場。そのとき、地面が爆発し、砂礫と金属の破片でできた汚れた柱が噴きだした。飛行機か、可燃性のものが爆発したのだ。砂煙の柱から真っ赤な炎が噴きだしたかと思うと、直後に黒い煙にかわった。

「すげえ」という声が聞こえた。僚機のチャッキーは元気いっぱいだ。この戦争で一五回めの戦闘任務だったため、私は倦んでいて、得意になるどころではなかった。とはいえ、任務の必要上、破壊のようすを見過ごすことはできない。私の爆弾が爆発した場所から東へ一〇〇ヤードの滑走路横の空き地で、小さな爆発があったことに気づいた。投下が遅れ、格納庫に命中しなかったのだ。私はマイクをかちかちいわせ、二機を北へ向かわせた。

「ツー、六マイルで引き返し、再攻撃しろ。ワンは上空にとどまって東へ向かい、きみから目を離さないようにする」

彼はそれを実行した。F－16が滑走路の延長線上を急降下していくいっぽうで、私は、ディヤラ川上空を飛びながら、高射砲とSAMに目を光らせていた。一つも発射されなかったものの、飛行機を収容した掩蔽壕を三ヵ所発見した。僚機はぶじに爆弾を投下し、西に離脱して上昇を開始した。私は、ゆるやかな弧を描きながら滑走路の南側を飛んで、彼のCBUが、燃えさかる火のどまんなかに命中するのを見届けた。僚機と南で合流したのち、彼は高みにあがって身を守りつつ、私は降下して、四度の機銃航過をし、弾薬を使いきった。飛行機二機が爆発し、掩蔽壕内で炎上した。航過を二度くりかえしたが、三機めは爆発にいたらなかった。デコイだったのか、燃料タンクがからだったのか、狙いをはずしたのか。二度も。私としては、選択肢が一つ二つほしいところだ。それがあれば、どんなことでも可能だろう。

任務をやり遂げた私たちは、そのあと給油して基地へ向かった。チャッキーにとっては満足のゆく任務だったし、あわせて少なくとも飛行機三機、格納庫一戸、そしておそらくブルドーザー一、二両を破壊した。なんとも楽な戦闘だった。戦争は終局にさしかかったと、そのとき思ったことを憶えている。

まちがっていた。

四月一三日の夜明けは、ひどく珍しいことに、空が美しく澄んでいた。雲はなく、微風で、視界は二〇〇マイルはあっただろう。その朝、私はアグニュー21として、ハンター・キラー任務の最後の二機編隊を率いていた。最初は、バグダッドと、サラフディン州北部の都市ティクリートをつなぐ新・死のハイウェイ沿いを担当することになっていた。

フセイン政権が崩壊したのち、私たちは、頑強なイラク軍部隊および、いわゆる都市ゲリラ部隊であるフェダイーンを相手にたたかった。徴兵制があり、拙劣ながら、イランと八年間も戦争をしてきたイラクには、武器の使い方を知っている国民が大勢いる。地上部隊がバグダッドに接近してくると、一〇万を超す自動火器にくわえ、手榴弾と携帯用ミサイル発射器が彼らに配られた。

こうした危険の兆候はあちこちで見られた。右翼の向こうに、長さ五〇マイルに渡って、道路のあちこちから無数の煙が立ちのぼっていた。残骸や立ち往生した車両が、死んだナメクジのように、道路の両側に横たわるいっぽうで、まだ生きている車両がゆっくりと北へ這い進んでいた。妨害電波とマーベリックのミサイル追跡装置を併用して、軍用トラックか戦車がないかさがした。あいにく、私に見えたのは、ボンゴトラック、乗用車、荷車、それと自転車だけだ。ＡＷＡＣＳに名を呼ばれたのはそんなときだった。

「アグニュー21、こちらカーマ」

「どうぞ」

「アグニュー……グリッドをスタンバイ」

座標が送られてきたので、私は地図を見おろした。ティクリートの西、私の現在位置から北へほぼ一〇〇マイルのアルファ・ロメオ91空域が描きだされた。一九九一年の砂漠の嵐作戦のときとはちがい、この戦争中ずっと、バグダッドより北の地域では、なにもかもが静かだった。民兵、不正規兵、フェダイーンらは、各自の故郷の村にまいもどる傾向があったが、正規軍部隊の残党は、北方のティクリート、モスル、そしてキルクークに逃げている。この事態が予想されたので――というより、モスルの油田を確保するために――第一七三空挺旅団の空挺部隊員一〇〇〇人が、イラク北部に落下傘降下した。だが依然として、この戦争に〝北部〟戦線は存在していなかった。おおむね、北緯三四度線より北は、特殊部隊のなわばりだった。

「アグニュー……ETAと活動時間を教えてくれ」

HUDの到着予定時刻《ETA》標示と燃料計を見て、すばやく暗算する。「あと一二分で、活動時間は二〇分。給油するなら、持ち場につくまで四五分、活動時間は四五分だ」

「カーマ了解。二六〇でドッグ軌道に向かい、トーガ40に連絡せよ。給油が完了したらカーマに連絡」

私はマイクをかちかち鳴らしてから、左へ旋回して南へ戻った。最近は、これがふつうになってきた。最初の任務計画が飛行中にひんぱんに変更され、発生した問題の解決に向かう。ウィーズルにとっては、べつだん驚くようなことではない。なぜなら、いずれにしろ私たちの任務は、たいてい厳密に決められていないからだ――SAM退治以外は。前日には、だれかが私たちに、無人航空機（UAV）のエスコートをさせようとした。私は大笑いしてから、それを断り、もっと重要な仕事をつづけた。UAVは、防備をかためた作戦センターに巣くう、眼鏡をかけたコンピューターオタク士官たちのあいだで流行っている。プレデター（この名前もお笑いぐさだ）と呼ばれるこの小さな無人機は、SAMやミグや高射砲が少しでも存在する環境においては――つまりは戦争では――単独では役にたたない。

四〇分後、私たち二機は給油機を離れ、再度北に向かった。ミルク湖の東で方向を変え、バグダッドの西約三〇マイルにあるハバニヤ飛行場の真上を通過する。この地域では、五カ所のSAM陣地がいまも活動中のはずなので、数日間、それらを挑発しようとしてきた。いまは、全面的に自己保存モードなのか、あるいは、無人なのだろう。考えてみてほしい。部隊の全員と指揮系統の全員が、無線連絡に応えようとしない、または姿を消したとしたら、あなたは戦う気になるか？

だれも姿を現わさなかったので、ターター湖の東岸をそのまま北上した。カーマから引き継いだ次の統制官から、ティクリートの西の待機ポイントと旋回待機用の高度を教えられた。ティクリートは、ひどくかき乱されたハチの巣のようだった。そこらじゅうを戦闘機が飛びまわり、急降下し、攻撃している。光る投げ矢のように落ちていったF－16が、さんざん痛めつけられた街の上空をなめるように飛んでいる。独特の十字形の機体を持つA－10ホッグ数機が行ったり来たりしながら、恐ろしい機関砲から、私の前腕とおなじくらいの大きさの砲弾を吐きだしている。二、三分おきに新しい目標が破壊され、キノコ雲が花ひらいた。

「マスケット65……空中にSAM！　SAMが……ティクリート上空！」

「マスケット・ツー回避する」

私は、目がさめたように街を眺めた。いまは、街の真西約一〇マイルを高度二万フィートで飛んでおり、幸運なことに、太陽はほぼ真上にある。

「スタブ74……二基めのミサイルが西へ飛んでいく。気をつけろ、マスケット！

旋回するホッグたちの真ん中にミサイルが飛んできたため、彼らが四方に散った。三本めの煙の尾があがってきて、東へ飛んでいった。つまり、あそこには少なくとも二基の活動中の発射機がある。少なくとも一つのSAM発射班は、私たちに飽きたのだろう。ひょっとすると、彼らにかわって女たちが監視しているかもしれない。それが命取りになるとも知らずに。

「カーマ、カーマ……アグニュー21はSAM陣地を目視している」

「アグニュー……攻撃できるか？」

攻撃できるかだと？　い、い、い、なんのためにここ、こ、こにいると思って、て、てるんだ？　〈マーク〉の菱形を発射地点にあわせ、狙いをつけた。

「できる。一五マイル内一五K以下から友軍機を外に出してくれ。アグニューは、湖上空を降下している」

「アグニュー・ワン……こちらマスケット・ワン」

「どうぞ」

「SA－3のほかに、小口径のトリプルAがいるぞ」

じっさいにはSA－2だったが、彼は力になろうとしてくれている。「位置は？」

「アグニュー、街の東にある池をコンタクトしたら教えてくれ」

「コンタクト」

「街の西側へ、池一個分の長さだけ進む」

「続けろ」

「南北の舗装道路と、カーブしている東西の道路との交差点。牽引車とトラック」

「コンタクト。感謝する」私は礼を言った。

指定した範囲から友軍機がいなくなったのち、私たちはなめらかに一万フィートまで降下し、ターター湖上空で南へ方向転換した。VHFで交信する。「ツー……フェンス、スイッチをいれ、AGMのパワーを確認」

両翼下から顔を出している大きなマーベリック空対地ミサイル《AGM》をちらりと見た。それらは、最近導入されたばかりの、いまのようなウィーズル任務に最適のH型ミサイルだった。長さ八フィート、重量七〇〇ポンドの約半分が弾頭だ。とくに砂漠での使用を想定して改良されたこのタイプには、電気光学誘導方式（テレビカメラみたいなやつ）が採用されていた。カメラ画像が非常に鮮明なので、目標設定ポッドとして利用している。戦争が始まったときにはまだ試験中だったのだが、カンガ・ルーの尽力により、少数がここに配備された。

私は残燃料を確認してから、僚機に視線を移した。「アグニュー・ワンは八・七」

「アグニュー・ツーは九・五。パワー・オン」

彼の左翼下から灰色の煙が一度あがり、マーベリック・ミサイルのドーム形のカバーが吹き飛んだ。それは、目標検知追尾装置《シーカー》を保護するための脆《もろ》く薄い被覆物で、ミサイルの発射準備のさいにはがされる。きらりと光る日光が見えたので、私は空を見あげた。四機のF－16が、数千フィート上空を通過していく。リード機が翼を揺さぶった。私もあいさつし返してから、さらに機首をさげ、スロットルを戻して、砲金色の湖面のうえを静かにおりていった。

五〇〇〇フィートで水平になり、四〇〇ノットを維持して、左翼の向こうを眺めた。チグリス川は、汚い緑色のリボンのように南へ蛇行し、バグダッド付近で見えなくなっている。私はマイクをかちかち鳴らしてから、F－16を旋回させ、川へ向かった。

「マスケット・ワン……こちらアグニュー。下に味方部隊はいるか？」

「えー……いない、アグニュー。味方部隊なし」

私は、A－10パイロットの戦場情報を信じることにした。彼なら最新かつ最上の情報を持っているはずだ。「了解。おれたちは南から突入する。二分」

川の上空で八の字旋回《パイロンターン》しながら、東岸にある町を見おろす。「ツー……左翼側の街の北端にある壁をめぐらした施設が見えるか？」

「アグニュー・ツー……う……コンタクト」

「あそこが合流点だ。一五K以下は偶数と奇数」

「ツー了解」

〝偶数と奇数〟の指示が出たのちは、彼はつねに偶数の高度、たとえば六〇〇〇とか一万フィートとかを飛ぶことになる。マーベリックのシーカーを通して、クロワッサンのような形の巨大建造物がはっきり見えた。その奥の川沿いに、広大な遺跡が広がっている。それが翼端に隠れたときに、ここが古代都市サマッラで、あの建造物は大モスクだったことに気づいた。

まえかがみになって、HUDごしに、私のマーク・ポイントを意味する小さな菱形を見つめた。じゅうぶんに接近したと判断した私は、それをデータリンクで送信した。

「アグニュー・ツー、キャプチャー」直後に、データリンクを受信したという応答が僚機から返ってきた。彼は、私の右翼側二マイルの間隔をあけ、やや上方の位置を維持している。ジュースと呼ばれている彼は、平時にはまったく自己主張をしない物静かな男だった。とにかく控えめで、いいやつだった。ところが、戦闘においては、そのジュースが冷酷な殺し屋になった――これも、ゾウを見るまでは、その人間の本性はわからないという例だろう。

「アグニュー・ツー、川の湾曲部にある池をコンタクトしたら知らせろ」

私たちはいま、ティクリートを正面に見ながら、チグリス川上空を北に向かって飛んでいる。公道一号線からいまも立ちのぼる煙が右側に見え、西の地平線上でタータール湖がちらちら光っていた。

「コンタクト」

「薄い色の道路を、池一つ分の長さだけ西へ進むと、南北に走る舗装道路と交差する」

「カーブしている薄い色の道路のことですか？」

「そうだ」

「両方ともコンタクト」

「その交差点に、発射陣地が一つある。おれはそれを攻撃する。きみは五K以上を維持して東から北へ飛べ。池周辺の第二の発射陣地とトリプルAに注意しろ」

「アグニュー・ツー了解」

　私は、機首を二、三度さげ、右側のMFDに表示させてあるマーベリックの画像に集中した。機首をさげていなければならないのが、このミサイルを使うときの大きな欠点だ。スキャンし、空を見まわし、そしてまたスキャンした。

「ワンは、犬の散歩」私はデコイを展開し、RWRの音量をあげてから、交差点を見おろした。

「アグニュー・ツー、おなじく」

　街に向かってさらに降下する私の右で、ジュースが離れていった。マーベリックのテレビ画像は驚くほど鮮明だ。私は首をふった。二、三週間まえは、こんなことで驚くことになるとは思ってもいなかった。いっぷう変わった形の雨裂が、池から西へ走っている。長い鼻をした踊るブタのような形。カーブした道路をたどって、ミサイルのシーカーを交差点のほうへ動かしていくと、あった！

「交差点の一〇〇メートル東、道路の南側にSA-2陣地」

「アグニュー21、こちらカーマ……もう一度言ってくれないか？」

　AWACSを無視して、私はふたたび外に目をやった。ジュースも目を光らせているが、私はこれに時間をかけすぎているから、私に見えていないSAMにおかまを掘られてもおかしくない。街の南を流れる川の西側に、薄汚れた細長いコンクリートが伸びていた。ティクリート南飛行場は、サダムの軍事飛行場として使われてきた。この近辺に、サダムの宮殿がいくつかあったような気がする。

　四マイルまで接近したとき、ミサイル発射準備をととのえた発射機二基がはっきり見えた。防壁はなく、四分の一マイル南のひらけた場所に兵舎数棟が建っているだけだ。まるで、道路を車で走ってきてそこに駐車し、発射機を組みたてたみたいに。道路わきに、トランスローダーと呼ばれる輸送車両数台が見えるものの、ファンソン・レーダーは見あたらなかった。べつに問題はない。ミサイルを破壊すれば、レーダーがあっても役にたたない。

「アグニュー……こちらカーマ。状況報告せよ」

まぬけめ。

言いたいことがあれば、こっちから言うさ。「カーマ、こちらはマスケット。アグニューは攻撃のために突入しているから待て！」

私は笑いを漏らした。ホッグのパイロットは頼りになる。私は彼に向けて、マイクをかちかち鳴らした。目標まで三マイルのところで二〇〇〇フィートを通過し、スロットルを少し戻して、四五〇ノットを維持する。操縦桿を動かしてわずかにコースを修正し、ミサイルに照準をあわせた。照準十字線が、中央の発射機と重なったとき、右の親指でスイッチを押して〝しるしをつけ〟、親指を放した。マーベリックは目標をロックオンした。親指をピクルボタンへと移動させる。男たちがミサイルのまわりに腰をおろして、煙草を吸っていた。数人は、発射機にもたれてしゃがんでいる。私は残酷な笑みを浮かべた。天国行きが三〇秒後にせまっていることを、彼らは知らない。

〝ビーッ……ビーッ……ビーッ！〟

さっとＲＷＲを見ると、〝２〟の記号が点滅していた。右側、すぐそばだ！　あそこに……まぎれもなくＳＡ‐２が発射されたときの巨大な白煙が渦巻いている。ＳＡＭは、私の飛行経路と平行に南へ飛びながら、ゆっくりと上昇してくる。発射位置を目に焼きつけておいて、マーベリックの画像に目を戻す。ミサイルはロックオンしたままだ。いま、イラク人兵全員が立ちあがっていた。

「アグニュー・ワンへ……そっちのほうで一基発射された……池のすぐ西！」少なくとも遼機は見ていた。私はF‐16を安定させたまま、左目の隅でSAMを追いながら、ピクルボタンを押した。マーベリックがレールから飛びだした瞬間、機体が跳ねあがった。即座にミリタリーパワーにし、飛んでくるSA‐2に向かって左に急旋回し、チャフのボタンを叩いた。

「アグニュー・ワン……ライフルSA‐2、ティクリート」

機首をさげて突っこんだため、座席から腰が浮くのを感じながら、SAMを見つめた。私のマーベリックは自動的に目標を捕捉する、完全な〝射ちっぱなし〟兵器だ。さいわい、SA‐2は出足がわりと遅く、機動性にとくにすぐれてもいない。これがSA‐6やローランドだったなら、ぐずぐずしてはいられない。

「アグニュー……こちらカーマ、もう一度言ってくれないか？」

私は、さらにチャフをいくつか発射し、チグリス川の真上で機体をまっすぐにし、ふりむいて目標地域を見つめた。「アグニュー・ワン、回避機動……川の湾曲部上空で北東。ツー、位置は？」

「ツーは真北、五マイル……そちらの南でSAMを目視」

「発射地点をマークしろ」

「しました」

よくやった。機の姿勢を戻し、川の上空で横向きになって飛びながら、高射砲をさがした。不意に、交差点の近くで、おそろしいほどまぶしい閃光が光った。茶色の縁に取り巻かれた真っ黒なキノコ雲がもくもくと成長し、その地域を完全に包み隠した。マイクのスイッチをいれて言葉を発しようとしたとき、予備のミサイルの一基に火がつき、雲のなかから白煙が噴きだした。そのミサイルは半秒ほどジグザグに飛んでから、南側の兵舎に突っこんだ。

「すげえ」無線からだれかの声がした。

「みごとに命中したなアグニュー」

私はにやりとしたものの、目標地域から目を離さなかった。はたして、最初のときには見かけなかった発射陣地から、つぎのSAMが離昇した。私がいる東に向かって飛んできたから、レーダーは作動中なのだろう。

アフターバーナーに点火し、またもやチャフを発射してから、SAM陣地へと方向転換した。

「アグニュー・ワン……SA－2を攻撃する、ティクリート」

私の目がコクピット内を飛びまわった。デコイはまだ無傷で、電波妨害ポッドは電波拡散中、あと一基のマーベリックの発射準備はととのっている。HUDを操作して、〈砲口照準〉十字線を呼びだしてから、SAMに向かってまっしぐらに降下した。チグリス川が機体に隠れて見えなくなると、池の向こう岸の発射機を見つめた。テレビ画像にちらりと目をやり、男たちがあわててなにかしているのを見て、一瞬とまどった。発射機のミサイルの向きを手動で変えている。モーターが焼き切れたか、動力源がないかだろう。四〇秒ほどだから問題はない。ミサイルが私のほうに向いたとき、私はまたピクルボタンを押した。

右側のマーベリックがレールから飛びだすと同時に機首を起こし、半バレルロールのようなかたちで右へまわった。さらにチャフを発射……そして左翼をさげて、池の上空で旋回した。ゆうに一秒間、そのあたり一帯を見て、これまでこのポンコツを見つけられなかった理由がわかった。雨裂にすっぽりと隠されていたのだ。発射機、トランスローダー、トラック、そしてミサイルなどすべてが。彼らはそこに身を潜めたまま、発射準備をととのえる――そして、外に出てきてミサイルを発射し、いそいで谷に戻る。だから、防壁がないのだ。必要なかった、というか、隠そうとしても隠せないという結論にイラク軍は達したのだろう。

「アグニュー・ワン……ライフルSA－2」

チグリス川に浮かぶ島を通過したのち、街の上空一〇〇〇フィート、五〇〇ノットで西へ向かった。ティクリートのはずれを飛び、左まわりで急上昇しているときに、私のミサイルが命中した。いくつもの爆発が起き、曳光弾が飛びかった。弾薬庫にも命中したにちがいないと思い、パワーをゆるめた。六〇〇〇フィート、四二五ノットで水平飛行になってから、残燃料と計器をたしかめ、データリンクを送信した。

「アグニュー・ツーは……要請する」

「どうぞ」

「北から攻撃したい。雨裂の東端にトランスローダーが見える」

私はMFDを確認した。彼は、目標の北西約六マイルのところにいる。

「燃料は？」

「八・二」

「アグニュー・ツー……兵装安全解除を許可する」

彼がマイクをかちかち鳴らす音を聞いて、私は深々と息を吸い、それを吐いた。新型のマーベリックH型二基が、目標二カ所にうまく命中し、好結果を残した。これを聞いたら、カンガ・ルーは大喜びするだろう。街から西へ約六マイルのところ、茶色い畑に十数個の円が見えている。だから、もっと速度を落とし、ゆったりした旋回にはいった。あそこにまたべつの発射陣地があるかもしれない。それに、ジュースの攻撃を見たかった。右側にレーダーをまわすと、そのかいあってロックできた。

そして、彼がそこにいた。Ｆ－16は、チグリス川上空を南に向かっている。彼をつねに視野にいれておくために、私はゆるやかな右旋回をはじめた。およそ八マイルの距離があったにもかかわらず、彼の翼下から発射されたマーベリックがはっきりと見えた。ジュースは機首をあげ、胴体底部をちらりと見せて、川の東側へ離れようとしている。

「アグニュー・ツー……ライフル……ティクリート」

旋回していた私に、彼のミサイルが衝突する瞬間が見えた。大きな爆発こそなかったものの、大量の煙と炎は、大型輸送トラックのどれかに命中したことを物語っている。彼にも見えていたにちがいない。なぜなら、間髪いれずに彼が交信してきたのだ。「アグニュー・ツー、機銃の再攻撃を要請する」

「目標は？」

「ツーは……えー……トラック搭載のミサイル数基を目視している。道路わきのずっと北の隅。引っぱりだそうとしているようだ」

「許可する」

「アグニュー・ツーは北東から突入する」

二基めのマーベリックの発射手順をまた一からくりかえす時間はなかった。この青年はいい目をしている。おもしろくなりそうだ。これまでの爆発のせいで、目標地域上空は煙だらけだったから、戻ってきて突入する彼が見えなかった。すると、彼が攻撃したあたりの地面から、長い線状の炎があがっている。私はぞっとした。

まさか……やめてくれ。そんなはずはない。

ごくりと唾を飲みこんで、マイクのスイッチをいれ、火に包まれた残骸が飛びちるのを見つめた。なにかはわからないが、とがった先端が、最前部をものすごい勢いで飛んでいく。

「アグニュー・ツー……状況報告せよ」

応答なし。

くそっ。私はバイパーを旋回させて、道路のすぐ東から、煙の内側を見つめた。彼は地面に墜落したのだ。機銃掃射航過にしくじって、地面に激突したのだ。私は煙のうえに目を泳がせて、パラシュートをさがした。衝突直前に射出したかもしれない。もしかすると——

「アグニュー・ツーは西に離脱。さっきの見たかい?」

私は息を吐き、ほんのひととき、ぎゅっと目をつぶった。方向転換して南へ戻りながら、私は応えた。「うまく命中したな」

私は首をふり、苦笑を漏らした。このことはあとで話してやろう。このあと一〇分ほどうろついて、機関砲を弾ぎれになるまで掃射し、逃げようとしていたトラック一台と、ファンソン・レーダーを破壊した。

「マスケット、スタブ……アグニュー隊は給油のために離れる。街の南のSA－2陣地は死んだ。無事終了」

「マスケット・ワンからアグニュー……みごとな働きだった。ありがとうよ！」

燃える街の上空で高度をあげてから、南へ針路をとった。二万フィートを通過するころにふりむくと、はるか下の茶色の砂漠から、黒い指のように立ちのぼってきた無数の煙が、ねじれては消えていった。僚機は、私の左翼側で完璧な編隊を組み、晴れわたった青空を背にぴくりとも動いていないように見える。翼を揺らして彼を近寄らせ、私のジェット機に穴があいていないか確認しながら左右に動く彼を見つめた。私は、汗まみれの酸素マスクをはずし、プラスチックの味がするなまぬるい水をたっぷりと飲んでから、バグダッドを見おろした。


二〇〇三年四月一三日が、この戦争で私の最後の戦闘任務の日となった。同時に、軍人として、そして戦闘機パイロットとしての最後の日でもあった。バグダッドは四月九日に陥落したが、当時私はそのことを知らなかった。おもな軍事作戦すべてが、その後の四月一四日に終了する。

この戦争の総計二万二二八回におよんだ戦闘部隊の出撃で、誘導ミサイル一万九〇〇〇基と、在来型爆弾およびCBU九二〇〇基を費やした。機銃掃射は時代遅れだと信じる連中（宇宙かぶれとUAVマニア）をあざけるように、二〇ミリおよび三〇ミリ砲弾は三二万八四九八発が使用された。イラクへの出撃で消費したジェット燃料は、驚愕の六億一二八九万一〇四三ポンド（九〇一三万一〇三五ガロン）に達した。むなしいことに、このうちの何割かは、八〇種以上のさまざまなメッセージを伝える、ばかばかしい宣伝チラシ三一八〇万枚を投下するために使われた。じつに、テキサスからアラスカまでの紙のハイウェイを作れる量のチラシだ。（第一次湾岸戦争のとき、〝降伏か死か〟とまちがえて〝降伏し死ね〟と書かれていたチラシがあったのを憶えている。心理作戦《サイオプス》オタクたちは、私たちをもう一度バグダッドへ飛ばして、正しいチラシをまかせようとした）。ウィーズルにH型マーベリックを配備するよりも、そういうことに価値を見出す人間がいるのだ。首を傾げてしまう。

イラク戦争で、一六〇〇基を超えるSAMが発射された。が、撃墜されたのは、固定翼の戦闘機一機とヘリコプター六機だけだった。それに対して、一二年前の砂漠の嵐航空作戦では、固定翼の戦闘機三九機とヘリコプター五機を失っている。この進歩は、飛行機の性能と訓練と対応策の向上によるものだが、それ以外にも理由はあると思われる。イラク国内の混乱と戦術はべつとして、砂漠の嵐作戦は、妨害と封じこめに重点が置かれがちだった。その二つは必要不可欠だが、基本的姿勢は受け身である。

イラク戦争が始まるころには、複数のワイルド・ウィーズル飛行隊の積極果敢な姿勢の影響が表われていた。私たちはごく最初から、強力な兵器をもちいて、司令管制拠点やレーダー、SAM陣地をさがしもとめた。HARMによって、イラク兵は少しは身を隠したかもしれない。だが、真の脅威は、精密兵器とクラスター爆弾で破壊した——封じこめるのではなく。こうした作戦は、指導的地位にあった士官たちによって、実行が許可された。彼らは、私たちに兵器と戦術を押しつけようとはしなかった。彼らが望んだのは成果のみで、どんな方法で成果をかちとるかは私たちにまかされていた。

第七七戦闘飛行隊だけでも、CBUやマーベリックや機関砲で、五〇カ所以上のSAMおよび重要な防空施設を破壊した。そこには、SA–2、SA–3、SA–6、ローランドが含まれる。レーダー二八基、高射砲陣地三七カ所、地対地ミサイル八基も排除した。もちろん、これだけではない。地上にいた航空機とヘリコプター四六機のほか、戦車、トラック、装甲兵員輸送車あわせて六五両を破壊した。私たちが、HARMによる封じこめという方策を受けいれていたなら、わが軍は飛行機を何機失っていただろう？　驚いたことに、敵防空施設を破壊するという案を受けいれなかったシージェイ部隊が複数存在した。彼らはおおむね、戦闘現場から三〇マイル離れた地点の高度三万フィートで戦争をし、毎日HARMミサイルを基地に持ち帰った。

そんなのはごめんだ。

一カ月後、ギャンブラーズは、プリンス・サルタン基地を離れた。もう二度と戻ることはなかった。帰国途中、ポルトガル沖のアゾレス諸島にあるラジェス空軍基地で一泊した。空軍支援部隊とその家族が、本物のアメリカ野外料理をふるまってくれた——ハンバーガー、ホットドッグ、マルガリータ。天国だった。私たちは飲んで食べて、生きていることを実感し、つぎの日には国に帰れることを喜んだ。

私は、こんどの戦争も生きぬいた。

後年、折りにふれて、ふたたび道がまじわり、じっさいにゾウを見た連中とそのことを話せるときがくるだろう。命をかけて戦ったもの同士のきずなは、ほかに類がないので、説明のしようがない。けれどもいまは、万事うまくいったことがわかった。だから、なだらかに起伏する緑の丘に、午後のにわか雨がぽつぽつあたりはじめたとき、ひんやりした草のうえに寝そべった私は、顔を雨に打たせながら微笑んだ。

終わった。

結び

ギャンブラーズが帰国して七カ月後、サダム・フセインは、ティクリート郊外にある農場の不潔な隠れ家から引っぱりだされた。四月一三日に私たちが破壊したSAM陣地から一マイルと離れていない場所だったので、そのニュースを聞いて、彼はあのときそこにいて、戦闘を見ていたのだろうかと思った。サダムの野蛮な息子二人と孫一人は、その六月に殺害され、サダム自身も二〇〇六年一二月三〇日にあとを追った。両目が飛びだし、腸がはみでて、死にいたるまで、やせこけた首をつるされて。

その戦争の勝利は、初めから決まっていた結論だった。アメリカ軍が能力を駆使して戦うことを許されるなら、私たちは勝つ。ただし、最後の米軍部隊が引きあげるまで、さらに八年かかった。もはや撃ちおとすべきミグやSAMも、イラク軍機甲部隊も軍事作戦もなかった。だが、戦争状態は——しかも、ひどく厄介で危険な状態がつづいた。優柔不断な平時の指導力と、あいまいでどっちつかずの政治目標の板ばさみになりながら、それでもアメリカ軍は適応し、勝ち、二〇一一年末に旗をひるがえしつつイラクをあとにした。

ウィーズル任務に関しては、論争がつづいている。予算削減により空軍そのものが縮小しているいっぽうで、途方もない価格のF－22およびF－35を購入するための正当な理由がもとめられているため、任務を合体しろという圧力がたえずかかっている。万能型の追求と考えてもらえればいいだろう。誤解しないでほしいのだが、私は、単一の任務しかできない航空機は、資産のむだ遣いだと考えている。しかし、同様に、地図上の座標に誘導兵器をはなつことがウィーズル任務だという考えも不合理だ。

それに、考えかたの偏りの問題がある。アフガニスタンとイラク上空を一〇年にわたり自由に飛びまわったことで、欠陥のある結論がいくつか導きだされた。その完璧な例が、離隔攻撃兵器と無人航空機《UAV》への熱狂である。またしても、考えかたの古い、または、能力不足のため戦闘に参加できなかった人々が、有人航空機の代替物導入を主張しつづけている。そう主張するのは、F－16戦闘飛行隊はSAM陣地に機銃掃射しないし、爆弾を投下することはないと断言したのとおなじ人々だ。しかし、地上部隊が戦っているかぎり、彼らには近接航空支援とウィーズルが必要になることが、戦闘機パイロットはわかっている。

歩兵に尋ねてみるといい。

また、現在の形態のUAVは、ミグやSAMや高射砲が存在する危険な状況では生き残れないだろう。戦闘機をUAVの護衛として飛ばせと将軍たちが主張しはじめたとき、私たちは崖っぷちに立たされた。空軍が、非戦闘士官を参謀長に任命したときに、私たちは奈落に身を投じたのだ。

さほど遠くない過去に、プレデターの〝パイロット〟が、航空勲章に自薦しようとした――実現しなかったものの、優秀な戦闘機パイロットの多数が、その行為を非難した。つぎはなにが起きるだろう？　腱鞘炎で名誉負傷章を申請か？

それはともかく、私は、ＳＡＭを破壊するあらゆる解決法に反対しているのではない。固定された陣地は、比較的簡単に破壊できる。艦船からの砲撃、巡航ミサイル、または特殊部隊のかばん爆薬でさえも、固定されたＳＡＭを破壊できるだろう。私たちの多くは、ワイルド・ウィーズルとは、飛行中に、未確認かつ予想外の可動式ＳＡＭに対してなされる特別任務だと考えている。事後対応に終始して、あっというまに終わってしまうことも少なくない。テンポが速すぎて、サイバー事務官の手による、宇宙経由でネット中心の、複雑なバーチャル世界で調整していては間にあわない。敵は可動式ＳＡＭを発射して撃墜し、すぐに移動するから、それではうまくいかない。戦闘の最前線では、つねに、積極果敢で破壊的なワイルド・ウィーズルを決定的に必要とするだろう。要するに、私たちがイラクに勝ったのは、超大国との戦争の準備をしてきたからだ。将来、弱い相手を想定して訓練するようになれば、充分な武力をそなえた中国やロシアに叩きのめされないだろうか。そうならないことを、私は心から願っている。

アゾレス諸島を発ち、夕方、ショー空軍基地に帰りついた。長いフライトで疲れていたにもかかわらず、四機で密集編隊を組み、基地上空を通過をした。機首をさげて、サウスカロライナの緑あざやかな農地と、フライトラインで私たちを出迎えて待つ人々を見おろしたことを思いだす。私は、これが最後の戦争となったことを実感し、満足していた。生きていることに喜びを感じ、故郷に戻れてうれしかった。故郷は、戦う男にとって最高のものだ。安全な避難所というだけでなく、さまざまなよいことが起きる場所の象徴でもある。悪夢にうなされ、汗びっしょりになって目を覚ましたり、落ちてくる迫撃砲を避けて溝に転がりこんだりすることもない。安心できる場所。

数週間がたち、旗が片づけられ、勲章が授けられたあと、できるかぎりの引き継ぎを行なった。もちろん、さまざまな教訓がブリーフィングに組みこまれ、すべての数字は明示され、講義が行なわれたが、じっさいにはなにも変わらなかった。パイロットたちはまたべつの部署に移動した。数人は将軍となり、数人は航空会社や州軍に職を得て去り、数人は、私とおなじく退役した。島に住む夢を持っていた私は、カリブ海へ行って、大きなヨットを買った。ぜったいに結婚しないだろうと思っていた数人に、いまは妻子がいる。絵に描いたような幸せな家庭生活を送っていたから、けっして離婚しないと思われていた数人が――離婚した。少なくとも二人が、べつの大陸のべつの戦争で命を落とし、この世を去った。私の同志がどんな運命をたどったかに関係なく、最後に会ったときの彼らが、私の記憶に焼きついている。その意味で、彼らは永遠に生きている。

戦地から帰った夏、七月四日のパレードのときに、ある中年女性と出会った。その女性の海兵隊員だった息子は、二〇〇三年三月二四日にナシリヤで死亡した。彼女はけなげにも、花火やバンド演奏やさまざまな制服に、なにがしかの意味を見出そうと努力していた。パレードが通るそばで、私たちは数分間静かに話した。私は、あの日自分が目にしたことを彼女に語った。息子が死んだときに、じっさいに近くにいた人物に会えたことを喜んでいたと思う。私は陳腐なことはしないし、彼女の息子の死に意味をつけくわえることはできなかったけれど、イラク軍部隊があの戦闘に負けたこと、彼女の息子に代わって、私が彼らを攻撃したことを話した。そう言ったことが正しかったかどうかはわからないが、彼女は涙を流しながら微笑み、歩き去った。

ようやく、この話をするときがきた。全体構想もなく、哲学的セリフもない――戦闘機のコクピットからありのままにながめた、人生と戦争についての意見だ。現代の軍部は、全員が戦士だと信じさせようとする。全員が、敵と戦い、危険を冒し、脅威となる兵器を破壊するためにそこにいるのだと信じさせようとする。しかし、そうではない。空軍だけでも、第二次湾岸戦争でおよそ六万五〇〇〇人を展開したが、じっさいに飛行した戦闘機パイロットはわずか四五〇人だった。支援要員と射撃員の割合は、一四四対一だ。大半の軍人は、重要な目的のために働いている。彼らがいなければ、戦闘機パイロットは任務を成功させることができない。だが、大多数は、戦わない人々だ。とにかく、それが現状なのだ。とくに空軍は、そのことを忘れず、そして〝戦士〟などの名称を、それにふさわしい部署にとどめておく必要がある。

戦闘機作戦、とくに索敵破壊任務は、休みなくつづく兵站上の難問などではない。秒速数百フィートで移動しながらの一種の荒々しい戦闘なのだ。一瞬で対応しなければ死ぬ。また、孤独でもある。ほかの戦闘機と一緒に飛ぶことはあるが、最終的には自分ひとりだ。背後を守ってくれる装甲戦闘車両もなければ、重武装の小隊もいない。私は、全一五一回におよぶ戦闘任務の大半を、万一墜落しても救出の望みはまったくないような、敵領域の奥深くで行なった。

戦闘は、唯一の最終試験ではない。が、その一種ではある。黎明期から、こうして人間はためされてきた。そして、多くの人間が失敗した。そのための準備手段はない。戦いかたや、兵器や高性能の装備をあつかう訓練をすることはできる。危険や逆境を生きのびること、尋問に抵抗すること、殺しかたは教えてもらえる。しかし、じっさいにその境遇に置かれるまでは、なにもわからない。そして最後は、それを経験するかしないかだ。それを切り捨てられない人間がいるとすれば、彼は、恐ろしい重荷を死ぬまで背負うことになると思う。ありがたいことに、私はその重荷を背負わずにすみそうだ。

私は貢献した。一九九二年に索敵破壊型のパイパーを見ることができた。私には、その正しさがわかっており、なにが必要か実感した。懐疑的な意見は多数はあったものの、私たちが主張したアイデアは、やがて実を結んだ。Ｆ－16ＣＪがニュースに出たとき、翼下にぶらさげているポッドや兵器を見ると、私はにんまりする。それの実現のために私は力を尽くした。その事実は、だれにも消せない。

私は、戦闘機パイロットでいることが大好きだったが、いつかは辞めなければならない。精神的にはどうあれ、肉体的に。技術を教えこんでくれた空軍に、そして機会をあたえてくれた空軍に、私は報いた。私を信じてくれた人々に恩返しをした。私は——自分なりのやりかたで——職務をまっとうしたから、辞めたいと思った。そして辞めた。空軍が、ムーマン、カンガ・ルー、ストーミンのような男たちで構成されていたなら、残ったかもしれない。

残らなかったかもしれない。

真の意味で、だれも戦争から戻ってきていない。完全には。記憶は分割されて暗い場所にしまわれ、引きだされることはめったにない。そのことに長けた人々がいる。私は、非戦闘員も子どもも一人として殺さなかった。私が命を奪ったのは、私を殺そうとした人々だけだ。そして彼らにも、同等の機会があった。少なくとも私たちは人間として対決し、ベストを尽くした。彼らははずし、私ははずさなかった。

多くの戦う男たち同様、私は、戦闘に苦痛を感じたことはなかった。快適な場所ではないが、対応できた。ある意味で、日常生活とはまったくちがい、道理にかなっており、自分のしていることをきちんとわかっていた。戦闘は単純だ——生きるか死ぬかだ。それとは逆に、人生は複雑である。自分なりのルビコン川を渡るも渡らないも、対岸に行くも行かないも自分しだいだ。

戦闘機を飛ばし、いくつもの戦争をたたかって二〇年を過ごしたからには、誇らしい思い出と——少々の後悔がないほうがおかしいだろう。結局、ひとは、なにを残し、なにを手放すかを自分で決めるしかない。私の場合、いつでも鏡に映る自分を直視できる。そして、それが必要だったときには、勇敢な男たちとともに正々堂々と使命をはたしたと断言できる。

ワイルド・ウィーズルの一員として飛んだと。

謝辞

ひとりだけでは本は書けない。その規則に例外はないだろう。私を信じ、指南し、私が少しは成長し、本書のなかで士官かつ戦闘機パイロットとなるのを待ってくれた人々に、とくに感謝の意を述べたい。

本書は、氏名が明記してあろうとなかろうと、長年にわたってこの組織に属してきた人々がいなくては完成しなかった。戦争を勝利にみちびいた、ずばぬけた飛行技術と勇気と攻撃性をそなえた同僚の戦闘機パイロットたち。そのパイロットたちは、支援部隊や航空機整備士らの献身と忍耐強いプロ意識がなくては、戦闘に行くこともできなかった。彼らが、戦闘機を空へ飛ばすために必要な、非常に多くの項目に対処してくれたことに、私は生涯にわたって感謝する。

装丁　トサカデザイン（戸倉巌、小酒保子）

私は、本書を自分自身で執筆した。本書で戦闘シーンを再現することはむずかしくはなかった――それらは、永遠に私の記憶に刻みつけられている。ただし、日付、時刻、コールサインなどはすべて、飛行データカードや任務報告書、そして情報概要で確認した。本書で著した事象は、機密扱いをはずされたものばかりであり、複数の文書形態で公開されている。

機密事項は、当然ながら安全保障の理由で、本書では直接的に触れていない。そこには、兵器システム、戦術、戦闘機の性能など技術的詳細が含まれている。パイロットの実名は、本人に特別の許可を得て使っている。そうでない場合は、仮名またはコールサインを使用した。

最後に、空軍長官事務局が本書の内容を独自に検査し、原本の出版を承認したことを申し添える。

ダン・ハンプトン

◉著者紹介

ダン・ハンプトン *Dan Hampton*

アメリカ空軍中佐(退役)。テキサスA&M大学を卒業後、1986年から2006年まで戦闘機パイロットとして、湾岸戦争、コソボ紛争、イラク戦争など20年間に150以上の戦闘任務に参加。アメリカ空軍戦闘機兵装学校、アメリカ海軍戦闘機兵装学校、アメリカ空軍特殊作戦学校を卒業し、殊勲飛行十字章、名誉負傷章、エア・メダルなどを受章。

◉訳者紹介

上野元美(うえの・もとみ)

英米文学翻訳家。訳書に、バー=ゾウハー/ミシャル『モサド・ファイル　イスラエル最強スパイ列伝』、カーソン『シャドウ・ダイバー』(ともに早川書房)、ブラウン『砂漠の機密空域』『幻影のエアフォース』(ともに二見書房)、パフ『原潜迎撃』『深海の雷鳴』(ともにヴィレッジブックス)、スアレース『デーモン』(講談社)など多数。

F−16　エース・パイロット　戦《たたか》いの実録《じつろく》

二〇一三年九月二五日　第一刷発行

著者　ダン・ハンプトン

訳者　上野元美

発行者　富澤凡子

発行所　柏書房株式会社

東京都文京区本駒込一―十三―十四

〒一一三―〇〇二一

電話（〇三）三九四七―八二五一（営業）

（〇三）三九四七―八二五四（編集）

DTP　有限会社共同工芸社

印刷・製本　共同印刷株式会社

ISBN978-4-7601-4295-8